Juri Rytchëu

Polarfeuer

Zu diesem Buch
Der Kanadier John MacLennan hat sich für ein Leben bei den Tschuktschen entschieden. Eine Schamanin hat ihm nach einem Unfall das Leben gerettet, seither hat er diese uralte Kultur kennen- und lieben gelernt. Aber die »Zivilisation«, die er hinter sich gelassen hat, um eine erfüllte Zukunft bei den Tschuktschen zu finden, holt ihn ganz unerwartet wieder ein: Der äußerste Osten Sibiriens wird von den Umwälzungen der Russischen Revolution erfasst. John McLennan gerät in den Strudel der Weltgeschichte, sein Lebensglück steht auf dem Spiel.
In der Sowjetunion konnte *Polarfeuer* nur zensiert erscheinen. Für die deutsche Übersetzung hat Juri Rytchëu nun die ursprüngliche Fassung wieder hergestellt.

»Rytchëu erweist sich auch in dieser Fortsetzung seines Romans *Traum im Polarnebel* als kluger, gestaltungsfähiger und nicht selten erregender Erzähler.« *Kölner Stadt-Anzeiger*

Der Autor
Juri Rytchëu wurde 1930 als Sohn eines Jägers in der Siedlung Uëlen auf der Tschuktschenhalbinsel im äußersten Nordosten Sibiriens geboren. Der erste Schriftsteller dieses Volkes mit zwölftausend Menschen wurde mit seinen Romanen und Erzählungen zu einem berufenen Zeugen einer bedrohten Kultur und eines vergessenen Volkes. Juri Rytchëu starb 2008 in St. Petersburg.

Im Unionsverlag sind außerdem lieferbar: *Gold der Tundra; Der Mondhund; Die Reise der Anna Odinzowa; Der letzte Schamane; Im Spiegel des Vergessens; Unter dem Sternbild der Trauer; Die Suche nach der letzten Zahl; Teryky; Traum im Polarnebel; Unna; Wenn die Wale fortziehen; Die Frau am See; Alphabet meines Lebens* und *Die Kraft der Schamanen.*

Die Übersetzerin
Antje Leetz, geboren 1947 in Frankfurt am Main, studierte Germanistik und Slawistik und arbeitete als Lektorin für neue russische Literatur im Verlag Volk und Welt Berlin, danach Redakteurin in Moskau. Sie ist Herausgeberin und Übersetzerin bedeutender russischer Autoren.

Juri Rytchëu

Polarfeuer

Aus dem Russischen von
Antje Leetz

Unionsverlag

Die Originalausgabe erschien 1971
unter dem Titel *Inej na poroge* in Moskau.
Sie wurde vom Autor für die deutsche Erstausgabe,
die 2007 im Unionsverlag, Zürich, erschien, vollständig
anhand des ursprünglichen Manuskripts überarbeitet.

Die Übersetzung wurde gefördert
vom Literarischen Colloquium Berlin
mit Mitteln der Schweizer Kulturstiftung PRO HELVETIA.

Die Übersetzerin dankt dem Deutschen Übersetzerfonds e.V.
für die freundliche Unterstützung.

Im Internet
Aktuelle Informationen, Dokumente und Materialien
zu Juri Rytchëu und diesem Buch
www.unionsverlag.com

Unionsverlag Taschenbuch 452
© by Juri Rytchëu 1971
© by Unionsverlag 2009
Neptunstrasse 20, CH-8032 Zürich
Telefon +41 44 283 20 00
mail@unionsverlag.ch
Alle Rechte vorbehalten
Der Verlag behält sich das Recht des Text- und Data-Minings an diesem
Werk vor, was hiermit Dritten ohne Zustimmung des Verlags untersagt ist.
Reihengestaltung: Heinz Unternährer
Umschlaggestaltung: Peter Löffelholz
Umschlagfoto: Roine Magnusson (gettyimages)
Druck und Bindung: CPI – Clausen & Bosse, Leck
www.unionsverlag.com/produktsicherheit
ISBN 978-3-293-20452-2
2. Auflage, August 2025

Der Unionsverlag wird vom Bundesamt für Kultur mit einem
Verlagsförderungs-Strukturbeitrag für die Jahre 2021–2025 unterstützt.

Auch als E-Book erhältlich

Vorwort

Polarfeuer ist die Fortsetzung des Romans *Traum im Polarnebel,* der von den Abenteuern des jungen kanadischen Seemanns John MacLennan erzählt. John MacLennan, der seiner Natur nach ein Romantiker war, gehörte zur Mannschaft des Walfischfängers *Belinda,* der im September 1910 am Kap Enmyn, am Nordufer der Tschukotka-Halbinsel, vom Eis eingeschlossen wurde. Die Seeleute versuchten das Eis, das das kleine Schiff einzwängte, mit Dynamit zu sprengen. Durch eine unvorhergesehene Explosion wurden John MacLennan beide Hände zerfetzt. Die Tschuktschen erklärten sich bereit, den Verwundeten in ein Krankenhaus, Hunderte Meilen entfernt in der Kreisstadt Anadyr, zu bringen. Unterwegs bekam John MacLennan Wundbrand. In einem Nomadenlager in der Tundra operierte ihn eine Schamanin und rettete so dem jungen Kanadier das Leben. John MacLennan kehrte an die Küste von Enmyn zurück, aber die *Belinda* war bereits weggefahren, obwohl der Kapitän versprochen hatte, auf John zu warten. Erschüttert von dem Verrat seiner Landsleute beschloss John MacLennan, in Enmyn zu bleiben. Er zog in die Jaranga eines jungen Tschuktschen, der ihm das Jagen beibrachte und die Menschenwürde zurückgab. Aber ein Unglück geschieht: Unbeabsichtigt tötet John seinen neuen Freund. Wie es der Brauch will, heiratet er die junge Witwe Pylmau und beschließt, für immer bei den Tschuktschen zu bleiben, die ihm lieb und teuer geworden sind. Nicht einmal seine Mutter, die eigens angereist kam und ihn anflehte, doch in die Heimat, zu dem gewohnten Leben der Weißen zurückzukehren, kann ihn umstimmen. Bevor sie nach Kanada zurückfährt, sagt sie ihm: »Lieber sehe ich dich tot als so.«

Dem Roman *Polarfeuer* war, obwohl kurz nach *Traum im Polarnebel* erschienen, ein schweres Schicksal beschieden. Unter der sowjetischen Zensur musste ich einige Stellen umschreiben und, was das Schlimmste war, das Ende des Romans streichen ...

Der vorliegende Text ist die erste vollständige, unverfälschte Fassung.

Juri Rytchëu
März 2000

I

»Ich bin Amundsen!«, stellte sich der hochgewachsene Mann vor, als er den Tschottagin betrat. Er war über und über mit Schnee bedeckt. Das Gesicht wirkte schwarz im Kontrast zu dem weiß gefrorenen Schnurrbart, den bereiften Brauen und dem weißen Wolfspelz.

»Kommen Sie rein!«, sagte John leise, verblüfft über diese sonderbare Begegnung.

Langsam tauchten in seiner Erinnerung die vor langer Zeit gelesenen Zeitungsberichte auf, in denen der Name des mutigen Norwegers, der als Erster die Nordwestpassage bezwang, genannt wurde. Auf den Fotos hatte Amundsen damals einen Eskimoparka getragen und Schneeschuhe in den Händen gehalten. Aber er war auch in einem strengen schwarzen Gehrock mit zwei Knopfreihen abgebildet gewesen.

Das war er also, Vilhjálmur Stefánssons glücklicher Rivale! Das war der Mensch, von dem die ganze Welt sprach!

Amundsen ging vorsichtig tiefer in den Tschottagin hinein und schaute sich neugierig um. Seine gerade und große Nase wies den Augen den Weg. Die Lippen, auf die vom Schnurrbart tauende Eisstückchen herabfielen, zitterten.

»Ich freue mich, Sie bei mir begrüßen zu können«, murmelte John.

Pylmau sah ihren Mann beunruhigt an. Sie erkannte ihn nicht wieder. Niemals, bei keinem einzigen weißen Menschen, war John so verstört gewesen. Als ob der märchenhafte russische Zar selbst gekommen wäre, den sie, so erzählte man, von seinem hohen goldenen Thron gestoßen hatten.

Amundsen schlug die Kapuze des Parkas zurück, wischte mit der Hand den restlichen Raureif von Schnurrbart und Brauen und lachte breit, wobei er die Zähne entblößte, die so groß und weiß waren wie bei einem jungen Walross.

»Ich freue mich ebenfalls, Sie kennenzulernen«, sagte er. »Ich habe von Ihnen in der Zeitschrift *National Geographic* gelesen. Ehrlich gesagt, habe ich an Ihre Odyssee nicht geglaubt. Ich dachte, das sei wieder einmal so eine schöngefärbte Legende aus dem hohen Norden … Übrigens, ich habe Ihnen eine Nummer mitgebracht.« Amundsen reichte John die Zeitschrift. »Aber ich bin sehr froh, dass ich mich geirrt habe. Ich entschuldige mich nicht, dass ich hier so überraschend reingeplatzt bin. Als echter Nordländer werden Sie mir Ihre Gastfreundschaft nicht verwehren, denke ich.«

»Natürlich nicht«, rief John, der sich noch nicht von seiner Verlegenheit und Verwirrung erholt hatte. »Fühlen Sie sich wie zu Hause!«

John rief Pylmau leise zu sich und bat sie, dem Gast ein Bett aus Eisbärfell herzurichten.

Amundsen zog seine Oberbekleidung aus und klopfte sorgfältig den Schnee ab, wobei er geschickt das dafür vorgesehene Rentiergeweih benutzte. Dann kroch er in den Polog. Er nahm fast die ganze Länge vom Fellvorhang bis zur Tranlampe ein.

John bat Pylmau, das Kämmerchen herzurichten, in dem zuletzt Bob Carpenter gewohnt hatte, und kroch ebenfalls in den Polog. Er fühlte eine eigenartige Neugier, gemischt mit Begeisterung und einer gewissen Scheu, in sich aufsteigen.

In der Ecke, unter dem schwarzen Holzgesicht des Gottes, saß Jako, er umarmte seine kleinen Geschwister und schaute mit Wolfsaugen auf den unerwarteten Gast.

»Keine Angst«, beruhigte John die Kinder, die drauf und dran waren loszuheulen, »unser Gast ist ein guter Mensch.«

Amundsen reichte den Kindern Bonbons. Als der mutigste erwies sich Bill-Toko, der sofort nach dem glänzenden Papier griff und sich damit den verurteilenden Blick des großen Bruders einhandelte.

John bat den Gast noch einmal, es sich bequem zu machen, und trat hinaus in den Tschottagin, um seiner Frau zu helfen.

»Wer ist das?« Pylmau deutete mit dem Kopf zum Fellvorhang.

»Das ist Amundsen!«, sagte John mit ehrfurchtsvoller Stimme. »Du kannst dir nur schwer vorstellen, was das für ein Mensch ist!«

Pylmau kniff die Augen ein wenig zusammen und warf ihrem Mann einen unbehaglichen Blick zu, ganz seltsam war er geworden in seiner übermäßigen Aufgeregtheit und Geschäftigkeit.

Schweigend holte er ein unzerteiltes Stück Robbenfleisch aus dem Fass und schnitt ein Stück vom Rentierspeck ab, der an der Decke hing. Pylmau entfachte im Tschottagin ein so großes Feuer, dass sich die Hunde, die zusammengeringelt dalagen, streckten und aus ihrem süßen Schlaf aufwachten. Der Geruch des Essens hatte sie aufgerüttelt.

»Ich hab noch schwarze Bohnen übrig.« Pylmau zeigte John ein Leinensäckchen, in dem sich ein halbes Pfund gerösteter Kaffee befand.

»Großartig!«, rief John und gab seiner Frau spontan einen Kuss auf die Wange.

Pylmau errötete und sagte vorwurfsvoll: »Du bist wie ein Kind.«

Amundsen benahm sich ungezwungen. Er fühlte sich in der Tat wie zu Hause. Aber John ärgerte sich über seine eigene Verkrampftheit. Er schämte sich vor Pylmau und den Kindern, die mit ihren scharfen Augen seine Aufgeregtheit natürlich sahen.

Beim Abendessen erzählte Amundsen von seiner Reise durch die Nordostpassage, von den Begegnungen mit Menschen aus nördlichen Völkern und von der Überwinterung, die nun schon ein ganzes Jahr lang dauerte.

»Und nun werde ich wieder aufgehalten, kurz vor Schluss! Aber gerade diese unvorhersehbaren Umstände sind es, die den Charakter eines Polarforschers prägen und seinen Willen stählen ...«

Amundsen warf einen Blick auf John, in dem sich Anteilnahme und Herablassung mischten, und dieser Blick war nicht mehr neugierig.

Pylmau zündete im Kämmerchen eine große Tranlampe an, die heiß wurde. Sie kratzte den Reif ab, der sich auf der durchsichtigen Schwimmblase gebildet hatte, die über das kleine runde Fensterchen gezogen war, klopfte das Bett aus, holte eine Decke aus weichem Renkalbfell, und wartete, bis das Kämmerchen warm wurde. Sie saß auf dem Bett, dachte über Johns eigenartiges Verhalten nach und schämte sich für ihn. Wozu in aller Welt kamen diese Weißen angereist? Sie waren schuld, dass es einem traurig ums Herz wurde. John brachten sie nur Unglück. Kaum stand er neben einem Weißen, wurde er ganz fremd und sein Gesicht nahm einen anderen Ausdruck an.

Da saßen sie im Polog und redeten laut. Ihre Stimmen konnte man deutlich durch den Fellvorhang hören. Ihr Lachen brachte die Stützbalken des Pologs zum Wackeln und die Flamme in der Tranlampe zum Zittern und jagte den Kindern einen Schreck ein … Bestimmt tranken sie von diesem üblen, lustig machenden Wasser und sagten vor jedem Glas einen Spruch, als ob Worte Nahrung seien!

In Pylmaus Herz wuchs der Unmut, ihre Stimmung wurde immer dunkler. Sie kämpfte mit Vernunft dagegen an, indem sie sich selbst einredete, dass Gäste ja wieder gehen und sie in Ruhe lassen.

Seit Johns Mutter hier gewesen war, fürchtete Pylmau das Meer. Das große Wasser, das sich bis zum Horizont erstreckte, jagte ihr Angst ein. Wenn ein weißes Segel am Horizont auftauchte oder Rauch, krampfte sich ihr Herz zusammen und eine schwarze Wolke legte sich wie ein Schatten auf die sorglose Freude des einfachen Lebens. Wenn John mit den Kindern und ihr doch bloß in die Tundra ginge, wenn sie doch bloß Rentiermenschen wie Ilmotsch würden, jeden Tag woandershin zögen und sich in ferne Gegenden verirrten, wo große Bäume wuchsen, wie ein Mann so hoch. Da würde niemand sie finden …

Ein Gespräch unter Weißen … Die Worte waren nicht

zu verstehen, sie schnitten Pylmau wie das Sägen eines stumpfen Messers auf den Knochen einer alten Bartrobbe ins Ohr. Wie Menschen sich so ihre Zunge brechen und sich sogar noch verstehen konnten dabei!

Als Pylmau sich davon überzeugt hatte, dass die Tranlampe das Kämmerchen ausreichend erwärmte, kroch sie in den Polog und teilte ihrem Mann mit, dass der Platz für den Gast bereitet sei. John übersetzte, und Amundsen nickte Pylmau freundlich zu. Als Antwort setzte Pylmau eine gütige Maske auf.

Amundsen und John wechselten in das Kämmerchen hinüber.

»Sie haben sich gemütlich eingerichtet«, lobte der Gast. »Ich habe große Hochachtung vor einem Menschen, der sich nicht nur an die Umstände anpassen kann, in die er freiwillig oder nach dem Willen des Schicksals geraten ist, sondern sich mit maximalem Komfort in diesen Verhältnissen einzurichten versteht.«

»Schade, dass Sie nicht zu Robert Carpenter fahren, einem Händler aus Keniskun«, bemerkte John. »Er hat sogar ein Bad mit heißen Quellen!«

»Hab von ihm gehört«, entgegnete Amundsen. »Eigentlich will ich zu ihm, wenn der Winterweg am Ufer wieder befahrbar ist.«

»Aber er geht bald nach Amerika ...«

»So?« Amundsen zog verwundert seine dichten Brauen nach oben.

»Er hat Angst vor den Bolschewiki«, kicherte John.

»Ihr Lachen ist fehl am Platz.« Amundsen setzte sich bequemer auf die mit Rentierfell bedeckte Bank. »Die Bolschewiki halten die Macht fest in den Händen, und es sieht so aus, als ob sie die Expeditionstruppen der Amerikaner und Japaner im Fernen Osten zurückschlagen. Sie können sich also bald auf Gäste einstellen.«

»Ich habe keinen Grund, mich vor den Bolschewiki zu fürchten«, antwortete John scharf. »Ich bin kein Händler, kein Kapitalist, ich bin einfach ein Mensch.«

»Mein lieber Freund …« In Amundsens Stimme war ein gönnerhafter Ton zu hören. »Alle Politiker, sogar die, die für eine absolute Monarchie eintreten, picken sich zuallererst die Menschen heraus, die besonders auffällig sind. Und sie prüfen, ob diese Menschen ihnen nützlich sein können oder, im Gegenteil, ihnen schaden. Und dann, je nachdem, räumen sie sie aus dem Weg oder heben sie auf einen Sockel … Und leider ist ein nicht alltäglicher Mensch mit unabhängigen Gedanken für alle Machtmenschen ein Dorn im Auge. Deshalb versucht man ihn zuallererst aus dem Weg zu räumen. Und dafür hat die Menschheit eine Menge Methoden erfunden«, lachte Amundsen. »Im besten Fall sperren sie ihn ein.«

»Ich störe doch niemanden«, rief John heftig, »ich habe keine Lust auf eine große Rauferei, wie meine Landsleute den Krieg nennen. Man soll mich in Ruhe lassen. Sie, Amundsen, hängen ja auch von keiner Regierung oder Partei ab, sie gehören der Menschheit.«

»In gewisser Hinsicht haben Sie recht«, sagte Amundsen nach kurzem Nachdenken. »Aber das hat mich große physische und seelische Kraft gekostet. Der Weltkrieg hat mich gezwungen, viele meiner Pläne neu zu überdenken. Er hat mir sogar finanzielle Mittel gebracht, die ich gespart habe. Ich habe einfach die Kriegskonjunktur ausgenutzt … Aber das ist nicht so wichtig. Die Hauptsache ist, nach der Nordwestpassage die Nordostpassage zu erforschen und meine Weltreise über die Polarmeere, am Rand der Polarkappe, zu vollenden!«

Amundsen lächelte John erneut freundschaftlich an: »Gestatten Sie mir, noch einmal meine Hochachtung über Ihr Leben auszudrücken ... Jawohl, die Menschheit rühmt die Verdienste der großen Weltreisenden, die neues Land entdecken, riesige Entfernungen und Hindernisse überwinden, die die Natur ihnen in den Weg stellt. Aber nicht weniger schwer und ehrenhaft ist die Erforschung der unbekannten Kontinente in der menschlichen Seele, die auf dieser Welt von den verschiedenartigsten Völkern repräsentiert werden. In die rätselhaften Seelen der arktischen Ureinwohner einzudringen, ist nicht weniger verdienstvoll und genauso schwer wie das Eindringen in die weiten Schneefelder ... Ich bin begeistert von Ihnen, Mister MacLennan! Ihre Beobachtungen bereichern die Wissenschaft auf unglaubliche Weise, denn sie werden nicht aus der Entfernung gemacht, sondern von innen heraus.«

»Sie irren sich gewaltig«, widersprach John energisch. »Keiner will mich verstehen, und keiner, nicht einmal meine Mutter, kann glauben, dass ich mich hier allein aus dem Wunsch angesiedelt habe, mit diesen Menschen ein normales Leben zu führen. Weiter nichts, glauben Sie mir!«

Das Gesicht des berühmten Polarforschers drückte plötzlich Neugier und eine gewisse Verwirrung aus. »Verzeihen Sie, aber ich wollte Sie nicht kränken«, murmelte er.

»Ich habe es verlernt, mich von solchen Dingen kränken zu lassen«, sagte John lächelnd. »Ich träume nur davon, dass dieses Land denen gehört, die darin wohnen, dass die Ordnung, die seit Jahrhunderten hier herrscht und sich in harten Prüfungen bewährt hat, erhalten bleibt und dem Wohl dieser Menschen dient …«

»Sie sprechen aus, worüber ich mir seit vielen Jahren den Kopf zerbreche«, sagte Amundsen versonnen. »Diese Gedanken sind mir schon vor einiger Zeit gekommen, als ich an der Südküste von King William Island überwintert habe. Damals bin ich zum ersten Mal Eskimos begegnet und habe am eigenen Leib ihre Gastfreundschaft erlebt. Und ich konnte mich von ihrer hohen Moral überzeugen …«

»Die besonderen moralischen Eigenschaften dieser Menschen zu loben ist genauso falsch wie sie zu unterschätzen«, bemerkte John. »Tatsache ist, dass die Tschuktschen und Eskimos genau solche Leute sind wie die übrige Menschheit. Dass ich bei ihnen lebe, als eine Ruhmestat zu betrachten, bedeutet, sie nicht als unseresgleichen anzuerkennen …«

»Verzeihen Sie, ich verstehe Sie nicht ganz …«, unterbrach Amundsen ihn höflich.

»Wenn ich bei Wölfen leben und ihre Gesetze einhalten würde oder, sagen wir, bei Bären oder irgendwelchen anderen Tieren, wäre das auch als Ruhmestat angesehen worden, als etwas Außergewöhnliches, weil ich im Namen der Wissenschaft meine urmenschlichen Bedürfnisse eingeschränkt hätte«, erklärte John. »Aber ich lebe mit Menschen zusammen! Worin also besteht das Ungewöhnliche? Vielleicht nur darin, dass mein jetziges Leben, wie auch das Leben meiner Landsleute, der menschlichen Natur weitaus mehr entspricht! Verzeihen Sie, ich habe nicht den

Plan, mich mit irgendwelchen Forschungen zu befassen, weder mit ethnografischen noch mit anthropologischen. Ich halte das für kränkend meinen Freunden und auch mir gegenüber ...«

»Verzeihen Sie«, brummte Amundsen erneut. »Ich wollte Sie weder kränken noch beleidigen. Ich wollte Sie nur daran erinnern, dass jeder zivilisierte Mensch eine Pflicht gegenüber der Menschheit hat. Rassistische Vorurteile und ein enger Blick auf die Dinge und Erscheinungen sind nicht selten. Für die Entlarvung der grässlichen und verleumderischen Erfindungen, dass kleine Völker nicht vollwertig seien, wäre Ihre Zeugenschaft von unerhörtem Wert ... Und bedenken Sie: Alle zivilisierten Menschen, die aus diesen oder jenen Gründen in eine ähnliche Lage geraten sind wie Sie, haben es für ihre Pflicht gehalten, darüber zu schreiben. Wenn schon keine wissenschaftliche Abhandlung, dann wenigstens lebendige Beobachtungen und Gedanken. Sie werden doch wohl ein Tagebuch führen!«

Bei der Erwähnung des Tagebuchs schämte sich John plötzlich dermaßen, als hätte man ihn eines Vergehens überführt. Er senkte die Augen und bekannte schuldbewusst: »Schon lange habe ich kein Papier mehr angerührt.«

»Das ist nicht richtig«, bemerkte Amundsen sanft. »Ich könnte Ihre Schriften in einem angesehenen Verlag unterbringen. Vom Ruhm und vom Honorar will ich erst gar nicht reden. Für Ihre Aufzeichnungen interessieren sich bedeutende internationale Organisationen wie zum Beispiel der Völkerbund. Vielleicht könnte man eine internationale Konvention durchbringen, welche die nordischen

Völker, ihre Kultur und ihre ursprüngliche Lebensweise schützt ...«

»Genauso wie Naturschutzgebiete für seltene Tiere geschaffen werden ... Man braucht übrigens gar nicht lange nach Beispielen zu suchen. Nehmen wir nur die Indianer in Kanada oder in den Vereinigten Staaten!«

»Ich meine ja nicht, dass man die Fehler der Vergangenheit wiederholen, sondern künftige vermeiden soll!«, widersprach Amundsen ärgerlich. »Vergessen Sie nicht, dass sich die bolschewistische Macht gleich nebenan befindet – in Anadyr und Uëlen!«

»Warum mahnen alle mich zur Vorsicht und nicht Orwo, Ilmotsch oder Tnarat?«, rief John schmerzlich.

Jemand kratzte an der dünnen Bretterür. John öffnete und erblickte Pylmau. Mit den Augen rief sie ihren Mann.

»Verzeihen Sie.«

John ging in den Tschottagin und schloss hinter sich die Tür. Der große Reisende blieb im Kämmerchen zurück.

»Was ist los?«, fragte John.

»Ilmotsch ist da. Er will uns etwas sehr Wichtiges sagen. Er war in der Nähe von Anadyr.« Pylmau sah ihren Mann flehend an.

Ihrem Blick gehorchend, fragte John unwillig: »Na gut, wo ist er?«

»Im Polog, er trinkt Tee«, antwortete Pylmau und hob bereitwillig den Fellvorhang.

Nur mit einem Fellgurt bekleidet, schlürfte Ilmotsch heißen Tee von einem Teller. Er hielt die von Amundsen mitgebrachte Zeitschrift in der Hand und schaute sich neugierig die Bilder an.

»Lange habe ich meinen Freund nicht mehr gesehen!«, sagte er schmeichlerisch. »Ich habe dir verschiedene Geschenke mitgebracht – ein Renkalbfell für Winterkleidung, Rentierfleisch. Ich habe gehört, der Kapitän von dem eingefrorenen Schiff ist bei dir. Kapitäne mögen Rentierfleisch ...«

John setzte sich dem ungebetenen Gast gegenüber und nahm eine Tasse Tee in die Hand. Ungemütlich geworden war es ihm in der eigenen Jaranga: Es gab kaum einen Tag, an dem die Familie sich ungehindert im Polog bewegen konnte. Immer waren Gäste da, Reisende ...

Ilmotsch seufzte und schmatzte mit den Lippen. Er machte, den Regeln des Anstands folgend, noch verschiedene andere Anspielungen. Als er sich aber davon überzeugt hatte, dass bei John kein Schnaps zu holen war, begann er:

»Ich bringe dir Nachricht von der schrecklichen, blutigen Schlacht in Anadyr. Im Winter wurde dort eine neue Macht errichtet – sie nennt sich Revolutionskomitee. Die schlimmsten Habenichtse sind nach oben gekommen. Sogar der Tschuwanze Kurkutski hat sich ihnen angeschlossen. Er hat weder Rene noch Gewehre noch Netze zum Fischfang und will auch an die Macht! Die neuen Chefs haben sich alle Lebensmittellager angeeignet und verteilen die Waren, was das Zeug hält. An alle möglichen Gauner, an alle, die sich nicht selbst ernähren können und sich deshalb als ›mittellose Menschen‹ bezeichnen. Nicht nur in Anadyr herrscht dieses Revolutionskomitee. Ihre Kuriere sind mit Hundeschlitten nach Markowo, nach Ust-Belaja gefahren. Kaum waren sie angekommen, haben sie den Leuten gleich ein neues Leben versprochen – die Macht der Armen. Sie haben gedroht, denen die Rene wegzunehmen, die große Herden besitzen. Es gab welche, die sich für das neue Leben entschieden haben. An die Spitze der Siedlungen haben sie die schlimmsten Vagabunden gestellt ...«

Ilmotsch kratzte sich, er versuchte mit seinem kurzen Arm die Mitte des Rückens zu erreichen. Er schnaufte lange, bis ihm Jako zu Hilfe kam. Der Junge rieb den mageren Rücken des Rentierzüchters, auf dem die einzelnen Wirbel zu sehen waren. Er erfüllte eine Pflicht, die aus der Achtung vor dem Älteren herrührte.

»Na, den Hungerleidern und Nichtsnutzen bleibt ja auch nichts anderes übrig. Sie haben sich gefreut, haben gelernt, laut zu sprechen, und schon reden sie über die neue Macht und strecken ihre Hände nach fremden Lebensmittellagern aus. In Markowo haben sie dem verehrten Kaufmann Malkow nicht einmal die Hosen gelassen, sodass er umherzog und um welche bettelte ...«

Ilmotsch stellte seine Tasse hin, John goss automatisch Tee nach.

»Die vom Revolutionskomitee haben viel und deutlich geredet. Sie haben einen roten Lappen auf das Haus der Landesregierung gehängt, und an die Mauer haben sie jeden Tag weiße Zettel geklebt, voller Buchstaben ... Und dieser Prahlhans, dieser Tschuwanze Kurkutski, tut so, als ob er die Zeichen versteht.«

»Und weiter?«, fragte John ungeduldig.

»Hör zu!«, antwortete Ilmotsch ruhig. »Alle, die sie im dunklen Haus eingelocht hatten, wurden nach und nach rausgelassen. Sie haben ihnen befohlen zu arbeiten, und den einen und anderen haben sie ans gegenüberliegende

Ufer der Bucht geschickt, wo die Kohlengrube ist. Alles wäre gut gegangen, wenn nur der weiße Mann nicht ewig der Macht hinterherjagen würde. Alle, die abgesetzt wurden, haben sich versammelt und das Haus belagert, in dem das Revolutionskomitee saß und was beredete. Und haben sie geschnappt.«

»Also herrscht in Anadyr wieder die alte Macht?«, fragte John.

»Hör doch«, sagte Ilmotsch ruhig und belehrend. »Alle, die geschnappt wurden, haben sie auf dem Eis des Flüsschens Kasatschka in Anadyr erschossen. Sie haben auf sie gezielt wie auf wilde Tiere bei der Jagd. Ein schrecklicher Anblick soll es gewesen sein, erzählen die Leute. Und alle, die in andere Siedlungen geflohen sind, wurden aufgespürt und auch erschossen.«

Ilmotsch trank die Tasse leer, klaubte aus der Wange ein gelb gewordenes Zuckerstückchen und legte es ordentlich auf den Tellerrand. »Wie viel Blut vergossen wurde!«, seufzte er.

»Also ist die alte Macht nach Anadyr zurückgekehrt?«, fragte John erneut.

»Nicht doch, die Bolschewiki haben wieder gesiegt«, antwortete Ilmotsch. »Jetzt sind andere gekommen, auf einem großen Dampfer, die haben sich die gegriffen, die es nicht geschafft haben, nach Amerika abzuhauen. Sie haben wieder den roten Lappen aufgehängt, und die Erschossenen haben sie nach russischem Brauch in einer Kiste beerdigt. Aber sie haben auf den Gräbern keine Kreuze aufgestellt, sondern Pfähle mit einem roten Stern. Und haben drei Mal nach oben geschossen.«

»Und was sagen die Leute?«, fragte John beunruhigt.

Ilmotsch gähnte mit weit geöffnetem Mund, wobei er die abgenutzten, etwas gelblichen, aber noch kräftigen Zähne zeigte.

»Die Leute sagen gar nichts. Die Rentierzüchter sind von Anadyr weggezogen. Die Anadyrer werden jetzt lange kein Rentierfleisch mehr sehen. Sollen sie doch ihren stinkigen Lachs essen!«

Ilmotsch lehnte sich an die Rückwand des Pologs und schloss die Augen. Das war ein Zeichen, dass er müde war und schlafen wollte.

John nahm die *National Geographic* in die Hand, blätterte darin herum und stieß schließlich auf den Artikel über sich: »Ein Weißer unter den Wilden des asiatischen Russlands«. Sein Blick streifte über die Zeilen …

»Ein niedriger Uferstreifen zwischen zwei Felsen – hier beginnt das Land, das sich der Kanadier John MacLennan für ein neues Leben ausgesucht hat. Er stammt aus Port Hope, vom Ufer des Ontariosees, hat an der Universität in Toronto studiert. Ungefähr zehn Jahre lebt dieser Mann schon unter den Wilden im Nordosten Asiens. Er nahm ihre Bräuche, Gewohnheiten, ihre Religion an und gründete sogar eine vielköpfige Familie.

Die Geschichte begann im Spätherbst des Jahres 1910, als der aus Nome kommende Schoner *Belinda,* der dem Industriellen und Händler Hugh Grover gehörte, am Kap Enmyn gegenüber der Landzunge, auf der die Jarangas der Tschuktschen, der asiatischen Eingeborenen, stehen, vom Eis eingeschlossen wurde.

Die Seeleute versuchten das Eis zu sprengen. Einer von ihnen, der Held unseres Artikels, wurde dabei schwer an den Händen verwundet und vom Kapitän in das Kreiskrankenhaus von Anadyr geschickt, da es in den riesigen Weiten des asiatischen Russlands mit medizinischer Hilfe schlecht steht. Die Tschuktschen erklärten sich gegen Bezahlung bereit, John MacLennan in das Krankenhaus und zurück nach Enmyn zu bringen. Zwei Gespanne machten sich auf den Weg durch die verschneite Tundra ins ferne Anadyr, auf einem Hundeschlitten wurde der weiße Mann davongetragen. Der Kapitän seinerseits beabsichtigte, in der Nähe eines Nomadenlagers zu überwintern.

Nach einigen Tagen näherte sich vom Süden ein Schneesturm und löste das Küsteneis vom Ufer, wobei sich eine große offene Wasserfläche bildete, auf der sich der Schoner bewegen konnte. Der Kapitän zögerte nicht, diesen glücklichen Umstand auszunutzen, und gab den Befehl, die Maschinen anzuwerfen und das Segel zu setzen. Er glaubte ohnehin nicht an eine Rückkehr John MacLennans: Der Verwundete hatte bereits eine Blutvergiftung, als er losfuhr. Und nach Anadyr braucht man sogar bei gutem Wetter nicht weniger als einen Monat.

Aber die Eingeborenen gingen mit John MacLennan erstaunlich menschlich um. Wie John MacLennan selbst versichert, hat die Operation, bei der die abgestorbenen Hände amputiert wurden, eine Schamanin durchgeführt. Auf diese Weise haben wir einen Zeugen dafür, dass die Medizin der Primitiven nicht in jedem Fall Scharlatanerie ist und die Zauberer offenbar gewisse Heilungsmethoden beherrschen.

John MacLennan kehrte nach Enmyn zurück, aber zu seinem großen Leidwesen fand er das Schiff nicht mehr vor. Er überwinterte in einer Jaranga und plante, im nächsten Jahr mit dem ersten Schiff in die Heimat zu fahren.

Aber nun begann das Rätselhafte. Die Tschuktschen gaben John MacLennan die Fähigkeit zurück, nicht nur die Waffe zu benutzen, sondern sogar zu schreiben. Er wohnte in der Jaranga eines Ureinwohners mit Namen Toko, dessen Frau Pylmau den jungen Mann aus Kanada durch ihre wilde Schönheit bezauberte. John MacLennan selbst behauptet, dass er aus purem Zufall seinen Rivalen auf der Jagd tötete. Wie die Tschuktschen selbst über diesen Fall denken, ist nicht bekannt. Obwohl man einige Schlüsse ziehen kann: John MacLennan nämlich war nach lokalem Brauch verpflichtet, die Frau des Opfers, Pylmau, zu heiraten (es kam der primitive Ritus des Levirats, der »Schwagerehe«, zur Geltung) und ihre Kinder zu adoptieren. Jedenfalls ist nur noch schwer festzustellen, ob die Tschuktschen John MacLennan zur Heirat gezwungen haben oder ob er freiwillig beschloss, bei den Wilden im Nordosten Asiens zu bleiben.

Vor einiger Zeit besuchte John MacLennans Mutter, Mary MacLennan, ihren Sohn in Enmyn. Dieser Besuch hinterließ bei ihr einen schrecklichen Eindruck und fügte dem ohnehin schon gequälten Mutterherz eine unheilbare Wunde zu. John MacLennan weigerte sich entschieden, in das Vaterhaus zurückzukehren. Mary MacLennan versicherte, dass ihr Sohn nicht bei vollem Verstand sei und die Wilden ihn mit Gewalt festhielten. Allerdings berichten Reisende, die John MacLennan begegnet sind, dass der Kanadier bei klarem Verstand und mit seinem Leben offenbar sogar zufrieden sei. Solche Mitteilungen, die zweifellos verlässlich sind, erhielten wir beispielsweise von der

Expedition des kanadischen Forschers Stefánsson und von Kapitän Bartlett, der Folgendes schreibt: ›Der Besuch bei dem unter den Tschuktschen lebenden John MacLennan hinterließ in uns den besten Eindruck. Sein Heroismus verdient nicht weniger Verehrung als das Eindringen des Menschen in unbewohnte Eisgebiete.‹

Bald sind es zehn Jahre her, dass John MacLennan sich bei den Eingeborenen der Arktis niederließ. Es wird berichtet, dass er viele Kinder habe und eine riesige Rentierherde! Aber wie lange kann ein Mensch, der in einer zivilisierten Gesellschaft aufgewachsen ist, unter den primitiven Ureinwohnern aushalten?

Das unerhörte wissenschaftliche Experiment geht weiter!«

John schleuderte die Zeitschrift beiseite und legte sich neben Pylmau.

2

John beschloss, zum Kap Onman zu fahren, um auf Amundsens Schiff Vorräte und Patronen für die Winchester zu kaufen.

Mit Munition stand es in Enmyn schlecht. In diesem Herbst fuhren die Schiffe an der kleinen Siedlung vorbei. Robert Carpenter klagte über die instabile politische Lage in Russland und über die Furcht der Händler, ihm große Warenmengen zu liefern. Die Regale in seinem Laden waren leer.

Eine große Hundeschlitten-Karawane fuhr zu dem im Eis eingeschlossenen Schiff am Westufer der Insel Aion im Tschaunsker Meerbusen. John war noch nie in diese Richtung gefahren, und ihn verblüfften die düsteren steilen Felsen, die sich vor dem blendend weißen Schnee, der das Meereseis wie Zucker bedeckte, durch ihre Schwärze krass abhoben.

Amundsens Schiff *Maud* lag, eingefroren im Eis, nicht direkt am Ufer, sondern weiter draußen im Meer. Neben dem Schiff ragten kleine Häuschen aus dem Schnee – ein Zwinger für Amundsens Schlittenhunde, aus leeren Fässern zusammengeschustert und mit Zeltbahnen und Brettern bedeckt, und ein Zelt für Magnetbeobachtungen. Noch ein drittes Gebäude war zu sehen – ein Mittelding zwischen Zelt und Jaranga, mit Hunden und Hundeschlitten davor. An Deck des Schiffes und auf dem Eis standen Menschen und winkten der sich nähernden Karawane freudig entgegen.

Die Bewohner der seltsamen Hütte auf dem Eis waren Besucher, die sich um Amundsens Schiff geschart hatten. Am Fallreep hing ein Plakat mit einer Aufschrift, dass es verboten sei, ohne Einladung an Bord der *Maud* zu gehen. Amundsen stellte John jeden einzelnen von ihnen namentlich vor.

Einige kannte John bereits aus Robert Carpenters Erzählungen. Alexander Kisk – eine Person polnischer Herkunft – sprach ausgezeichnet deutsch, polnisch, russisch und tschuktschisch. Trotz seiner bemerkenswerten linguistischen Fähigkeiten war Kisk beim Handeln ein Pechvogel. Wahrscheinlich wegen seiner starken Vorliebe für Alkohol. Dann stellte sich der mit einer geschmackvollen, reich verzierten Kuchljanka bekleidete Grigori Kibisow vor, ein arktischer Handlungsreisender, der, wie er selbst versicherte, das Geschäft nicht des Gewinns wegen betrieb, sondern aus Liebe zum Abenteuer.

Und schließlich Grigori Karajew, ein Steppenmensch in einer wundervoll gefertigten Kuchljanka, die etwas sperrig war, aber so reich geschmückt, dass ein Kenner sie zu schätzen wusste.

Nachdem er John mit allen bekannt gemacht hatte, lud Amundsen die Leute ein, sich an Bord der *Maud* zu begeben. Die Begrüßungszeremonie wurde auf dem Schiff fortgesetzt. Unter den Mannschaftsmitgliedern traf John auch einen Russen, der Olonkin hieß.

In der Messe konnte man sich gleich behaglich fühlen. An der Decke brannte eine elektrische Lampe, und auf einem Mahagonigestell standen ein pompöses Grammofon und eine Plattensammlung.

»Ich bitte meine Gäste am Tisch Platz zu nehmen!«, schlug der Kapitän herzlich vor.

Während sich alle einen Stuhl suchten, schnupperte Alexander Kisk am Kochtopf, der auf einem Extratisch stand. »Das ist bloß Preiselbeersaft, Mister Kisk«, sagte Amundsen und blinzelte den übrigen Gästen schelmisch zu.

Am Tisch wurde über die politische Lage in Russland diskutiert. Die Mehrheit war sich einig, dass es noch zu früh sei, darüber zu urteilen, welche Macht sich in Russland halten würde. Von der Möglichkeit der Rückkehr des Zaren auf den Thron sprach allein Alexander Kisk, aber seine Worte nahm niemand ernst.

»Solange der große Machtkampf anhält«, meinte Grigori Kibisow fröhlich, »dürfen auch wir unsere Chance nicht verpassen!«

Der schweigsame Koch, gleichzeitig Steuermann des Schiffs, reichte in hohen Gläsern heißen Grog.

»Und wie ist Ihre Meinung zur aktuellen Lage?« Amundsen wandte sich an Karajew.

Es war dem Russen an der Nasenspitze anzusehen, dass er seine Worte mit Bedacht wählte, seine Meinung interessierte alle. »Zurzeit kann man schwer ein Urteil fällen«, sagte er leise und leckte vorsichtig den Grog von seinem Schnurrbart. »Von einem bin ich überzeugt – dass Tschukotka und Kamtschatka russisches Besitztum bleiben. Deshalb ist es die Aufgabe jedes echten Patrioten, sich der Plünderung der hiesigen Reichtümer entgegenzustellen und die Rechte der örtlichen Bevölkerung zu verteidigen.« Diese Worte sprach Karajew mit leiser Stimme, aber sie hatten Gewicht.

John betrachtete den russischen Händler mit großem Interesse. Ein markantes Gesicht, scharfe, durchdringende Augen und grobknochige Finger, die ruhig auf dem polierten Tisch lagen.

Die Gäste senkten die Köpfe. Jeder war auf die eine oder andere Weise in die »Plünderung der hiesigen Reichtümer« verstrickt, wie Karajew sich ausdrückte.

An Bord hörte man Hundgebell. Die Schiffswache kam in die Messe und machte Meldung: »Die Tschuktschen sind bereit zum Handeln!« Alle gingen an Deck.

Die Eisfläche um das Schiff herum hatte sich in einen Marktplatz verwandelt. Hundegebell, Peitschenschläge, die kehligen Rufe der Kajure, der Schlittenführer – all diese Geräusche vermischten sich und erzeugten den Eindruck eines großen belebten Platzes.

Amundsen ging aufs Eis, gefolgt von seinen Gästen, den weißen Händlern von Tschukotka, die diesmal einfache Zuschauer waren.

Viele der Neuankömmlinge erkannte John. Sie waren aus Nachbardörfern, andere wiederum kamen aus dem fernen Seschan und hatten eine lange Reise hinter sich.

Vor einem Hundeschlitten, auf dem ein Kajur das wundervolle Fell eines Polarwolfs ausgebreitet hatte, blieb Amundsen stehen und winkte Alexander Kisk heran. »Sagen Sie ihm«, er deutete mit dem Kopf auf den Tschuktschen, »dass ich ihm für das Fell sechs Päckchen Tabak gebe.«

»Ich habe auch noch Polarfüchse.« Der Kajur knüpfte hastig einen großen Leinensack auf und ließ wunderbar verarbeitete Polarfuchsfelle auf den Schnee fallen.

»Sagen Sie ihm, für ein Polarfuchsfell gebe ich ihm nur drei Päckchen Tabak«, erklärte Amundsen laut. »Und dann lade ich alle zum Tee ein mit Zucker und Zwieback.«

Amundsen ging die Hundeschlitten ab, die sich alle in einer Reihe aufgestellt hatten. Die Augen der Tschuktschen schauten voller Hoffnung auf ihn und blitzten, wenn er seinen Schritt verlangsamte.

John ging neben ihm und sein Herz erstarrte vor Scham. Ohne etwas von Johns Gefühlen zu ahnen, sagte Amundsen mit geschäftiger Stimme: »Ich habe jetzt sechsundvierzig Rentierfelle. Das reicht für Kleidung. Ich möchte noch so viel wie möglich wertvolle weiche Renkalbfelle dazukaufen. Mich verblüfft die Ehrlichkeit dieser Leute. Ich habe noch kein einziges Mal erlebt, dass sie versucht haben zu betrügen. Allerdings wundert mich das niedrige Bildungsniveau dieser Menschen. Sie kennen nicht einmal die Uhr und können weder lesen noch schreiben. Das ist eine Schande, und ich verstehe sehr gut, dass die alte Ordnung gestürzt werden musste.«

Amundsens Gehilfen gingen indes die Schlitten ab, tauschten Waren gegen weiches Renkalbfell und brachten es in den geräumigen Laderaum. Amundsen war zufrieden mit dem Geschäft und gab den Befehl, einen riesigen Kessel mit starkem Tee und einen Sack mit Schiffszwieback direkt aufs Eis zu stellen.

Die Tschuktschen stürzten sich auf das heiße Getränk. Diejenigen, die kein Trinkgefäß mithatten, rannten um das Schiff herum und suchten im Schnee nach leeren Konservendosen. Die Gäste gingen zusammen mit dem Kapitän an Bord der *Maud* und beobachteten von dort aus die geräuschvolle Teezeremonie.

Amundsen schaute den Tschuktschen zu, sein Blick drückte Mitgefühl aus, und er sagte, zu John gewandt:

»Man kann sich nur schwer das Ausmaß der Tragödie vorstellen, die diese Menschen in Zukunft erwartet! An anderen Orten habe ich Leute getroffen, die für Schnaps bereit waren, nicht nur ihr letztes Hab und Gut, sondern auch ihre Frauen und Töchter herzugeben. Ich habe den Mitgliedern meiner Expedition verboten, an der ganzen langen Küste ein Verhältnis mit einer Frau anzuknüpfen, nur Dank dieser Maßnahme haben wir die besten Beziehungen zur örtlichen Bevölkerung, sie ist von nichts belastet und überschattet.«

Ilmotsch, der als wohlhabender Mann galt, ließ sich nicht dazu herab, mit allen anderen Tschuktschen aus dem großen Kessel zu trinken. Er lief immer hinter Amundsen her, wie ein zugelaufener Hund, hing an seinen Lippen, lächelte, nickte zum Zeichen des Einverständnisses mit dem Kopf. In ihm gärte der Wunsch, »der Freund des Kapitäns Amundsen zu werden«.

Ilmotsch passte den richtigen Moment ab, rief John zu sich und flüsterte ihm eifrig zu: »Sag dem Kapitän, dass die Rene, die ich mitgebracht habe, ein Geschenk von mir sind. Ein Geschenk an den Freund. Ich will von ihm nichts haben.« Ilmotsch hatte dabei einen solch komischen Gesichtsausdruck, dass John sich nicht zurückhalten konnte und loslachte. »Sag es ihm«, hauchte ihm Ilmotsch zu. John übermittelte Amundsen die Worte des Rentierzüchters.

Das Gesicht des Polarforschers bekam einen tiefsinnigen und nachdenklichen Ausdruck. »Sagen Sie ihm, dass ich gerührt bin von seiner Herzlichkeit. Wissen Sie, meine Herren«, wandte er sich an die russischen Händler, »er hat etwas getan, wovor sich viele Vertreter der aufgeklärten Menschheit drücken! Sie können sich nicht vorstellen, wie viel Anstrengungen jede Expedition kostet. Oft reicht die Unterstützung der Regierung nicht aus, und ich muss um freiwillige Spenden bitten ... Wie schwer ist das manchmal und erniedrigend!« Amundsen trat zu Ilmotsch und drückte dem Rentierzüchter, der vor Glück ganz aus dem Häuschen war, die Hand. Und beim Abschied erhielt Ilmotsch dennoch ein Geschenk.

Auf dem Rückweg nach Enmyn, während einer Rast, fragte John den Rentierzüchter: »Weißt du, was Kapitän Amundsen macht? Womit er sich befasst?«

»Womit schon kann sich ein weißer Mann befassen?«,

entgegnete Ilmotsch verwundert. »Er treibt natürlich Handel! Ich habe in den Laderaum geschaut. So viel Waren auf einen Haufen habe ich noch nie gesehen. Und das Schiff! Voll behängt mit Bärenfellen und Polarfuchsfellen. Das sieht sogar ein Blinder, womit sich Langnase befasst.«

»Kapitän Amundsen ist ein großer ... ein großer ...« John fand nicht das richtige Wort auf Tschuktschisch für »Reisender«. Die wörtliche Übersetzung hätte so etwas wie »Landstreicher« bedeutet. Da er aber nichts anderes fand, bezeichnete er Amundsen auf Tschuktschisch als »großen Landstreicher«.

»Das ist doch nichts Schlimmes«, erklärte Ilmotsch, so als wolle er sich für Amundsen einsetzen. »Nimm den Eskimo Typlilyk. Er ist auch ein Landstreicher, aber ein guter Mensch. Wie viel Märchen er kennt! Jeder will ihn in seine Jaranga holen, ihm was zu essen und zu trinken geben, nur damit er ein Märchen erzählt. Auch Langnase hat eins erzählt, und ihr habt alle still zugehört. Wie dumm, dass ich die Sprache des weißen Mannes nicht verstehe, sonst hätte ich mich mit meinem neuen Freund unterhalten!«

»Aber Amundsen ist nicht so ein Landstreicher wie Typlilyk«, wandte John ein. »Roald Amundsen fährt durch die nordischen Länder, um für andere Menschen nach neuen Wegen zu suchen. Er erforscht die kalten Länder, entdeckt neue Gebiete«, begann John zu erklären.

»Was erzählst du mir das alles, als ob ich töricht bin und nichts im Leben verstehe?«, entgegnete Ilmotsch gekränkt. »Ich habe alles verstanden: Langnase geht voran, wie das Leittier bei einem Hundegespann. Die anderen folgen seiner Spur und treiben Handel in verschiedenen neu entdeckten Ländern. Immer muss jemand vorangehen. Das ist stets ein starker und mutiger Mensch, so wie Langnase. Er hat mir gleich gefallen.«

John erinnerte sich, was in den Zeitungen alles über die Reisen und Entdeckungen Roald Amundsens geschrieben stand. Jawohl, er war ein Held, er hat im Zeitalter der Gewinnsucht dazu beigetragen, dass Tapferkeit und Selbstaufopferung wieder geachtet wurden. Und dennoch ... Es stimmte, Amundsen hatte glühenden Ehrgeiz, der sogar jahrhundertealtes Eis zum Schmelzen brachte.

Bestimmt begeisterte sich der große norwegische Forschungsreisende für bestimmte Charakterzüge bei den Nordvölkern, denen er auf seinen langen Reisen begegnete. Aber niemals würde er sie als Seinesgleichen anerkennen. Im besten Fall würde er zustimmen, dass sie seine jüngeren Brüder waren, die eine Führung brauchten. Das Bewusstsein der eigenen Überlegenheit war Bestandteil seiner Natur. Sich davon zu befreien, würde bedeuten, die Haut zu wechseln oder ein ganz anderer Mensch zu werden ... Aber wie sollten die Tschuktschen weiterleben, wie sich vor diesen Händlerscharen retten, die nur auf eine günstige Stunde warteten, um sich mit ihren Waren auf die kleinen Küstensiedlungen zu stürzen? Grigori Kibisow sah man es an der Nasenspitze an, dass auf seinem mit Rentierfell abgedeckten Schlitten ganze Kanister mit Selbstgebranntem und reinem Sprit lagen. Oder dieser Karajew mit seinem klugen Lächeln, das tief in seinen Augen verborgen war. Auch der würde die Gunst der Stunde nicht verpassen wollen, der würde Gewinne erzielen, wo andere leer ausgingen ...

Die Rückfahrt nach Enmyn dauerte länger als die Hinreise zu Amundsens Schiff. Am zweiten Tag begann ein starker Schneesturm, und sie mussten zwei Nächte in einer Höhle verbringen, die sie in eine großen Schneewehe unter einem Felsvorsprung gegraben hatten. Die ganze Zeit musste sich John Ilmotschs Geschwätz anhören, wie er zu Langnase Kontakt halten könnte.

»Wenn ich ins Lager zurückkomme, befehle ich den Hirten, dass sie die Herde näher an den Tschaunsker Meerbusen treiben sollen. Zwar weidet dort Armagirgin, aber mit dem komme ich schon zurecht.«

»Wer ist Armagirgin?«, fragte John.

»Der Herr der Insel Aion«, erklärte Ilmotsch respektvoll. »Ein starker Mensch, ein großer Schamane. Er besitzt nicht nur eine Rentierherde. Er hat auch einen eigenen Walrosslagerplatz. So ein Mann ist das!«

»Und wenn er plötzlich selbst ein Freund von Langnase werden will?«, foppte John Ilmotsch.

»Daraus wird nichts!«, unterbrach ihn Ilmotsch brüsk. »Armagirgin ist anders gebaut! Er raucht keine Pfeife, trinkt kein übles lustig machendes Wasser, trägt keine Kleider aus Stoff, nichts, was ein weißer Mann gemacht hat. Es ist verrückt, aber sogar sein Essen kocht er in steinernen Töpfen! Nein, der würde nie Kontakt zu einem weißen Mann suchen. Wenn er erfährt, dass einer seiner Hirten geraucht oder gar Tee getrunken hat, dann jagt er ihn davon! Jagt ihn von der Insel! So ein Mann ist das, Armagirgin, der Herr der Insel Aion!«

John hatte von diesem Mann schon gehört, aber er war weit entfernt, wie eine Figur aus einem Zaubermärchen. Und nun stellte sich heraus, dass er ganz in der Nähe lebte, dass man sogar zu ihm fahren konnte, ohne große Umwege zu machen.

Der Gedanke gefiel John, und er schlug Ilmotsch vor: »Komm, lass uns bei ihm vorbeifahren.«

»Bei Armagirgin?«, fragte der Alte verwundert. »Wieso?«

»Ich würde ihn gern mal sehen, und auch mit ihm reden.«

»Da gibts nichts Interessantes!«, unterbrach ihn Ilmotsch grob. »Der Alte hat schon Moos angesetzt, nichts zu sehen.«

»Ich fahre trotzdem hin«, erklärte John resolut.

Ilmotsch druckste herum, stimmte dann aber zu, die Schlitten auf die Ostseite der Insel Aion zu lenken, wo zwischen niedrigen Hügeln am Meer fette Rene weideten.

3

Die vier Jarangas standen mit dem Gesicht zum Meer. Kein einziges Rentier war in der Nähe zu sehen. Das Lager erinnerte eher an eine Insel, die auf Stützbalken ruhte, wie ein Kanu auf einem Gestell für lange Lastschlitten, mit Walschulterblättern, die in die Erde gegrabene Fleischvorratskammern – die Uwerane – bedeckten.

Vor einer großen Jaranga standen Menschen und blickten den näher kommenden Hundeschlitten entgegen. Keine Rufe, kein Hundegebell.

Für einen Augenblick kamen John Zweifel: War es nicht ein Fehler, zu einem Mann zu fahren, dem jeder Fremde ein Dorn im Auge war? Aber zur Umkehr war es zu spät. Ilmotsch trieb seine sehnigen, mit magerem Rentierfleisch gefütterten Hunde an, schnalzte mit der Zunge und versprach mit dem Ruf »Jara-ra-ra-rai« baldige Rast. Die Gespanne fuhren vorsichtig an die Jaranga heran, die Kajure hielten die Schlitten an.

John betrachtete aufmerksam die schweigenden Menschen. Es waren nur Männer. Alle waren einfach, aber solide gekleidet. Offenbar waren ihnen noch nicht die guten, von der Pferdebremse verschonten Rentierfelle ausgegangen.

Die Ankömmlinge warteten einige Minuten auf die Begrüßung. Ein junger Mann trug auf seinen Schultern ein relativ großes Kind in einer weißen Kuchljanka aus Rentierfell und einer mit puschligem Fell gesäumten Mütze. Es sah irgendwie krank aus. Das Kind begrüßte die Ankömmlinge, und John war von seiner erwachsenen, ja beinahe alten Stimme frappiert:

»Ettyk? Menkotore? Woher kommt ihr?«

Das kam so unerwartet, dass die Reisenden sich verwundert ansahen und Ilmotsch erschrocken blinzelte.

Ohne die Begrüßung zu erwidern, betrachtete John das ungewöhnliche Menschlein, das eine so laute Stimme hatte und allem Anschein nach unheilbar krank war, sehr eingehend.

»Ettyk? Menkotore?«

Diesmal kam die Stimme fordernd, und da erkannten Ilmotsch und John schließlich, dass auf den Schultern des jungen Mannes kein Kind saß, sondern ein vertrockneter Greis mit scharfen, durchdringenden Augen.

»Wir kommen von der Küste«, antwortete Ilmotsch

hastig. »Wir haben beschlossen, auf der Rückfahrt Eure Insel zu besuchen. Vielleicht gibt es Neuigkeiten?«

»Ej, spannt die Hunde aus und füttert sie. Die Gäste bringt in die Jaranga!«, befahl der Greis und gab dem jungen Mann die Sporen, damit er ihn in den breiten Tschottagin trug.

Der Boden war sorgfältig gefegt. Drei Hängepologs mit grauen Vorhängen aus Rentierfell bildeten eine Reihe. Aus jedem Polog schauten neugierige Frauenaugen, verschwanden aber gleich wieder. Nur eine alte Frau, die sich auf dem frostharten Boden niedergelassen hatte, fachte eifrig das Feuer an.

Der junge Mann ließ den Greis vorsichtig auf ein Rentierfell hinabgleiten.

»Armagirgin«, verkündete der Alte feierlich seinen Namen. »Und wer seid ihr?«

»Ich bin Ilmotsch, ein Nomade«, entgegnete der Rentierzüchter würdevoll. »Und das ist mein Freund Son aus der Siedlung Enmyn, verheiratet mit Pylmau, die ihren Mann verloren hat.«

»E-e!«, sagte der Alte gedehnt und betrachtete John neugierig. »Dann bist du der Weiße, der so leben will wie wir?«

»I-i«, entgegnete John auf Tschuktschisch. »Wir haben viel von dir gehört, von deiner Weisheit, und beschlossen, bei dir vorbeizufahren und dich zu sehen.«

»Kakomej!«, sagte Armagirgin. »Du kannst ja sprechen, als ob eine Tschuktschin dich geboren hätte.« Armagirgins Stimme wirkte freundlich, und John bekam Mut.

Das Haus des großen Mannes war eine einfache Jaranga. John hätte sie bestimmt nicht so eingehend betrachtet, hätte Ilmotsch ihn nicht darauf aufmerksam gemacht, dass der Alte nichts leiden konnte, was aus Übersee kam, und dass das Stärkste, was er trank, Rentierbouillon war.

Der Kessel über dem Feuer hing an einer gewöhnlichen Eisenkette und war auch selbst eindeutig aus Metall. Johns Auge entdeckte ein Gewehr in einer Hülle aus Robbenhaut. Es hing dort, wo es in allen Jarangas war. Auch das kleine Messer, das auf einem Brett am Feuer lag, hatte eine Stahlklinge. Was wollte Ilmotsch also.

Armagirgin hielt die Regeln ein und fragte seine Gäste nicht aus, bevor er sie bewirtet hatte. Halblaut erteilte er den Befehl, und sein zweibeiniges Pferd verwandelte sich in einen flinken Diener, der jede beliebige Anweisung ausführte. Er las seinem Herrn jeden Wunsch von den Augen ab und rief, obwohl Armagirgin kein einziges Wort gesagt hatte, die Nachbarn herbei. Auf einer länglichen Holzschale tauchten die ausgesuchtesten Leckerbissen auf – Prerem, die Wurst aus Rentierfleisch, Knochenmark, sogar ein Stück leicht gelblich gewordener Itgilgyn, der Walspeck.

Armagirgin zog ein scharfes Messer aus Sheffield-Stahl heraus und lud die Gäste ein, am niedrigen Tisch Platz zu nehmen.

Eine Zeit lang waren im Tschottagin nur das Schmatzen, das Klappern der Messer auf der Holzschale, das Knacken des Holzes und der schwere Atem der Frau, die ins Feuer blies, zu hören.

»Warum seid ihr gekommen?«, fragte Armagirgin, nachdem er sich den Mund mit dem Saum des Fellärmels abgewischt hatte. »Was für ein Begehr hat euch hierher geführt?«

»Kein Begehr«, antwortete John. »Ich habe schon gesagt: Wir haben beschlossen, den verehrten Mann zu besuchen und ihm unsere Ehrerbietung zu erweisen.«

Armagirgin blinzelte mit den kleinen schmalen Augen, als ob er den Sinn von Johns Worten nicht gleich verstünde. »Ehrerbietung?«, wiederholte der Alte langsam, so als horchte er auf den Klang des Wortes. »Wieso?«

John war verwirrt. Hilfe suchend schaute er Ilmotsch an, aber der Rentierzüchter tat so, als sei er vollauf mit dem Zerbeißen der harten Wurst Prerem beschäftigt.

»Obwohl wir weit voneinander entfernt wohnen«, sagte John, »habe ich viel von Armagirgin gehört, von seinem Leben ... Und was ich gehört habe, hat mir gefallen, da wollte ich mal vorbeischauen ...«

»Vorbeischauen – stimmt das oder ist es gelogen?«, fragte Armagirgin ohne Umschweife.

»Es stimmt nicht ganz«, sagte John, der versuchte, sich aus der unangenehmen Lage herauszuwinden. »Einen Menschen wie dich zu sehen, ist immer interessant ...«

»Sag doch gleich – ihr seid aus Neugier gekommen«, entgegnete der Alte mit einem schiefen Lächeln, er kicherte plötzlich wie ein kleines Kind. »Ich verurteile Neugier nicht«, erklärte er mit ernster Stimme. »Neugier ist die Quelle des Wissens. Einen Neugierigen kann man nicht überrumpeln. Das habt ihr gut gemacht, dass ihr gekommen seid. Über den alten Armagirgin werden an der Küste alle möglichen Gerüchte und Legenden verbreitet. Manche behaupten sogar, ich sei längst gestorben, und junge Männer tragen meinen ausgetrockneten Körper ... Warum die Leute nicht selbst zu mir kommen, verstehe ich nicht«, seufzte Armagirgin. »Ob sie Angst vor mir haben?«

»Sie haben Angst«, brummte Ilmotsch, der plötzlich wieder reden konnte.

»Und wovor?«, fragte Armagirgin. »Ich bin kein Teufel und kein böser Mensch. Vielleicht das Gegenteil – vielleicht will ich den Menschen Gutes tun? Du weißt doch, Ilmotsch, wenn ein Hungerjahr kommt, zu wem fahren sie? Doch nicht zu dir. Du spürst das Unglück im Voraus und ziehst mit deiner Herde so weit weg wie möglich, damit dich niemand findet … Zu mir kommen sie, zu meinen Walrossen, die mich lieben und wissen, dass sie auf meiner Insel geschützt sind. Spreche ich nicht die Wahrheit?«

Armagirgin hob seine kleinen Augen, umfing mit seinem Blick alle, die sich im geräumigen Tschottagin versammelt hatten, und viele Stimmen verkündeten:

»Die wahrhaftige Wahrheit!«

»Hörst du, was die Leute sagen!« Armagirgin drehte sich zu John: »Auch die Gerüchte über meine Schamanenkraft stimmen … Und alles für das Wohl der Menschen, die leben wollen, satt sein wollen, Kinder gebären und großziehen wollen, damit dieses Land nicht verödet. Spreche ich nicht die Wahrheit?«

»Die wahrhaftige Wahrheit!«, rauschte es durch den Tschottagin.

Die stumme Frau räumte die leeren Holzschalen weg und stellte neue hin, gefüllt mit heißem Fleisch.

»Esst, meine Gäste!« Armagirgin hob einen besonders schönen Knochen hoch und reichte ihn John. »Iss, weißer Mann, der du ein richtiger Mensch werden willst.«

John nahm das Stück Fleisch aus Armagirgins Händen entgegen.

»Wenn ich dich ansehe«, fuhr Armagirgin fort, »dann

denke ich: Wird deine Ausdauer reichen, bei uns zu bleiben? Ich habe von dir gehört. Auch dass deine Mutter da war, um dich zu holen und du nicht mit ihr wolltest. Erstaunlich! Was hast du davon? Ein Mensch kann doch nicht mir nichts dir nichts sein Leben verändern! Nun hast du deine Neugier, was mich betrifft, gestillt, jetzt kannst du auch auf meine Frage antworten.«

Armagirgins scharfer, durchdringender Blick drang bis in Johns Herz, und der Gast beugte sich dem Willen des Gastgebers. »Ich habe beschlossen, so wie ihr zu leben, weit weg von Lärm und Lüge«, entgegnete John gehorsam.

»Gibt es hier denn keinen Lärm und keine Lüge?«, fragte Armagirgin mit listig zusammengekniffenen Augen. »Das Eis macht Lärm, der Schneesturm heult, die Schneelawinen krachen, die Walrosse schreien im Frühling und das Polarlicht rauscht. Und Lüge? Solange es Menschen gibt, existiert das Böse … Nein, dein Wunsch, hier zu bleiben, rührt von etwas anderem her, was du vor den Menschen verheimlichst.« Armagirgin starrte John an, so als wollte er ihn mit Blicken durchbohren.

Johns Herz klopfte aufgeregt, er schüttelte die magische Kraft, die von Armagirgins Augen ausging, ab und sagte fest: »Was ich gesagt habe, ist die Wahrheit. Andere Ziele habe ich nicht. Hier leben meine Frau und meine Kinder, und ich bin mit ihnen.«

Der Herr der Insel spürte, dass er ein bisschen zu weit gegangen war, und änderte seinen Ton. Er sagte friedfertig: »Deine Absichten und deine Worte, dass die Weißen hier nichts zu suchen haben, sind lobenswert. Stimmt es, dass du das gesagt hast?«

»Ich habe es gesagt, und ich bin von Tag zu Tag immer mehr davon überzeugt«, antwortete John. Er fühlte, dass er sich trotz seines inneren Widerstands Armagirgins Zauber nicht entziehen konnte. Er war wie gefangen. Ob er ein Hypnotiseur ist?, dachte er bei sich. Er erinnerte sich an ein Buch über die alten Religionen, das er in seiner Studentenzeit gelesen hatte. Dort stand geschrieben, dass einige Schamanen hypnotische Fähigkeiten besitzen, was ihnen unbegrenzte Macht über die Menschen gäbe … Offensichtlich war Armagirgin aus besonderem Holz geschnitzt. Solch eine originelle Persönlichkeit hatte John während seines ganzen Aufenthalts auf Tschukotka noch nicht getroffen. Also stimmte es nicht, dass den Tschuktschen die Idee einer höheren Macht fremd war. Armagirgin war ein lebendiger Beweis dafür, dass es auch in dieser Welt ungekrönte Könige gab, Menschen, die über den anderen standen. Zum Glück hatten die Tschuktschen keine Regierung wie in den zivilisierten Ländern …

Zum Abschluss des Gastmahls wurde in breiten Holztassen kräftige Rentierbouillon, gewürzt mit duftenden Kräutern, gereicht.

»Ich habe keinen Tee – dieses Gesöff sieht aus wie angewärmter Urin«, erklärte Armagirgin stolz. »Auch andere Getränke gibt es bei mir nicht. Nur Fleischbouillon. Trinkt und hört zu, wie sich die heiße Brühe in euren Mägen mit dem Fleisch unterhält.«

Trotz des langen, reichhaltigen Essens fühlten sie keine Schwere im Magen. Die Gäste erhoben sich leicht und beschwingt.

»Ich möchte dir ein paar geschlachtete Rene schenken«, sagte Armagirgin zu John. »So ein Fleisch hast du noch nie gegessen. Seine« – Armagirgin deutete mit dem Kopf geringschätzig auf Ilmotsch – »Rene ähneln mageren Hunden. Er füttert sie nicht richtig, jagt sie durch die Tundra, lässt sie kein Fett ansetzen.«

Dann traten alle aus der Jaranga. Der junge Mann sprang zu seinem Herrn, duckte sich, der Alte kletterte auf seine Schultern und umklammerte seinen Hals fest mit den Beinen, die in weißen Hosen aus dem Fell von Rentierläufen steckten. Die Stiefel waren aus dem gleichen Fell genäht.

Auf leichten Rentierschlitten, die die Hirten bereits vorbereitet hatten, jagten sie zur Rentierherde. Sie weidete in der Nähe, hinter den Hügeln am Meer, am Ufer eines großen Sees, der mit glattem Eis bedeckt war.

Aus dem Schnee ragte einsam eine Jaranga mit einer Rauchkrone. Aus der Jaranga krochen Menschen. Die Männer rannten den Schlitten entgegen, fingen die Zugtiere ein und führten die Gespanne zur Jaranga. Armagirgin bestieg wieder den jungen Mann und sagte von oben herab zu den in ehrfurchtsvollem Schweigen erstarrten Hirten: »Zu uns ist ein Gast gekommen mit Namen Son. Ihr habt von ihm gehört. Schlachtet für ihn drei fette Rene. Und dem Rentierzüchter vom Festland, Ilmotsch, gebt ihm auch drei fette Rene.«

Die Hirten rannten zur Herde.

Mit dumpfem Hufschlag kamen die Rene angetrabt. Die gefrorene Erde bebte, und man konnte den Geruch der Tiere spüren. Armagirgins Rene waren mindestens zweimal so groß wie die vom Festland. Das waren richtige Prachtexemplare. John war frappiert: Welch ein Unterschied zu Ilmotschs Tieren!

Ilmotsch erklärte John: »Auf der Insel gibt es keine Wölfe und Insekten. Deshalb sehen die Rene hier so schön aus. Das kommt nicht vom Schamanenzauber.«

Geschickt warfen die Hirten die Schlingen über ausgewählte Tiere, rissen sie zu Boden und stießen ihnen ein Stahlmesser ins Herz. Aus seiner erhöhten Position feuerte Armagirgin die Hirten an. Den Tieren wurde noch an Ort und Stelle, auf dem Schnee, die Haut abgezogen, dann wurden sie auf die Schlitten gelegt.

Die Reisenden übernachteten in Armagirgins Jaranga. Man hatte einen Polog für sie frei gemacht und die Frauen hinausgeschickt. Ächzend zog Ilmotsch seine Fellstiefel aus und beschwerte sich bei seinem Gefährten: »Schlau lebt der Alte! Guck mal, wie viel Frauen er hat! Nicht zu zählen! Oh, er wird noch lange leben! Für einen Mann ist das Wichtigste eine junge Frau, damit er was hat, womit er sein Blut aufwärmen kann. Je jünger die Frau, desto jünger der Mann. Egal wie alt er ist. Wenn du so viele junge Frauen hast, lebst du lange! Denkst du etwa, dass seine Beine nicht gehen können? I wo, er schont nur die Kräfte für die Nacht!«

Die Tranlampe erlosch, und der Polog versank in Dunkelheit. Ilmotsch aber knurrte noch lange und überhäufte den Herrn der Insel Aion mit Schmähungen.

John unterbrach ihn: »Wie ich sehe, hat er doch nicht so eine Scheu vor dem Neuen. Ein Gewehr besitzt er, Eisenkessel und Ketten ... Und dass er keinen Tee trinkt und auch nicht das üble, lustig machende Wasser, vielleicht ist das tatsächlich besser?«

»Alles im Leben hängt davon ab, wie man es sieht«, antwortete Ilmotsch nach kurzem Überlegen. »Wer noch nie davon gekostet hat, findet es vielleicht gut. Aber wer es kennt, den werden die Erinnerungen quälen. Ich zum Beispiel überlege gerade, ob ich nicht zu Langnase zurückkehren soll? Sicher findet sich bei ihm im Laderaum etwas für seinen neuen Freund. Aber ich weiss, es ist noch zu früh. Ich fahre etwas später hin, wenn er sich nach mir sehnt. Auch in der Freundschaft muss man Geduld haben. Für ein Wiedersehen muss man die Zeit wählen, wenn dein Freund Sehnsucht hat.«

Hinter den Wänden aus Rentierfell hörte man leise Gespräche und gedämpften Lärm, der von den Geschäftigkeiten im Haushalt kam. Manchmal konnten sie deutlich Armagirgins Stimme heraushören, die so durchdringend war wie seine kleinen Augen.

Als John am nächsten Tag erwachte, vernahm er im Tschottagin bereits die morgendliche Geschäftigkeit und das laute Knacken des brennenden Holzes. Der Geruch des Rauchs drang durch den dicken Vorhang und versprach ein reichhaltiges Frühstück.

John wartete, bis Ilmotsch erwachte, und dachte darüber nach, wie ungestört Armagirgin auf seiner Insel lebte. Keiner kam zu ihm, keiner stellte ihm Fragen, warum er ausgerechnet hier lebte.

Die Hunde waren von gestern noch satt, die Schlitten standen bereit, die Kufen waren frisch geeist. Die Last war sorgfältig verpackt und festgebunden. Es blieb nur, sich vom Hausherren zu verabschieden. Der thronte bereits auf seinem treuen jungen Mann und blinzelte ins Licht, das sich im weissen Schnee spiegelte.

John und Ilmotsch bedankten sich ehrerbietig bei dem Alten und nahmen auf den Schlitten Platz. Armagirgin sagte nicht viel, er bemerkte nur, dass die Gäste, wenn sie wieder einmal Lust auf einen Besuch hätten, ihn hier nicht fänden, er würde bald weiterziehen.

Lange noch war die Insel zu sehen. Sogar als die Hunde das Ufer des Festlands erreichten und die Kufen auf den nackten Kieselsteinen kreischten, war sie noch als dunkle Wolke am Horizont auszumachen.

»Du hast dem Alten gefallen«, sagte Ilmotsch, als sie anhielten, um das abgefahrene Eis auf den Kufen zu erneuern.

»Wie kommst du darauf?«

»Es wird erzählt, dass er manche mit Gewehrschüssen verjagt und sie nicht auf die Insel lässt oder seine Hunde auf die Schlitten hetzt – eine Mischung zwischen Wolf und Laika von der Insel Imelin. Oh, sehr bissig sind seine Hunde! Hast du sie gesehen? Er hat sie die ganze Zeit an der Kette gehabt.«

Während der ganzen Fahrt hatte John den auf den Schultern sitzenden Alten vor Augen, den Herren der Insel Aion, seine kleinen scharfen Augen und die Beine in den weißen Hosen aus dem Fell von Rentierläufen, die den Hals des jungen Tschuktschen umschlangen.

4

In Enmyn ging das Leben seinen Gang. Manchmal kamen Nachrichten von Kapitän Amundsen. Auf der Durchfahrt machte Godfred Hansen in Enmyn Halt. Er übernachtete in Johns Jaranga.

Pylmau, die es gewohnt war, Gäste zu empfangen, hatte gelernt, schmackhafte Sachen zu bereiten, vor allem Fladen, in Robbenfett gebraten.

Godfred Hansen erzählte, dass Ilmotsch mehrere Male zur *Maud* gekommen sei und Rene mitgebracht habe. Amundsen hatte schnell erraten, was der Alte brauchte. Anfangs hatte er ihm noch ein bisschen Wodka gegeben, als aber der Alte zudringlicher wurde und mehr forderte und darauf pochte, dass er sein Freund sei, hatte der Kapitän ihn abgewiesen. Da war Ilmotsch in sein Lager zurückgefahren und hatte die Rene so weit weg getrieben, dass es auf dem Schiff empfindlich an Rentierfleisch mangelte.

»Man könnte denken, dass alle Rene an dieser Küste allein Ilmotsch gehören!«, sagte Hansen verwundert.

»So ist es auch«, entgegnete John. »Haben Sie nicht mal versucht, sich an Ihren Nachbarn zu wenden, an den Herren der Insel Aion, an Armagirgin?«

»Haben wir«, antwortete Hansen. »Mit viel Mühe haben wir die Jarangas gefunden, aber Gewehrfeuer hat uns ferngehalten. Der Kapitän hat befohlen, sich zurückzuziehen und keinen Versuch mehr zu machen, mit diesem Verrückten in Kontakt zu treten. Überhaupt befinden wir uns hier in einer merkwürdigen Lage: Niemand weiß genau, wer die Macht auf Tschukotka hat. Die einen sagen, der oberste Regent von Sibirien sei Admiral Koltschak, andere behaupten, der gesamte Ferne Osten, Kamtschatka und Tschukotka befinden sich unter der Oberhoheit japanischer und amerikanischer Expeditionstruppen. Die Dritten reden davon, dass die Herren von ganz Russland die Bolschewiki seien mit Lenin an der Spitze ... Falls ernsthafte Schwierigkeiten auftreten, wissen wir nicht einmal, an wen wir uns wenden sollen.«

Godfred Hansen machte einen angenehmen Eindruck.

Obwohl John die Menschen nach seinem eigenen Gutdünken einschätzte, begriff er, dass es zu einfach war, die menschliche Gattung in Gute und Schlechte einzuteilen. Bei jedem, sogar bei dem ausgemachtesten Schuft, fand man ein Körnchen Menschlichkeit, einen sympathischen Zug, der Nachsicht verlangte. Ilmotsch zum Beispiel: Es schien, als hätte John in der letzten Zeit Gründe genug, den Rentierzüchter nicht mehr in seine Jaranga zu lassen. Aber weit gefehlt! Ilmotsch besuchte John weiterhin und schaute ihn mit Augen an, als ob sie immer noch die alten Freunde wären. Aber eines war neu im Benehmen des Rentierzüchters: Er war nicht mehr so dreist, er fragte John mit gesenkter Stimme, was auch ungewöhnlich für ihn war, das eine oder andere Mal sogar um Rat.

Nach Godfred Hansens Abreise kam Ilmotsch wieder einmal nach Enmyn. Zuerst begab er sich zum anderen Ende der Siedlung, zu Orwos Jaranga, dann wendete er und hielt vor John MacLennans Haus.

Lange klopfte er seine Kleider ab, als ob er durch einen Schneesturm gefahren sei, obwohl klares, windstilles Wetter herrschte, wie es üblich war in der Mitte des Winters, wenn das Polarlicht unruhig flackerte. Als er endlich die letzte Schneeflocke abgeklopft hatte, kroch er in den Polog und nahm aus Pylmaus Händen schweigend eine Tasse mit heißem Tee entgegen. Dann hobelte er genauso schweigsam und lange mit dem Messer ein steinhart gefrorenes Stück Robbenfleisch ab, trank erneut Tee und warf nur von Zeit zu Zeit schweigend einen forschenden Blick auf John.

Als er satt war, rutschte er auf seinem Platz hin und her, holte aus seiner Kuchljanka eine Flasche heraus und nahm einen großen Schluck. »Willst du?«, fragte er und hielt John die mit Speichel bedeckte Flasche hin.

John schüttelte schweigend den Kopf.

Ilmotschs Blick streifte die Kinder, die in einer hinteren Ecke des Pologs aus Seehundzähnen ein Haus bauten, und fragte: »Warum seid ihr so eigenartige Menschen?« Dabei schaute er John unverwandt an, und tief in seinen schmalen Augen verborgen lag Hass, wie mit Tusche gemalt.

»Was meinst du?« John zuckte fröstelnd mit den Schultern.

»Na, eigenartige Menschen eben!«, sagte Ilmotsch so laut, dass die Kinder zu ihm aufschauten. »Warum schaut ihr mich immer so an? Bin ich etwa schlechter als ihr? Ich verstehe, es gibt Menschen, die es nicht wert sind, neben dir zu sitzen, neben mir, neben Kapitän Langnase ... Aber ich bin Ilmotsch! Ich bin ein Mensch, der Achtung verdient! Wenn ihr mich nicht als Mensch achten wollt, dann schert euch weg aus unserem Land!«

»Was ist denn passiert?«, fragte John schließlich, als Ilmotsch endlich verstummte, um Luft zu holen.

»Na, das.« Ilmotsch zog erneut die Flasche heraus, tat einen hastigen Schluck und begann zu erzählen: »Ich bin zu meinem Freund zu Besuch gefahren, zu dem Mann, den ich für meinen Freund hielt. Langnase hat mich gut empfangen, hat mich gelobt vor den anderen, die nur gekommen sind, um zu betteln, aber in den Holzpolog hat er mich nicht gelassen. Er hat mich zu einem großen Leinenvorhang geführt, der am Eingang hing, und mir vorgelesen, was darauf stand: Eingang verboten.«

»Warum?«, fragte John.

»Das habe ich auch gefragt – warum? Vielleicht hat jemand eine ansteckende Krankheit? Oder jemand bringt ein Kind zur Welt, und der Brauch verlangt, die Gebärende in Ruhe zu lassen? Aber auf dem Schiff waren alle gesund, keiner kriegte ein Kind, und alles deutete darauf hin, dass die Männer auf dem eingefrorenen Schiff nicht im Traum an Frauen dachten ... Langnase hat einfach Abscheu vor uns empfunden! Unsere Rene hat er nicht abgelehnt, nicht den Fisch, nicht die Pelze der Polarfüchse, der Füchse und der Eisbären. Aber uns!«

»Das kann nicht sein!«, rief John, der sich an Kapitän Amundsens freundliches Lächeln erinnerte und an seine Worte, dass während seiner vielen Reisen immer die Ureinwohner seiner ersten Helfer waren. Sie seien die wahren Helden, hatte er immer gesagt.

»Doch, das kann sein!«, schnitt ihm Ilmotsch das Wort ab. Er war erhitzt, entweder vom Schnaps oder von den Erinnerungen. »Mich, einen Rentiermenschen, den saubersten überhaupt, der jeden Tag in einem Polog schläft, der ausgeklopft und in den Frost gehängt wurde; der sich immer nur auf saubere Rentierfelle legt. Angeblich hat er Angst vor Läusen! Verstehst du, was er gesagt hat? Er hat gesagt, er hat Angst vor meinen Läusen!«

Solch eine Beleidigung hätte jeden Rentierzüchter gekränkt. Erst recht Ilmotsch! Ein Rentiermensch, der durch die Tundra zieht, hält sich in Sachen Sauberkeit erhaben über jeden beliebigen Meeresbewohner. Die Jaranga des Rentiermenschen ist leichter, er kann sie in wenigen Minuten zusammenlegen. Jeden Morgen, wenn die Männer zu den Herden gehen, nimmt die Hausfrau den Polog, legt ihn in den frischen Schnee und klopft ihn mit einem biegsamen Rentiergeweih aus. Auf diese Weise werden aller Schmutz und die Feuchtigkeit entfernt, die das Fell über Nacht aufgesogen hat. Der Polog bleibt den ganzen Tag auf dem Schnee liegen, erst gegen Abend wird er, gereinigt und nach frischem Schnee riechend, wieder hereingenommen und ist bereit, den müden Hirten aufzunehmen. Außerdem zog sich der Rentiermensch ordentlicher und sauberer an als der Meeresbewohner, der viel Zeit in seinem verräucherten Haus verbrachte, in dem sich sogar bei der größten Ordnung der Schmutz von Jahrzehnten ansammelte. Bei den Rentiermenschen hieß es, dass das Nomadenleben und das ständige Rennen um die Rentierherde herum jedes Insekt tötete.

»Ein großer Nomade! Und hat Angst vor Läusen!«, bemerkte Ilmotsch verachtend. »Aber ich habe gesehen, wie dieser Karajew zu ihm gekommen ist, der Listigste von den Weißen, in Stoffhosen und Stoffhemd – ein wahrer Tummelplatz für Läuse! Und mich hat er nicht reingelassen! Einen, den er als seinen Freund bezeichnet hat! Von dem er Rene genommen hat! Er ist ein sehr schlechter Mensch!«

Ilmotsch stieß die abscheulichsten Worte aus, die man in der tschuktschischen Sprache nur finden kann – »ein schlechter Mensch«. Man konnte jemanden nennen, wie man wollte, ihn mit jedem abscheulichen und blutgierigen Tier vergleichen, sogar mit Scheiße, aber die schrecklichste Beleidigung war, ihn als »schlechten Menschen« zu bezeichnen. Wie schon oft hatte John beobachtet, wie Männer beim Streit zu den Messern griffen, sobald einer zum anderen sagte: »Du bist ein sehr schlechter Mensch.«

Dagegen nahmen sie es ziemlich gelassen, wenn der Gegner ihnen ein Wort an den Kopf warf, für das man in einer anderen Kultur zum Duell aufgefordert wurde.

Darüber sollte man nachdenken: »Ein schlechter Mensch«, das war die schlimmste Beleidigung ...

Ilmotsch hatte sich Genugtuung verschafft, als er Langnase einen »sehr schlechten Menschen« nannte. Er beruhigte sich, nahm einen Schluck aus der Flasche und fuhr in seiner Erzählung fort. »Danach konnte ich natürlich nicht mehr in der Nähe des Schiffs bleiben. Ich konnte das Gesicht des Menschen nicht mehr sehen, den ich aus Dummheit meinen Freund genannt hatte. Da bin ich nach Uëlen gefahren, um wahres Leben und wahre Menschen zu sehen, die wissen, was Freundschaft ist, und die dich achten.

Ich bin zur Jaranga von Gemalkot gekommen. Du kennst ihn. Wenn alle Leute so wären wie er, dann würden keine schlechten Menschen mehr geboren werden, die den guten schaden und Leid bringen. Er nahm mich wie immer auf, bot mir einen eigenen Polog an, aber leider keine Frau. Na gut, so dringend brauchte ich auch keine. Aber Ehre wem Ehre gebührt. Wenn er zu mir kommt, dann biete ich ihm immer mit der gebührenden Hochachtung eine an ... Ich wollte ihm Vorwürfe machen, hab es aber auf den nächsten Tag verschoben, denn ich war müde vom Weg und außerdem wütend wegen Langnase, das Eis soll sein Schiff zermalmen!

Am nächsten Tag ging ich raus, um meine Notdurft zu verrichten. Schaute auf das Holzgebäude, in dem die Schule eröffnet werden soll, und sehe den roten Fetzen. Der Fetzen ist nicht sonderlich groß, na, vielleicht reicht er für eine Kinderkamlejka. Aber er ist mir auf den Geist gegangen, und ich bin schnell in die Jaranga zurück ... Ich frage Gemalkot, ob die Uëlener so reich geworden sind, dass sie rote Fetzen an die Stange hängen? Da antwortet er mir doch ...«

Ilmotsch regte sich wieder auf und griff zur Flasche, aber bevor er einen Schluck nahm, hielt er sie gegen das Licht, um zu sehen, wie viel noch übrig war. Er ließ von seinem Vorhaben ab und stopfte den Lappen sogar noch tiefer in den Flaschenhals.

»Da antwortet mir doch Gemalkot, dass in Uëlen die Bolschewiki an der Macht sind!«

»Nicht zu glauben!«, entfuhr es dem erstaunten John. »Sie haben sie doch in Anadyr erschossen!«

»Hör zu!«, unterbrach ihn Ilmotsch. »Die Bolschewiki haben sich so vermehrt, dass es sogar für unser fernes Land noch welche gibt. Aber es geht ja gar nicht um die Menschen! Sie wollen die ganze Welt mit Gewalt zerstören. Bis zum Grund! Aber das Verwunderlichste und Seltsamste ist die Macht der Armen. Von nun an, so heißt es, werden die Armen herrschen. Das Leben eines Armen wird als Beispiel hingestellt. Ich habe Gemalkot gefragt, was das bedeutet, aber der versteht überhaupt nichts. Er wurde plötzlich still und schaute immer geradeaus. Ich sage zu ihm: Selbst ein Armer möchte nicht in Armut leben ... Aber die Uëlener sind mir auch welche! Sogar unter den Tschuktschen gibt es jetzt Bolschewiki. Tegrynkëu! Ein Mann, der den Lebensberg erstiegen hat und oben ist, und der nimmt als Erster die Ideen der Bolschewiki an!«

John hatte den jungen Mann einmal gesehen und sogar mit ihm gesprochen. Tegrynkëu stammte eigentlich nicht aus Uëlen, sondern aus Keniskun und war ein Zögling Carpenters. Der Händler hatte den Waisenjungen aufgenommen, ihm Arbeit im Laden gegeben. Dabei entdeckte er bald die außergewöhnlichen Fähigkeiten des Jungen. Aus Spaß hatte er ihn ein paar Stunden im Schreiben und Rechnen unterrichtet, das übrige hatte sich Tegrynkëu selbst beigebracht. Er konnte Englisch lesen und schreiben, rechnen, und wenn Carpenter mal keine Zeit hatte, erledigte er die Eintragungen in die Rechnungsbücher. Eine Saison lang hatte Tegrynkëu als Matrose auf einem Walfänger gearbeitet und relativ viel Geld verdient. Auf dieses Geld hatte es der Gebietschef von Uëlen abgesehen gehabt, ein gewisser Chrenow, der es dem jungen Mann auf alle mögliche Weise schwer machte. Mal erfand er ein besonderes Zollgesetz, mal erklärte er einfach im Namen zuerst der Provisorischen Regierung, dann des obersten Regenten von Sibirien, Admiral Koltschak, dass Tegrynkëus Hab und Gut konfisziert sei. Aber Tegrynkëu ließ sich nicht unterkriegen und gab sein Geld nicht her. Er versteckte es so gut, dass die Haussuchungen, die von Zeit zu Zeit in seiner Jaranga durchgeführt wurden, fruchtlos blieben. Chrenow, wegen des Misserfolgs außer sich, erschoss schließlich in einem Wutanfall Tegrynkëus Leithund und brachte damit nicht nur Tegrynkëu gegen sich auf, sondern alle Bewohner von Uëlen. Chrenow musste nach Amerika fliehen, ohne Tegrynkëus Geld, allein mit der mageren Gebietskasse, in der Geldscheine mit fragwürdigem Wert lagen. Sie waren von Regierungen, die außer in Sibirien niemand anerkannte, gedruckt worden.

Tegrynkëu also war Bolschewik geworden … Eigenartig, dieser junge Mann hatte auf John einen sympathischen Eindruck gemacht. Er gefiel ihm besser als Gemalkot, dieser rätselhafte Tschuktsche, der wenig redete und dessen Blick einem durch und durch ging.

»Ich habe diesen Tegrynkëu getroffen, hab mit ihm geredet«, erzählte Ilmotsch. »Idiotisch! Er sitzt im Holzhaus an einem Tisch, unter einem großen Bild, auf dem ein Mann mit Bart zu sehen ist. In Fellhosen sitzt er auf dem Stuhl, und um den Ärmel der Kuchljanka hat er ein rotes Band gewickelt, offenbar ein Stück von dem Fetzen, der an der Stange hängt. Zuerst hab ich ihm gesagt, das sieht nicht schön aus, der rote Stoff nur auf einem Ärmel, er soll seine Frau bitten, den Stoff zu zerschneiden und den roten Fetzen auch noch um den anderen Ärmel wickeln. Da ist Tegrynkëu böse geworden, hat mich angeschrien, mich mit allen möglichen bösen Worten beschimpft, ich würde angeblich den Hirten das Blut aussaugen. Und dann hat er noch ein beleidigendes Wort zu mir gesagt, offenbar ein russisches Schimpfwort, ich hab es mir gemerkt, obwohl es schwer ist. Mein Gedächtnis ist noch in Ordnung: ›Exblutör‹ hat er gesagt.

Ich bin die Ruhe selbst, hab gewartet, bis der Junge genug gekocht hat. Und noch eins: Am Gürtel, neben dem Jagdmesser, hängt ein Gewehr, genauso eins, wie ich bei den toten Weißen gefunden habe, die nach dem Goldsand gesucht haben.

Ich habe also gewartet und dann gesagt, damit er nicht böse wird, dass ich zu ihm gekommen bin, weil er die neue Macht vertritt, nicht um mich über ihn lustig zu machen. Ich will meine Hochachtung ausdrücken und fragen, womit ich helfen kann, ich bin schließlich nicht der ärmste

Mensch in der Tundra. In der ersten Zeit kann ich ihm schließlich mit Rat und Tat zur Seite stehen, denn ich bin viel älter. Ich hab ihm gesagt, von mir aus kann er den roten Fetzen tragen, wo er will, das ist seine Sache, aber die Leute werden drüber lachen. Und dann hab ich noch gesagt, das Bild, das er hingehängt hat, ist nicht passend, ein bärtiger Mann in einem primitiven Holzrahmen. Ich hab ihm gesagt, die Russen hängen solche Personen in wertvollen Goldrahmen auf und zünden dazu noch eine Kerze an, dass dem Mann auf dem Bild warm wird und er Licht hat ... Aber da fängt dieser Tegrynkëu so zu zischen an, als ob man ihn mit kochendem Wasser übergossen hat! Er schreit, stampft wütend auf und schubst mich aus dem Haus ... Aus seinem Geschrei hab ich rausgehört, dass das Bild an der Wand einen gewissen Marx darstellt, er ist der Führer der Bolschewiki ...«

Mit diesen Worten holte Ilmotsch entschlossen die Flasche aus der Kuchljanka, zog mit einem saftigen Plupp den Lappen aus dem Flaschenhals und saugte sich mit dem Mund fest. Nachdem er einige hastige Züge getan hatte, sagte er verächtlich: »Dieser Mensch hat nichts Bemerkenswertes an sich. Vielleicht der Bart. Aber die Augen sind wie bei unserem Orwo. Weiter nichts. Ein einfacher Mensch. Wenn man ihm eine Kuchljanka anzieht, eine Pelzmütze aufsetzt und ihn auf einen Hundeschlitten packt, ist er nicht von uns zu unterscheiden ... So sehen die Neuigkeiten aus in unserem Land.«

Zuerst bereitete Ilmotschs Erzählung John Vergnügen, aber dann bekümmerte sie ihn: Die Bolschewiki waren also bis Tschukotka gekommen. Wohin würden sie noch gehen?

Gab es denn auf dieser riesigen Erde keinen einzigen Menschen mit gesundem Verstand, der seine Stimme für die kleinen Völker erhob, die keinerlei Schuld daran trugen, dass sie mit Menschen, die im Kampf um die Macht in Wut geraten waren, auf einem Planeten lebten? Kapitän Amundsen hatte doch etwas von einer Weltorganisation erzählt, in der Fridtjof Nansen eine hervorragende Rolle spielte? Vielleicht sollte er ihm einen Brief schreiben, damit der Völkerbund seine Stimme zur Verteidigung der arktischen Völker erhob? Aber ob der Bund sich mit so etwas beschäftigen würde?

Ilmotsch stellte bitter fest, dass er auch beim Trinken völlig nüchtern blieb. In der Flasche war nur noch der Boden bedeckt, doch Ilmotschs Kopf war klar. Ob der Zorn wohl die Wirkung des üblen, lustig machenden Wassers auffraß? Erstaunt über diese unerwartete Entdeckung trank Ilmotsch den letzten Rest aus, schaute John an und sagte fest: »Die weißen Menschen sind überall gleich ... Ich meine nicht dich, denn du bist ganz anders, du gehörst zu uns und verstehst uns. Vielleicht hast du sie deshalb verlassen. Ein gemeines Volk ist das! Schau mal: Langnase hat mich seinen Freund genannt, hat Renfleisch von mir angenommen und mich dann nicht aufs Schiff gelassen. Und jetzt die Bolschewiki. Reinen Herzens habe ich ihnen meine Hilfe angeboten, und sie haben sie abgelehnt und mich dazu noch Exblutör genannt ...«

»Aber Tegrynkëu ist kein Weißer«, wandte John ein.

Ilmotsch winkte ab: »Den haben sie verdorben. Ich bin überzeugt, sie geben ihm jeden Tag eine Flasche. Woher kommt sonst sein Mut? Na, die sollen bloß mal kommen! Ich werde jetzt so wie Armagirgin leben. Alle sollen sie an mir vorbeiziehen! Alle – die nach dem gelben Metall suchen, die Händler und die Bolschewiki – vorbei!«

Am frühen Morgen fuhr Ilmotsch zurück zu seiner Herde.

5

Nichts ist bitterer, als in der dunklen Winterzeit mit einem leeren Schleppriemen von der Jagd heimzukehren. Dumpf schallt unter den vereisten Felsen das Echo der knarrenden Schuhsohlen auf dem trocknen Schnee. Sogar das müde Atmen des enttäuschten Menschen schallt laut. Der Jäger will die Zeit in die Länge ziehen, will erst in tiefer Nacht zurückkommen, wenn alle schon schlafen, wenn sogar die Hunde in den warmen Tschottagin gekrochen sind und sich zusammengeringelt haben, sodass sie einen einzigen Klumpen vor dem Polog bilden und mit ihren empfindlichen Nasen den Geruch der Wärme und des kärglichen Winteressens einatmen.

Aber niemand schläft, alle warten auf den Jäger. Sie machen sich Sorgen um ihn, und die Kinder laufen von Zeit zu Zeit aus dem Haus, schauen lange in Richtung Meer und versuchen zwischen dem dunklen Packeis einen Schatten zu erspähen, der sich bewegt. Auch Pylmau sorgt sich, die treue Frau, die schweigsame Kameradin, die ihm von Jahr zu Jahr lieber wird.

John konnte sich nur schwer vorstellen, wie er früher zurechtgekommen war, als er die beste Frau auf der Welt noch nicht kannte.

Sie machte sich natürlich mehr als alle anderen Sorgen, zeigte das aber nicht und schimpfte sogar mit den Kindern, weil sie so oft aus der Jaranga liefen und schon vorher festlegten, wer diesmal die Robbenaugen bekam – den besten Leckerbissen.

Als John auf das Packeis geklettert war, sah er helle Punkte – das war das Licht der Tranlampen, die im Tschottagin brannten. Sie wurden in der Tür aufgestellt, damit die Flamme sich im Schnee spiegelte und für den heimkehrenden Jäger wie ein Leuchtturm war.

Klein war die Siedlung Enmyn. In all diesen Jahren war keine einzige Jaranga hinzugekommen. Schlimmer noch, sie hatten sogar die Jaranga des alten Mutschyn verbrannt, der mit seiner Frau in dem schrecklichen Krankheitswinter gestorben war, als auch John seine Tochter verloren hatte ...

Ein ungeübtes Auge hätte den schwachen Schein der Tranlampe gar nicht bemerkt. Auch John ahnte das Licht eher als er es sah. Hätten in Enmyn richtige Holzhäuser gestanden, dann hätten Glasfenster das helle Licht widergespiegelt. John musste kichern. Häuser in Enmyn! Lächerlich! Die Jaranga war seit Jahrhunderten die beste und geeignetste Wohnung! Auf Tschukotka hing der Mensch mehr als anderswo von der Natur ab, von unerwarteten Schicksalsschlägen. Hier nützten ihm keine romantischen Fantasien. Kein Wahrsager konnte voraussahen, was die Tschuktschen im kommenden Winter erwartete. Nicht einmal aufs Barometer konnte man sich verlassen.

Ilmotsch, der weit weg vom Ufer zog, wenn ein harter Winter drohte, oder in der Nähe blieb, wenn er wusste, dass er bei der Jagd gute Sicht hatte, verhielt sich seltsam.

Mal erklärte er entschieden, dass er zu den Wäldern ziehen wolle, mal sagte er, dass er diesen Winter doch lieber im Tal des Flusses Enmywaam verbringen wolle.

Dazu die Gerüchte über die Bolschewiki. Auf Roald Amundsens Schiff liefen die Nachrichten der gesamten Küste zusammen. Dann und wann schaute der Kapitän höchstpersönlich bei John MacLennan herein. Er brachte Geschenke und erzählte von seinen Gedanken über die arktischen Völker. Er lobte Johns Plan, sich mit einem Brief an den Völkerbund zu wenden und diesen Brief an Fridtjof Nansen zu schicken, um die Rettung und Bewahrung der Völker, die am Eismeer lebten, zu fordern.

»Die Menschheit muss nach den langen Jahren grausamer Kriege und blutiger revolutionärer Umstürze endlich wieder Humanismus zeigen«, erklärte Amundsen. »Ich bin mir sicher, dieser Appell wird ein breites Echo bei den aufgeklärten Köpfen der ganzen Welt finden. Auch die Politiker werden nach dem Kriegsbrand froh sein, etwas zu tun, was die allgemeine Sehnsucht nach guten Taten stillt. Das ist doch verständlich nach kriegerischen Zusammenstößen, bei denen so viele Menschen draufgegangen sind.«

John zeigte ihm den Briefentwurf. Amundsen las ihn aufmerksam durch, schlug einige vernünftige Verbesserungen vor und bemerkte: »Bei einer wohlwollenden Reaktion des Völkerbundes ... Und ich bin davon überzeugt, glauben Sie mir, ich habe darin Erfahrung, obwohl ich kein Politiker bin ... Bei einer positiven Reaktion werden unsere Namen in die Geschichte eingehen!«

John sah Amundsen an und dachte: Wenn sein ganzes Leben und alle Entbehrungen, die der große Reisende erdulden musste, als er seine großen Entdeckungen machte, in erster Linie nur ein Ziel verfolgten, und zwar den eigenen Ehrgeiz zu befriedigen, die Ruhmessucht zu stillen, dann war ihm das besser gelungen als irgendeinem anderen Zeitgenossen. Aber offenbar reichte es ihm noch nicht, der Erstbezwinger der Nordwestpassage, des Nordostwegs und des Südpols zu sein? Offenbar war Ehrgeiz etwas, was nie ganz befriedigt werden konnte. Deshalb wollte Amundsen auch noch als Verteidiger der kleinen Völker des Nordens berühmt werden, als Mensch mit hohem humanistischem Gedankengut. Doch egal, was den großen Amundsen bewegte, die Hilfe eines solch angesehenen Mannes abzulehnen, wäre falsch gewesen. Im Namen aller, die Johns MacLennans Brüder geworden waren ...

Sie verabredeten beide, dass John den endgültigen Text des Briefes bereithalten solle, und dass im Frühjahr, wenn die *Maud* ihr Eisgefängnis verließe, Amundsen den Brief mitnähme.

Die Jaranga war schon ganz in der Nähe. Selbst im dunkelsten Winter, in einer mondlosen Nacht, in einer Nacht ohne Polarfeuer, gab es genügend Licht, um auf dem weißen Schnee Menschen zu erkennen. Sie standen neben der Jaranga des alten Orwo und hielten Ausschau nach den heimkehrenden Jägern.

John schaute nach links zu seiner Jaranga. Da standen die Kinder. Auf dem Weg dorthin kam er an Orwos Jaranga vorbei und sagte: »Dieses Mal ist das Glück an mir vorbeigegangen.«

Orwos Leute antworteten ihm nicht, denn wahres Mitgefühl findet keine Worte. Das Schweigen war wie ein Versprechen zu helfen und den anderen nicht hungern zu lassen. John wusste: Wenn seine Fleischgrube und seine Fässer leer wären, hätte er zu jedem kommen können, jeder hätte nach dem ungeschriebenen uralten Gesetz der Solidarität mit ihm das letzte Stück geteilt.

Die Kinder rannten ihrem Vater nicht entgegen. Sie warteten, bis John bei ihnen war. Jako nahm die lange Stange, die Hakenstange mit der scharfen Spitze, aus den Händen des Vaters entgegen, die kleineren Kinder bekamen den Rest der Jagdausrüstung. Bill-Toko reichte John ein gebogenes Rentiergeweih zum Schneeausklopfen und blieb neben ihm stehen, bis der Vater die Fellstiefel gereinigt hatte.

Im Tschottagin entdeckte John unerwartet Orwo. Der Alte hatte ihn also überholt.

Orwo war in der letzten Zeit merklich gealtert. Er ging selten zur Jagd, und jeder Bewohner von Enmyn hielt es für seine Pflicht, ihm ein Stück Robbenfleisch, Tran, ein Stück Bartrobbenhaut für Schuhsohlen abzugeben.

Pylmau machte sich am Feuer zu schaffen, fischte Fleischstücke aus dem großen Kessel und legte sie auf die lange Holzschale. John nahm auf dem Kopfbalken Platz, hob die kleine Tochter hoch und setzte sie neben sich, allen übrigen schob Jako einen Walwirbel unter.

John hatte seinen Kindern nie die Anstandsregeln der Tschuktschen beigebracht. Die Erziehung lag in Pylmaus Händen. Die Kinder nahmen nie zuerst das Fleisch aus der Schale, egal wie hungrig sie waren. Erst wenn der Vater und Ernährer zu essen anfing, schnappten sie sich ein Stück. Außerdem gehörte es sich nicht für sie, das beste

Stück zu nehmen, sondern das, was in der Nähe lag. Diese Regeln betrafen vor allem die Jungen. Wenn ein zukünftiger Jäger ein Stück nahm, das weit weg von ihm lag, dann flog seine Harpune über das Walross hinweg. Außerdem war es nicht erlaubt, die Knochen vom Schienbein zu essen, damit man sich nicht selbst das Bein brach.

Pylmau setzte sich ans Kopfende des Tisches und verteilte die Wurst Kopalchen, die sie vorher mit dem Messer klein geschnitten hatte.

Als Orwo sich satt gegessen hatte, schaute er von der Holzschale auf und sagte: »Ich bin gekommen, um dich um Rat zu fragen ...«

»Ich bin immer bereit, dir zu helfen«, antwortete John schnell.

»Ilmotsch war bei mir ... Er will mein Verwandter werden. Wirbt um meine Tochter. Er sagt, dass alles so sein soll wie von alters her: Sein Sohn dient zwei Jahre bei mir um die Braut, und dann einigen wir uns endgültig.«

»Gefällt denn der junge Mann deiner Tochter?«, fragte John vorsichtig.

»Für sie ist es das erste Mal, und sie ist neugierig. Aber was kommt danach?«

»Und der junge Mann?«

»Der hat den heißen Wunsch zu heiraten, bei mir in der Jaranga zu leben und um seine Braut zu dienen. Allem Anschein nach gefällt sie ihm.«

»Wenn alle einverstanden sind, warum machst du dir dann Sorgen?«

Orwo blickte in Johns Gesicht, so als wolle er die stumme Frage stellen: Verstehst du wirklich nicht?

»Die Sache ist die, ich bin alt«, sagte Orwo laut.

»Du brauchst in der Jaranga also einen jungen Helfer«, sagte John.

»Ich brauche tatsächlich einen Helfer, das ist ja das Problem«, antwortete Orwo. »Aber Ilmotschs Sohn ist ein Rentiermensch. Er kann nicht auf dem Meer jagen. Und meine Tochter braucht einen richtigen Ernährer, der nicht nur dann Essen besorgt, wenn ich durch die Wolken gegangen bin, sondern auch, wenn Ilmotsch in schweren Zeiten weit weg von der Küste zieht. Das kommt ja bei ihm vor.«

John berührte Orwos praktische Denkweise unangenehm. Immerhin ging es um die Gefühle seiner Tochter. Aber die harte Notwendigkeit zwang den Alten dazu, und er sorgte sich vor allem um das Leben der Tochter, um ihr Wohlergehen, um die Zukunft der ungeborenen Enkel.

»Ich denke, in diesem Fall sollte man hören, was Tynarachtyna sagt«, riet John. »Sie ist ein vernünftiges Mädchen und handelt so, wie es nötig ist.«

»Viel zu vernünftig und selbständig«, meinte Orwo traurig. »Ich habe gar nicht gemerkt, wie sie herangewachsen ist. Und jetzt ist es schon zu spät, auf sie Einfluss zu nehmen. Sie wurde geboren, als ich schon alt war, ich habe sehr auf sie gewartet … Das heißt, richtiger, auf einen Sohn, aber geboren wurde ein Mädchen, und ich bedaure das kein bisschen. Wenn es in unserer Jaranga sehr kalt ist, dann kommt es mir so vor, als ob eine ewige Tranlampe brennt, und die kleine Flamme immer heller und heller wird. Und nun wird dieses Licht einen anderen wärmen. Tynarachtyna ist froh, aber ich fürchte, mehr aus Neugier.«

»Trotzdem muss sie selbst entscheiden«, meinte John.

Alles ging ohne Hochzeitszeremonie ab. Ilmotsch und Orwo stellten einfach für ein paar Tage Speise und Trank zur Verfügung, und jeder, der nicht auf der Jagd war, konnte in die Jaranga zu Orwo kommen, sich an den niedrigen Tisch setzen, auf dem immer der Kemen, die Holzschale, stand, und sich nicht nur an fettem Rentierfleisch und Itgilgyn satt essen, sondern sogar vom üblen, lustig machenden Wasser trinken, das in einem nie enden wollenden Rinnsal aus dem Lauf der Winchester tropfte.

John wurde mit lautem Freudenschrei begrüßt, er bekam sofort den Ehrenplatz auf einem weißen Rentierfell am Kopfbalken angeboten. »Unser lang erwarteter Gast ist gekommen!«, verkündete der recht beschwipste Orwo feierlich. »Tynarachtyna und Notawje, kommt her!«

Aus dem Polog krochen Notawje und Tynarachtyna, beide verlegen.

Ilmotschs Sohn war offenbar einer seiner jüngsten, der künftige Ehemann wirkte wie ein halbes Kind. Aber Ilmotsch war einer, der weit in die Zukunft schaute. Er sorgte sich schon jetzt um das Wohl seines Kindes und streckte seine Wurzeln zur Meeresküste aus. John war das Fernziel des listigen Rentierzüchters, das lag auf der Hand: Orwo war ja schon ein alter Mann. In den letzten Jahren war er oft krank gewesen, und er hatte nur diese einzige Tochter. Auch Orwos Frauen waren bereits gebrechlich. Obwohl der Alte keinen Reichtum angehäuft hatte, besaß er doch eine stabile Jaranga, ein kleines Fellkanu und ein Gespann mit ausgezeichneten Hunden. Aber das Wichtigste war, der Alte hatte den Ruf eines guten Menschen, alle erinnerten sich an die guten Dinge, die er für andere getan hatte. Und Verwandter eines guten

Menschen zu sein war nicht weniger wert, als Reichtum zu erben.

Notawje senkte verlegen die Augen, als hätte man ihn bei einer ungehörigen Tat ertappt. Sein kindliches Gesicht war vom Schlaf zerknittert, und er zog laut seine Nase hoch.

Tynarachtyna war das genaue Gegenteil ihres Bräutigams. Sie war bereits ein reifes Mädchen mit verwegenem, scharfem Blick, sie hatte eine stolze, gerade Haltung und eine laute Stimme. Sie nickte dem Gast freundlich zu, lachte mit den Augen, und John wurde plötzlich traurig zumute – traurig, weil seine Jugend schon vorbei war und das Lächeln dieses Mädchens bereits hinter einer unerreichbaren Schwelle lag.

»Schaut, Son und alle anderen Gäste!«, rief Ilmotsch mit betrunkener Stimme. »Das ist ein Paar! Wie auf Bestellung, wie füreinander gemacht. Ich bin überzeugt, dass sie gute Kinder zeugen. Stimmts, Notawje, du wirst gute Kinder machen?«, fragte er seinen Sohn ohne Umschweife.

»Und du, Tynarachtyna?«, wandte sich Ilmotsch an das Mädchen.

»Wir geben uns Mühe!«, entgegnete sie herausfordernd.

»Dann beeilt euch!«, sagte Ilmotsch. »Bei Son wachsen gute Bräute und Bräutigame heran!«

»Aber Tynarachtyna ist ja noch gar nicht Notawjes Frau«, bemerkte Orwo. »Dein Sohn ist ja gerade erst zu uns gekommen.«

»Ich weiß, ich weiß«, unterbrach ihn Ilmotsch. »Aber ich glaube an Notawje wie an mich selbst. Er wird beweisen, dass er ein echter Mann sein kann und dir ein wahrer Helfer. Es ist kein Unglück, dass er nicht am Meer geboren wurde. Es ist nicht so schwer, ein Tier zu töten. Viel leichter als Rene großzuziehen und mit ihnen durch die weite Tundra zu ziehen.«

»Da hast du nicht recht, Ilmotsch«, widersprach Orwo. »Meeresjäger zu sein ist überhaupt nicht so leicht, wie es einem Tundramenschen erscheinen mag, der sein eigenes Essen hütet.«

»Wir wollen uns nicht streiten«, entgegnete Ilmotsch friedlich. »Lasst uns lieber von dem üblen, lustig machenden Wasser trinken. Ich hoffe, du bringst meinem Sohn bei, wie man dieses Getränk aus der Winchester herauskriegt?«

Den Tschottagin betraten neue Gäste. Tnarat schaute herein und setzte sich zu John, lehnte aber das üble, lustig machende Wasser ab. »Ich würde mich schämen«, gestand er verlegen, »wenn ich mich daran erinnere, was ich gesagt und getan habe, als ich betrunken war!«

»Du redest Unsinn«, widersprach Ilmotsch. »Das üble, lustig machende Wasser macht den Menschen klug und lustig.«

Tnarat lachte nur zur Antwort.

Vor ihm stand ebenfalls die Aufgabe, die Töchter zu verheiraten. In einer kleinen Siedlung wie Enmyn war das lebenswichtig. Alle, die sich nicht rechtzeitig darum kümmerten, mussten dann den Bräutigam an anderen Orten suchen. Die Mädchen erstarrten jedesmal vor Aufregung, wenn am Ufer ein fremdes Kanu anlegte, auf dem junge Jäger zu sehen waren.

Nachdem Ilmotsch seinen Sohn untergebracht hatte, zog er wieder in die ferne Tundra, zum Oberlauf des Flusses Enmywaam. Bis zum Frühjahr würde er nicht wiederkommen.

Der Winter nahm indes an Kraft zu. Es war nicht sehr frostig, dafür hielten die Schneestürme manchmal zwei Wochen an, und in der Zeit konnten die Männer nicht auf die Jagd gehen.

Das offene Wasser war nicht weit vom Ufer entfernt. Eisbären zogen ganz in der Nähe umher, sogar die faulsten Jäger hängten die gelblichen Felle auf ihre Schlittengestelle. Die Ungeduldigsten brachten die Felle, kaum dass sie getrocknet waren, zu Amundsen und kehrten mit reichen Einkäufen zurück. Aber mit dem nahenden Ende des Winters war der große Reisende geiziger geworden, offenbar waren die Vorräte im Schiffsraum geschmolzen.

Aus östlicher Richtung kamen Nachrichten, eine verwunderlicher als die andere. Irgendwelche Räte waren gegründet worden. Amundsen erzählte, dass er offizielle Kontakte zu den Vertretern der Sowjetmacht aufgenommen habe, die örtlichen Organe hätten Befehl erhalten, beinahe von Lenin persönlich, ihm alle nur erdenkliche Hilfe zu gewähren, damit er seine Reise erfolgreich abschließen könnte. Die bevorstehende Befreiung aus dem Eisgefängnis erregte Amundsen, er dachte schon an den Triumph, den ihm sein neuer Rekord bei der Erforschung ferner Länder einbringen würde.

Auch John MacLennans Herz war ruhelos. Die Winterzeit würde bald zu Ende sein, der Schnee würde schmelzen, der Meeresweg sich öffnen ... Dann würde das Ufer von Enmyn allen zugänglich sein. Was würde die neue Macht bringen?

An den Abenden zog sich John MacLennan immer öfter in sein Kämmerchen zurück. Er schrieb angestrengt an dem Brief an Fridtjof Nansen und den Völkerbund, in dem er den Schutz der kleinen Völker der Arktis forderte. Er führte eine Liste über die schändlichen Verbrechen nicht nur seitens der Kaufleute und Seeleute, sondern auch der Zarenbeamten bei, die die Rentierzüchter und Meeresjäger nicht als Menschen betrachteten, obwohl diese die eisigen Weiten des großen Festlandes bezwungen hatten.

Auch für Pylmau begann eine unruhige Zeit. Jeden Frühling kam die Angst in ihr hoch, denn der Kontakt zu den weißen Menschen rückte immer näher. Sie verstand John, seine Gefühle, und versuchte alles, damit nichts seine Ruhe störte. Aufregungen gab es auch so schon genug.

6

Die Entenjagd ging in diesem Frühling mit großem Lärm einher: Wer konnte, bewaffnete sich mit einer Schrotbüchse, und der Krach der Schüsse auf der fernen Landzunge erweckte den Eindruck, als ob die Enmyner mit ihren Nachbarstämmen in Krieg getreten wären.

Jako jagte mit einer Fangstange und erlegte mit dieser uralten Waffe zwölf große Erpel.

Auf dem Rückweg fuhren sie mit dem Schlitten am Meeresufer entlang, an den hochragenden Eisschollen, die von den Sonnenstrahlen dunkel geworden waren. Der Schnee auf dem Eis taute bereits und war porös. Wo der Weg durch tiefen Schnee verlief, blaute in den Spuren der Schlitten und der Hundepfoten das hervortretende Wasser. Vor sich sahen sie bereits die Walkiefer. An diesem Ort lag die Weiße Frau begraben, die legendäre Urmutter des tschuktschischen Volkes.

»Weißt du, wer hier begraben ist?«, fragte John.

»Ein bisschen hab ich davon gehört«, antwortete der Junge.

John schaute auf die schiefen Knochen, die auf dem niedrigen Steilufer emporragten. Aus der Tiefe seines Gedächtnisses tauchten Erinnerungen auf. Er, jung, mit verletztem Herz, hörte Toko sprechen, Jakos Vater. Während die Hundeschlitten zu den Walkiefern fuhren, dachte John an die Zeiten zurück, die er an diesem Ufer verbracht hatte.

Es schien lange her zu sein, dass der junge Tschuktsche Toko den Kanadier mit den zerfetzten Händen auf seinem Schlitten transportierte. Es war der Vater dieses Jungen, und damals sah John MacLennan in ihm einen Wilden. Toko, Orwo und Armol hatten Kapitän Hugh Grover das Versprechen gegeben, den verblutenden weißen Mann zum Feldscher nach Anadyr zu bringen. Drei Winchester, eine Flasche Whisky und einige Dollar sollten sie dafür als Lohn bekommen. Tief in der tschuktschischen Tundra hatte die Schamanin Kelena ihm die Hände amputiert, und die Schlitten waren zurückgefahren. John war froh über seine Rettung und stellte sich vor, wie glücklich Grover sein würde, ihn lebend und mit geretteten Handstümpfen wiederzusehen … Damals war er von einem warmen Gefühl der Dankbarkeit gegenüber diesen Wilden erfüllt. Besonders Toko hatte es ihm angetan, der ruhige Mann mit den hellen, gutmütigen Augen. Er kümmerte sich den ganzen Weg um John und tat das so geschickt und taktvoll, ohne die Würde des weißen Mannes, den ein Unglück ereilt hatte, zu verletzen ... Schmerzhaft erinnerte sich John an die schreckliche Enttäuschung, die ihn überwältigte, als die *Belinda* nicht mehr im Eis vor der Küste lag. Furchtbar war die Entdeckung, dass Hugh Grover niemals sein richtiger Freund gewesen war!

Damals war John so niedergeschlagen, dass er sich nur schwach an die ersten Tage seines Lebens in Tokos Jaranga erinnerte. Das war wie ein Traum, wie ein verschwommener, zerfetzter Traum im Polarnebel. So hatte sich Toko damals ausgedrückt. Toko glaubte, dass John MacLennan nach Port Hope zurückkehren und seine Verwandten wiedersehen würde. Toko nährte diesen Glauben nicht nur mit Worten, er bemühte sich, John zu zeigen, dass er ein wahrer Mensch geblieben war, nicht schlechter als die, deren Hände nicht verkrüppelt waren. Er brachte ihm das Schießen bei und wie man sich auf tschuktschische Weise Nahrung beschafft. Als sie damals im Frühling von der Entenjagd heimkamen, erzählte Toko John MacLennan die Legende von der Weißen Frau, die die Urmutter des Volkes war, das sich an diesem Ufer angesiedelt hatte. Und dann geschah das Unglück: John tötete Toko auf der Jagd ... Und dann kamen die schrecklichen Tage, als er von den Enmynern den Tod erwartete, ja sogar herbeisehnte ...

John betrachtete den Jungen. Jako kniff die Augen zusammen, weil der gleißende Schnee ihn blendete. Ein richtiger kleiner Mann. Auch gekleidet war er wie ein Erwachsener, nur war alles eine Nummer kleiner, genäht von Pylmaus unermüdlichen und geschickten Händen. Aber an Jakos Gürtel hing ein echtes Jagdmesser, genauso scharf wie Johns, der jetzt Jakos Vater und Pylmaus Mann war ...

Plötzlich fühlte John, dass er in diesem Augenblick, hier an dieser Stelle, ganz dicht bei den Walkiefern, am Grab der Weißen Frau, Jako dieselbe Legende erzählen musste, die er einst von seinem Vater gehört hatte. Mit den gleichen Worten, mit denen der tote Toko sie ihm erzählt hatte.

»Ich will dir jetzt von der Frau erzählen, die hier begraben liegt, und von der wir alle abstammen.«

»Du auch, Ate?«, fragte Jako.

Stimmt, wie konnte er das vergessen! Aber handelte die Legende nicht davon, dass die Menschen zwischen sich und anderen keinen Unterschied machen sollen?

»Hör erst mal zu, dann kannst du fragen«, antwortete John ruhig.

»Gut, Ate, ich höre zu«, entgegnete Jako und machte es sich auf dem Schlitten bequem.

John bemühte sich, alles wieder ins Gedächtnis zu rufen, was Toko ihm damals erzählt hatte. Er ahmte sogar Tokos Intonation nach, seine Art, die Worte in die Länge zu ziehen. Er redete und dachte dabei: Ob Jako sich an den Vater erinnert? Dass es einen Toko gegeben hatte, wusste der Junge von seinen Altersgenossen, vielleicht hatten sie ihm sogar von den Umständen seines Todes erzählt. Aber ob Jako sich die Gestalt des Vaters vorstellen konnte? Für John hingegen waren der junge Mann, sein Lächeln, sein schüchterner Blick geblieben, so als wolle er um Verzeihung bitten … Toko war ein schweigsamer Mensch gewesen. Und die Legende, die er John erzählte, war vielleicht die längste Rede in seinem ganzen Leben.

»Das war vor langer Zeit. An diesem Ufer hier lebte ein sehr schönes junges Mädchen. An ihrer Schönheit erfreuten sich Sonne und Sterne, die zusammen am Tag leuchteten. Sogar die Tiere des Meeres wollten sie immer sehen. Die Walrosse krochen ans Kieselufer, die Robben tauchten in Ufernähe auf. Wo das schöne Mädchen hintrat, wuchsen wundervolle Blumen und sprangen klare Quellen hervor.

Sie ging oft zum Meeresufer, hörte dem Rauschen der Wellen zu und schaute in die Ferne, wo Meer und Himmel zusammenstoßen. Manchmal, wenn sie am Ufer saß, schlief sie ein und träumte wunderschöne Träume. Einmal schwamm ein großer Grönlandwal vorbei. Er sah, wie sich die Meerestiere am Ufer drängelten, und beschloss nachzuschauen, was dort los war. Er schwamm heran und erblickte eine solch blendend schöne Frau, dass er seinen verzückten Blick nicht mehr von ihr losreißen konnte.

Es wurde Abend. Der Wal, der in einiger Entfernung von den anderen Tieren am Ufer schwamm, stieß mit dem Kopf gegen die Kieselsteine und verwandelte sich in einen wohlgestalteten jungen Mann. Da sah ihn die Schöne, und ihr wurde warm ums Herz. Der junge Mann nahm sie bei der Hand und ging mit ihr über das Tundragras, über die Hügel, wo das Gras weich war ... Das wurde zur Gewohnheit: Immer wenn die Sonne den Horizont berührte, kam der Wal zum Ufer geschwommen, verwandelte sich in einen jungen Mann und ging mit dem Mädchen in die Tundra. Sie lebten zusammen wie Mann und Frau ...

Es kam die Zeit, da fühlte das Mädchen, dass sie bald gebären würde. Sie bauten eine große Jaranga und zogen hinein, der Mann kehrte nicht mehr ins Meer zurück, er blieb für alle Zeit ein Mensch.

Kleine Waljunge kamen auf die Welt. Sie setzten sie in die Lagune. Wenn sie hungrig waren, kamen sie ans Ufer geschwommen, und die Mutter nährte sie. Die kleinen Wale wuchsen schnell heran, es wurde ihnen bald zu eng in der kleinen Lagune, sie wollten lieber ins weite Meer hinaus. Mutter und Vater tat es leid, sich von den Kindern zu trennen, aber was sollten sie tun? Wale sind Meeresbewohner. Die Kinder schwammen also ins Meer, aber da wurden schon die nächsten geboren. Und die sahen bereits wie Menschen aus, es waren keine Walkinder mehr. Aber ihre ersten Kinder vergaßen die Eltern nicht, sie kamen oft ans Ufer geschwommen und spielten vor den Augen von Vater und Mutter.

Die Zeit verging. Die Eltern wurden alt, die Kinder wuchsen heran. Der Vater ging schon lange nicht mehr aufs Meer jagen, die Nahrung brachten die vielzähligen Kinder, die mit dem Meeresvolk befreundet waren. Aber jedem Sohn, der zum ersten Mal aufs Meer ging, gab der Vater folgende Worte mit auf den Weg: »Den Starken und Mutigen ernährt das Meer. Aber denk daran – dort leben deine Geschwister, die Wale, und deine entfernten Verwandten, die Delfine und Schwertwale. Töte sie nicht, schütze sie ...«

Der Vater starb. Die Mutter war schon so alt, dass sie nicht einmal mehr ans Meeresufer ging, um die Söhne auf die Jagd zu begleiten. Das Walvolk war stark angewachsen, denn die Söhne hatten geheiratet, und viele Kinder waren geboren worden. Da brauchten sie immer mehr Nahrung, und so wurden die Nachkommen der Wale zu Jägern, die Meerestiere fingen – zu Tschuktschen und Eskimos.

Es kam ein Jahr, da gab es wenig Tiere am Meeresufer. Die Walrosse hatten einen anderen Weg gewählt, weit weg von der Siedlung, die Robben waren zu den fernen Inseln geschwommen, und die Jäger mussten weit aufs Meer hinaus. Manche kamen im Eis oder in Meeresstrudeln ums Leben.

Nur die Wale spielten wie eh und je fröhlich und laut am Ufer. Da sagte einer der Söhne zu der Weißen Frau: ›Warum töten wir keinen Wal? Dann haben wir einen ganzen Berg Fett und Fleisch. Ein einziger Wal kann uns den ganzen Winter über ernähren und die Hunde dazu.‹

Die anderen antworteten ihm: ›Sie sind doch unsere Brüder!‹

›Was sind das schon für Brüder?‹, lachte der Jäger. ›Sie leben nicht auf dem Land, sondern im Wasser, ihr Körper ist lang und groß, und sie kennen kein einziges menschliches Wort.‹

›Aber die Überlieferung sagt, dass wir keinen Wal töten dürfen.‹ Die anderen Söhne wollten den Jäger zur Vernunft bringen.

›Das sind doch Großmuttermärchen für kleine Kinder!‹, fiel ihnen der Jäger ins Wort, nahm das größte Fellkanu, die stärksten Ruderer und fuhr aufs Meer.

Den Wal zu erlegen war ein Kinderspiel, denn er schwamm vertrauensvoll zu seinen Brüdern hin. Er wusste nicht, dass das sein Untergang war. Sie harpunierten ihn und schleppten ihn viele Stunden ans Ufer. Um ihn an Land zu ziehen, mussten sie alle Bewohner der Siedlung herbeirufen, sogar die Frauen und kleinen Kinder. Der junge Mann, der den Wal getötet hatte, ging in die Jaranga zu seiner Mutter, um ihr mitzuteilen, was für eine reiche Beute er gemacht hatte. Aber die Mutter wusste es bereits und lag vor Gram im Sterben.

›Ich habe den Wal getötet!‹, rief der Jäger, als er die Jaranga betrat. ›Ein ganzer Berg Fleisch und Fett!‹

›Du hast deinen Bruder getötet‹, antwortete ihm die Mutter. ›Wenn du heute deinen Bruder getötet hast, weil er dir nicht ähnlich war, dann wirst du morgen …‹

Doch da hauchte sie ihr Leben aus.«

John saß mit dem Rücken zu Jako und konnte sein Gesicht nicht sehen. Aber aus dem angespannten Schweigen und dem Atmen des Jungen konnte er entnehmen, dass er aufmerksam zuhörte. Ob der Sohn alles verstand, was Toko damals sagen wollte? Oder ob er die Legende nur wie ein Zaubermärchen nahm? John erinnerte sich plötzlich, mit welcher Anteilnahme er als Schuljunge *Gullivers Reisen* gelesen hatte. Für ihn war es damals nur ein spannendes Abenteuerbuch, nicht mehr. Viel später erst verstand und fühlte John die ganze Kraft dieses Buches, das der große Jonathan Swift geschrieben hatte.

Er wandte sich zu seinem Sohn und fragte: »Na, hats dir gefallen?«

»Ja«, antwortete Jako höflich.

Er hat den Sinn nicht verstanden, dachte John. Aber ich musste ihm diese Legende erzählen.

»Erinnerst du dich an deinen Vater?«

»Du bist doch mein Vater«, entgegnete Jako verwirrt. »Soweit ich mich zurückerinnern kann, warst du immer bei uns.«

»Und an Toko erinnerst du dich nicht?«

»Ein bisschen«, antwortete Jako kaum hörbar.

John sah auf Jakos Gesicht eine Leidensfalte und fühlte plötzlich schmerzhaft, wie grausam er handelte. Er weckte in dem Jungen Erinnerungen, die dieser lieber vergessen wollte. Nicht deshalb, weil er nichts für den toten Vater empfand, sondern weil er das heutige Leben bewahren und schützen wollte, das war für ihn jetzt das Wichtigste.

»Sei mir nicht böse«, bat John sanft.

»Bin ich doch gar nicht«, antwortete der Junge. »Aber du sollst mich nicht so was fragen. Ich weiß alles, will aber nichts mehr davon hören.«

»Ich danke dir, mein Sohn«, entgegnete John und schrie den Hunden einen Befehl zu.

Der Leithund sah sich um und zog am Gespann. Der Schlitten flog von den Walkiefern weg, weg vom Grab der Weißen Frau, Enmyn entgegen.

Vor Orwos Jaranga standen Menschen. Offenbar war ein ferner Gast gekommen, denn vor dem Haus drängelten sich Hunde und bellten. John überließ seine Hunde Jakos Fürsorge, warf die erjagten Enten in den Tschottagin und rannte zu Orwos Jaranga.

Im Tschottagin saßen Menschen um einen großen Kemen herum, der voller Entenfleisch war. Unter den Bekannten bemerkte John ein neues Gesicht. Der Mann trug eine graue Kamlejka aus einem Mehlsack.

Orwo unterbrach für einen Augenblick das Gespräch und sagte zu John: »Tegrynkëu aus Uëlen ist zu uns gekommen.«

»Etti«, begrüßte John ihn höflich.

»Ii, tyjetyk«, entgegnete Tegrynkëu und fuhr in seiner Erzählung fort. »Überall haben wir Wasser gesehen. Sehr schwer für die Schlitten. Nachts, wenn die Kufen gut gleiten, schneiden die Hunde sich die Pfoten auf. Aber am Tage gleiten die Kufen nicht. Deshalb haben wir so lange zu euch gebraucht, und jetzt müssen wir schnell wieder zurück, sonst brechen die Flüsse auf und wir kommen nicht mehr hinüber ...«

John wandte kein Auge von Tegrynkëu. Das also war der Mensch, der Ilmotschs Worten zufolge ein Bolschewik sein sollte, ein Vertreter der Lehre des russischen Revolutionärs Lenin. Aber für einen Bolschewiken war Tegrynkëu ziemlich gewöhnlich, er erinnerte eher an einen Jäger von mittlerem Wohlstand.

Tegrynkëu, dem es vom Entenfleisch heiß geworden war, zog die Kamlejka aus. Da sahen alle neben dem gewohnten Jagdmesser einen Revolver in einer kleinen Ledertasche. Tegrynkëu rückte die Waffe zurecht, und als er merkte, dass alle mit dem Kauen aufgehört hatten und die Waffe anstarrten, lächelte er verlegen: »Ich muss sie tragen, als Vertreter der neuen Macht ...«

»Schießt sie gut?«, fragte Tnarat vorsichtig.

»Ich habe bisher nur auf Eis und Flossen gezielt«, antwortete Tegrynkëu. »Ich glaube, ganz gut.«

»Und auf Tiere?«, interessierte sich Guwat.

»Dieses Gewehr ist doch nicht für Tiere da«, erklärte Armol seinem unwissenden Landsmann. »Für Menschen ist es da.«

»Hast dus schon mal bei einem Menschen ausprobiert?«, wollte Guwat wissen.

Diese Frage war allen unangenehm, und Orwo beschloss, das Thema zu wechseln: »Hast du das Schiff der Weißen gesehen?«

»Es ist schon weg«, antwortete Tegrynkëu, der sich über den Themawechsel freute. »Gleich, als die Eisschollen auseinandergedriftet sind, ist Amundsen mit seinem Schiff nach Nome gefahren.«

»Was heißt, er ist weg?«, fragte John verwundert. »Das kann nicht sein!«

»Er ist weg«, antwortete Tegrynkëu ruhig. »Er hat seine *Maud* mit Renkalbfell und Bärenfell vollgeladen und ist los. Nach den neuen Regeln hätten wir ihm das Renkalbfell und die Waren für die Bedürfnisse der arbeitenden Bevölkerung wegnehmen müssen, aber Petrograd hat Nein gesagt. Dieser Roald Amundsen ist ein Mann der Wissenschaft, ein Held und Bezwinger.«

»Und Petrograd – wer ist das, der Oberste?«, fragte Guwat.

»Petrograd ist das Hauptnomadenlager des neuen Arbeiter- und Bauernstaats«, entgegnete Tegrynkëu wichtig. »Dort lebt Lenin, so was wie der Leithund der arbeitenden Menschen.«

»Ich habe immer gedacht«, bemerkte Guwat tiefsinnig, »dass nur die Rentiermenschen, die wilden Menschen, Leithunde haben ...«

»Vielleicht ist er auch nicht der Leithund, sondern einfach ein kluger Mensch?«, warf Orwo vorsichtig ein.

»Sowohl ein Leithund als auch ein kluger Mensch«, sagte Tegrynkëu. »Aber über ihn reden wir später genauer. Deshalb bin ich ja zu euch gekommen.«

John war frappiert über die Nachricht von der plötzlichen Abreise Roald Amundsens. Was sollte jetzt mit dem Brief geschehen, an dem er so sorgfältig und lange geschrieben hatte? Hatte der große Reisende ihn betrogen oder einfach vergessen? Vielleicht hatte Amundsen, als das Eisgefängnis sich öffnete, in der Hektik der Abfahrt tatsächlich nicht mehr an den Brief gedacht? Lange hatte er darauf gewartet, dass das Tschuktschische Meer sein Schiff freiließ und er sich endlich der erstaunten und begeisterten Welt zeigen konnte. Aber wie konnte er vergessen, was er doch angeblich so heiß und mit ganzem Herzen unterstützt hat? Wie war diese plötzliche Abreise unter einen Hut zu bringen mit seinen Worten, dass es unsere Pflicht sei, die Menschheit aufzuklären. Dass man den kleinen Völkern des Nordens helfen müsse zu überleben, ihre Kultur erhalten müsse, die Sprache und die wenigen Lieder, mit denen sie Abwechslung in ihr monotones Leben bringen?

Tegrynkëu musterte John aufmerksam. Über diesen Mann gingen an der gesamten Küste Legenden um. Was man von ihm erzählte, war für einen weißen Mann so ungewöhnlich, dass John MacLennan von vielen für ein Fantasieprodukt der Märchenerzähler gehalten wurde, die ihre eingebildete Welt mit guten und selbstlosen Menschen besiedelten.

John MacLennan konnte so gut tschuktschisch sprechen, dass er sogar die eigenwillige Intonation der Bewohner von Enmyn beherrschte – die Geruhsamkeit, das Dehnen der Wörter und den eigenwilligen Singsang. In den anderen tschuktschischen Siedlungen erzählte man sich von den Enmynern, sie sprächen nicht, sie sängen. Gekleidet war der Weiße einfach, aber sogar in den kleinsten und unbedeutendsten Details erkannte man die Sorgfalt der Frau, die die Kleider genäht hatte. Wer war dieser Weiße tatsächlich? Führte er ein ehrliches Leben?

Als sie die ersten Tassen Tee ausgetrunken hatten, begann Tegrynkëu mit seiner Erzählung, für die er diese weite Reise nach Enmyn unternommen hatte.

»Der Sonnenherrscher ist von seinem goldenen Thron

gestürzt und erschossen worden. In Russland haben jetzt die Menschen die Macht in der Hand, die arbeiten ...«

»Die die Macht erobert haben, haben die aufgehört zu arbeiten?«, fragte Tnarat vorsichtig.

»Nein, sie arbeiten weiter«, antwortete Tegrynkëu.

»Mit der einen Hand halten sie die Macht fest, mit der anderen arbeiten sie«, mutmaßte der gutmütige Guwat.

»Das ist aber unbequem«, bemerkte Tynarachtynas Bräutigam.

»Unterbrecht den Gast nicht immer beim Reden«, warf Orwo streng ein.

»Früher war es doch so: Wer gearbeitet hat, hat einen großen Teil des Produktes dem reichen Mann gegeben, für ihn selbst blieb nur so viel, dass er nicht verhungerte. Die Nichtstuer häuften Reichtum an, lebten in Überfluss und warmen Häusern. Sie saugten dem Volk das Blut aus ...«

»Was sind das bloß für Menschen!«, entrüstete sich Tnarat. »Gut, dass es bei uns solche nicht gibt.«

»Stimmt, das sind Betrüger«, sagte Tegrynkëu und nickte zustimmend. »Könnt ihr euch noch an Poppi Carpenter erinnern? Was er uns verkauft hat, war in Wirklichkeit viel billiger. Das weiß ich selbst, denn ich war in Amerika, habe in einer großen Stadt gelebt, wo es wahrscheinlich mehr Menschen gibt als Fliegen in der Tundra. Es sind so viele, dass sie in Häusern wohnen müssen, die auf andere gebaut wurden. Riesige Wagen haben sie erfunden, die auf Eisenschienen fahren, die auf der Erde liegen ... Wir haben nicht den wahren Wert unserer Arbeit gekannt, unserer Reichtümer, und diese Unkenntnis haben solche Menschen wie Poppi ausgenutzt. Jetzt hat das ein Ende. Wir bauen unser Leben selbst auf, und was wir herstellen, wird unser sein ... Das alte Leben kehrt nicht zurück.«

Tegrynkëu war etwas heiser geworden von seiner lauten Rede, er nahm die Tasse, und während er trank, fragte Tnarat: »Alles wird uns gehören – das ist gut. Und wem gehört es jetzt? Wo können wir neue Gewehre kaufen, Patronen, Zucker, Tee? Wir haben uns an diese Dinge des weißen Mannes gewöhnt. Viele kommen ohne sie nicht mehr aus. Wir wollen doch nicht wieder zum Leben der Urväter zurückkehren oder so leben wie Armagirgin auf der Insel Aion.«

»Russlands Werktätige haben große Werkstätten und Fabriken in ihren Besitz genommen, in denen das alles hergestellt wird. Sie werden uns das alles geben«, erklärte Tegrynkëu.

»Und in Amerika haben sie den Sonnenherrscher noch nicht gestürzt?«, fragte Guwat. »Der amerikanische Pfeifentabak in den Blechdosen gefällt mir sehr gut. Der ist so weich und riecht gut, nicht so wie das schwarze Kraut von den Russen.«

»Für mich gibts nichts Besseres als dieses schwarze Kraut«, widersprach Armol. »Wenn du den Kautabak in die Wange legst, denkst du, du hast glühende Kohle im Mund.«

»In Amerika gibt es keinen Sonnenherrscher«, antwortete Tegrynkëu.

»Die haben also niemanden, den sie stürzen können«, bemerkte Guwat mit Bedauern.

»Aber Kapitalisten gibt es da wie Sand am Meer. Das sind unsere Hauptfeinde und Exploiteure«, sagte Tegrynkëu. Das letzte Wort sprach er mit großer Mühe aus, als er es aber geschafft hatte, schaute er stolz in die Runde. »Was in Russland begonnen hat, wird auf die ganze Welt einwirken, denn solche Menschen wie wir leben auf der ganzen Erde. Wir sind die meisten.«

»Die Welt ist ziemlich groß«, bemerkte Tnarat ungläubig. »Und alle Menschen sind verschieden.«

»Nicht so groß, wie es scheint«, antwortete Tegrynkëu. »Die Erde ist eine Kugel.«

»Was?«, fragte Guwat überrascht.

»Die Erde hat ein rundes Aussehen«, betonte Tegrynkëu und sicherte sich für alle Fälle ab: »Das haben mir russische Lehrer erzählt.«

»Wenn die Erde eine Kugel ist, warum läuft dann das Wasser nicht runter?«, fragte Armol. »Warum läuft dann das Wasser nicht aus dem Ozean, und warum werden wir nicht vom Wind runtergeblasen? Es gibt doch so starke Winde, dass es einem sogar schwer fällt, gerade an einem Ort zu stehen ... Wie soll das auf einer Kugel klappen?«

»Wir reden von der Revolution und nicht von der Erde«, unterbrach ihn Tegrynkëu. »Ist es da nicht egal, wie die Erde aussieht? Das Wichtigste für uns heute ist, die Revolution auch in unserem Land weiterzuführen. Zuallererst müssen wir in eurer Siedlung einen Sowjet, einen Rat, wählen. Der Sowjet ist die Vertretung der Sowjetmacht, der Räte-Macht, der Macht der werktätigen Menschen. Der Sowjet steht an der Spitze des Kampfes gegen die Reichen.«

»Wir haben ja gar keine Reichen, gegen wen sollen wir also kämpfen?«, warf Tnarat ein. »Was soll der Sowjet bei uns machen?«

»Oh! Außer dem Kampf hat der Sowjet noch viele andere Sachen zu tun!«, rief Tegrynkëu erfreut. »In jeder

Siedlung des großen Sowjetstaates soll Lesen und Schreiben unterrichtet werden, denn vor allem sollen die Menschen gebildet sein. Krankenhäuser werden gebaut, damit die Leute sich behandeln lassen können. Ein Laden wird eröffnet, wo die Sachen mit neuen, gerechten Preisen verkauft werden. Die Menschen aus unserem Land werden das Wissen erwerben, was andere Völker bereits haben. Dann sind wir auf derselben Höhe wie die Menschen der ganzen Erde ...«

»Der ganzen Erdkugel«, berichtigte Armol aus seiner Ecke.

Tegrynkëu schaute ihn unwillig an, stimmte aber zu: »Der ganzen Erdkugel ... Und dann öffnet sich unseren Menschen die ganze Schönheit der Welt, die Schönheit des Wissens. Wir werden uns nicht mehr fremd fühlen unter den anderen Menschen ...«

Tegrynkëu plante am anderen Morgen ganz früh loszufahren, wenn der Schnee noch fest war.

John war gerade dabei, Pylmau vom Gespräch in Orwos Jaranga zu erzählten, als im Tschottagin Schritte zu hören waren. Als John fragte, wer da sei, antwortete Tegrynkëu, und gleich darauf tauchte sein Kopf zusammen mit Orwos im Polog auf.

»Vor der Abfahrt wollte ich noch bei dir vorbeischauen«, sagte Tegrynkëu. »Ich möchte dich fragen: Bist du für die Revolution oder dagegen? Alle Ausländer, die dagegen sind, schicken wir von Tschukotka weg.«

»Ich bin immer für eine vernünftige Entwicklung der Menschheit eingetreten«, antwortete John ausweichend. »Aber ich verstehe das Ziel der russischen Revolution noch nicht genug, um gleich antworten zu können. Alles was du heute erzählt hast, braucht unser Volk nicht. Weder Schreiben noch Lesen noch einen Arzt. Das macht das Leben nur komplizierter, und der Kontakt mit den großen Völkern beschleunigt das Verschwinden der kleinen Völker vom Gesicht der Erde ... Sag selbst, Tegrynkëu, wozu musst du lesen und schreiben?«

»Was heißt, wozu?«, brummte der Abgesandte der Sowjetmacht verwirrt. »Lesen und Schreiben ist eine sehr wichtige Sache ...« Aber er hatte sich schnell wieder in der Gewalt und sagte mit fester Stimme: »Die Bolschewiki sind die einzigen Menschen, die zu uns Tschuktschen sagen: Ihr seid genau solche Menschen wie alle, ihr müsst so sein wie wir: gebildet. Ihr müsst wissen, wie die Welt aussieht und was den Motor zum Laufen bringt – ein Geist oder was anderes. Lenin hat gesagt: Wir müssen aus der Wildheit rauskommen und alle zusammen ein neues Leben errichten ...«

»Hoffentlich wird das neue Leben nicht auf unseren Knochen aufgebaut«, bemerkte John traurig.

»Das werden wir sehen«, sagte Tegrynkëu belehrend. »Zu lange haben sie uns für unwürdig gehalten, wir wurden nicht als Menschen bezeichnet. Ich habe das am eigenen Leib erlebt. Und auch Orwo hat es erlebt. Wir wollen vor allem Menschen sein! Sag also, Son, bist du für die Revolution oder dagegen?«

»Warum bekniet ihr ihn so?«, mischte sich Pylmau ein, die bis dahin geschwiegen hatte. »Seht ihr denn nicht, dass John immer für uns war, für unser Volk, für die wahren Menschen! Wie könnt ihr daran zweifeln?«

»Die Hauptfrage ist – ist er für die Revolution oder dagegen?« Tegrynkëu beharrte auf seiner Frage.

»Beruhig dich, Mau«, unterbrach John seine Frau sanft. »Aber das hast du richtig gesagt: Wohin unser Volk auch geht, ich werde immer mit ihm sein.«

»Gut, das langt«, seufzte Tegrynkëu erleichtert. »Es ist ein Jammer mit diesen Fremdländischen«, sagte er zu Orwo gewandt.

Tegrynkëus und Orwos Köpfe verschwanden, und im Polog herrschte Stille. John ging zu Pylmau, umarmte sie und flüsterte: »Hab keine Angst, alles wird gut. Ich bleibe immer bei euch.«

Als Tegrynkëu weggefahren war, gingen die Gespräche über seinen Aufenthalt in Enmyn, vor allem über seine seltsamen Reden, dass die Tschuktschen den weißen Menschen gleichgestellt sein sollen, noch lange von Mund zu Mund.

Alles Mögliche war in dieser Siedlung schon geschehen. Es waren Sachen passiert, an die sich die Menschen viele Jahre erinnerten, die zu Legenden wurden und die man sich weitererzählte. Alle möglichen Leute waren gekommen – Kapitän Bartlett mit dem Eskimo Kataktowik, Roald Amundsen, Godfred Hansen mit seinen Kameraden. Schließlich war John MacLennans Mutter da gewesen, aber Tegrynkëus kurzer Besuch prägte sich den Bewohnern von Enmyn besonders tief ein.

Ohne es zu wollen, wurde John zum Experten für die kommunistische Bewegung, von der er kaum eine Vorstellung hatte. Die Menschen fragten ihn nach der Zukunft, wann endlich das Leben beginne, von dem Tegrynkëu so bildhaft gesprochen hatte. Er hat in die Köpfe der Bewohner von Enmyn unruhige Gedanken gepflanzt … Sie fragten bereits nicht mehr nach der runden Form der Erde, mit Ausnahme von Guwat. Sie beunruhigten weit reellere Probleme: Wem zum Beispiel der Fang gehören wird, ob man das persönliche Gewehr behalten darf, an das die Jäger gewöhnt sind, und ob man auch Erwachsenen das Lesen und Schreiben beibringt.

»Ich glaube fest, wenn Tegrynkëu ein Russe wäre oder ein Mensch irgendeiner anderen Nationalität, wären die Gespräche über seine Versprechen eingeschlafen. Leider beachten sie nicht meine Warnungen vor den Schicksalsschlägen, die der sogenannte Fortschritt mit sich bringt. Im besten Fall hören sie mir nur aufmerksam zu ... Gott, wenn es Dich noch gibt, hilf uns, dem Untergang und dem völligen Verschwinden von dieser Erde zu entkommen.«

Jako saß abseits, vor der anderen Tranlampe, und tat so, als stelle er einen Fangstock für die Vogeljagd her. In Wirklichkeit aber beobachtete er seinen Vater sehr aufmerksam, und als John das Notizbuch schloss und den Bleistift aus der Halterung an der Hand zog, sagte der Junge mit zitternder Stimme, so als sei es sein größter und lang gehegter Traum:

»Werde ich wirklich bald richtig schreiben lernen ...«

7

Zum ersten Mal entfernte sich Jako so weit vom elterlichen Haus. Es war belebt am Meeresufer von Enmyn. Die Verwandten standen am Strand, um die Jäger zu verabschieden. Die Kanus waren auf Schlitten geladen worden – ein Kanu auf drei. Die langen Gespanne hatten sich immer wieder verheddert, und die Leute mussten aufpassen, dass es nicht zu einem allgemeinen Gewirr kam. Das Hundegewinsel und Gebell vermischte sich mit den grellen Frauenstimmen, die nach den Kindern riefen.

Sie hatten es nicht geschafft, eine Holzschaluppe anzuschaffen, und so mussten sie in die Meerenge mit einer Flottille ausfahren, die allein aus Fellkanus bestand. Nur eins besaß einen Motor, den John in einem erfolgreichen Jahr gekauft hatte.

Die Männer standen abseits von den Verwandten. Orwo flüsterte das Jagdgebet und hielt eine Holzschale in den ausgestreckten Händen, die mit Opfergaben gefüllt war. Alles war wie immer, wie gewohnt. Nur ein einziger Mensch – der junge Rentierzüchter Notawje – riss seine Augen weit auf und blickte ängstlich auf die riesigen Eisfelder und das offene Wasser dahinter.

Die Kinder begleiteten die Boote bis zum Eisrand am offenen Ozean. Dort wurden sie aufs Eis gesetzt und die Gespanne auseinandergeknotet. Die Schlitten fuhren um die Wette zurück in die Siedlung, sie hüpften über die Eishügel, und Wasser spritzte in den getauten Schneepfützen auf.

Die Sonnenstrahlen wurden vom Küsteneis und von den schwimmenden Eisschollen gespiegelt. Alle setzten ihre Schutzbrillen auf, Notawje aber holte ein schmales Lederband mit einem horizontalen Schlitz heraus und band es sich ums Gesicht, womit er John zum Lachen brachte. Der ehemalige Rentierzüchter sah aus wie einer, der zum Maskenball ging. Es war ein windstiller Tag. Alle Kanus wurden an das vorderste angebunden, auf dem der Motor stand – sie wurden gleichsam in Schlepptau genommen. Mit einem Motor kamen sie schneller vorwärts als mit Paddeln. Deshalb fuhr die Karawane durch bis Uëlen, ohne in Intschoun Halt zu machen.

In Uëlen war der schmale Eisstreifen an der Küste noch nicht getaut, aber er war nicht mehr fest und würde sich beim ersten schwachen Wehen des Südwinds lösen.

Gemalkot empfing die Gäste mit allen Ehren und gab ihnen den Polog, in dem früher immer Robert Carpenter übernachtet hatte. Gleich beim Tee begann Orwo mit den Fragen. Gemalkot antwortete einsilbig, so als ob er unzufrieden mit Orwos Interesse an der neuen Macht sei.

»Ja, es stimmt, unsere Kinder lernen lesen und schreiben ... Die Bolschewiki versuchen, die Schwindsucht zu heilen ...«

Nach dem Tee brachen die Gäste auf, um sich die Siedlung anzusehen. Auf dem Holzgebäude der Schule flatterte die rote Fahne. Orwo und John schauten im Laden vorbei. Vor den leer gewordenen Regalen saß Gemauge und schabte die Haut eines Polarfuchsfells.

»Wo ist der Händler?«, fragte Orwo.

»Ich bin der Händler«, antwortete Gemauge, ohne seine Arbeit zu unterbrechen.

»Womit handelst du denn?«, fragte Orwo lächelnd und schaute demonstrativ auf die leeren Regale.

»Bisher mit nichts«, entgegnete Gemauge in aller Ruhe. »Aber wenn ihr was zu verkaufen habt, kann ich es annehmen und ins Buch eintragen.« Auf dem Ladentisch lag ein dickes Speicherbuch. John wurde neugierig und schaute hinein, aber Gemauge erklärte ihm: »Ihr gebt mir Pelzwerk, und ich trage es ins Buch ein. Im Herbst, wenn das Schiff Waren bringt, bezahle ich alles, was eingetragen ist.«

»Poppi hat es immer umgekehrt gemacht«, erinnerte Orwo. »Er hat uns die Ware im Voraus gegeben, und dann, wenn wir mit dem Fang kamen, die Felle genommen.«

Alle Aufzeichnungen waren piktografische Zeichen, die Gemauge offenbar selbst erfunden hatte. Jeder Pelzlieferant hatte sein besonderes Symbol, das ihn von allen anderen unterschied. Rechts von den Symbolen waren die Felle aufgezeichnet oder mit erstaunlicher Bildhaftigkeit Polarfüchse, Füchse, Vielfraße und Eisbären abgebildet. Außerdem konnte man noch andere Zeichen entdecken, die aber nur der Schreiber kannte.

»Hat dir das jemand beigebracht?«, fragte John.

»Ich selbst«, antwortete Gemauge stolz. »Aber ab Herbst gehe ich in die Schule, um richtig lesen und schreiben zu lernen.«

»Viele glauben, dass Lesen und Schreiben schädlich ist für unser Volk«, bemerkte Orwo.

»Sollen sie doch«, antwortete Gemauge, während er weiter an dem Fell herumkratzte. »Aber ich komme ohne Schreiben nicht aus. Handeln ist schwer.«

»Handeln ohne Waren ist allerdings noch schwerer«, bemerkte John.

»Es werden Waren kommen«, antwortete Gemauge überzeugt. »Vielleicht sind sie schon unterwegs hierher, auf einem großen Schiff.«

»Aber bisher existiert nur die Macht der Armen.« Orwo schaute wieder vielsagend auf die leeren Regale.

»Ja, die Macht der Armen«, erwiderte Gemauge nun lebhafter und legte das Fell zur Seite. »In unserer Siedlung haben wir eine Gesellschaft für die gemeinsame Jagd gegründet. Jetzt gehen alle gemeinsam zur Jagd.«

»Habt ihr denn früher einzeln gejagt?«, fragte Orwo.

»Nein, gemeinsam, aber anders«, antwortete der neue Händler verschwommen. »Heute ist alles anders als früher. Wer nicht arbeitet, soll auch nicht essen.«

»Und wenn ein Mensch genug zu essen hat und nicht arbeiten möchte, soll er dann etwa nichts essen?«, mischte sich John in das Streitgespräch ein.

»Mal sehen«, antwortete Gemauge ausweichend.

Orwo und John gingen weiter. Vor dem Holzhaus mit der Fahne blieben sie unschlüssig stehen, aber da trat Tegrynkëu auf die Freitreppe und rief ihnen zu: »Kommt rein, kommt rein! Was drückt ihr euch da rum?«

In dem Zimmer, in dem Tegrynkëu saß, sah alles haargenau so aus, wie Ilmotsch es beschrieben hatte. Nur dass Tegrynkëu am Ärmel kein rotes Band mehr trug. Außer Tegrynkëu befanden sich noch zwei Russen im Zimmer, die John MacLennan mit unverhohlener Neugier anstarrten.

»Unsere Bolschewiki – Alexej Bytschkow und Anton Krawtschenko. Wir haben noch einen dritten, aber der ist unterwegs. Anton ist Lehrer.«

Beide waren bemüht, sich in einer Mischung aus Russisch und Tschuktschisch verständlich zu machen, aber außer Tegrynkëu, der sich schon daran gewöhnt hatte, verstand sie keiner.

»Vielleicht kann jemand Englisch?«, fragte John.

»Ich spreche ein bisschen Englisch«, entgegnete Anton Krawtschenko.

»Haben Sie Englisch studiert?«, fragte John.

»An der Petersburger Universität«, antwortete Krawtschenko. »Ich habe Ethnografie der Polarvölker studiert.«

»Und Sie sind tatsächlich Bolschewik?«, fragte John neugierig.

»Ja«, antwortete Krawtschenko fest.

John empfand eine gewisse Enttäuschung. Der Vertreter der legendären revolutionären Partei, die in Russland die Macht der Selbstherrschaft gestürzt hatte und danach auch noch die Regierung der bürgerlichen Republik, sah nach Johns Meinung einem Revolutionär überhaupt nicht ähnlich. Solche Jungen gab es in der Uni von Toronto wie Sand am Meer. Und auch Bytschkow sah wie ein gewöhnlicher junger Arbeiter aus. Vielleicht war das des Rätsels Lösung – sie waren tatsächlich ganz gewöhnliche Jungen. Der Grund für Tegrynkëus großen Einfluss auf seine Landsleute lag ja gerade darin, dass er so wie alle war.

»Aber ich habe das Studium nicht zu Ende gemacht«, erklärte Krawtschenko.

»Planen Sie, an die Uni zurückzugehen?«, fragte John höflich.

»Klar«, antwortete Krawtschenko prompt. »Ein Kommunist braucht wie kein anderer Bildung.«

»Und Sie glauben, dass die Bildung, die Sie in der Universität erhalten, Ihnen hier von Nutzen ist?«, fragte John.

»Und wie!«, rief Krawtschenko. »Ich spüre schon jetzt, dass ich zu wenig weiß. Wir haben ja erst zwei Sowjets organisiert.«

»Nur in dieser Hinsicht?«, bemerkte John. »Ich hoffe, Ihr Wissen wird der Verbesserung des Lebens meiner Landsleute dienen.«

Während sich Krawtschenko mit John unterhielt, spürte er die ganze Zeit, wie eine unsichtbare Schranke zwischen ihnen stand und ein normales Gespräch verhinderte. Vielleicht war John MacLennans Aussehen daran Schuld: Er trug einen Umhang aus Walrossdärmen, hatte Tschuktschenstiefel an den Beinen und sprach dabei wunderbar Englisch.

Krawtschenko redete langsam, er wählte seine Worte: »Ich habe viel von Ihnen gehört, und jedesmal was anderes. Robert Carpenter, den wir wegen konterrevolutionärer Agitation ausgewiesen haben, hat uns gesagt: Wenn jemand ausgewiesen werden muss, dann Sie. Aber die Einwohner hier loben Sie alle wie aus einem Munde und bestätigen, dass Sie großen Nutzen bringen ... Was ist also die Wahrheit?«

»Das müssen Sie entscheiden«, antwortete John ausweichend. »Das hängt davon ab, was man als Wahrheit bezeichnet und auf wen man hört.«

»Lange genug geredet«, mischte sich Orwo ein, der deutlich spürte, welch große Gefahr dieses auf den ersten Blick freundschaftliche Gespräch barg. Von der Sprache der beiden Männer verstand er genauso wenig wie Tegrynkëu, aber er kannte den Augenausdruck seines Freundes John MacLennan genau. Er wusste sehr gut, dass John das Verhalten der Neuankömmlinge nicht guthieß, dass er dagegen war, dass die Bolschewiki in das Leben des tschuktschischen Volkes eingriffen. Aber mit seinem Herzen fühlte er, dass es höchste Zeit war, einzugreifen.

Kaum waren Orwo und John aus dem Haus gegangen, fragte Alexej Bytschkow seinen Kameraden: »Worüber habt ihr geredet?«

»Über alles Mögliche«, sagte Krawtschenko und winkte ab. »Mit dem werden wir es schwerer haben als mit Robert Carpenter. Da war wenigstens alles klar, aber hier ...«

»Ist er ein Feind?«, fragte Alexej ohne Umschweife.

»Das ist es ja, das weiß nur der Teufel!«

Krawtschenko wandte sich an Tegrynkëu: »Was glaubst du?«

»Er ist kein Schlitzohr, eher allzu gutmütig«, antwortete Tegrynkëu nach einiger Überlegung. »Allzu gutmütige Menschen erscheinen den anderen seltsam.«

»Der Teufel soll euch holen!«, sagte Bytschkow wütend. »Den versteht man nicht, dich, Tegrynkëu, auch nicht, selbst Anton spricht plötzlich so komisch. Schade, dass ich die Sprache nicht verstehe, dann hätte ich ihm auf den Zahn gefühlt!«

»Das habe ich dir schon immer gesagt!«, fiel ihm Krawtschenko ins Wort. »Zuallererst musst du die Sprache lernen. Und nicht nur Tschuktschisch. Es wäre nicht schlecht, wenn du auch Englisch lernst.«

»Immer mit der Ruhe, zu den Fremdsprachen kommen wir noch!«, verkündete Bytschkow munter. »Aber vorerst ist die Lage so: Eine Grenzwache, die ständig hier wohnt, gibt man uns vorerst nicht, sondern schickt lediglich einen Milizionär. Er ist mit seiner Familie auf dem Schiff unterwegs. Und noch eins: Sie teilen mit, dass das Militärschiff im Verlauf der gesamten Schifffahrtssaison die Beringstraße nach Norden nur passieren wird, wenn es das offene Wasser zulässt. Und zuletzt: Unsere Jäger haben kein Benzin und keine Patronen. Den Händler haben wir weggejagt und nicht daran gedacht, womit wir im Frühling das Walross jagen«, sagte Bytschkow.

»Und was machen wir jetzt?« Tegrynkëu blickte Krawtschenko hoffnungsvoll an, aber der blickte zu Bytschkow.

»Es gibt zwei Auswege«, sagte Krawtschenko nach

einiger Überlegung. »Erstens: Wir holen die alten Methoden der Jagd hervor oder ... wir wenden uns um Hilfe an die amerikanischen Händler. Das ist der einzige Ausweg. Urteilt doch selbst: Wer erinnert sich heute noch an die alten Methoden des Walrossfangs? Außerdem gab es damals viel mehr Walrosse, und die waren nicht so schreckhaft ... Und noch eins: Wer will heute schon ernsthaft mit den alten Methoden jagen.«

»Wie aber können wir uns an das amerikanische Kapital um Hilfe wenden?«, fragte Bytschkow und breitete hilflos die Arme aus.

»Wir bitten John!«, rief Tegrynkëu. »Wir wollen doch die Patronen und den Treibstoff nicht umsonst. Für alles wird Gemauge aus den Fellvorräten bezahlen. Und John schicken wir nach Nome.«

»Dieser MacLennan wird zusammen mit den Pelzen abhauen«, knurrte Bytschkow.

»Das glaube ich nicht«, sagte Tegrynkëu fest. »Man kann alles Mögliche über ihn sagen, aber so was Schlechtes nicht!«

»Und warum nicht?«, widersprach Bytschkow. »Die Kapitalisten sind ein Volk für sich! Die haben nicht mal Mitleid mit der eigenen Mutter, wenn sie einer Kopeke hinterherjagen.«

Alexej verstummte, um Luft zu holen, und sagte dann etwas ruhiger: »Gut, ich bin einverstanden, soll er fahren. Aber wie wollt ihr ihn überreden? Für die Revolution wird er keinen Finger krumm machen, das sieht man seiner Fresse an.«

8

In dem kleinen Kontor befanden sich außer Tegrynkëu, Bytschkow und Krawtschenko noch der neue Händler Gemauge mit dem Geschäftsbuch in grünem Einband.

»Wir haben Sie eingeladen, Mister MacLennan, um Sie zu bitten, nach Nome zu fahren und für unsere Genossenschaft Waren zu holen«, begann Krawtschenko feierlich. »Sie sehen selbst, in welcher Lage sich unsere Jäger befinden: keine Patronen, kein Benzin. Wenn das so weitergeht, dann erwartet die Menschen ein Hungerwinter. Und das Schiff kommt unseren Informationen nach nicht vor Ende August nach Uëlen. Wir besitzen genug Felle, außerdem eine gewisse Menge Valuta in englischen Pfund und amerikanischen Dollar. Der Sowjet von Uëlen gibt Ihnen die entsprechenden Dokumente mit …«

Solch ein Angebot hatte John nicht erwartet. Fast hätte er gesagt: »Bevor man mit Menschen experimentiert, sollte man sich darüber Gedanken machen, was sie essen werden.« Aber er unterdrückte seinen wachsenden Ärger und sagte nur: »Sie wissen ganz genau, dass ich niemals auch nur die kleinste Möglichkeit ablehnen werde, meinen Brüdern zu helfen, egal welche Gefahr mir droht«, entgegnete John würdevoll.

»In diesem Fall droht Ihnen keine Gefahr, nur ein angenehmes Wiedersehen mit alten Bekannten«, bemerkte Krawtschenko lächelnd.

Außer John und Gemauge, der das Pelzwerk ordentlich in Leinensäcken verpackt und Valutascheine in die Aktentasche aus Robbenhaut gelegt hatte, fuhren noch Orwo, Tnarat, Guwat und Tegrynkëu nach Nome.

Am frühen Morgen stießen sie vom Ufer ab. Über der Meerenge lag durchsichtiger Frühjahrsnebel. Ab und an trafen sie auf Walrossherden.

Hinter der Kleinen Diomedes-Insel sahen sie Schaluppen mit amerikanischen Eskimos. Sie waren in einiger Entfernung mit dem Fang beschäftigt.

Als der lange Frühlingstag sich neigte, entdeckten sie niedrige Häuser. Das war die Hauptstadt der Küste Alaskas. Sie sahen auch eine große Zahl von Schiffen, die in dem breiten, kaum vor Winden geschützten Meerbusen von Norton lagen.

John hielt das Steuerruder und starrte mit wachsender Erregung auf die Silhouetten der Schiffe. Plötzlich dünkte ihn, als ob er etwas Bekanntes sähe. Sollte das etwa die *Belinda* sein? Ach was, die *Belinda* war ein Zweimaster, wie es viele gab. Aber seine Hand lenkte die Schaluppe unwillkürlich ganz nahe an die rechte Bordwand des Schiffes heran. Jawohl, jetzt gab es keinen Zweifel mehr. Das war dieselbe *Belinda,* die ihn an das Ufer der Halbinsel Tschukotka gebracht hatte! Sie war geflickt und sah heruntergekommen und alt aus. Vor mehr als zehn Jahren war der junge, hoffnungsvolle John MacLennan an Bord dieses Schiffes gegangen. Aber dann kam die Explosion und ... Hatte es das alles wirklich gegeben?

»Orwo, erinnerst du dich an dieses Schiff?« John zeigte mit den Augen auf die *Belinda*. Der Alte schaute aufmerksam hinüber und nickte John flüchtig zu. Vielleicht tat er nur so, als hätte er sie erkannt, vielleicht aber war er der alten Bekannten gegenüber nur gleichgültig. Zwischen der

Vergangenheit und der Gegenwart gab es keine Verbindung mehr, nur Erinnerungen.

»Selbst das, was gerade geschehen ist, ist bereits Vergangenheit.« John kam Orwos Lieblingsspruch in den Sinn.

Er lenkte die Schaluppe in den Teil des Hafens, in dem die fremden Schiffe vor Anker gingen. Auf dem steinigen Ufer standen zwei weiße Zelte, daneben zwei mit Ketten zusammengebundene Schaluppen.

John hatte Angst vor Zollkontrollen, aber noch war alles ruhig. Die Schaluppe legte leise am Ufer an. In den Häusern regte sich nichts, nur die Bewohner der beiden Eskimozelte empfingen die Männer. Sie sicherten die Schaluppe mit Stützbalken und stellten daneben zwei Zelte auf. Auf einem großen Feuer kochten sie im Kessel starken Tee und luden die Nachbarn von jenseits der Beringstraße ein. Ihre Kleidung war auffallend bunt. Trotz des trüben Wetters trug fast jeder auf dem Kopf eine helle Schirmmütze, die vor der Sonne schützen sollte. Statt der Robbenfellhosen, die sich für diese Jahreszeit eigneten, hatten fast alle, außer Großvater Ajuk, grobe Stoffhosen an, die so viele Taschen hatten, dass man sie nicht mehr als Hosen bezeichnen konnte, sondern eher als über die Beine gezogene Taschen. Mit den Schuhen war es das Gleiche – hohe Gummistiefel statt der traditionellen Kamiken aus Robbenleder. Es war schwer zu entscheiden, ob das alles von Vorteil war oder nicht. Auf jeden Fall hatte John am eigenen Leib erfahren, dass es für die Jagd und für das Leben in diesen Breiten nichts Besseres gab als die Kleidung, die die tschuktschische Bevölkerung trug. Aus Rohstoffen, die in Jahrhunderten erprobt waren.

Das Gespräch beim Teetrinken drehte sich um die Walrossjagd in der Meerenge. Die Schaluppen der Eskimos kamen aus der Kotzebue-Bucht. Die Jäger wollten einen Teil der Stoßzähne verkaufen und sich dafür Sachen anschaffen, die sie dringend brauchten – vor allem Patronen und Treibstoff.

»Der Handel läuft zurzeit gut«, erklärte der alte Ajuk John in Englisch. »Die Händler wollen nicht auf eure Seite fahren, sie haben Angst vor den Bolschewiki. Es heißt, die Tschuktschen haben jetzt einen starken neuen Führer, Lenin. Der soll Russe oder Jakute sein. Keiner hat ihn bisher gesehen, aber seine Macht ist groß, größer noch als die vom Sonnenherrscher.«

Nome hatte sich kaum verändert. Es sah noch genauso aus wie vor elf Jahren, als John an Bord der *Belinda* gegangen war, die auf der Reede stand. Das Städtchen war höchstens ein bisschen älter geworden. So wie ein Mensch altert: Die hölzernen Bürgersteige waren brüchig geworden, die Häuser lange nicht mehr renoviert, aber sie waren noch in gutem Zustand. Nome sah aus wie ein Mensch, der um sein Alter wusste, aber nicht jünger aussehen wollte, als er in Wirklichkeit war. Die Kleidung war in Ordnung, aber nicht neu, nicht hell ...

Darüber dachte John MacLennan nach, als er mit Tegrynkëu über die knarrenden, fast im morastigen Boden versinkenden Holzplanken ging. Hinter den Häusern wühlten Hunde in Müllhaufen. Das waren Nachfahren der Schlittenhunde aus alter Zeit, als in den hiesigen Kneipen vor der Winterwende die Schlittenkarawanen ausgerüstet wurden, um nach Goldsand zu suchen, nach dem gleichen, der Nome reich gemacht hatte.

Plötzlich wurde die verschlafene Stille der Stadt von knatterndem Lärm gestört. Es klang wie Maschinengewehrfeuer. Aus einer Gasse raste ein offener Ford. John und sein Gefährte pressten sich instinktiv an die Wand des nächststehenden Hauses. Das Auto bremste, und zur großen Überraschung erblickten sie am Steuer ihren alten Bekannten – Robert Carpenter!

»John! Tegrynkëu!«, rief Carpenter und sprang aus dem Auto. »Ich suche euch in der ganzen Stadt! Wie froh bin ich, dass ich euch gefunden habe!«

John betrachtete verwundert den verwandelten Carpenter. Der Kaufmann von Keniskun war glatt rasiert, die Gesichtshaut glänzte und war sogar etwas blasser geworden. Auf dem Kopf saß ein prächtiger Filzhut, ein schneeweißer Kragen stützte das satte Kinn. »Ihr müsst unbedingt meine Gäste sein!«, rief er. »Nur meine, von niemandem sonst!«

John dachte, dass Carpenter sich als nützlich erweisen könnte. Er kannte die Händler hier und stand offenbar mit den örtlichen Behörden auf gutem Fuße.

Carpenter ließ seine Gäste auf dem Hintersitz Platz nehmen, auf dem knarrenden, mit Mustern verzierten Leder, drückte kräftig auf die Hupe, obwohl außer einigen neugierigen Passanten niemand im Wege stand, fuhr mit einem Ruck los und redete ununterbrochen.

»Ich kann es kaum erwarten, euch nach meiner Familie auszufragen. Ich hoffe, ihnen ist nichts passiert?«

»Sie sind gesund«, antwortete Tegrynkëu, der sich nicht wohl fühlte in seiner Haut und dem alles hier fremd war.

Das Auto hielt vor einem kleinen Haus. Carpenter sprang hinaus und hielt den Gästen die Tür auf. »Bitte eintreten, liebe Gäste und Landsleute.«

Im Parterre lag neben einer kleinen Diele das Esszimmer, das gleichzeitig auch als Gästezimmer diente, und rechts die Küche, in der eine sympathische Eskimofrau wirtschaftete.

»Elisabeth!«, rief Carpenter. »Renkotelett für die Gäste!«

Während Elisabeth das Fleisch zubereitete, öffnete Robert ein wuchtiges Buffet und stellte zwei große Flaschen auf den Tisch. »Alkoholfreies Bier!«, sagte er feierlich. »Ich stelle es auf den Tisch, um vom Eigentlichen abzulenken.«

Er ging in eine Ecke, schob eine Holztafel in der Wand beiseite, steckte die Hand in ein Fach und holte eine flache Flasche heraus, die er allerdings nicht auf den Tisch stellte, sondern in die Tasche schob. »Ich habe nie geglaubt, dass das Alkoholverbot so unangenehm ist! Es trinken sowieso alle heimlich, jeder hat unterm Tisch einen hübschen Schnapsvorrat stehen. Aber das Gesetz! So stellen wir zum Schein alkoholfreies Bier auf den Tisch. Die Leute hier trinken so viel, von dem alkoholfreien Bier natürlich, dass sie sich nicht mehr auf den Beinen halten können. Ich selbst trinke immer in Maßen und nur, wenn es einen Grund gibt. Aber so ein Gesetz zu erlassen ist meiner Meinung nach Barbarei und Missachtung der eigenen Bürger ... Ich hoffe, die Bolschewiki machen diesen Fehler nicht?«, wandte sich Carpenter an Tegrynkëu.

Die Eskimofrau brachte eine dampfende Schale mit saftigem Rentierfleisch ins Zimmer, etwas später noch eine zweite mit gesalzenem Lachs vom Vorjahresfang.

»Die Bolschewiki werden ein ganz neues Leben aufbauen!«, antwortete Tegrynkëu laut.

Carpenter zwinkerte John zu und zog die Flasche aus der Tasche. Als er Tegrynkëus Glas füllen wollte, legte dieser hastig seine Hand darüber: »Nein! Ich trinke nicht!«

»Na, sag mal!«, witzelte Carpenter. »Wir haben uns so lange nicht gesehen, und du willst unser Treffen verderben. Das ist nicht gut von dir, Tegrynkëu! Ich gehe dir mit offenem Herzen entgegen, und du ... Gut, wenn du nicht willst, werden auch wir uns enthalten ...«

Mit großem Bedauern stopfte Carpenter langsam die Flasche zurück in die Tasche. Tegrynkëu blickte John fragend an und sagte plötzlich fröhlich: »Na gut, seis drum!«

Schon nach dem ersten Glas war er angeheitert, nach dem zweiten völlig enthemmt und machte dem Gastgeber laut Vorwürfe: »Das war nicht gut von dir, dass du deine Kinder und deine Frau im Stich gelassen hast ... Gar nicht gut. Du hast hier ein schönes, großes Haus. Warum kannst du sie nicht zu dir holen? Wir helfen dir dabei, wenn es nötig ist.«

Bei der Erwähnung seiner Kinder und seiner Frau wurde Carpenter rührselig. Er wischte sich sogar mit der Ecke eines weißen Taschentuchs die Tränen ab.

John erzählte vom Ziel seiner Reise.

»Ist doch klar, ich helfe euch!«, rief Robert Carpenter. »Wie sollte ich meinen Leuten nicht helfen! Ich wäre ja der letzte Schuft, wenn ich nicht alles daransetze, dass ihr eure Felle vorteilhaft verkauft und anschafft, was ihr braucht. Meine Beziehung zur Sowjetmacht ist durchaus loyal, und ich bin bereit, sie mit allem zu unterstützen, was in meinen Kräften steht. Unser Patron Svensson ebenfalls ... Wahrscheinlich werdet ihr die Verhandlungen mit seinem Vertreter führen.«

Während er sprach, vergaß Robert Carpenter nicht, den unverdünnten Schnaps nachzuschenken. Tegrynkëu, der nicht an Alkohol gewöhnt war, wurde schnell betrunken. Als es Zeit wurde, ins Büro der Hudson Bay Company zu gehen, äußerte John Zweifel, ob Tegrynkëu überhaupt dazu in der Lage sei.

»Ich komme mit!« Tegrynkëu schüttelte heftig den Kopf.

»Als Vertreter der Sowjetmacht muss ich mitgehen! Vielleicht planen sie irgendeine Schweinerei mit uns? Son, du weißt nicht, was das für ein Tier ist, dieser Poppi.« Tegrynkëu war zum Tschuktschischen übergegangen. »Er hat mich auf den Rücken gehauen, mit einem Stock, mit dem man Stoff misst. Nein, ich lasse dich nicht allein mit ihm!«

Tegrynkëu konnte sich noch einigermaßen auf den Beinen halten. Außerdem hoffte John, dass die frische Luft den Alkohol aus seinem Kopf treiben würde.

Zu dieser Stunde waren die Straßen von Nome sehr belebt. Vor der breiten Glastür eines Friseurladens stand der Besitzer in einem Tscherkessenrock und unterhielt sich laut mit dem Fleischer auf der anderen Straßenseite.

»Hast du schon gehört, Jim? Die Bolschewiki haben einen Landungstrupp in unserer Bucht abgesetzt! Als Eingeborene verkleidete Kosaken! Das wird ein Spaß!«

»Was redest du da, Mahomed!«, mischte sich Carpenter ein. »Schämst du dich nicht, solche dummen Gerüchte zu verbreiten! Die hier, das ist der Spähtrupp. Das sind Gentlemen, die Achtung und Vertrauen verdienen. Sie sind gekommen, um zu handeln.«

»Wir wissen, was sie verkaufen!«, rief der Friseur Mahomed und rückte seinen Dolch in der silbernen Scheide am Gürtel zurecht. »Rotfuchs statt richtige Pelze!«

Mahomeds Stimme war noch lange zu hören. Als sie um die Ecke bogen, stießen sie auf einen Polizisten, der wie ein Jagdhund die Nase hob und schnupperte. Er packte Tegrynkëu an der Schulter und fragte drohend: »Hast du getrunken?«

»Ja«, antwortete Tegrynkëu gehorsam und fröhlich. »Auf das Wiedersehen mit unserem Freund!«

»Und auf den Abschied«, sagte der Polizist zynisch und befahl: »Komm mit!«

Robert Carpenter versuchte, für Tegrynkëu einzutreten: »Was tun Sie da! Das ist doch ein Ausländer, ein Bürger der Sowjetrepublik, der in Geschäften hergekommen ist. Sie riskieren einen internationalen Skandal!«

»Das geht mich nichts an«, fiel ihm der Ordnungshüter ins Wort. »Ich erfülle nur den Befehl. Jede Person in betrunkenem Zustand muss festgenommen werden. Vor allem Eingeborene.«

»Er ist kein Eingeborener!«, rief Carpenter. »Er ist Vertreter der Sowjetmacht auf Tschukotka.«

»Umso schlimmer!«, rief der Polizist. Er hielt den armen Tegrynkëu am Ärmel der Kamlejka fest und zog ihn hinter sich her.

Carpenter und John blieb nichts anderes übrig, als ihnen zu folgen. »Wir müssen was unternehmen«, sagte John beunruhigt.

»Wir reden mit dem Kommissar«, sagte Carpenter.

Aber auf dem Polizeirevier lehnte der Kommissar es kategorisch ab, Tegrynkëu freizulassen.

»Das Einzige, was ich tun kann, ist, kein Gerichtsverfahren einzuleiten und euren Kameraden freizulassen, kurz bevor euer Schiff abfährt.«

»Aber dann können wir keine Handelsgespräche führen!«, erklärte John MacLennan.

»In diesem Fall können Sie gleich abfahren«, entgegnete darauf der Kommissar. »Ich würde Ihnen gern helfen, aber Gesetz ist Gesetz ... Und das haben Sie verletzt, nicht ich. Wenn das mit einem hiesigen Eingeborenen passiert wäre, dann müsste er die Strafe im Gefängnis absitzen oder eine hohe Buße zahlen.«

Dieser Vorfall hatte Tegrynkëu völlig ernüchtert. »Ich bleibe hier«, sagte er zu John. »Und ihr kümmert euch ums Geschäft, das ist die Hauptsache. Macht euch keine Sorgen um mich.«

»Wir tun alles, um dich rauszuholen, Tegrynkëu«, bemerkte Carpenter traurig, kramte in seiner Brieftasche und legte einige Dollarnoten vor den Polizeikommissar. »Ich möchte, dass er was Anständiges zu essen kriegt.«

»Okay!«, antwortete der Kommissar und stopfte das Geld in die Schreibtischschublade.

Auf dem Weg zum Kontor der Handelsvertretung dachte John mit großer Sorge an seinen Kameraden. Als Robert seine Unruhe sah, tröstete er ihn: »Kein Grund zur Aufregung, ihm passiert nichts.«

»Sie hätten ihm nicht so viel zu trinken geben dürfen«, warf MacLennan Carpenter vor.

»Was wollen Sie!« Carpenter breitete seine Arme aus. »Keiner hat ihn dazu gezwungen.«

Svensson selbst war nicht im Kontor. Wie sich herausstellte, war er nach San Francisco gefahren, um eine Konzession für den Handel an der Küste von Tschukotka zu erwirken. Die Verhandlungen führte ein hagerer, sehniger Beamter, der für eine Stadt wie Nome viel zu vornehm gekleidet war. Robert Carpenter rief John aus dem Auto noch zu, sie sollten die Felle ins Kontor bringen, dann war er verschwunden.

Der Beamte bot John eine Zigarre an. »Können Sie uns nicht über die politische Lage in Russland informieren?«, fragte er höflich, eingehüllt in wohlriechenden Rauch.

»Ich weiß selber nichts«, entgegnete John verwirrt.

»Was glauben Sie, sitzen die Bolschewiki auf Tschukotka fest im Sattel?«

»Auch diese Frage kann ich nicht beantworten«, entgegnete John und fühlte, wie ihm unter dem scharfen Blick, der durch den blauen Dunst drang, unbehaglich zumute wurde.

»Ich will wissen«, sagte der Beamte, den Rauch auseinanderpustend, »ob die Bevölkerung die bolschewistische Doktrin unterstützt?«

»Erstens weiß die Bevölkerung genauso wenig über die bolschewistische Doktrin wie ich, und zweitens verstehe ich nicht, wozu Sie das fragen?«

»Regen Sie sich nicht auf, Mister MacLennan. Sie sind ein gebildeter Mann und verstehen mich, so hoffe ich. Die Eingliederung der gottverlassenen Randgebiete unseres Planeten in den Schoß der Zivilisation ist Aufgabe der gesamten aufgeklärten Menschheit. Ich glaube, dass die Bolschewiki, die keine Erfahrung darin haben, wie man einen Staat lenkt, den kleinen Nordvölkern einen schlechten Dienst erweisen werden. Die Existenz dieser Völkerschaften steht auf dem Spiel. Ich glaube, ich muss Ihnen keine Beispiele nennen. Dass Sie hierher gekommen sind, ist allein schon ein Beweis dafür, dass alle Parolen über den allgemeinen Wohlstand im Sozialismus leeres Geschwätz sind.«

»Aber bei den Bolschewiki fängt ja erst alles an«, wandte John unschlüssig ein. »Sie sind gerade erst auf Tschukotka angekommen. Vielleicht ...«

Der Beamte saugte sich mit den Augen an John fest.

John überkam auf einmal Wut: »Was gehen Sie die kleinen Völker an? Lassen Sie sie leben, wie sie wollen. Machen Sie aus ihnen kein Objekt von Zank und Streit! Das verdienen sie nicht, glauben Sie mir.«

»Verstehen Sie mich richtig.« Die Stimme des Beamten klang jetzt einschmeichelnd, als käme sie durch eine mit Samt ausgeschlagene Röhre. »Wir hindern sie nicht, so zu leben wie sie wollen, aber ... Es gibt ein Interesse der großen Politik. Die geografische Lage von Tschukotka ... Die Halbinsel war immer ein Objekt, wenn nicht des Zanks, so doch des heimlichen Begehrens der Großmächte und wird es immer bleiben. Wer Tschukotka in der Hand hält, der herrscht über die riesigen Gebiete Nordasiens. Diese unermesslichen Weiten! Diese Reichtümer! Tschukotka wird immer unter der Kontrolle einer Großmacht sein, der einen oder der anderen.«

»Aber Tschukotka gehört zu Russland«, gab John zu bedenken.

»Selbstverständlich ist die formale Zugehörigkeit ein ernst zu nehmendes Problem«, bemerkte der Beamte. »Dennoch gibt es tausend Möglichkeiten, diese Formalität zu umgehen, um schließlich die Kontrolle zu bekommen ... Auch Alaska hat lange formal zum Russischen Reich gehört.«

»Das Russische Reich gibt es nicht mehr«, unterbrach John.

»Deshalb bietet sich ja auch die Chance, dass wir mit all den Mitteln und Möglichkeiten unseres reichen Landes das Vakuum ausfüllen, das sich jetzt gebildet hat. Sie können uns dabei einen Dienst erweisen, den wir gebührend schätzen werden.«

»In welcher Form?«

Der Beamte hatte offenbar solch eine Frage nicht erwartet, nahm sich jedoch schnell zusammen und sagte würdevoll: »In der Form, die Sie wünschen.«

John dachte nach. Im Prinzip war das der gleiche Vorschlag, den Carpenter ihm seinerzeit gemacht hatte. Aber damals kam der Vorschlag von einer Handelsfirma. Diesmal ging es um mehr. Hier ging es um die große Politik.

»Für Sie stellt die Form der Belohnung ein Problem dar?«, fragte der Beamte lächelnd.

»Nein«, entgegnete John schnell. »Ich denke nur darüber nach, womit ich Ihnen helfen könnte und ob ich überhaupt geeignet bin für solch eine Zusammenarbeit.«

»Bevor wir uns an Sie gewandt haben, haben wir einiges über Sie in Erfahrung gebracht. Sie persönlich müssen nichts tun, aber wir werden Sie von Zeit zu Zeit bitten, unsere Leute, die in Ihre Gegend kommen, zu unterstützen.« Der Beamte war sichtlich erfreut über die Wendung des Gesprächs. Er entspannte sich und streckte seine Beine aus.

»Wenn Sie gestatten, möchte ich Ihnen jetzt einige Worte sagen«, bat John.

»Oh, natürlich!«, rief der Beamte aus.

»Als ich begann, bei den Tschuktschen zu leben, wollte

ich so werden wie sie, mich in nichts von ihnen unterscheiden, ganz in ihnen aufgehen ...«

»Das ist großartig!«

»Und genau aus diesem Grund kann ich Ihnen nicht nützlich sein«, entgegnete John und lächelte dabei gezwungen. »Ich will so sein wie alle. Und ich werde nie eine Handlung akzeptieren, die gegen mein Volk gerichtet ist.«

»Aber die Handlungen, die wir vorschlagen, sollen ja dem Volk dienen«, warf der Beamte ein.

»Das sagen auch die Bolschewiki«, entgegnete John.

»Aber mit denen arbeiten Sie zusammen!«

»Ich arbeite mit dem Volk zusammen, nicht mit den Bolschewiki.«

»Und doch haben Sie den Chefbolschewiken von Tschukotka, Tegrynkëu, mitgebracht!«

»Für mich ist er einfach ein Tschuktsche.«

»Verstehen Sie mich richtig, Mister MacLennan«, fuhr der Beamte fort und gab sich große Mühe, ruhig zu bleiben. »Die Sowjetmacht wird sich nicht halten. Diese unausgegorenen Ideen funktionieren nur in den utopischen Romanen verrückter Schriftsteller. Diese Ideologie widerspricht der menschlichen Natur. Sie können sich nicht lange halten. Das ist der Grund, warum die Vereinigten Staaten die Sowjetrepublik nicht anerkennen.«

»Das interessiert mich nicht«, sagte John MacLennan. »Ich möchte gern wissen, ob wir bald zu der Sache kommen, wegen der wir hier sind. Und ob Tegrynkëu bald freigelassen wird?«

»In der Handelsvertretung der Hudson Bay Company können Sie über alles verhandeln«, sagte der Beamte trocken und erhob sich.

John stand ebenfalls auf.

Der Beamte öffnete weit die Tür, ließ John hinaus und zeigte auf das Haus schräg gegenüber: »Dort werden Sie erwartet, alles Gute.«

In den engen Räumen der Handelsvertretung prüften einige Leute aufmerksam die Felle, trugen sie zum Fenster, bliesen auf die Haare, schüttelten das Pelzwerk und legten es vorsichtig auf einen breiten Tisch. An der Wand saßen Gemauge und Tnarat und rauchten genüsslich. Gemauge hielt das Kontorbuch auf seinen Knien, beobachtete durch den Tabakrauch aufmerksam jede Bewegungen der Prüfer und zeichnete von Zeit zu Zeit mit dem Bleistiftstummel etwas auf.

»Wir warten schon lange auf Sie!«, sagte Robert Carpenter fröhlich. »Die Felle sind von ausgezeichneter Qualität! Ich bin und bleibe Patriot von Tschukotka. Trotz allem. Ich bin nach wie vor davon überzeugt, dass von dort das beste Pelzwerk der ganzen asiatischen Küste kommt. Offenbar spielen hier natürliche Faktoren eine Rolle …«

Robert Carpenter merkte, dass John ihm kaum zuhörte, er senkte seine Stimme und teilte geheimnisvoll mit: »Tegrynkëu wird bald freigelassen, haben sie versprochen. Ich habe schon mit dem Polizeikommissar gesprochen.«

Die Felle wurden gezählt, begutachtet, und John MacLennan zog eine Liste mit den benötigten Waren aus der Tasche. Als sie auf die Patronen zu sprechen kamen, zögerte Carpenter: »Unsere Regierung hat den Verkauf von Waffen und Munition für revolutionäre Zwecke kategorisch verboten.«

»Ihnen muss ich doch nicht erklären, für welche revolutionären Zwecke die Winchesterpatronen vorgesehen sind«, bemerkte John.

»Ich versuche mein Bestes«, versprach Carpenter. »Für Sie bin ich bereit, die Vorschrift zu verletzen.« Er verließ das Häuschen, und schon eine Minute später knatterte sein Ford los.

Carpenter kehrte recht schnell zurück. »Wir haben uns geeinigt!«, rief er noch auf der Schwelle. »Und noch eine Neuigkeit! Tegrynkëu wartet schon am Ufer. Ich habe für ihn gebürgt.«

Die gekauften Waren wurden mit einem kleinen Laster zum Ufer gebracht. Tnarat, Guwat und Gemauge saßen stolz auf den Kisten und Treibstofffässern und hielten sich aus Angst, vom Laster zu fallen, aneinander fest.

Entweder waren die Preise für Pelzwerk gestiegen, oder die Besitzer der Hudson Bay Company wollten zeigen, dass sie am Handel mit den tschuktschischen Jägern interessiert waren. Jedenfalls konnten sie fast alles, was sie benötigten, sogar Treibstoff und Patronen, in die Schaluppe laden.

Vor der Abfahrt riefen die Tschuktschen ihre Nachbarn, die Eskimos, zum Teetrinken.

Robert Carpenter versuchte die ganze Zeit, mit John unter vier Augen zu sprechen. »Haben Sie sich mit Mister Harvey geeinigt?«, fragte er schließlich.

»Welcher Harvey?«, fragte John verwundert. »Ach, der! Er hat sich mir nicht mal vorgestellt. Wir haben uns nicht geeinigt.«

»Schade!«, sagte Carpenter mit zusammengekniffenen Lippen. »Er hätte Ihnen sehr nützlich sein können.«

»Mir reicht das«, entgegnete John und deutete mit dem Kopf auf die Waren.

»Ich meine Ihren persönlichen Nutzen.«

»Lassen wir das Thema«, sagte John müde. »Sie kennen doch meine Haltung in solchen Fragen.«

»Früher oder später kommen wir auf dieses Gespräch zurück«, entgegnete Carpenter, wechselte aber gleich darauf den Ton: »Ich habe was für meine Kinder vorbereitet. Wären Sie so freundlich, es ihnen zu geben?«

»Natürlich«, antwortete John MacLennan, und Carpenter trug zwei fest verschnürte Pakete auf die Schaluppe.

Der Tee war ausgetrunken, die Tschuktschen stießen vom Ufer ab. Der Motor war vollgetankt und durchgesehen, und das Boot nahm Kurs auf die asiatische Küste. John saß am Steuer. Am Ufer standen die Alaska-Eskimos, unter ihnen Robert Carpenter, der lange und eifrig winkte. Die Schaluppe fuhr mit gedrosselter Geschwindigkeit an den Schiffen vorbei, die vor Nome auf der Reede standen. Auch an der alten *Belinda,* die in John erneut eine ganze Lawine von Erinnerungen ins Rollen brachte.

Als sie um das Kap herumfuhren, verschwand das niedrige Ufer von Alaska aus den Augen. John übergab das Steuerruder Guwat und kletterte zu Tegrynkëu, der getrennt von allen saß und schweigend unter seinem unangenehmen Abenteuer in Nome litt.

»Dich trifft keine Schuld«, sagte John sanft. »Ich bin überzeugt, dass alles organisiert war.«

Ob ich ihm erzähle, worüber Mister Harvey mit mir verhandelt hat?, schoss es John durch den Kopf. Ach, es lohnt sich nicht. Ist doch uninteressant, beschloss er.

»Ich nehme keinen Tropfen Alkohol mehr in den Mund!«, erklärte Tegrynkëu finster und drehte das Gesicht zum Meer, womit er zu verstehen gab, dass er nicht mehr darüber sprechen wollte.

John rückte von ihm weg und schaute noch ein letztes Mal auf das Ufer von Alaska. Nein, hierher komme ich nie wieder, dachte er, als er die breiten Wellen betrachtete, die sich hinter der Schaluppe bildeten. Das Boot nahm Kurs auf das Kap Deshnjew.

9

Für den Ausgang von John MacLennans und Tegrynkëus Reise interessierten sich vor allem Alexej Bytschkow, Gawrila Rudych und Anton Krawtschenko. Für alle übrigen Bewohner von Uëlen war die Fahrt nach Nome eine normale Sache.

Dennoch kamen alle Uëlener ans Ufer, als die Schaluppe am Horizont auftauchte. Zu ihnen gesellten sich die vielen Jäger, die zur herbstlichen Walrossjagd gekommen waren.

Anton Krawtschenko und Alexej Bytschkow rissen sich gegenseitig Gemalkots Fernglas aus den Händen, während Gemalkot selbst wie immer schweigsam und ehrerbietig in der Nähe stand.

»Alle an Bord!«, rief Bytschkow froh.

»Und du hattest Angst!«, warf Anton Krawtschenko ein. Er wusste, an wem sein Kamerad gezweifelt hatte. Er selbst hatte keine klare Vorstellung von dem seltsamen Menschen, bei dessen Anblick er stets an einen Maskenball dachte. Er erinnerte sich an eine Geschichte, die in Petrograd im Sommer 1917 passiert war.

Die Petrograder Universität summte wie ein Bienenschwarm. Aufgeregte Studenten versammelten sich im langen Korridor des Hauptgebäudes.

Unter den vielen Plakaten, Aufrufen und Mitteilungen über bevorstehende Versammlungen hatte Krawtschenko einen handgeschriebenen Zettel entdeckt, der zu einer Schamanenvorstellung einlud, die auf der Bühne im Rumjanzew-Garten stattfinden sollte. Unten stand in kleiner Schrift, dass der Schamane aus dem Gebiet des Flusses Podkamennaja Tunguska stammte. Der Rumjanzew-Garten lag ganz in der Nähe der Universität, und Krawtschenko stand zur angekündigten Stunde pünktlich vor der lange nicht gestrichenen Bretterbühne. Eine spärliche Menge wartete auf die Vorstellung. Zwischen den Zuschauern flitzte ein junger Mann in abgetragener Studentenuniform hin und her. Verwundert erkannte Krawtschenko Kescha Solowjow, seinen Kommilitonen aus demselben Studienjahr. Er war vor anderthalb Jahren zu einer langen wissenschaftlichen Dienstreise aufgebrochen. Aus Keschas hastigen Erklärungen erfuhr Krawtschenko, dass er vor kurzem aus Sibirien zurückgekommen sei und kein Geld mehr habe. Deshalb hatte er beschlossen, sich mit Schamanenvorstellungen über Wasser zu halten. Er hatte Glück – noch nicht alle Gegenstände der Schamanen waren an das Museum für Ethnografie abgeliefert worden. Um nach allen Regeln der Kunst aufzutreten, hatte er Dutzende dicker Hefte studiert, in denen die verschiedensten Schamanenriten beschrieben waren. Krawtschenko begleitete Kescha hinter die Bühne und entdeckte dort noch zwei weitere Studenten und den alten Maskenbildner vom Michailow-Theater, der manchmal ins Wohnheim kam, um den Studenten die Haare zu schneiden. Die Schamanenvorstellung war tatsächlich mit Sachkenntnis inszeniert. Keschas Kameraden schlugen eifrig die Schellen. Sie trugen Originalkostüme, waren ausgezeichnet geschminkt, und Kescha selbst hatte solch überraschende schauspielerische Fähigkeiten bei sich entdeckt, dass er später in ein Theaterstudio ging, nachdem er seinen Schamanenschmuck im Museum für Ethnografie und seine wissenschaftlichen Notizen in der Handschriftenabteilung abgegeben hatte.

Als Anton Krawtschenko John MacLennan zum ersten Mal in den Kleidern eines tschuktschischen Jägers sah, mit scharfem Messer in der Lederscheide am Gürtel und in Fellstiefeln, als er den breiten, leicht federnden Gang eines Mannes sah, der wusste, was Sumpf oder verräterisches Mereseis unter den Füßen zu haben bedeutete, erinnerte er sich sofort an Kescha Solowjow in Schamanenkleidern, der, geschminkt vom Maskenbildner des Petersburger Michailow-Theaters, auf der knarrenden Bühne im Rumjanzew-Garten im Kreis herumlief. Johns helle Haare, die blauen Augen, die rötliche Haut – all das unterschied sich krass von dem, was Krawtschenko auf Tschukotka zu sehen gewohnt war. Immer wenn sein Blick auf John fiel, regte sich unwillkürlich in seinem Herzen ein Gefühl der Abwehr. Der Eindruck verstärkte sich noch durch MacLennans makellose Aussprache, wie sie nur für die Bewohnern der Nordküste des Tschuktschischen Meeres charakteristisch war.

Die Schaluppe näherte sich langsam dem Ufer. Die Uëlener konnten bereits die Kisten, Säcke, Ballen und die leuchtend rot angemalten Fässer mit Treibstoff erkennen.

»Scheint alles in Ordnung zu sein«, sagte Bytschkow erleichtert und reichte Gemalkot das Fernglas, das nun nicht mehr gebraucht wurde. Das Boot lief auf Kieselsteingrund auf, und sogleich griffen Dutzende Hände nach dem Tau, und eine lautstarke Begrüßung begann.

Tegrynkëu sprang mit schwerem Körper ans Ufer und ging gleich zu Krawtschenko. »Wir müssen miteinander reden.«

»Unbedingt!«, antwortete Krawtschenko fröhlich, ohne die Augen von den Menschen abzuwenden, die mit dem Ausladen der Waren begonnen hatten.

»Sofort.« Tegrynkëu ließ nicht locker.

Krawtschenko blickte in Tegrynkëus Gesicht und rief Bytschkow dazu: »Gehen wir!«

John MacLennan sah, wie die drei über die Kieselhügel stiegen, die die Wellen im vergangenen Jahr aufgetürmt hatten. Er wollte ihnen schon hinterherrennen, aber etwas hielt ihn zurück, und er kehrte zur Schaluppe zurück.

Tegrynkëu trat ins Zimmer des Sowjets, warf seine Mütze auf den Tisch und sagte leise: »Ich bin ein schlechter Bolschewik.« Er erzählte, was ihm in Nome passiert war.

»Ich bin überzeugt, dass das eine Provokation war«, sagte Bytschkow barsch. »Die Feinde der Revolution greifen zu den schmutzigsten Mitteln, um die Vertreter der Sowjetrepublik zu diskreditieren.«

»Rede ein bisschen einfacher«, flehte Tegrynkëu ihn an und wischte sich mit der Mütze den Schweiß von der Stirn.

»Alexej meint, dass sie das absichtlich gemacht haben«, erklärte Krawtschenko. »Sie haben deine Schwäche ausgenutzt und dich betrunken gemacht.«

»Aber alle haben gleich viel getrunken«, gab Tegrynkëu zu bedenken. »Auch Poppi und Son.«

»Vielleicht steckt der Kanadier mit ihnen unter einer Decke?«, meinte Bytschkow. »Sie haben unheimlich viel Waren mitgebracht. Diese Freigebigkeit der Amerikaner ist höchst verdächtig.«

»Nein«, widersprach Tegrynkëu. »Son war immer auf meiner Seite und hat das auch immer laut gesagt. Er hat verlangt, dass sie mich freilassen, weil ich der Vorsitzende des Sowjets bin.«

»Eine List«, warf Bytschkow ein. Der Gedanke, dass John MacLennan mit den Amerikanern gemeinsame Sache machte, ließ ihn nicht los. »Weiß der Teufel, was dieser MacLennan für einer ist!«, sagte er gereizt. »Ich habe das Gefühl, der wird uns weit mehr Probleme bereiten als die ungebildeten Rentierzüchter ... Wir sollten ihn von Tschukotka wegschicken!«

»Das geht nicht!« Tegrynkëu schüttelte mit dem Kopf. »Er hat eine Familie, er hat Pylmau nach einem sehr alten und ehrenvollen Brauch geheiratet.«

»In der Wissenschaft wird dieser Brauch Levirat, Schwagerehe, genannt«, warf Krawtschenko belehrend ein.

»Also können wir ihn im Zusammenhang mit dem Kampf gegen alte Bräuche aussiedeln«, sagte Bytschkow.

»Aber das ist ein sehr guter Brauch!«, widersprach Tegrynkëu aufgeregt.

»Ein Überbleibsel der Gentilordnung«, stellte Krawtschenko fest.

»Jawohl, Tegrynkëu«, sagte Bytschkow. »In so einem Fall müssen wir unerbittlich sein. Erinnerst du dich an die Worte aus der *Internationale,* die du gelernt hast:

In Stadt und Land, ihr Arbeitsleute
Wir sind die stärkste der Partei'n.
Die Müßiggänger schiebt beiseite!
Diese Welt wird unser sein;
Unser Blut sei nicht mehr der Raben
Und der nächt'gen Geier Fraß!
Erst wenn wir sie vertrieben haben
Dann scheint die Sonn' ohn' Unterlass.«

Tegrynkëu schaute nachdenklich aus dem Fenster und erblickte John MacLennan und Orwo, die gerade vorbeigingen. »Und was soll aus seiner Familie werden? Denkt an die unglücklichen Kinder von Robert Carpenter und an seine Frau. Er hat ihnen Geschenke mitgeschickt.«

»Was haben die Geschenke damit zu tun?«, fragte Krawtschenko barsch. »Aber es kann sich ja tatsächlich herausstellen, dass unsere Verdächtigungen gegen John MacLennan völlig unbegründet sind. Dann haben wir fälschlicherweise einen Menschen und seine Familie zerstört.«

»Dein Humanismus, Anton, steht mir bis hier.« Bytschkow zeigte aus unerfindlichen Gründen auf seinen Hinterkopf. Sein langes sommersprossiges Gesicht mit der roten Mähne wurde hart, irgendwie spitzer, und in den milchigen Augen flackerte ein Feuer auf. »Wir müssen dich trotz allem bestrafen, Tegrynkëu«, sagte er. »Im Namen unserer Parteizelle. Wir werden ihm wohl eine Rüge geben müssen, was?«

Krawtschenko sagte nachdenklich: »Mindestens. Weil es auf dem Territorium eines anderen Staates passiert ist.«

»Beim Trinken, hat unser alter Pope immer gesagt,

sollte man sich in der Geografie auskennen«, bemerkte Bytschkow.

»Was ein Pope ist, weiß ich«, entgegnete Tegrynkëu, »aber was ist Geografie?«

»Die Beschreibung der Erde«, erklärte Krawtschenko. »Es gibt Bücher, in denen etwas über alle Flüsse, Berge und Täler steht, über die ganze Erde.«

»Interessant ...«

»Stimmen wir also über eine Rüge für das Mitglied der Partei der Bolschewiki, den Genossen Tegrynkëu, wegen unwürdigen Verhaltens in den Vereinigten Staaten von Amerika ab?«, fragte Bytschkow, nachdem er sich an den Tisch gesetzt und das Protokoll eröffnet hatte. »Wer ist dafür?«

Krawtschenko und Tegrynkëu rissen fast gleichzeitig die Arme hoch.

»Du brauchst nicht abzustimmen«, bemerkte Bytschkow. »Die Rüge gilt ja dir.«

»Aber ich bin damit einverstanden«, sagte Tegrynkëu gekränkt.

»Lass ihn abstimmen«, warf Krawtschenko ein. »Schreib ins Protokoll: Der Beschluss wurde einstimmig gefasst.«

Die in Amerika gekauften Waren lagen bereits im alten Vorratsgebäude aus Wellblech, das früher der Firma Karajew gehörte und jetzt von Gemauge mit seinem Rechnungsbuch verwaltet wurde. Vor dem Lager drängelten sich schon Menschen. Fast alle Männer zogen gierig an ihren Pfeifen, sie hatten von den Nome-Reisenden Tabak geschenkt bekommen.

Alles hörte Guwat zu, der aufgeregt gestikulierend von

der Fahrt berichtete: »Da kommt ein Schlitten angefahren, vor den Feuer spuckende Hunde gespannt sind. Der Schlitten hat Räder, und wer sitzt drauf? Ihr glaubt es nicht! Poppi höchstpersönlich und hält sich an einem schwarzen Reifen fest, damit er nicht runterfällt! Wir sind auch mit diesem Schlitten gefahren, aber wir hatten es schnell über. Es hat so geruckelt, dass mir der Hintern noch jetzt wehtut.«

»Womit füttert Poppi denn die Feuer speienden Hunde?«

»Was denn für Hunde?«, warf jemand ein. »Das ist ein Motor.«

»Ein Motor – richtig«, gab Guwat zu. »Dafür hat Poppi uns vom lustig machenden Wasser zu trinken gegeben.« Die Menge horchte auf. »Das üble, lustig machende Wasser trinken sie dort heimlich und verstecken die Flaschen unterm Mantel. Es ist eine große Sünde, auch nur ein bisschen angeheitert auf der Straße zu erscheinen. Menschen mit kleinen Gewehren gehen in Nome auf und ab und schnuppern an allen, die ihnen verdächtig vorkommen. Wenn sie jemanden riechen, dann schnappen sie ihn gleich und schleppen ihn ins dunkle Haus. Um die Arme legen sie dir Ketten, wie bei übermütigen Welpen.«

Als Guwat Bytschkow, Krawtschenko und Tegrynkëu kommen sah, wurde er plötzlich verlegen und verstummte.

Im halbdunklen Lagerraum, in dem es keine Fenster gab, trug Gemauge die eingetroffenen Waren in sein Buch ein. »Die Hauptsache ist – Patronen verteilen und morgen auf die Jagd gehen«, sagte Tegrynkëu zu ihm. »Tee, Zucker, Mehl und die anderen Lebensmittel teilen wir auf die einzelnen Schaluppen und Kanus auf.«

»Auch uns sollt Ihr was abgeben«, sagte Orwo.

»Natürlich«, versprach Tegrynkëu. »Wir verteilen nicht nur jetzt, sondern auch im Herbst, wenn der Dampfer kommt. Und wir verteilen nicht nur die Waren, sondern auch Lehrer. Und dann organisieren wir noch einen Sowjet in eurer Siedlung, führen Wahlen durch.«

»Die Hauptsache ist, dass auch wir Patronen und Treibstoff kriegen.« Orwo ließ nicht locker.

John fand, dass die Waren und alle anderen Dinge gerecht verteilt wurden. Derjenige, der nicht gleich mit Pelzwerk bezahlen konnte, bekam die Waren auf Kredit. Patronen und Treibstoff wurden an die Führer der Kanu- und Schaluppenmannschaften ausgeteilt.

Noch zehn Tage brachten die Enmyner in Uëlen zu. Dann zogen sie weiter nach Naukan zur Jagd. John beschloss, von dort aus nach Keniskun zu fahren, um Robert Carpenters Familie die beiden Pakete zu bringen.

Das Kanu umfuhr das Kap Deshnjew. Es dauerte nicht lange, da tauchte hinter der Biegung das niedrige Ufer von Keniskun auf. Auf einer Anhöhe standen ein Dutzend Jarangas. Carpenters Wohnhaus befand sich nach wie vor auf seinem alten Platz, aus dem Schornstein stieg Rauch.

John ging zu dem Häuschen, das ihm nicht unbekannt war. Der Tschottagin wirkte verödet. John trat verlegen von einem Bein aufs andere, da hörte er aus dem Polog eine heisere Stimme:

»Wer da?«

John antwortete, und Elisabeth steckte ihren zerzausten Kopf aus dem Polog. Sie strich sich die verworrenen

Haare aus der Stirn und schaute den Gast traurig an. »Sind Sies wirklich?«, fragte die Frau mit unsicherer Stimme.

»Ja, ich bins«, antwortete John. »Ich bringe gute Worte und Geschenke von Ihrem Mann.«

»Kinder!«, rief Elisabeth plötzlich. »Hört ihr, Kinder? Vater hat uns nicht vergessen und uns Geschenke geschickt! Kyke Wynewai!«

In den Tschottagin purzelte Robert Carpenters gesamte Nachkommenschaft. John begann unwillkürlich zu zählen. Es waren nicht mehr als sechs Kinder, aber die Jüngsten schrien so laut, dass der Eindruck einer großen Kinderschar entstand.

John stellte die beiden Pakete auf den Boden, und die Kinderhände rissen auf der Stelle das Papier auf.

»Kinder, Kinder!« Elisabeth versuchte sie zur Vernunft zu bringen. Als sie sich aber von der Sinnlosigkeit ihres Tuns überzeugt hatte, mischte sie sich unter die Schar, nahm die Pakete an sich, warf sie hinter den Polog und stellte sich vor den Eingang.

»Mary! Kathrin! Stellt den Teekessel auf!«

Die beiden Mädchen stürzten zum schwelenden Feuer, fachten in Sekundenschnelle die Flamme an und hängten den Kessel darüber. Die Jüngeren beruhigten sich und setzten sich in alle Ecken des Tschottagins. Sie richteten ihre großen schönen Augen unverwandt auf den Gast.

Ausgezeichnete Erbanlagen hat dieser Gauner!, dachte John unwillkürlich, als er die Kindergesichter betrachtete. Sogleich tauchten die Gesichter der eigenen Kinder vor ihm auf. Wie ein Blitz fuhr ihm der Gedanke durch den Kopf, was wäre, wenn er Pylmau mit den Kleinen verlassen müsste. Sein Herz zog sich zusammen.

Elisabeth verteilte auf dem Tisch Tassen, die lange nicht abgewaschen worden waren. Sie griff sich an den Kopf und wischte sie mit einem Lappen aus.

Es war bedrückend für John, in diesem Tschottagin zu sitzen, in Elisabeths fragende Augen und in die hungrigen Gesichter der Kinder zu sehen. Er wusste, dass die Keniskuner in der Not ihr Essen mit der verlassenen Frau teilen würden. Doch in diesem Jahr war die Jagd wenig erfolgreich gewesen, für diese Kleinen, die ein relativ sattes Leben gewöhnt waren, blieb also kaum etwas übrig.

»Alles wird gut«, sagte John. »Robert sieht munter aus, seine Geschäfte gehen ebenfalls gut.«

»Wenn er nur gesund bleibt«, sagte Elisabeth mit zitternder Stimme. »Er sieht nur äußerlich gesund aus! In Wirklichkeit ist er krank. Manchmal war er richtig erstarrt, besonders wenn der Schneesturm fauchte. Dann hat er schwer geatmet, hat dagelegen wie ein Fisch auf dem Trocknen. Er tut mir so leid. Wer wird sich um ihn kümmern?«

»Machen Sie sich keine Sorgen.« John versuchte die Frau zu beruhigen. »Er sieht gesund aus und klagt auch nicht.«

»Wenn er nur gesund bleibt«, seufzte Elisabeth erneut. »Wir schaffen es schon irgendwie, wir halten durch. Vielleicht sehen wir ihn ja noch mal wieder. Aber so was ist selten.« Sie schluchzte plötzlich auf. »Die Weißen kehren fast nie zu den Frauen zurück, die sie verlassen haben«, sagte sie unter Tränen.

»Nicht verzweifeln«, tröstete John sie. »Nicht alle sind so ...«

Auf dem ganzen langen Weg von Keniskun nach Enmyn musste John an diese Augen denken, an die Augen der Kinder und Elisabeths. Doch dann wurden sie von den Augen der eigenen Kinder und Pylmaus verdrängt ...

10

John schickte sich an, die Jaranga mit neuem Fell zu decken. Zuerst zerteilte Pylmau auf einem breiten Brett ein Walrossfell vom Frühjahrsfang und zog es zum Trocknen auf einen speziellen Rahmen. An die zwei Wochen hing das Fell an der Luft und saugte die üppige Frühjahrswärme und den trocknen Wind der Tundra auf.

An einem Morgen nahm John mit Jakos und Pylmaus Hilfe die alten Felle vom Gestänge ab. Sie waren von Wind und Wetter so trocken geworden, dass sie wie Blech klangen, als sie auf die Erde fielen. Der Tschottagin stand nun nackt da, die Holzstäbe, die wahrscheinlich schon hundert Jahre auf dem Buckel hatten, sahen aus wie entblößte Rippen. Sie waren vom teerhaltigen Rauch des Feuers und der Tranlampen so durchtränkt, dass sie wie wertvolles Mahagoniholz wirkten.

Als MacLennans Jaranga ohne Bedeckung dastand, eilten die Nachbarn herbei. Als Erster war der zuverlässige Tnarat zur Stelle, der alle erwachsenen Mitglieder seiner Familie mitbrachte. Nach ihm kamen Orwo und Armol. Als Letzter tauchte Guwat auf, der beim Rennen sein Frühstück kaute.

»Ein Glück, dass ihr nicht ohne mich angefangen habt!«,

schrie er noch von Weitem. »Vielleicht sollen wir die Jaranga lieber nicht mit Walrosshaut decken?«

»Warum denn nicht?«, fragte Orwo verwundert.

»Besser mit Segeltuch«, antwortete Guwat, nachdem er das letzte Stück unzerkaut mit einer Grimasse hinuntergeschluckt hatte.

»Das wissen doch alle, dass Segeltuch besser ist. Aber woher nehmen?«, sagte Orwo.

»Ich hab welches gesehen.«

»Wo?«

»In Uëlen, im Regal, im alten Laden, wo jetzt Gemauge in sein Buch malt, liegt ein zusammengerollter Ballen Segeltuch. Ich habe Gemauge gefragt, wem es gehört, da hat Gemauge gesagt, er weiß es nicht. Der frühere Händler hat es liegen lassen, und die neue Macht hat es sich noch nicht genommen, weil sie nichts zum Ausmessen haben.«

»So ein Blödsinn!«, winkte Orwo ab. »Du erzählst immer so einen Mist, dass man dir am liebsten eine Ohrfeige geben will, wie einem frechen Jungen.«

»Was hab ich denn Blödes gesagt?«, fragte Guwat unschuldig und blinzelte mit den spärlichen Wimpern. »Ich geb mir doch nur Mühe, alles so zu machen wie die neue Macht. Alles wird dem arbeitenden Volk gegeben, was den Reichen gehört hat.«

Armol, Tnarat und John kletterten auf das Gestell der Jaranga. Die Holzstangen knarrten, die alten Lederriemen, die zur Befestigung dienten und mit ihrer Schwärze an alte Eisenverzierungen erinnerten, wackelten, und auf den glatten Boden des Tschottagin fiel dicker, jahrealter Ruß. Die unten standen, banden mit den Riemen das Walrossfell fest.

»To-gok!«, kommandierte Armol, und das breite Walrossfell kletterte die Rippen der Jaranga hoch, immer höher und höher, bis die nackten Stangen bedeckt und das gesamte Rund der Jaranga geschlossen war. Ganz oben an der Spitze, wo wie ein widerspenstiger Haarwirbel die Enden der Holzstangen emporragten, ließen sie eine Öffnung für den Rauch.

Armol, Tnarat und John schlugen die Enden des Fells so ein, dass die Ränder lückenlos zusammenstießen, damit das Regenwasser auf die Erde ablaufen konnte und nicht in die Jaranga floss. Die drei Männer kletterten um das Dach herum und strichen die Verwerfungen, die sich gebildet hatten, glatt. Gleichzeitig drückten sie das Walrossfell fest an die Stangen.

Orwo, der unten stand, trat einige Schritte zurück, musterte die Jaranga und gab von Weitem Anweisungen.

Als das Fell fest am Gestell anlag, wurden von unten lange Riemen aus Walrosshaut hochgereicht. Sie wurden auf das Fell gelegt und an die Enden, die fast bis zur Erde herunterhingen, wurden große Steine geknüpft, damit der Wind das Dach nicht herunterreißen konnte. Damit war die Hauptarbeit geschafft. Es blieb nur, die kleinen Löcher, die noch geblieben waren – Spuren der Einschüsse und Harpunen – mit dünnen Fellstückchen zu flicken. Aber das wurde von innen gemacht.

Sie gingen in den Tschottagin, der von gelbem Licht überflutet war, das durch die neue Haut leuchtete. Auf dem Erdboden waren Bill-Toko und Sophie-Ankanau bereits ins Spiel vertieft, sie legten aus kleinen Seehundzähnen Figuren. Sie waren so beschäftigt, dass sie die Gäste, die sich laut redend um den niedrigen Tisch setzten, gar nicht bemerkten. Pylmau, wie immer hübsch angezogen und glatt gekämmt, reichte wortlos das Essen herum und rief von Zeit zu Zeit die wild spielenden Kinder zur Ordnung.

Das Licht im Tschottagin erinnerte John an das Licht im hohen Schiff der katholischen Kirche von Port Hope, das durch die hohen gelben Glasfenster drang.

Sollte wirklich einmal der Augenblick kommen, wo er die Vergangenheit ganz vergessen würde? Warum riefen die unbedeutendsten Details manchmal solch intensive Erinnerungsströme bei ihm hervor, als ob er die Vergangenheit nicht tief im Herzen verborgen hätte, sondern als ob sie immer anwesend sei, immer auf der Schwelle stünde? So wie jetzt: In den gedämpften Stimmen der Tschuktschen hörte er das Murmeln des Pfarrers und Orgeltöne, die zum gelben Licht der Glasfenster hochflogen ...

»Wie viel Walrossfelle haben wir noch übrig?«, fragte Orwo Tnarat.

»Zwölf.«

»Für das Dach braucht keiner mehr welche«, sagte Orwo. »Dann können wir die zwölf zum Bespannen der Kanus nehmen. Und wer sein Dach doch noch neu bespannen will, soll eben die alten Kanuhäute nehmen.«

»Das ist eine gute Idee«, sagte Armol. »Ich brauche Fell für ein großes Kanu.«

»Du hast doch im vergangenen Jahr erst was bekommen«, erinnerte ihn Orwo.

»Das Fell ist nicht für mich«, entgegnete Armol. »Das ist ein Geschenk für die Rentierzüchter.«

»Auch die anderen müssen den Rentierzüchtern Geschenke machen«, sagte Orwo.

»Das große Kanu ist mit der Haut des Walrosses bespannt, das ich gejagt habe, das Kanu selbst hat noch mein Vater gemacht ...«

»Willst du damit sagen, dass auch das Kanu dir gehört?«, fragte Orwo leise.

»Wissen das denn nicht alle?« Armol schaute selbstzufrieden auf seine am Tisch sitzenden Kameraden.

Jawohl, alle erinnerten sich sehr gut daran, dass das große Kanu Armols Vater gemacht hatte und dass die Haut, mit der es bezogen war, von dem großen Walross stammte, das Armol harpuniert hatte. Aber in Enmyn war es von alters her Brauch, dass sich nie jemand daran erinnerte, wem ein Ding gehörte, das von allen benutzt wurde. Armol hätte ja nicht allein mit diesem riesigen Kanu auf Jagd fahren können. Auch mit der großen Walrosshaut wäre er nicht allein zurechtgekommen. Im Kanu saßen die Kameraden. Der eine blies die Schwimmblasen auf, andere hielten das Ende der Harpunenleine oder paddelten ... Aber auch persönliche Tapferkeit bei der Jagd wurde nicht vergessen, denn das bedeutete Lebenserfahrung, die wichtig für die Nachkommen war. In Enmyn kam es selten vor, dass jemand daran erinnerte, was er Gutes getan hatte. So etwas kam eher in anderen Siedlungen vor, in solchen wie Uëlen, wo das persönliche Eigentum sich stark vermehrte und jeder mit seinem Nachbarn wetteiferte, wer mehr in der Vorratsgrube eingelagert oder wer die meisten Dinge gekauft hatte.

Deshalb schwiegen alle nach Armols Worten und schlugen die Augen nieder. Vor allem Orwo regte sich auf. Er schaute Armol verärgert an und sagte plötzlich laut: »Du bist unerträglich geworden. Auch ohne deine Worte sehen alle, wie du lebst. Du hast alles: eine große Jaranga, eine

Vorratsgrube voll Fleisch, die Kleider deiner Leute sind warm und heil, du hast ein gutes Gewehr und bist jung ... Und all das reicht dir nicht?«

»Habe ich denn alles, was ich besitze, nicht ehrlich erworben?«, entgegnete Armol mit Unschuldsmiene. »Wenn alle so viel arbeiten wie ich, dann besitzen auch alle so viel wie ich. Sonst wäre es bei uns ja geradeso wie bei den Bolschewiki – die Macht der Armen. Fang so viel du willst, streng dich an, wie du willst – aber du musst alles mit den anderen teilen.«

»Das ist ein uralter Brauch«, sagte Orwo, der sich zu beherrschen versuchte. »Darauf stützt sich unser ganzes Leben. Wenn wir einander nicht helfen, dann verschwinden wir vom Antlitz der Erde wie ein Feuer, das verlischt. Dann wird keiner mehr da sein, der in deinem großen Kanu fährt! Erinnere dich an deinen Vater. Hat er nur ein einziges Wort gesagt, als er das Kanu gebaut hat?«

»Ich sag ja auch nichts!«, beschwichtigte Armol. »Ich brauche eure verfaulten Felle von dem alten Kanu nicht.«

Die Gäste gingen nach Hause, der Tag war zu Ende, aber in John MacLennans Jaranga wurde noch lange nicht geschlafen. Den Bewohnern fiel es schwer, den feierlich erleuchteten Tschottagin zu verlassen, das warme gelbe Licht, das den Augen so schmeichelte.

Die Kinder setzen sich zum Spielen auf den Erdboden. Jako stellte das Grammofon auf, richtete den Holztrichter auf die Tür und legte das wehmütige Lied eines schwarzen Sängers auf, das sich in Enmyn besonderer Beliebtheit erfreute.

Pylmau machte es sich unter dem hellen Rauchabzug

bequem, breitete auf einem Brett ein Stück Robbenhaut aus und ging daran, das Fell abzuschaben. Sie streute kleingestoßenes Steinpulver auf die Haut, rieb es leicht mit der Handfläche ein und rasierte dann mit einem an einem Stock befestigten Steinschaber die harten Haare der Bartrobbe ab.

John nahm den Magnetzünder des Motors auseinander, rieb ihn trocken und setzte ihn wieder zusammen. Dann griff er zu seinem abgegriffenen Notizbuch und fing an zu schreiben:

»Die Reise nach Nome hat trotz meines festen Wunsches, sich gegen die Vergangenheit zu wehren, meine Seele aufgewühlt. Ich habe mich mit aller Kraft zusammengerissen, aber den Herzschlag kann man eben nicht selbst bestimmen. Die alte *Belinda* gaukelte mir den jungen John MacLennan vor, für den die Zukunft klar und licht war … Und jetzt weiß ich nicht einmal, was hier in nächster Zukunft passiert, vielleicht schon in diesem Frühling, wenn die Bolschewiki Verstärkung erhalten. Sie werden Schulen eröffnen, die Bevölkerung »Räte« wählen lassen, mit einem Wort, sie werden das zerstören, was sich hier über Jahrhunderte herausgebildet hat und was mit dem Preis von Menschenleben erprobt und erhärtet ist … Was soll ich tun? Was soll mein armes Volk tun? Meine Familie? Meine Kinder?«

John hielt inne und blickte Pylmau, die sich rhythmisch über dem Brett mit der Robbenhaut wiegte, fragend an. Als sie Johns Blick spürte, hörte sie mit der Arbeit auf.

»Hast du was gefragt?«

»Nein«, entgegnete John verlegen.

Pylmau, die merkte, das etwas nicht stimmte, legte den

Steinschaber beiseite. »Du schreibst in letzter Zeit viel«, sagte sie. »Wenn du schreibst, kommt es mir immer so vor, als ob du mit einem Fremden sprichst.«

»Nicht doch«, widersprach John schwach.

»Wirklich«, sagte Pylmau beharrlich. »Als ob ein Fremder in die Jaranga getreten ist, ein Unsichtbarer. Er hat sich neben dich gesetzt und flüstert mit dir. Ich sehe doch, wie du manchmal die Lippen bewegst, wenn du mit dem klecksenden Stift über das weiße Papier fährst.«

»Mach dir keine Sorgen, Mau ...«

»Du hast recht: Es ist schädlich, wenn man Spuren auf dem Papier hinterlässt und sie entziffern kann. Es ist besser, du tust das nicht mehr. Aber du brauchst nicht auf mich zu hören, es ist deine Sache, aber trotzdem ... Oder tue es so, dass ich es nicht sehe und mich nicht aufregen muss, wenn ich dich anschaue.«

»Gut, ich werde es nicht wieder tun«, versprach John unsicher.

»Aber wenn es dir gefällt?«, sagte Pylmau zweifelnd. »Vielleicht brauchst du das für deine Gesundheit?«

John lachte und schlug das Notizbuch zu. Das Bedürfnis nach Unterhaltung trieb ihn in Orwos Jaranga.

Der Alte war mit seiner Lieblingsbeschäftigung befasst – er knüpfte ein Netz aus Garn, das sie aus Nome mitgebracht hatten. Zwei seiner Frauen unterhielten sich friedlich, und der Schwiegersohn Notawje schärfte ein Messer. Tynarachtyna nähte eine neue Kuchljanka, zum Glück gab es in der Jaranga jetzt immer genügend Rentierfelle – ein Geschenk des zukünftigen Schwiegervaters Ilmotsch.

»Etti!«, grüßte Orwo freundlich.

John ließ sich auf den von Notawje hastig hingeschobenen Walwirbel nieder.

Entweder hatte sich der junge Mann an Walrossfleisch stark gegessen oder fühlte sich endlich frei, nachdem er der elterlichen Fürsorge entkommen war. Jedenfalls sah er selbständiger und erwachsener aus als früher in der Tundra. Tynarachtyna schien ebenfalls zufrieden. Ob der Bräutigam schon mit seiner Zukünftigen schlief oder all die Jahre, die er um sie dienen musste, sich mit Abwarten zufrieden gab? John wollte Orwo schon seit langem danach fragen, aber es war ihm peinlich. Diesmal allerdings siegte die Neugier, John lenkte das Gespräch unwillkürlich auf dieses Thema und beobachtete aus den Augenwinkeln Tynarachtynas und Notawjes Treiben.

»Ich habe von diesem Brauch gehört«, begann John, »dass der Bräutigam im Haus des zukünftigen Schwiegervaters lebt. Das ist sicher ein guter Brauch …«

»Jeder Brauch hat seine guten Seiten«, antwortete Orwo ausweichend. »Ich kann mich nicht erinnern, woher er kommt. Sicher ist er sehr alt. Andererseits, wenn ein Mann eine Frau haben will, dann meist so schnell wie möglich.«

»Aber woher kommt der Brauch?«, fragte John. »Er widerspricht der Natur des Menschen.«

»Da hast du recht.« Bei diesen Worten schaute Orwo besorgt auf Tynarachtyna. »Ich glaube, diesen Brauch haben sich die reichen Rentierzüchter ausgedacht. Denn auf unserer kargen Erde ist ein reicher Mann eine Seltenheit. In der Jaranga wird ein starker Mann gebraucht. Der wohlhabende Rentiermensch verkündet, dass er seine Tochter verheiraten will. Und die jungen Männer kommen in Scharen. Sie wohnen in seiner Jaranga, und jeder will beweisen, dass er der Richtige ist, der das Geschlecht fortsetzen und den Besitz erhalten kann.«

»Es kommt also vor, dass mehrere Bräutigame um die Braut dienen?«, fragte John verwundert.

»Meistens ist das so«, antwortete Orwo ruhig. »Wer geschickter ist und liebenswerter, der wird nach drei Jahren der Mann des Mädchens.«

Das ist ja wie ein Wettbewerb, dachte John bei sich und fragte plötzlich unvermittelt, sein Taktgefühl beiseite schiebend: »Aber ein Mann kann nicht lange in gefährlicher Nähe einer Frau sein. Manchmal schlafen sie sogar in einem Bett. Wie kann da zwischen ihnen nichts passieren bis zur Hochzeit?«

»In meiner Jaranga«, antwortete Orwo nach einigem Schweigen, »hängt alles von Tynarachtyna ab, und ein bisschen auch von Notawje.« Er begriff, was John wissen wollte, und um der Sache die Peinlichkeit zu nehmen, fuhr er fort: »Du weißt, dass in der tschuktschischen Sprache das Wort ›heiraten‹ und ›eine Frau nehmen‹ ein und dasselbe ist. Wer also die Frau genommen hat, ist ihr Mann.«

»Und wer entscheidet, ob Notawje der richtige Mann ist?«, fragte John.

»Im nächsten Jahr kommt Ilmotsch, mit ihm werde ich die Sache entscheiden«, antwortete der Alte.

Nach den Aussagen der Jäger, die durch die Tundra liefen und die Höhlen der Schneefüchse aufspürten, um dann im Winter Köder davor auszulegen und Fallen zu stellen, zog Ilmotsch ganz in der Nähe herum, konnte sich aber nicht entschließen, in der Siedlung vorbeizukommen.

Es musste etwas in seiner Herde passiert sein, oder er hatte solche Angst vor der neuen Macht, dass er sich in Enmyn nicht einmal zu zeigen traute.

Die Jäger erzählten auch, sie hätten Menschen mit Bärten gesehen, die wie Terykys, verwilderte Tiermenschen, aussahen, aber mit Gewehren. Sie waren plötzlich aufgetaucht und gleich wieder verschwunden, so als hätten sie sich in der durchsichtigen Tundraluft aufgelöst.

Alle waren aufgeregt. Mit dem Töten der Walrosse auf dem Lagerplatz mussten sie sich beeilen. In diesem Jahr kam der Winter mit nie da gewesener Geschwindigkeit. Mit der gleichen Schnelligkeit, mit der sich das Eis aufs Ufer zu bewegte, drangen unglaubliche, sich überstürzende Nachrichten nach Enmyn. Die wichtigste davon traf John ganz unerwartet und ließ ihm keine Minute Ruhe. Er erhielt einen Brief! Seitdem es Enmyn gab, seit uralten Zeiten, war das der erste Brief, den ein Einwohner bekam. Der Kajur von Kolyma, Malikow, der mit dem ersten Schnee kam, brachte ihn mit. Er warf ihn John aus dem Schlitten zu und raste weiter, als ob jemand hinter ihm her sei.

Der Brief lag in einem dicken, festen Umschlag, auf Russisch und Englisch stand darauf: »Enmyn, An John MacLennan«. Diese Neuigkeit flog wie der Wind durch die Siedlung, und in Johns Tschottagin versammelten sich so viele Leute, gerade als ob der Hausherr einen Eisbären erlegt hätte. Vor den Augen vieler Menschen öffnete John aufgeregt den Umschlag und zog ein Blatt Papier heraus.

»Verehrter Mister MacLennan«, stand dort. »In diesem Jahr ist in Enmyn die Eröffnung einer Schule und einer medizinischen Station geplant. Als Menschen mit Bildung und Verständnis für die Wichtigkeit der Aufgabe, die sich die Sowjetrepublik zum Zwecke der Hebung des kulturellen Niveaus der örtlichen Bevölkerung stellt, bitten wir Sie, in einer geeigneten großen Jaranga einen Raum für die Schule vorzubereiten, eine Liste der Kinder aufzustellen und über die Unterbringung der Lehrer nachzudenken. Vorsitzender des Uëlener Sowjets, Tegrynkëu.«

Nach der krakeligen Unterschrift des Vorsitzenden folgte ein Zusatz von Anton Krawtschenko: »Verehrter Mister MacLennan, wahrscheinlich werde ich der Lehrer sein, der kommt. Auf ein baldiges Wiedersehen! Anton Krawtschenko.«

Zuerst las John den Brief leise, dann schaute er auf die Anwesenden und übersetzte den Brief langsam ins Tschuktschische.

Keiner stellte eine Frage, keiner rührte sich im Tschottagin.

»Was schweigt ihr?«, fragte John schließlich.

»Eine interessante Nachricht«, brummte Guwat.

»Welche Jaranga können wir ihnen geben?« Tnarat zuckte mit den Schultern. »Wir haben keine passende.«

John sah Orwo an und wartete, was der Alte sagen würde. Der aber schwieg. Er hob einen kleinen Span von der Erde auf und bohrte damit in seiner Pfeife.

Jetzt war das eingetreten, was John am meisten befürchtet hatte. Die Bolschewiki gingen von Worten zur Tat über. Gerüchten zufolge, die in Enmyn eintrafen, war in Uëlen ein großer Dampfer gelöscht worden, der nicht nur Waren brachte, sondern auch neue Menschen, unter denen ein Milizionär sein sollte, ein Mann, der, wie es hieß, von oben bis unten mit Waffen behangen war und der so rot aussah, dass sogar seine Haare wie Feuer leuchteten.

»Was sagst du dazu, Orwo?«, fragte John den Alten vorsichtig.

»Wir warten auf dein Wort«, antwortete Orwo.

»Aber ihr müsst entscheiden, ihr müsst eine neue Jaranga bauen, eure Kinder werden zur Schule gehen«, erwiderte John, der seine Erregung nur schwer zügeln konnte.

»Du hast auch Kinder«, erinnerte Orwo ihn mit leiser Stimme.

»Weißt du, was ich darüber denke?«, erwiderte John. »Meine Kinder werden nicht zur Schule gehen.«

»Dann bleiben auch unsere zu Hause«, folgerte Orwo und pustete herzhaft in die Pfeife.

»Werden wir dafür nicht bestraft?«, fragte Guwat und zog fröstelnd seine Schultern hoch.

»Das ist eine freiwillige Sache«, sagte John. »Nicht einmal in der Welt der Weißen wird man zum Lernen gezwungen.«

»Dann brauchen wir erst recht nicht in die Schule«, war Armol ein. »Was bringt das für einen Nutzen, wenn unsere Kinder aufs Papier starren? Kinder zu unterrichten, ist Sache der Eltern, nicht die fremder Menschen. Und sie müssen das lernen, was sie in unserem Leben brauchen.«

»Das hast du richtig gesagt, Armol.« John nickte ihm beifällig zu, und Armol strahlte vor Zufriedenheit.

Doch es vergingen keine drei Tage, als auf der noch kaum befahrbaren Schlittenspur eine ganze Karawane von Hundeschlitten nach Enmyn kam. Vier Gespanne zogen die Schlitten, die schwer mit Waren beladen waren. Vorn saß Gemauge höchstpersönlich, der Händler aus Uëlen.

Vor Orwos Jaranga legten sich Dutzende Schlittenhunde nieder. Die Bremsstäbe der Schlitten wurden tief in die gefrorene Erde gerammt. Das Geklirr der Ketten verstummte nicht, denn die Enmyner Hunde wollten losrennen, um die Fremden zu beißen.

Mit Erlaubnis des Hausherrn öffnete Gemauge seinen mobilen Laden in Orwos Tschottagin. Er baute sogar eine Art Ladentisch auf, indem er auf zwei leere Holzfässer breite Bretter legte. Auf den Brettern breitete er Stoffballen, Kisten mit Patronen, Fallen aus. Die übrigen Waren legte er auf direkt auf Walrossfelle.

»Wer noch kein Pelzwerk hat, kann auf Kredit kaufen«, erklärte Gemauge und legte sein obligatorisches Rechnungsbuch auf den Ladentisch.

Als Gemauge John hereinkommen sah, fragte er ihn: »Willst du mir helfen?«

»Nein, aber ich will etwas bei dir kaufen«, antwortete John zurückhaltend. Er brachte zwei Vielfraßfelle und einige weiche Felle von jungen Renen, die für eine Winterkuchljanka bestimmt waren. Mehr hatte er in seinem Haus nicht gefunden. Er wollte aber bei der neuen Macht keinen Kredit aufnehmen. Dafür bevorzugten die übrigen Bewohner von Enmyn diese Handelsform und suchten sich so viele Waren aus, dass Gemauge erklären musste: »Die Waren, die ich mitführe, sind nicht nur für eure Siedlung bestimmt.«

Die meisten Dinge, die Gemauge anbot, wurden dringend gebraucht. Russische Produkte hatte er kaum dabei, dafür aber so exotische wie brasilianische Kaffeebohnen, aus unerfindlichen Gründen in Hongkong verpackt. Diese Ware war eindeutig für John MacLennan bestimmt. Er konnte der Verführung nicht widerstehen und nahm eine Dose. Die Winchesterpatronen und die Fallen kamen aus Amerika, und die Stoffe aus Japan und China.

Nachdem Gemauge seinen Handel beendet und einige Seiten in seinem Rechnungsbuch mit eigenwilligen Zeichen vollgeschrieben hatte, machte er es sich bequem und trank ausgiebig Tee. Die Bewohner von Enmyn saßen um ihn herum. Er erzählte vom sowjetischen Dampfer, von einem Blatt Papier, auf dem eine Unmenge russischer Buchstaben standen, Zeitung hieß es. Er nannte die Namen der Lehrer, die nach Naukan und Keniskun gefahren waren.

»Stimmt es, dass eine bewaffnete Einheit gekommen ist?«, fragte der ungeduldige Guwat.

»Ein Mann ist gekommen«, antwortete Gemauge gesetzt. »Der Milizionär Drabkin. Ein ehemaliger Partisan.«

»Was ist ein Partisan?«, fragte Guwat zurück.

»Einer, der die Feinde verjagt«, antwortete Gemauge kurz und bündig.

Viele Fragen wurden Gemauge von den Enmyner Bewohnern gestellt. John glaubte plötzlich versteckten Neid in ihren Worten zu hören: In Uëlen ging etwas Bedeutendes und Wichtiges vor, hier aber war fast gar nichts los, wenn man von dem unglückseligen Brief und Gemauges Ankunft absah.

»Tegrynkëu hat mich beauftragt, wegen der Schule zu fragen«, wandte sich Gemauge an John.

»Wir haben keine Jaranga!«, rief Guwat von seinem Platz.

»Warum nicht?« Gemauge blickte John besorgt an.

»Die Bewohner von Enmyn haben beschlossen, dass

ihre Kinder nicht in Lesen und Schreiben unterrichtet werden«, entgegnete John und bemühte sich, dabei völlig ruhig und teilnahmslos zu bleiben. »Wie brauchen das nicht.«

»Das ist ein großer Fehler«, antwortete Gemauge belehrend. »Seht ihr denn nicht, wie schlecht es uns ohne Lesen und Schreiben geht? Nehmt nur mal unseren Handel hier.«

»Es werden ja nicht alle Händler«, sagte John. »Jemand muss ja auch zur Jagd gehen.«

»Das stimmt«, gab Gemauge zu. »Aber ich glaube, dass auch ein Jäger lesen und schreiben können muss. Später. Und dass ihr die Bitte des Vorsitzenden Tegrynkëu nicht erfüllt habt, heißt in der Sprache der Revolution ›Sabotage‹. Für so was wird man erschossen, hab ich gehört.«

Gemauge sprach völlig ruhig, sogar leise, aber eine unheilschwere Kälte wehte plötzlich den Menschen entgegen, die sich in der Jaranga versammelt hatten.

»Die Menschen, die sich dem neuen Leben widersetzen, werden Kapitalisten genannt«, fuhr Gemauge fort. »Blutsauger des Volkes. Sie werden bekämpft.«

»Wir haben keine bösen Menschen, mit denen gekämpft werden muss«, rief Guwat aus seiner Ecke.

Dann hatte niemand mehr Lust, weiter über dieses Thema zu reden. Schweigend halfen die Enmyner Gemauge und seinen Kajuren, die Hunde vor die Schlitten zu spannen. Besorgt schauten sie den sich entfernenden Gespannen nach, bis sie hinter dem Ostkap verschwunden waren.

11

Die Lagune war zugefroren, das Meer aber noch nicht erstarrt. Die Wellen verhinderten, dass der Frost eine Eishaut auf dem Wasser bildete. Sanft schaukelten Eisstücke am Ufer.

John stand lange vor Sonnenaufgang auf, kleidete sich leise an, um die Kinder und Pylmau nicht zu wecken, und trat aus der Jaranga. Der Himmel war schwarz, und die Wolken hingen niedrig, so als wäre über die gesamte Wasserfläche ein Vorhang aus alter, schwarz gewordener Walrosshaut gespannt. In dieser Decke gab es kein einziges Loch, durch das die Sterne auf die Erde hätten scheinen können.

Ein scharfer Wind, salzig und kalt, wehte John ins Gesicht und zwang ihn, sich nach vorn zu beugen. Er ging gegen den Wind zum Meeresufer, große salzige Wassertropfen schlugen ihm ins Gesicht. Die Füße rutschten über Eisstücke, über gefrorene, mit einer Eishaut bedeckte Kieselsteine. Einige Male wäre er beinahe hingefallen. Er bedauerte, keinen Stock mitgenommen zu haben.

Er kletterte auf einen Kieselberg, den die Wellen aufgehäuft hatten, und sah das Meer, die helle Fläche, den schwachen Widerschein der Eiskruste. Große Wellen rüttelten direkt am Ufer an der Eisdecke und warfen Eisstücke an den Strand. John schärfte seinen Blick und entdeckte plötzlich eine Unmenge Hunde, die am Ufer hin und her rannten, kauten und sich anknurrten.

John ging näher heran und beugte sich über die Kieselsteine. Seine Hände ertasteten ganze Haufen von kleinen

Fischen. Das war der Wekyn, eine Dorschart. Die gesamte Brandungslinie war bedeckt von toten Fischkörpern. Offenbar war ein großer Wekyn-Schwarm in die Uferströmung geraten, und die Wellen hatten ihn ans Ufer geworfen. Einige Fische lebten noch, aber der größte Teil war erfroren. John nahm einen Fisch und biss den Schwanz ab. Der frische Geschmack weckte den schlafenden Hunger. John ging am Ufer entlang. Der leuchtende Fisch-Streifen zog sich unendlich hin.

John rannte zurück in die Siedlung, ging von Jaranga zu Jaranga, klopfte an die Türen und rief von der Schwelle aus: »Auf dem Meeresufer liegt der Wekyn!«

Die Menschen kamen herausgerannt. Sie zogen sich hastig an, denn sie wussten, welch unerhörtes Glück es war, wenn ein Fischschwarm von den Wellen ans Ufer geworfen wurde. Das bedeutete, dass man einen Vorrat an schmackhaftem Fisch anlegen konnte. Die Hauptsache aber war, dass die Polarfüchse, die von diesem Geschenk des Meeres angezogen wurden, zum Ufer kamen. War ein großer Fischschwarm angespült worden, dann sammelten die Menschen nicht alles ein, sondern ließen etwas für die Polarfüchse liegen. Die würden später im Jahr den Fisch unterm Schnee hervorgraben. Die Spuren würden im Schnee zu sehen sein, und wenn ihr Fell schneeweiß geworden war, konnten die Jäger auf diesen Pfaden dann Fallen aufstellen.

Die Enmyner nahmen alles mit, was ihnen in die Finger kam – große Ledersäcke zum Transport von Fleisch und Fett, Eimer, Reisekoffer. Manche legten am Wasser ganz einfach ihre Kamlejka ab und sammelten den Wekyn darin.

Als die Morgendämmerung anbrach, türmten sich am Ufer eindrucksvolle Haufen. Die Hunde waren so satt, dass sie den Fisch nicht einmal mehr ansahen. Sie hatten das Ufer verlassen und sich vor den Jarangas niedergelegt, um das reichhaltige Frühstück zu verdauen.

Satte Hunde eignen sich nicht zum Schlittenziehen. Deshalb spannten sich die Menschen selbst davor und brachten den Fisch auf das Eis der Lagune, wo sie einen großen Fischberg aufhäuften und ihn mit Schnee zudeckten.

Jeder Enmyner trug seine gesammelten Fische auf diesen Berg, und John fragte Orwo verwundert: »Wie kriegen wir später raus, wie viel Fisch jeder gesammelt hat?«

»Wieso?«, antwortete Orwo. »Was ist daran schlecht, wenn wir einen großen Berg haben anstatt mehrerer kleiner?«

John erinnerte sich, wie die Menschen am Ufer gewetteifert hatten, wer die meisten Fische einsammelte. Und nun legten sie alles auf einen Haufen. Auch Pylmaus, Jakos und seine eigene Beute, die sie so sorgfältig zu dritt eingesammelt hatten, wurde mit den Fischen der anderen unter dem Schnee vergraben.

»Aber es haben nicht alle gleichermaßen gearbeitet«, meinte John.

»Richtig, die Menschen haben unterschiedlich gearbeitet«, stimmte Orwo fröhlich zu. »Dafür werden alle die gleiche Freude empfinden, wenn sie den Fisch essen. Das Meer hat unserem Enmyn ein Geschenk gemacht. Das Meer ist wie die Sonne, es achtet nicht darauf, wer besser und wer schlechter ist. Es hat den Fisch allen zusammen gegeben.«

John erblickte Armol, der gemeinsam mit allen anderen lachend den Fisch aufhäufte, und er schämte sich plötzlich. Nicht einmal Armol bewachte argwöhnisch sein Eigentum, er freute sich mit allen.

John saß im Tschottagin und wartete, bis der Fisch im riesigen Kessel gar war. Er sann darüber nach, wie lebendig in dieser Gesellschaft die Vergangenheit offenbar noch war, in der alles, was der Mensch erbeutete, allen gehört hatte. Der Professor für Sozialwissenschaften an der Universität Toronto hatte vom Urkommunismus erzählt. Ähnliches hatte John hier bei der gemeinsamen Jagd auf große Meerestiere beobachtet. Obwohl bei der Verteilung darauf geachtet wurde, wem das Boot gehörte, wer harpuniert oder wer einfach im Kanu gesessen hatte. Das betraf vor allem die Teile des Wals, die besonders wertvoll oder verkäuflich waren. Mit den Hauern der Walrosse verfuhr man ebenfalls nicht kommunistisch, obwohl man versuchte, nach Möglichkeit alle zu versorgen. Die Robben und das weiche Fell der Jungrene waren ausschließlich Privateigentum ...

Die lange, blank geputzte Holzschale stand bereits auf dem niedrigen Tisch. Die Kinder saßen erwartungsvoll da und schauten mit großen Augen auf das brodelnde Fischgericht.

Der Rauch, der vom Feuer aufstieg, bahnte sich mit Mühe einen Weg durch die kalte Luft, die über dem Rauchabzug hing. Windstöße jagten ihn in den Tschottagin zurück, und eine warme, duftende Welle bewegte den Pelzvorhang des Pologs, kitzelte in der Nase, und allen lief das Wasser im Mund zusammen.

Endlich nahm Pylmau den Kessel vom Haken. Sie schüttete den gekochten Fisch in die Holzschale. Alle saßen gespannt da und warteten, dass der Vater als Erster seine Hand ausstreckte. John schaute auf die aufmerksamen Gesichter der Kinder, und eine Welle der Zärtlichkeit durchströmte ihn. Drohte ihnen wirklich die tote Scholastik, das Büffeln in der Schule, die strenge Disziplin? Jako, der keine Minute still sitzen konnte, Bill-Toko und der kleinen Sophie-Ankanau? Und nicht nur ihnen. Kein Kind aus Enmyn konnte sich John auf der Schulbank vorstellen. Schon im Kleinkindalter lernten sie von ihren Eltern, die ihre Erfahrungen weitergaben. Das Spielen war für sie wie eine Schule, die sie aufs Leben vorbereitete, auf die Gelassenheit gegenüber Tod und physischem Leid ... Es wäre besser, sie blieben bei denen, die ihnen die Lebensgesetze beibrachten.

John zwinkerte fröhlich und machte sich ans Essen.

Gleich griffen die kleinen braunen Hände nach dem Fischberg, und lautes Schmatzen, das jede Tischrunde in Kanada schockiert hätte, erfüllte den Tschottagin und weckte sogar die Hunde, die nach dem reichen Mahl vor sich hin dämmerten. Wenn man in Enmyn aß, dann richtig. Die Mahlzeit war keine Zeremonie, es wurde nicht der Anschein erweckt, als ob einem diese schmackhaften, mit den Innereien gekochten Fische gleichgültig seien!

Danach gingen alle zum Händewaschen. In der Schüssel war das Wasser noch nicht gefroren. Der fröhliche Kupferklang mischte sich mit dem lauten Geplapper der Kinder und dem Knacken der brennenden Holzscheite.

Da hörte John plötzlich das faule Bellen der vollgefressenen Hunde. Da kommt jemand, dachte er und ging hinaus. Die Schlitten kamen aus Richtung Osten. Die Enmyner standen bereits draußen und reichten das Fernglas herum. »Da kommen große Menschen«, sagte Orwo und ließ das Fernglas sinken.

Es waren genauso viele Schlitten wie bei Gemauges Ankunft. Der weite, noch nicht ausgefahrene Weg hatte die Hunde ermüdet, die Schlitten schleppten sich langsam unter dem lauten Gebell der Enmyner Hunde vorwärts. Dann kamen sie endlich näher. Fast alle Kajure liefen neben den Schlitten, damit die Last nicht so schwer war. Allein ein Mensch, eingemummt in Pelze, saß auf dem Gespann und ließ keinen Zweifel daran aufkommen, dass er keiner von hier war.

Krawtschenko sprang munter vom Schlitten und begrüßte die Enmyner fröhlich. »Wir bringen die Schule!«, sagte er heiter und streckte seine rechte Hand aus dem breiten Ärmel der Fellkuchljanka. Dann streifte er den Handschuh aus Rentierfell ab, danach den Wollhandschuh, und erst dann trat er zu jedem einzeln und drückte ihm die Hand.

Die mit Kisten beladenen Schlitten fuhren langsam weiter zu Orwos Jaranga. Krawtschenko fragte John lachend: »Habt ihr die Wohnung vorbereitet?«

Das klang so selbstbewusst, dass John, der sich vorgenommen hatte, standhaft und unabhängig zu bleiben, vor sich hin brummte.

Orwo riet ihm leise: »Bring ihn in deiner Kammer unter.«

»Wir haben eine Wohnung für Sie«, sagte John. »Wenn Sie nichts dagegen haben, werden Sie in meiner Jaranga leben.«

»Ausgezeichnet«, entgegnete Krawtschenko und folgte

MacLennan. »Gemauge hat mir erzählt, dass Sie kategorisch gegen die Schule sind?«, fragte er auf dem Weg zu Johns Jaranga.

»Wir wollen später darüber reden«, schlug John vor und ließ den Gast als Ersten eintreten. »Mau, Anton Krawtschenko ist gekommen, er wird bei uns wohnen.«

Pylmau nickte und öffnete die niedrige, mit abgewetztem Rentierfell beschlagene Kammertür.

Krawtschenko legte seine flache Ledertasche auf die Liege und schaute sich um.

»Diesen Anbau hat Toko für mich gebaut, Pylmaus früherer Mann, er ist tot«, teilte John mit. »Hier ist ausreichend Platz, an stürmischen Tagen allerdings wird es etwas kühl.«

»Das macht nichts! Ausgezeichnet.« Krawtschenko schaute aus dem Fensterchen, das in Form einer Schiffsluke in die Wand geschnitten war. »Sogar was zum Schreiben ist da.« Er berührte den aus Kistenbrettern zusammengezimmerten Tisch. »Großartig!« Der Gast warf die Kamlejka und die Kuchljanka ab und trug jetzt nur noch eine mit Fell gefütterte Lederjacke.

»Es ist besser, die Kleider im Tschottagin auszuziehen«, riet ihm John. »Dann liegen sie immer an der frischen Luft und saugen keine Feuchtigkeit auf.«

»Gut, gut«, murmelte Krawtschenko verlegen, nahm die Sachen auf den Arm und schleppte sie in den Tschottagin, wo Pylmau sie auf spezielle Haken hängte.

»Ich muss Sie warnen«, sagte John. »Sie müssen hier ohne Bad und sogar ohne Wäschewaschen auskommen, es sei denn, Sie machen es selbst. Im Tschottagin haben wir einen Waschbottich, aber in ungefähr zwei Wochen wird das Wasser darin gefrieren, dann müssen Sie sich morgens mit Schnee abreiben.«

Pylmau bemühte sich, das Essen nach Art der weißen Leute zuzubereiten. Die ausgenommenen Fische legte sie auf den Boden eines kleinen Kessels, den sie innen mit Robbenfett eingerieben hatte, und stellte alles aufs Feuer. Während sie die brasilianischen Kaffeebohnen in einem Steinmörser zerstampfte, füllte sich der Tschottagin mit dem beißenden Qualm des verbrannten Robbenfetts.

John roch, dass etwas angebrannt war, und kam aus der Kammer. »Was ist passiert?«

»Ich wollte für den Gast Fische braten«, antwortete Pylmau schuldbewusst und rieb sich mit dem Ärmel die tränenden Augen.

»Er soll dasselbe essen wie wir«, sagte John.

»Und wenn er es nicht kennt?«, fragte Pylmau.

»Wenn er bei uns wohnt, muss er sich daran gewöhnen.«

»Soll ich auch keinen Kaffee machen?«, fragte Pylmau und zeigte auf den Steinmörser mit den Bohnen.

John zögerte eine Weile, er liebte Kaffee. »Meinetwegen, wenn du schon angefangenen hast, die Bohnen zu zerstoßen, dann koch welchen.«

Der Lehrer hatte sich bereits umgezogen. »Ich möchte mir gern die Siedlung ansehen«, erklärte er John.

»Bitte«, antwortete John. »Ich möchte Sie aber erst mit Kaffee bewirten.«

»Später, später«, winkte Krawtschenko ab. »Erst die Arbeit, dann das Vergnügen, so sagt man doch in Ihrem Land, richtig?«

»Mein Land ist hier«, antwortete John würdevoll.

»Verzeihung«, sagte Krawtschenko. »Könnten Sie mir vielleicht bei meiner ersten Bekanntschaft mit Ihrer Siedlung helfen?«

Sie besuchten alle vierzehn Jarangas. In jeder stellte John Krawtschenko als Lehrer vor und trat bescheiden zur Seite. Krawtschenko sagte den Leuten ein paar Worte, die er mit kleinen Abweichungen in jeder Jaranga wiederholte. In drei Jarangas blieb er etwas länger – bei Armol, Tnarat und Orwo. Er begriff sofort, dass diese drei Familien – die von John nicht mitgezählt – die einflussreichsten in Enmyn waren. Man konnte Ihre Häuser nicht gerade als wohlhabend bezeichnen, außer vielleicht Armols Wohnung. Hier lag im Polog sogar ein Stück Linoleum, und die Hinterwand war mit buntem Kattun bezogen.

Als Krawtschenko von einer Jaranga zur anderen ging, unterhielt er sich mit seinem Begleiter kaum, obwohl er merkte, dass das unhöflich war. Aber so viele Gedanken stürmten auf ihn ein. Vielleicht hatte sich John MacLennan in den vielen Jahren an dieses ärmliche Leben gewöhnt und hielt es für menschenwürdig. Seltsam, dass ein Mensch, der in einer zivilisierten Gesellschaft mit allem Komfort aufgewachsen ist, der an der Universität studiert, wahrscheinlich die Bücher der großen Humanisten gelesen hat, sich damit abfinden kann, dass der Mensch hier auf dem Niveau eines Tieres lebt ... Mag sein, dass der erste Eindruck oberflächlich ist, aber eigenartig ist es doch. Der Schmutz, der hartnäckige Geruch von ranzigem Robbenfett, von menschlichen Exkrementen, die nur einen halben Meter von der Schale mit Essen entfernt liegen ... Über die Kleidung krabbeln ganz unverfroren irgendwelche Insekten ... Die Hautkrankheiten, vor allem bei den Kindern ... So vieles hatte Anton Krawtschenko seit seiner Ankunft auf Tschukotka in Erstaunen versetzt, und auch hier, in der kleinen Siedlung Enmyn, frappierten ihn die primitiven Lebensverhältnisse. In den großen Siedlungen wie Uëlen und Naukan würde die Entwicklung schneller voranschreiten. Dort würde man Schulen und Krankenhäuser bauen, neue Menschen würden kommen, viele Menschen, deren Leben als Beispiel gelten würde. Aber hier in Enmyn? ... Konnte ein Anton Krawtschenko, ehemals Student der Geschichte an der Petersburger Universität, das Leben verändern, das seit tausend Jahren auf dem gleichen Niveau stehen geblieben war? Aber die hiesige Gesellschaft unterschied sich dennoch von dem klassischen Bild. Hier war alles vermischt – Überbleibsel der Gentilgesellschaft, Gewohnheiten der patriarchalischen Großfamilie, Lebensregeln, die von den harten Naturbedingungen diktiert waren, erste Anzeichen für neue Beziehungen, die durch den Kontakt mit der zivilisierten Welt entstanden waren ... In Armols Jaranga hatte Anton Krawtschenko das Sinnbild der tschuktschischen Gesellschaft gefunden, das sich in einer wundersamen Mischung der Dinge ausdrückte. Es war, als ob sich in diesem Haus mehrere Jahrhunderte vereinigten. Das riesige Gesicht des Götzen mit den eingefetteten Lippen hing gleich neben dem Barometer.

»Benutzen Sie das?«, fragte Krawtschenko fröhlich und tippte mit dem Finger auf das gläserne Ziffernblatt.

»Es hat sich noch nicht auf unser Wetter eingestellt, es lernt noch«, antwortete Armol allen Ernstes. Er war auf der Hut. Einmal hatte Ilmotsch gesagt, dass die Bolschewiki jedes Eigentum, und sei es noch so klein, abschaffen würden. Armol aber liebte seine Sachen und wollte sie auf keinen Fall hergeben. Wenn der Ankömmling nur das Barometer mitnahm, war es nicht so schlimm. Armol war sogar bereit, ihm das nutzlose Ding freiwillig zu überreichen. Robert Carpenter hatte ihm das Barometer fast mit Gewalt angedreht und ihm ins Ohr geflüstert: Wenn er, Armol, der Besitzer eines Wetteranzeigers ist, wird er höher als ein Schamane stehen.

Hinter dem Fellvorhang des Pologs schaute ein Junge hervor, Armols Sohn, verschwand aber gleich wieder.

Er ist im schulfähigen Alter, dachte John bei sich.

Krawtschenko hatte die gewitzten Augen des Jungen bemerkt und fragte Armol: »Was meinen Sie, wo könnte man die Schule eröffnen?«

Armol streifte John mit einem Blick, der Krawtschenko nicht entging.

»Wo Sie wollen«, antwortete Armol ausweichend. »Aber in unserer Siedlung haben wir keine große Jaranga.«

»Und Ihren Sohn, schicken Sie den in die Schule?«

»Ich bringe ihm selbst alles bei«, antwortete Armol.

»Lesen und Schreiben?«, fragte Krawtschenko.

»Alles, was er im Leben braucht.«

»Aber auch Lesen und Schreiben wird im Leben gebraucht«, sagte Krawtschenko.

»Bei uns nicht«, antwortete Armol beharrlich.

In Uëlen hatte man eine andere Beziehung zur Schule. Vielleicht kam das daher, weil die Bewohner dieser alten Siedlung oft Kontakt mit Weißen hatten, den Wert der Bücher kannten und die Kunst, die Spur der Sprache auf dem Papier zu erkennen, schätzten? Dort waren fast alle Kinder gleich in die Schule gegangen.

»Teilen Sie Armols Auffassung?« Krawtschenko wandte sich an MacLennan.

»Ja«, entgegnete John. »Meiner Meinung nach sind Lesen und Schreiben nicht das Wichtigste, nicht das, was der hiesigen Bevölkerung helfen könnte.«

»Und was ist das Wichtigste?«, fragte Krawtschenko bohrend.

»Das Wichtigste ist – sie in Ruhe zu lassen«, antwortete John.

Der lässt sich nicht in die Karten blicken ... Krawtschenko schaute John direkt in die Augen, aber hinter dem eisigen Blau konnte er nichts entdecken. Ihm fiel wieder Kescha Solowjow mit seiner Schamanenvorstellung im Rumjanzew-Garten von Petrograd ein.

Orwo empfing den Lehrer zurückhaltend und sah während des Gesprächs andauernd zu John, so als wolle er wortlos mit ihm beraten.

»Dann müssen wir eine eigene Jaranga für die Schule bauen«, meinte der Alte und senkte die Augen. »Wir haben in Enmyn kein großes Haus, in das alle Kinder hineinpassen.«

Tnarats Jaranga war die letzte. Der Hausherr, anerkannter Gebieter über die neue Technik, war wie immer mit seinem Motor beschäftigt. Er hatte ihn zerlegt und die Teile auf ein sauberes Walrossfell ausgebreitet.

»Ettyk!«, begrüßte er die Eintretenden fröhlich, und eine seiner Töchter schleppte ein niedriges Tischchen mit Teetassen an. Die Tassen waren alt und angeschlagen, aber jede war kunstvoll mit dünnem Draht umflochten.

Krawtschenko setzte sich auf einen polierten Walwirbel,

deutete auf die ausgebreiteten Motorteile und fragte: »Wo haben Sie das gelernt?«

»Von ihm.« Tnarat zeigte auf John. »Und ein bisschen selbst.«

Tnarat erinnerte Krawtschenko an Tegrynkëu, er war genauso sorgfältig, ruhig und voll innerer Würde. »Sind Sie auch gegen die Schule?«, fragte Krawtschenko ihn ohne Umschweife.

»Nein«, entgegnete Tnarat ruhig. »Jeder lernt das, was er braucht.«

»Und Lesen und Schreiben braucht man nicht?«

Krawtschenko spürte plötzlich ganz deutlich, dass es besser gewesen wäre, wenn er die Jarangas ohne John MacLennan besucht hätte.

»Lesen und Schreiben sind sehr wichtig«, antwortete Tnarat. »Aber unser Volk, wozu braucht es das? Mit einem Bleistift kann man nicht auf Robbenjagd gehen, mit der Feder keinen Wal harpunieren.«

»Aber euch erwartet ein Leben, in dem ihr lesen und schreiben können müsst!«, erklärte Krawtschenko. »Die lichte Zukunft.«

Tnarat legte den Zünder beiseite, wischte sich mit einem Fellstück sorgfältig die Hände ab und sagte, Krawtschenko gerade in die Augen blickend: »Wir glauben unser ganzes Leben an die lichte Zukunft. Der Mensch wäre längst von der Erde verschwunden, wenn er diesen Glauben nicht hätte. Jeder will, dass seine Vorratsgrube voller Walrossfleisch ist, dass in diesen Fässern ...«, er zeigte auf die Holzfässer, die an der Wand des Tschottagin standen, »immer Tran ist, dass im Polog immer die Tranlampe brennt, im Tschottagin immer das Feuer knistert und den

Kessel mit Fleisch erwärmt, dass Kinder geboren werden und nicht sterben, dass die Hoffnung immer leuchtet und die schwarzen Wolken grosser Krankheiten nicht auf uns niedergehen ... Für solch eine Zukunft leben wir. Darauf bereiten wir unsere Kinder vor. Damit sie schiessen können, fest den Speer in der Hand halten und wissen, was die Natur ihnen bringt. Auf vieles muss sich unser Volk vorbereiten, damit es für seine Kinder ein Stück von der lichten Zukunft erkämpft ...«

Krawtschenko hörte Tnarat zu. Obwohl er sich Mühe gab, nicht den überzeugenden Worten nachzugeben, nickte er unwillkürlich mit dem Kopf.

Als Tnarat seine lange Rede beendet und sich den Schweiss von der Stirn gewischt hatte, sagte Krawtschenko: »Du hast sehr gut gesprochen. Aber hör mich an. Wir, die Bolschewiki, haben die Macht in die Hand genommen. Wir treten für das Arbeitsvolk ein. Wir selbst gehören ja auch zum Arbeitsvolk. Russlands Arbeiter und Bauern haben ebenfalls von solch einer lichten Zukunft geträumt, wie du sie beschrieben hast: genug zu essen, ausreichend Wärme und dass die Kinder am Leben bleiben. Aber der Mensch braucht mehr. Er braucht Würde, er muss das Wissen beherrschen, das die Menschheit angesammelt hat. Wir wollen, dass der neue Mensch gebildet ist, kulturvoll, ein wahrer Mensch!«

»Wozu?«, fragte Tnarat leise.

Krawtschenko war etwas verwirrt, und Tnarat fuhr mit leiser Stimme fort: »Bis jetzt haben wir keinen Nutzen von euch gehabt. Ihr fahrt von einer Siedlung zur anderen, schimpft mit schlechten Worten auf unser Leben, bringt die Menschen in Verlegenheit, wählt irgendwelche Sowjets. Selbst arbeitet ihr nicht, aber die anderen ruft ihr zur Arbeit auf. Das sind doch alles nur Worthüllen. Wollt ihr tatsächlich, dass wir auch so werden?«

Krawtschenko errötete. Er hatte alles erwartet, aber dieser Widerstand war keine blinde Ablehnung, dahinter steckte ein ernst zu nehmendes Problem. Und zu seiner eigenen Überraschung sagte er: »Wir wollen nicht streiten. Das Wichtigste für mich ist die Eröffnung der Schule. Die lernen wollen, sollen kommen. Auch einen Sowjet wählen wir, selbst wenn du dagegen bist, Tnarat. Vor dem frischen Wind könnt ihr euch nicht verstecken. Früher oder später wirst du mir dafür dankbar sein, Tnarat.«

Tnarat schmunzelte.

»Übermorgen wählen wir den Enmyner Sowjet«, verkündete Krawtschenko feierlich und verließ Tnarats Jaranga.

Krawtschenko ging die Straße von Enmyn entlang und schalt sich dafür, dass er laut geworden war. Wer würde jetzt zur Wahl des Sowjets kommen?

12

Krawtschenko sagte es John direkt ins Gesicht: »Seien Sie nicht böse, aber ich möchte in Zukunft allein mit den Bewohnern von Enmyn reden, ohne Ihre Anwesenheit.«

»Aber bitte!«, antwortete John bereitwillig. »Ich wollte Ihnen das schon längst selbst vorschlagen, damit Sie sich davon überzeugen können, dass ich in Enmyn genauso ein Mensch bin wie alle anderen.«

Die Zusammenkunft fand in Orwos Jaranga statt. Der Alte hatte die Bewohner persönlich benachrichtigt, er war von Jaranga zu Jaranga gegangen und hatte sich gefühlt wie vor vielen Jahren, als jeder ihn brauchte, als sich in seinem Tschottagin die Menschen drängelten, um bei ihm Rat und Hilfe zu holen.

»Kommt in meine Jaranga zu einer Zusammenkunft«, sagte er zu jedem. »Der Bolschewik wird sprechen.«

Von der Vereinbarung zwischen Krawtschenko und John wusste er nichts.

Als er Johns Tschottagin betrat, rief er gleich auf der Schwelle: »Son! Komm zu einer Zusammenkunft in meine Jaranga: Krawtschenko wird reden.«

John schaute aus dem Polog und antwortete: »Ich kann nicht kommen. Ich gehe in die Tundra, die Fallen überprüfen.«

»Das kannst du doch verschieben«, schlug Orwo vor.

»Ich kann nicht.«

»Und wenn wir über was Wichtiges reden?«

»Entscheidet ohne mich«, antwortete John. »Ihr seid vernünftige Menschen, wovor habt ihr Angst?«

»Angst haben wir nicht, aber wenn wir plötzlich zu dumm sind. Immerhin eine neue Macht ...«

Am besagten Tag kleidete John sich sorgfältig an. Er zog die schneeweiße Kuchljanka über, Hosen aus dem weißen Fell von Rentierläufen, ebensolche Stiefel, steckte die Winchester in das weiße Futteral und machte sich auf den Weg in die Tundra.

Orwo schaute ihm von der Schwelle seines Hauses nach und dachte: John hat es faustdick hinter den Ohren. Zurzeit ist es viel vernünftiger, die Fallen nicht in der Tundra aufzustellen, sondern in Meeresnähe, weil die Polarfüchse zum Ufer kommen, um den Fisch zu fressen, der unterm Schnee liegt.

Zur festgesetzten Stunde versammelten sich in Orwos Jaranga die Bewohner von Enmyn. Es kamen die Oberhäupter der Familien, große Kinder männlichen Geschlechts und Großväter, die noch auf eigenen Beinen laufen konnten. Orwo begrüßte jeden, die Alten setzte er auf einen Ehrenplatz – nicht auf einen harten Walwirbel, sondern auf weiches Rentierfell.

Als alle Platz genommen hatten und die Pfeifen rauchten, hob Orwo die Hand und sagte laut: »Landsleute! Ich habe euch heute hierher gerufen, damit wir hören, was der Vertreter der neuen Macht, Anton Krawtschenko, den uns das Uëlener Revolutionskomitee schickt, zu sagen hat. Er wird über das neue Leben in unserer Sprache sprechen.«

Krawtschenko tat einen kleinen Schritt nach vorn, hüstelte und begann mit kraftvoller Stimme: »Bewohner Tschukotkas! Die revolutionäre Welle ist auch hier angekommen, in diesem fernen Gebiet Russlands. Die Revolution ruft eure Völker zum Kampf gegen den Kapitalismus auf.«

Alle hörten aufmerksam zu und schauten von Zeit zu Zeit einander erstaunt an: In dieser Jaranga war noch nie so laut gesprochen worden, höchstens wenn die bösen Kräfte vertrieben und um gutes Wetter gebeten wurde.

Anton Krawtschenkos Stimme zitterte vor Aufregung. Er war innerlich sehr aufgewühlt, denn er erinnerte sich an seine Reden auf den großen Versammlungen in den Eisenbahndepots von Chabarowsk und im Hafen von

Wladiwostok. »Wir müssen das Joch der Exploiteure abwerfen!« Das vorletzte Wort sagte er auf Russisch, denn er fand das passende Wort auf Tschuktschisch nicht. »Wir müssen die Händler und Reichen verjagen und unser Leben in die eigenen Hände nehmen.« Er hielt inne, um Atem zu schöpfen, und sah plötzlich, wie ein Mädchen, das seinen Kopf aus dem kleinen Polog steckte, ihn auslachte. Ihre Augen drückten so viel ungespielte Verwunderung und verschmitzte Ironie aus, dass er in Verwirrung geriet. Er sah sich selbst mit ihren Augen und begriff, dass das, was er sagte, völlig falsch war.

Er verstummte, ihm war egal, dass er seine Rede nicht beendet hatte, dass er mitten in einem bedeutungsvollen Satz innegehalten hatte. Er wischte sich den Schweiß von der Stirn und begann mit völlig veränderter Stimme: »Mit der Tat erreichen wir das neue Leben, nicht mit Worten.«

Orwo nickte zustimmend in seiner Ecke.

»Warum sprichst du nicht von dieser Tat?«, fragte Tnarat.

»Um das neue Leben zu erreichen, muss man in erster Linie dazu bereit sein«, sagte Krawtschenko ruhig. »Wir müssen eine Schule eröffnen und den Kindern Lesen und Schreiben beibringen. Die Kunst, die Spuren der menschlichen Rede zu erkennen, öffnet euch und euren Kindern den Weg zu dem Wissen, das die Menschheit angesammelt hat, und hilft euch zu begreifen, welchen Platz ihr auf der Erde einnehmt ...«

»Unseren Platz kennen wir«, bemerkte Guwat.

»Ihr müsst verstehen, dass das tschuktschische Volk wie alle Völker des hohen Nordens ein Teil des werktätigen Volkes Russlands ist, ein Mitglied der freundschaftlich verbundenen Völkerfamilie der Sowjetrepubliken. Die Revolution bereitet eurem Volk den Weg zu einem neuen Leben, zu einem Leben, in dem Krankheit und Hunger keinen Platz mehr haben ... Eure Kinder werden nicht mehr an unbekannten Krankheiten sterben, der Mensch wird länger und besser leben!« Seine Stimme wurde wieder laut, da traf er wieder auf den Blick des Mädchens, das immer noch hinter dem Fellvorhang hervorschaute. »Eure Frauen werden die gleichen Rechte haben wie die Männer«, fuhr er fort. »Die Frau wird nicht mehr die Sklavin des Mannes sein, sondern ein wahrer Freund.«

»Kakomej!«, rief Guwat, der sich nicht beherrschen konnte.

»Über die Frauen reden wir ein andermal«, schlug Orwo leise vor.

Krawtschenko nickte schweigend. »Auf Beschluss des Revolutionskomitees soll in Enmyn eine Schule eröffnet werden. Und ihr müsst mir beim Bauen helfen. Dann müssen wir einen Sowjet wählen, in dem Vertreter des arbeitenden Volkes sein sollen.«

»Und wenn ein Mensch nicht arbeiten kann?«, fragte Tnarat. »Wenn er krank oder alt ist? Was soll aus ihm werden?«

»Ich meine nicht, dass wir uns von Menschen befreien sollen, die nicht arbeiten. Wenn ich sage: wer nicht arbeitet, meine ich die, die auf Kosten fremder Arbeit leben.«

»Solche Menschen gibt es bei uns nicht«, sagte Tnarat. »Hier lebt jeder von seiner Arbeit. Wir würden so einen gar nicht dulden, der es wagt, andere auszunutzen.«

»Stimmt, solche Menschen gibt es bei euch nicht«, gab

Krawtschenko zu. »Aber schaut euch um. Hier hat der Händler Robert Carpenter gelebt. Wisst ihr, wie viel er verdient hat mit eurem Pelzwerk? Das Geld kann man gar nicht zählen. Aber warum so weit greifen? Erinnert ihr euch an euren Nachbarn Armagirgin von der Insel Aion, oder an Ilmotsch, für den alle Hirten seines Nomadenlagers arbeiten?«

»Der ist schon zu alt, um selbst den Renen hinterherzurennen«, verteidigte Orwo seinen Verwandten. »Früher hat er die Rene selbst gehütet und die Herde zusammengehalten. Jetzt hat er so viele Rene wie kein anderer. Die Männer, die seine Herde hüten, hüten auch ihre eigenen Rene. In seinem Lager leben auch Menschen, die überhaupt nichts haben oder so wenig, dass sie allein nicht überleben können.«

»Ihr denkt wohl, ich will nicht euer Glück?«, fragte Krawtschenko.

»Nein, wir glauben, dass du unser Glück willst«, antwortete nach kurzem Schweigen Orwo. »Du hast gute Augen, und du bist mit guten Absichten zu uns gekommen. Aber was du vorschlägst, ist selbstverständlich. Wer nicht arbeitet, soll nicht essen – das wissen wir schon lange. Und dass die Menschen miteinander teilen sollen, ist uns auch klar. Was die neue Macht uns sagt, verstehen wir selbst, man muss uns nicht extra dazu aufrufen.«

»Wenn es so ist, dann lasst uns über die Schule reden«, sagte Krawtschenko erfreut.

»Aber warum müssen wir das neue Leben mit der nutzlosesten Sache beginnen?«, fragte Tnarat.

Krawtschenko wiederholte seine Argumente, sprach von der Wissenschaft, von der Zukunft. Aber das schlagendste Argument war zu seiner Verwunderung die Versicherung, dass diejenigen, die lesen und schreiben lernen, Händler werden können.

»Warum aber müssen dann alle unterrichtet werden?«, warf Guwat ein. »Man sollte einige Leute auswählen, das reicht. Die anderen sollen sich mit ihren Dingen befassen. Sonst kommt nichts Gutes dabei raus. Dann kriegen wir ja nur Händler, und keiner mehr wird auf die Jagd gehen. Die neuen Händler werden dasitzen und sich langweilen.«

»Eure Kinder werden nicht nur Händler sein.« Krawtschenko erhob sich wieder von seinem Platz. »Sie werden Ärzte, Lehrer, Maschinenbauer. Es dauert nicht mehr lange, und Motorschiffe lösen eure Kanus ab. Ein guter Motor aber hört nur auf einen gebildeten Menschen.«

»Das stimmt«, bemerkte Tnarat. »Unser Motor hört auf Son.«

Armol, der bis jetzt geschwiegen hatte, fragte plötzlich: »Warum ist denn Son nicht da?«

»Er stellt Fallen auf«, antwortete Orwo.

»Oder er ist gegen das neue Leben«, mutmaßte Guwat.

»Wie kann er dagegen sein, wenn das neue Leben so ist wie sein früheres?«, bemerkte Armol. »Aber warum ist er nicht gekommen? War das nicht er, der sagte, dass Lesen und Schreiben der Anfang vom Untergang unseres Volkes ist? Erinnert euch! Tnarat, du hast doch probiert, die Spuren der Rede auf dem Papier zu erkennen …«

»Ja, das hat er gesagt«, bestätigte nach einigem Schwanken Tnarat und senkte plötzlich seine Stimme: »Aber das war vor der neuen Macht. Jetzt denkt er sicher anders.«

Zur selben Zeit schritt John MacLennan durch die Tundra und badete in der weißen Stille. Der Himmel war klar, aus seinem Blau schwebten von Gott weiß woher Schneeflocken nieder und legten sich auf Johns Wimpern. Sie tauten und fielen als kalte Tropfen auf seine Wangen. Von Zeit zu Zeit wischte John sie mit der Rückseite des Ärmels vorsichtig weg. Er war in Gedanken versunken.

Nun war das eingetreten, wovor er immer weggelaufen war ... Woher nur kam bei den Menschen seiner Rasse ständig der Wunsch, die Welt umzugestalten? Die Menschheit müsste sich doch eigentlich schon längst davon überzeugt haben, dass eine Veränderung der Gesellschaft das Leben des Menschen nicht verbessert. Vielleicht war es das Beste, alles so zu lassen, wie es war, und in diesem ewigen Gefüge seinen Platz zu finden? Sie haben Revolution gemacht, einen Bürgerkrieg begonnen ... Bitte, macht Aufstände, so viel ihr wollt, schießt einander tot, aber zieht nicht Menschen mit hinein, die ihr eigenes Leben führen wollen ...

Er wollte sich nicht ausmalen, was Enmyn jetzt blühte. Die Kinder würden zur Schule gehen, also gäbe es in den Jarangas weniger Arbeitshände. Sie würden einen Sowjet wählen, manche würden übergangen werden und auf die anderen böse sein. Sie würden zählen, wer welchen Besitz hatte, würden einen Unterschied zwischen Reich und Arm machen und nicht darauf achten, wie ein Mensch zu diesem relativ kleinen Besitz gekommen war. Vielleicht würde es sogar Beschlagnahmungen geben und politische Verfolgungen. Sie würden sich Ilmotsch vorknöpfen und andere auch.

Ringsum Weite, weiße Stille. Aber Johns Herz zog sich

zusammen, selbst das Atmen fiel ihm bei diesen verworrenen Gedanken schwer. Die einzige Hoffnung war, dass das alles nicht lange dauern und die bolschewistische Ordnung früher oder später zusammenbrechen würde … Dann würde Tschukotka wieder zu seinem alten Leben zurückkehren und jeder Mensch das Leben führen, das ihm sein Schicksal bestimmt hatte.

Wenn aber die Bolschewiki an der Macht blieben?

Das Vertrauen der Tschuktschen war unendlich, jedes gute Wort nahmen sie bereitwillig auf wie in alten Zeiten, als das Wort noch etwas wert war.

John MacLennan lief den ganzen Tag durch die Tundra. Erst als die Dämmerung das Blau in den Tälern und Schluchten verdrängte, machte er sich auf den Heimweg.

Er bestieg den Hügel an der Lagune, aber von hier aus war die Siedlung kaum zu sehen. Wäre nicht der spärliche Rauch gewesen, der aus den Jarangas aufstieg, hätte man Enmyn in dem bläulich schimmernden weißen Schaum gar nicht wahrgenommen. Große Sterne leuchteten am Himmel auf, am Horizont flackerte der erste zaghafte Strahl des Polarlichts und verlosch gleich wieder – seine Zeit war noch nicht gekommen.

Der Schnee war weich und knirschte nicht unter den Sohlen. John stieg auf das Steilufer der Lagune, aber es drang kein einziger Laut zu sein Ohr, so als ob alle Bewohner Enmyns unerwartet gestorben seien. Er hörte nicht einmal Hundegebell, vielleicht rochen sie, dass er kein Fremder war und wollten die warme Behausung nicht verlassen?

Die tönende Stille war so unheilverkündend, dass John es plötzlich mit der Angst zu tun bekam und schneller ging. Da hustete plötzlich jemand laut, direkt neben seinem Ohr. Dieses Krächzen verfolgte John bis zur Schwelle seiner Jaranga. Es kam von einer von Orwos Frauen, die bereits seit dem vergangenen Sommer krank war.

John trat in den Tschottagin. Schweigen empfing ihn. Pylmaus scharfem Blick war nicht entgangen, dass er keineswegs in die Tundra gegangen war, um einen Polarfuchs zu schießen oder nach den Fallen zu schauen, die er eigentlich an einem ganz anderen Ort aufgestellt hatte. Sie reichte ihm schweigend das Essen. Die Kinder setzten sich um die Schale herum und sahen aus, als sei etwas geschehen, was auch für sie von Bedeutung war. Schließlich hielt es der Älteste nicht mehr aus: »Ate, stimmt es, dass wir lernen werden?«

»Was heißt, wir?«, fragte John zurück.

»Ich und ...«

»Du wirst nicht lernen«, unterbrach John ihn streng.

13

Jako brachte Neuigkeiten. Eine Zusammenkunft hatte stattgefunden. Nach stürmischen Streitgesprächen war beschlossen worden, doch eine Schule zu bauen, und zwar an der Stelle von Mutschyns abgebrannter Jaranga. Außerdem hatte man einen Vorsitzenden des Sowjets gewählt – Orwo. Mitglieder des Sowjets waren fast alle geworden, die sowieso schon Stützen der Enmyner Bevölkerung waren.

Die Schul-Jaranga war für Enmyner Verhältnisse ein ungewöhnlicher Bau. Der Tschottagin war klein, dafür der Polog so geräumig, dass bei Bedarf alle Bewohner von Enmyn Platz finden konnten.

Leer war es in Johns Jaranga geworden. Niemand besuchte ihn mehr, und er fühlte selbst, dass man sich über sein Kommen nicht besonders freute. Nur Krawtschenkos Anwesenheit und seine Versuche, mit ihm zu diskutieren, brachten Abwechslung.

»Sie benehmen sich so, als hätte ich Sie beleidigt!«, sagte Krawtschenko zu John.

»Wir wollen lieber nicht über Dinge sprechen, auf die wir eine unterschiedliche Sicht haben«, antwortete John finster.

»Aber Sie können nicht abseits stehen. Die Veränderungen betreffen auch Sie.«

»Warum glauben Sie das?«, fragte John ironisch. »Seien Sie sich Ihrer Sache lieber nicht so sicher. Es ist Ihnen zwar gelungen, meine leichtgläubigen Landsleute zu überreden, aber bei mir schaffen Sie das nicht. Mein Verstand reicht aus, mich den bolschewistischen Verführungen zu widersetzen.«

»Warum so wütend, Mister MacLennan!«, lachte Krawtschenko. »Was für Verführungen denn! Die Leute wollen einfach wie Menschen leben.«

»Ich glaube trotzdem, dass die Tschuktschen sich über kurz oder lang von der völligen Sinnlosigkeit Ihrer Pläne überzeugen«, antwortete John. »Und dann wollte ich Ihnen noch sagen: Ich bin nicht Mister MacLennan, ich bin genauso ein Bewohner von Enmyn wie alle anderen, und verhalten Sie sich bitte zu mir so wie zu allen anderen.«

»In diesem Falle werde ich Sie agitieren, Ihre Kinder in die Schule zu schicken«, lachte Krawtschenko. Er wohnte nach wie vor in der kleinen Kammer und bekam von Pylmau sein Essen.

Er fing an, mit dem Hausherrn über die Bezahlung zu sprechen, aber John winkte ab: »Bei den Tschuktschen ist es nicht üblich, von Gästen Geld zu nehmen.«

»Aber ich bin kein Gast«, widersprach Krawtschenko. »Der Staat zahlt mir ein Gehalt.«

»Wenn Sie Ihr Gehalt bekommen, dann sehen wir weiter«, antwortete John.

Indes gingen die Vorräte von der Walrossjagd im vergangenen Herbst zu Ende. Die Fröste schoben das offene Wasser immer weiter vom Ufer weg.

John MacLennan und Anton Krawtschenko standen jeden Tag zur selben Zeit auf. Bis zum vollständigen Sonnenaufgang am Mittag war es noch weit. Das Aufstehen fiel Krawtschenko schwer, die Kammer war über Nacht so ausgekühlt, dass sein bereifter Bart an der Rentierfelldecke festgefroren war. Aber das war noch nicht das Schlimmste. Das Unangenehmste war, aus dem warmen Bett in die frostige Luft zu kriechen, die über Nacht gefrorene Kleidung anzuziehen und dann zu warten und zu zittern, bis man einigermaßen warm geworden war. Am allerkältesten aber wurde einem bei dem Gedanken, dass hinter den dünnen Wänden der Jaranga blauer Frost wütete, mitleidlos und grausam. Er packte den Menschen an jeder Stelle des Körpers, wo er ungeschützt war.

Krawtschenko verließ den Tschottagin, ungewaschen und unrasiert. Vor dem Polog trat er von einem Bein aufs andere, bis Pylmau ihn hereinrief.

John hatte dem Lehrer schon mehrmals angeboten, bei ihnen im Polog zu übernachten. Krawtschenko hatte hineingeschaut und sich gewundert, wie die gesamte Familie in diesem winzigen Raum Platz fand, und hatte kategorisch abgelehnt. Nur am Morgen kroch er gern in den Polog und hockte sich vor die Tranlampe.

Pylmau reichte den Männern das Morgenessen, das den größten Teil der täglichen Ernährung darstellte, danach ging jeder in seine Richtung: John in das tiefe Blau des gefrorenen Meeres, und Anton Krawtschenko in die Schul-Jaranga, wo bereits die Kinder auf ihn warteten.

Jako half dem Vater, die Jagdwaffen anzulegen, dann war er der Herr der Jaranga. Er fütterte die Hunde, kratzte den Schnee von den Wänden, hackte mit einem Beil die gefrorenen Brocken ab, die die Hunde auf dem Boden des Tschottagin hinterlassen hatten, und zog dann den Schlitten zum gefrorenen Wasserfall, um Eis zu holen.

Sein Weg führte an der großen Jaranga vorbei, in der seine Altersgenossen lernten. Er verlangsamte unwillkürlich den Schritt und hielt den Atem an, um jeden Laut, der durch die mit Walrossfell überzogene Wand drang, zu erhaschen. Manchmal stand Tynarachtyna mit heruntergelassenem Ärmel auf der Schwelle, winkte mit dem vollen, über und über tätowierten Arm Jako zu und rief: »Komm lernen.«

Aber Jako biss die Zähne zusammen und beschleunigte den Schritt. Er wollte so schnell wie möglich diesen Ort wieder verlassen. Er bedauerte, dass er nicht groß und stark genug war und seine Gefühle unterdrücken konnte, wie es sich für einen richtigen Mann geziemte, vor allem das Gefühl des Neids gegenüber seinen Altersgenossen, die jedesmal nach der Schule mit ihrem neu erworbenen Wissen angaben und zeigten, wie gut sie die Buchstaben zeichnen konnten. Der Junge erinnerte sich an die Zeit, als der Vater versucht hatte, ihm Lesen und Schreiben und die Sprache der weißen Menschen beizubringen. Mit seinem kindlichen Verstand hatte er damals begriffen, dass er in ein großes Geheimnis eingeweiht wurde, und als die Unterrichtsstunden beim Vater nicht mehr stattfanden, hatte er das sehr bedauert, sich aber nicht getraut, es laut zu sagen. Er war dazu erzogen worden, sich den Eltern unterzuordnen, die Regeln waren klar, was ein Kind zu tun und zu lassen hatte. Jako war stolz auf seinen Stiefvater. Er wusste, dass sein richtiger Vater umgekommen war, aber er hatte nie tiefer darüber nachgedacht und hielt die Geschichten darüber für ein böses Zaubermärchen, das an langen Winterabenden erzählt wurde, wenn sich im Polog die Alten versammelten und vom vergangenen Leben erzählten.

Während Jako zum gefrorenen Wasserfall lief, zum schillernden erstarrten Strom, wurde in der Schul-Jaranga gelernt.

Im geräumigen Polog war es heiß, die fünf hell brennenden Tranlampen und der Atem der Kinder wärmten. Auf der Suche nach einer Klassentafel hatte Krawtschenko ein verrostetes Steuerruder gefunden, das er an die Wand lehnte. Echte Kreide gab es natürlich nicht, Krawtschenko musste Tynarachtyna um ein Stück von der roten Ockerfarbe bitten, mit der die Felle vor dem Nähen gekennzeichnet wurden.

Krawtschenko hatte nicht die geringste Ahnung von Methodik und beschloss nach kurzem Nachdenken, dass es das Beste sei, mit dem Alphabet zu beginnen. Für jeden Buchstaben nannte er als Beispiel ein paar tschuktschische und ein paar russische Wörter. Die Kinder lernten sie auswendig und schrieben sie mühevoll von der Tafel auf ihre Papierschnipsel, die von Teeverpackungen stammten.

»Ambar – Speicher! Atau!«, erklang es im Polog. Von dem lauten Chor der Kinderstimmen hüpften die Flammen in den Tranlampen und begannen zu rußen. Tynarachtyna rannte mit einem schwarzen Stöckchen von einer Lampe zur anderen und richtete den Docht wieder auf.

Gegen Ende der ersten Stunde war es im Polog derart heiß geworden, dass Schüler und Lehrer die Oberkleidung ausziehen mussten. Tynarachtyna ließ erst den einen Ärmel des Kherkers herunter, dann den anderen. Am Ende des Schultags war sie völig nackt, sie trug nur noch einen engen Ledergürtel um die Hüften. Als sie sich das erste Mal auszog, geriet Krawtschenko in große Verlegenheit. Er musste die Stunde unterbrechen und hinausgehen, um frische Luft zu schnappen.

Er tat so, als bemerkte er den braunen Körper des Mädchens nicht, der immer wieder vor seinen Augen aufleuchtete, ihre spitzen Brüste mit den dunklen Kreisen um die rosigen Brustwarzen, die wie die Beere Moroschka aussahen, wenn sie noch unreif war.

»Watap – Rentiermoos! Wily!«, wiederholten die Schüler im Chor.

Wenn Tynarachtyna die Dochte wieder aufgerichtet hatte, setzte sie sich in die Ecke und holte ihre Schreibsachen heraus, die sie sich von Krawtschenko erbeten hatte – ein halbes echtes Heft und einen Bleistift.

Trotz mangelnder pädagogischer Ausbildung konnte sich Krawtschenko nicht über Unaufmerksamkeit seiner Schüler beklagen. Wenn die Zeit kam, die Zeichen vom

Steuerruder abzuschreiben, wurden die rosigen Zungen herausgestreckt, und im still gewordenen Polog hörte man nur noch das Schnaufen der Kinder.

Krawtschenko kniff die Augen zusammen und sah in seiner Fantasie einen großen hellen Klassenraum mit Fenstern auf die Lagune hinaus, eine glänzende, mit echter schwarzer Farbe gestrichene Wandtafel, Bankreihen und ordentlich gekämmte Kinderköpfe. Und alle trugen sie weiße Hemden, wenn er sie vor sich sah ...

Krawtschenko schaute von einem zum anderen, bis sein Blick auf Tynarachtyna stieß, die ihren ordentlich gekämmten Kopf über das Heft beugte. Sie saß wie alle mit gekreuzten Beinen da, ihre runden Hüften dienten als Stütze für die Ellenbogen. Auf den Schultern leuchteten blau die Linien der Tätowierung, ein kompliziertes rätselhaftes Ornament, die Frucht der Fantasie ihres Vaters, der ihr eine glückliche Zukunft aufgezeichnet hatte. Zwischen den weißen Zähnen guckte das rosige Ende der Zunge hervor, auf der Nase glitzerte ein Schweißtropfen.

Der Lehrer zog eine große flache Uhr heraus, schaute auf die Zeiger und kündigte eine Pause an.

In der nächsten Sekunde waren die Schüler aus dem Polog verschwunden und tollten draußen – wie alle Kinder der Welt – ausgelassen herum.

Tynarachtyna zog eilig den Kherker über und hob mit dem Stock die Vorderwand der Felljaranga hoch, um frische Luft hereinzulassen. Anfangs hatte sie vehement gegen eine solche Energieverschwendung protestiert und Krawtschenko bewiesen, dass die frische Luft, die durch das Rauchloch über dem Polog eindrang, ausreichte.

»Erst wenn das Feuer stirbt, müssen wir den Polog öffnen«, erklärte sie dem ihrer Meinung nach begriffsstutzigen Lehrer.

»Wir müssen uns nicht nur um das Feuer kümmern«, antwortete Krawtschenko und zeigte mit dem Kopf auf die Kinder, die allerdings an die stickige Luft im Polog gewöhnt waren, sodass sie sehr gut damit zurechtkamen und sich nur wunderten, dass der Lehrer am Ende der Stunde über Kopfschmerzen klagte.

Während der Unterricht im Schreiben recht gut lief, bereitete Krawtschenko der Rechenunterricht weitaus mehr Mühe. Er wusste, dass die Tschuktschen ein Zählsystem in Zwanzigerschritten hatten. Die Kinder kamen hervorragend mit den »Zwanzigern« zurecht, während der Lehrer sie jedesmal im Kopf in gewöhnliche Zahlen umsetzen musste.

Tynarachtyna erkannte sofort seine Schwäche. Einmal blieb sie nach dem Unterricht da und rief den Lehrer zu sich. Sie zeigte mit dem Finger auf ihn und sagte: »Du bist ein Klikkin.«

»Was?«, wunderte sich Krawtschenko.

»Schau her!« Sie nahm den jungen Mann an die Hand. »Das hier ist deine Hand – Myngylgyn-Mytlynen, und beide Hände – Myngyt-Myngytken. Genau so viele Zehen hast du am Fuß, und das alles zusammen ist ein Klikkin. Ein ganzer Mann. Zwanzig – das bedeutet ein Mann, ein Mensch.«

Da ging Krawtschenko endlich ein Licht auf: der Mensch war die Rechnungseinheit, der Zwanziger!

»Und warum gilt das nur für Männer?«, fragte er Tynarachtyna.

»Ein Mann kann schneller zählen«, antwortete das

Mädchen schelmisch und schaute den Lehrer mit einem Lächeln an, das Krawtschenko verlegen machte.

Tynarachtyna fühlte sich zu Anton Krawtschenko hingezogen und zeigte das ohne Scham, besonders vor ihrem Bräutigam Notawje, der manchmal in der Schul-Jaranga vorbeikam.

Der Unterricht dauerte nicht länger als zwei oder drei Stunden. Krawtschenko meinte, das sei für den Anfang genug. Außerdem wollte er die Kinder nicht länger zurückhalten. Nicht einmal die Erzählungen des Lehrers über das ferne russische Land mit den unglaublichen Wundern – angefangen vom Getreide bis zu den hohen Häusern in den Städten, auf deren Straßen Schlitten fuhren, die weder Hunde noch Pferde brauchten – konnten sie verlocken.

Nach dem Unterricht blieb Tynarachtyna in der Schul-Jaranga, um aufzuräumen, mit einer Mischung von Urin und Schnee den roten Ocker vom Schiffssteuerrad abzuwaschen, neuen Tran in die Lampen zu füllen, zu fegen und den Raum zu lüften.

Krawtschenko ging nach Hause, in Johns Jaranga.

Wenn er durch die stille Siedlung lief, traf er auf dem Weg bis zu Johns Jaranga oft keinen einzigen Menschen, nicht einmal einen Hund. Nur das Knirschen der eigenen Schritte im Schnee störte die weiße Stille. Der Frost kühlte die Lunge aus, erzeugte unwillkürlich Husten, der wie hämisches Lachen klang, er trieb den Menschen ins warme Haus.

Wenn Pylmau den Lehrer erblickte, der in die Kammer zurückkehrte, bot sie ihm jeweils eine Tasse Tee und etwas zu essen an. Jetzt aber wurde die Nahrung knapp und das Mahl auf die späte Nacht verlegt, wenn John zurückkehrte.

Bis zu dieser Stunde saß Krawtschenko in seiner eiskalten Kammer und versuchte verzweifelt sich vor dem Öfchen mit dem kaum glimmenden salzigen Holz, das sie am gefrorenen Ufer unterm Schnee hervorgeholt hatten, aufzuwärmen.

In der Jaranga war es so still, dass man nicht glauben konnte, dass hier eine große Familie mit kleinen Kindern lebte. Eher konnte man Laute von draußen hören als Kindergeplapper.

Bald wurde die Stille so unerträglich, dass Krawtschenko rausging und durch die Siedlung stromerte. Seine Beine trugen ihn unwillkürlich zu Orwos Jaranga. Der Alte ging wegen seiner Schwäche nicht mehr auf die Winterjagd, er hatte die Jagdausrüstung dem zukünftigen Schwiegersohn Notawje vermacht. Der junge Rentierzüchter schloss sich für gewöhnlich einem erfahrenen Jäger an, und in der Siedlung waren mehrere lustige Geschichten über die »Heldentaten« des Tundrabewohners in Umlauf.

Krawtschenko schlüpfte mit Vergnügen in den warmen Polog und hörte Orwos Erzählungen über sein Leben, über die Abenteuer auf amerikanischer Erde zu, die dem Alten selbst so fern zu sein schienen, dass sie sich bereits in ein Märchen verwandelt hatten. Manchmal sprach er von dem jungen Orwo, als sei der ein ganz anderer. Vielleicht war es auch so. Denn der Alte wiederholte gern: »Sogar das, was gerade geschehen ist, ist bereits Vergangenheit ...«

An einem harten Wintertag, als nicht einmal die kurze Morgendämmerung wahrzunehmen war, sprach Anton Krawtschenko mit Orwo über John MacLennan.

»Warum lebt er hier?«

Orwo blickte den Lehrer verwundert an: »Was hast du gesagt?«

»Warum lebt er bei euch, wenn er euch nicht helfen will?«

»Aber er hilft uns viel«, widersprach Orwo. »Selbst wenn er kein Wort sagt, ist er für uns eine große Hilfe.«

»Womit hilft er euch?«

»Du hast gefragt«, fing Orwo langsam zu sprechen an, »warum er bei uns lebt? So könntest du auch mich fragen und Tnarat und Ilmotsch, warum wir hier leben. Alle Bewohner unseres kalten Landes könntest du fragen. Ich weiß, es gibt Länder, die zum Leben angenehmer sind, aber wir sind hier geboren. Wir lieben diese Erde und können uns kein anderes Land vorstellen. Sie ist wie eine Mutter. Es gibt sie nur einmal, keine andere Frau kann sie ersetzen.«

»John hat übrigens seine Mutter weggeschickt«, erinnerte Krawtschenko.

»Er hat seine Mutter nicht weggeschickt«, antwortete der Alte, »er war einfach weise.«

»Wenn er so weise ist, warum widersetzt er sich dann der neuen Macht?«

»Weil er nicht so ein Dummkopf ist wie ich«, lachte Orwo.

Krawtschenko war so frappiert, dass er sogar zusammenzuckte. »Willst du damit sagen, dass du ein Dummkopf warst, als du mir geglaubt hast?«

Der Alte schaute sich aufmerksam im Polog um, sein Blick blieb an der aus Sparsamkeitsgründen gelöschten Tranlampe hängen, dann an der Kohle, auf der weiß der Reif schimmerte. Erst jetzt bemerkte Krawtschenko, wie ungewöhnlich kalt es in dem großen Polog des alten Orwo war, in dem sonst immer drei große Tranlampen brannten.

»Schau dich um, wie wir leben«, sagte Orwo sanft. »Vor uns liegen noch viele dunkle Wintertage. Wir müssen Robben suchen, Eisbären, in die Tundra nach Pelztieren gehen. In diesem Herbst haben wir zu wenig Walrosse gefangen – der Lagerplatz war nicht voll. Der Fisch Wekyn, den die eisigen Wellen ans Ufer geworfen haben, hat uns gerettet. Aber jetzt wird es mit jedem Tag schwieriger. In Enmyn wird Hungersnot ausbrechen. Wir aber lernen. Kann man sich etwas Komischeres und Unnützeres vorstellen? Wenn man verhungert, ist es da nicht egal, ob man lesen und schreiben kann?«

»Aber …«

»Warte mit deinen Einwänden«, unterbrach Orwo den Lehrer sanft. »Glaub nicht, dass ich den Nutzen nicht sehe, den die Bildung unserem Volk bringt. Aber zuallererst muss der Mensch satt sein. Zuallererst muss ihm beigebracht werden, wie er Nahrung beschafft, Feuer entfacht. Und ein Dach überm Kopf muss er auch haben. Das braucht unser Volk heute am meisten.«

»Schlägst du vor, die Schule wieder zuzumachen?«

»Wie kann ich so was vorschlagen?«, sagte Orwo sanft lächelnd. »Du musst alles selbst begreifen. Den Tran, der deiner großen Jaranga Licht und Wärme gibt, den nehmen wir den kleinen Kindern und den Alten weg. Ein Mensch, der mit seiner Kraft und Jugend helfen könnte, unterhält sich mit den Kindern, als sei er ihre Großmutter. Seine Kameraden aber gehen unterdessen übers Eis und suchen nach Nahrung. Da stimmt was nicht. Son zum Beispiel …«

»John!«, rief Krawtschenko gereizt. »Er spielt euch eine Rolle vor! Sie sind alle so, diese bourgeoisen Verlierer.«

»So darfst du nicht von einem Menschen sprechen, den du gar nicht richtig kennst«, widersprach Orwo. »Ich will dir von seinem Leben erzählen...«

Orwo erzählte Dinge, die Anton Krawtschenko in breiten Zügen bereits von verschiedenen anderen Leuten gehört oder von John MacLennan selbst erfahren hatte. Er hörte Orwo zu, aber sein innerer Widerstand wurde nicht geringer. In ihm wuchs so etwas wie Neid.

»Und dass Son bei uns lebt, ist sehr gut, denn so hat unser kleines Enmyn die große Wahrheit erfahren, dass alle Menschen gleich sind, dass die weißen Menschen genauso sind wie wir. Dass die Enmyner, die Uëlener und die Bewohner anderer Siedlungen auf Tschukotka ihnen glauben, ist vielleicht auch ein Verdienst von Son, denn wenn es an unserer Küste nur Carpenters, Karajews oder Kibisows geben würde, hätten wir niemals Vertrauen zu den Weißen gefasst.«

»Und was schlägst du vor?«, fragte Krawtschenko.

»Erst möchte ich hören, was du sagst.«

Krawtschenko grübelte: Sollte er unter diesen Umständen wirklich mit dem Unterricht fortfahren? Das war absurd, unsinnig und sogar grausam. Jemand musste auf Wärme verzichten, damit die Schullämpchen Tran hatten... Plötzlich tauchte vor seinem inneren Auge Pylmaus Gesicht auf, der Ausdruck, mit dem sie das Essen auf der Holzschale servierte, die schon üppigere Zeiten gesehen hatte. Ein kärgliches Häufchen gekochtes Fleisch und eingelegte Kräuter... Und die vorsichtigen Bewegungen von Vater und Kindern, die auf jeden Krümel achtgaben.

Wann bloß aß Pylmau? Und er selbst, der den ganzen Tag gehungert hatte, machte sich über das kärgliche Essen her, ohne darüber nachzudenken, wie schwer es dem Jäger gefallen war, die Nahrung zu besorgen ... Scham verdrängte den Ärger über John MacLennan. Er musste aufmerksamer beobachten, was um ihn herum vorging.

»Vor allem sollten wir jetzt eine Zusammenkunft einberufen und gemeinsam nachdenken«, sagte Krawtschenko langsam. »Und auch John MacLennan dazuholen.«

Die Zusammenkunft fand noch am selben Abend statt, als der Himmel in den Farben des Polarlichts aufleuchtete und den Schnee zum Sprühen und Flimmern brachte. Es war so hell und festtäglich, dass MacLennan und Krawtschenko einander anblickten und in einem Atemzug sagten: »Heute ist ja Weihnachten!«

Orwo, der ein wenig abseits ging, fragte: »Was ist das?«

Krawtschenko erklärte ihm, was Weihnachten bedeutete, bis der Alte nickte und auf Englisch sagte: »Christmas, ich weiß!«

Die Jäger waren müde und wortkarg. Heute hatte nur Armol Glück gehabt. Er hatte eine winzige Robbe angeschleppt, die auf alle Jarangas verteilt wurde. Die Leber brachte Armols Frau in John MacLennans Jaranga und sagte bedeutungsvoll, sie sei für den Lehrer.

Als Erster sprach Krawtschenko. Er erklärte, dass er die Schule vorübergehend schließen werde. Diese Nachricht stimmte niemanden traurig, ja sie interessierte die Leute nicht einmal. Das gab ihm einen kleinen Stich. Danach erzählte er kurz von seinem Plan, den Sowjet einzuberufen. Vor allem musste man einen Boten nach Uëlen schicken, damit das dortige Revolutionskomitee mit Lebensmitteln aushalf. Man musste einen guten Schlitten ausrüsten und einen zuverlässigen Menschen losschicken. Lange wurde nachgedacht, wem man die Aufgabe übertragen könnte. Bis man auf Tnarat kam.

»Solange Tnarat unterwegs ist, werde ich mit euch auf die Jagd gehen«, erklärte Krawtschenko herausfordernd und schaute in die Runde.

»Wir wollen Netze auslegen für die Robben«, sagte John MacLennan. »Wenn Anton auf dem Meer sein Glück machen will, nehme ich ihn von morgen an mit.«

Diese Erklärung wurde mit beifälligen Ausrufen begrüßt, und Orwo dachte mit Befriedigung, dass dies vielleicht die Fremdheit zwischen den beiden Weißen aufheben würde. Das beruhigte ihn, denn er hatte jeden auf seine Weise gern.

Den ganzen Abend saß Krawtschenko an dem Brief nach Uëlen. Der einzige geeignete Platz zum Schreiben war die kalte Kammer. Krawtschenko schrieb beim Licht der langen rußenden Zunge der Tranlampe: »Die Nahrungsmittelsituation hat sich so verschlechtert, dass ich für die Bevölkerung um Mehl, Tee, Zucker und Sirup bitte. Wir brauchen so viel wie nur möglich. Der von der Enmyner Bevölkerung gewählte Sowjet funktioniert normal. Der Unterricht in der Schule wurde wegen der schweren Nahrungsmittelsituation vorübergehend unterbrochen. Außer den oben genannten Produkten bitte ich auf meine Rechnung Lebensmittel für mich persönlich in jeder beliebigen Form zu schicken, auch Robbenfleisch und Tran in angemessener Menge.

Die innere Lage in Enmyn ist ruhig, wenn man davon

absieht, dass es mir nicht gelungen ist, einen engeren Kontakt zu dem hier lebenden John MacLennan, ein gebürtiger Kanadier, herzustellen. Offenen Widerstand zu den Maßnahmen des Revolutionskomitees zeigt der Kanadier nicht, aber sein Einfluss ist überall zu spüren, was die Arbeit unter der örtlichen Bevölkerung erschwert ...«

Mit großer Mühe schrieb er vier Seiten voll, dann schickte er die letzten Reste der Körperwärme in die steif gewordenen Finger und fügte eine persönliche Notiz an Bytschkow hinzu, in der unter anderem stand: »Der Kanadier behindert meine Arbeit. Wahrscheinlich ist er kein schlechter Mensch, aber in der gegenwärtigen Etappe der revolutionären Arbeit stellt er einen Störfaktor dar. Ich hoffe, dass ich mit diesem Problem allein zurechtkomme. Ich wohne in seinem Haus, ernähre mich von seiner Jagdbeute. All das ist natürlich bei weitem keine gute Ausgangsbasis für einen Boten des neuen Lebens ...«

Er hatte kaum den Brief zugeklebt, als John an die Kammertür klopfte: »Anton, kommen Sie in den Polog, sonst erfrieren Sie hier noch endgültig.«

Im Polog war es so heiß, dass Krawtschenko die Fellkuchljanka abwarf. Tnarat wartete bereits auf ihn. Nachdem er den Briefumschlag entgegengenommen hatte, rannte er in seine Jaranga: Er musste in aller Frühe aufbrechen.

»Bleiben Sie zum Schlafen hier im Polog«, riet John »Wir müssen morgen früh aufs kalte Meer hinaus. Sie müssen ein bisschen Wärme aufnehmen.«

Krawtschenko hatte keine Lust, den warmen Fellpolog zu verlassen, und stimmte ohne Zögern zu.

14

Die Jagdausrüstung, die Anton Krawtschenko bekam, hatte einst Toko gehört. Kamlejka und Kuchljanka aus dem besten Rentierfell waren in der ganzen langen Zeit nicht gealtert.

Pylmau half Krawtschenko beim Anziehen und erinnerte sich unwillkürlich an die längst vergangenen Jahre, als sie den jungen John MacLennan und ihren Mann Toko für die erste gemeinsame Jagd auf dem Meer ausgerüstet hatte. Ein seltsames Gefühl ergriff sie, ihr schien, als sei sie in die alte Zeit zurückversetzt: John war wie Toko, und Anton wie der frühere John, den sie damals Son nannte ... In ihr kam ein schrecklicher Gedanke hoch: Wenn Anton nun John tötete, wie damals John Toko ... Nein, das war ein dummer Gedanke.

Krawtschenko schlüpfte in die Stiefel mit neuen Einlagen aus Gras, die Pylmau ihm zurechtgemacht hatte. Die Riemen band er sorgfältig um die Knöchel, sodass Fellhosen und Stiefel eine Einheit bildeten. Dann zog er die Kuchljanka an mit dem weichen Renkalbfell nach innen, darüber eine Kuchljanka mit dem Fell nach außen. Im Tschottagin legte er eine weiße, vom vielen Waschen dünn gewordene, aber noch feste Kamlejka an, die Pylmau aus amerikanischen Mehlsäcken genäht hatte.

Als John Anton die alte Winchester reichte, mit der er versehentlich Toko erschossen hatte, hielt es Pylmau nicht mehr aus, sie wandte sich ab.

John bemerkte ihre Angst nicht. Er war in Gedanken schon bei der bevorstehenden Jagd und überlegte, in welche Richtung sie am besten gehen sollten, um wenigstens einen kleinen Spalt im Eis zu finden. Die ganze Nacht hatte er auf die Geräusche draußen gehorcht, um wenigstens einen kleinen Windhauch einzufangen, der das vom Frost fest aneinandergeschmiedete Eis auseinandertreiben könnte. Aber die Stille war so groß, dass sie sogar klang und sich mit dem Atmen der schlafenden Menschen und Hunde vermischte.

John schaute den Kameraden von der Seite an. Anton sah in Tokos Kamlejka, mit der Winchester in der ausgebleichten Robbenhaut über der Schulter, plump aus. Mit großer Willenskraft unterdrückte er seinen wachsenden Unmut und den hämischen Wunsch, diesem bolschewistischen Missionar zu zeigen, welchen Preis das echte Leben hat.

Sie gingen in die blaue Dämmerung, die eiskalte Luft drang in die Lunge, und es verschlug ihnen für eine Sekunde den Atem. Das laute Knirschen des Schnees unter den Sohlen schallte durch die erstarrte Stille.

Die Wintersterne, die auch am Tag nicht verblassten, waren über den ganzen Himmel verstreut und so groß, klar und rein, dass Krawtschenko sich verwundert an einen Text erinnerte, in dem behauptet wurde, die Sterne des Südhimmels seien die hellsten und größten.

Die Jäger gingen im Schatten der Felsen, die am Ende der Landzunge, auf der die Jarangas standen, über dem Meer hingen. Anton bemühte sich, in Johns Fußstapfen zu bleiben. Der Kanadier schwieg die ganze Zeit. Anton hatte anfangs erwartet, dass er wenigstens ein paar Worte sagen würde, doch dann tröstete er sich mit dem Gedanken, dass es unsinnig war, bei dieser Kälte den Mund aufzumachen.

Bevor Anton unter die Felsen trat, verlangsamte er den Schritt und blickte zurück. Als John hörte, dass sein Kamerad zurückblieb, schaute er sich um. Anton stand unbeweglich da.

»Was ist los mit Ihnen?«

»Ich schaue zurück auf Enmyn«, murmelte Anton. »Was für ein kläglicher Anblick!«

John hatte noch nie zurückgeschaut, aber jetzt sah auch er auf die Siedlung, auf die im Schnee versinkenden Jarangas. Plötzlich erkannte er ganz deutlich Pylmaus Gestalt vor seiner Jaranga. Sie stand da wie eine Statue.

John fragte sich, ob sie immer so dastand, wenn er auf die Jagd ging, oder nur heute? Ihm fiel auf, dass sie heute irgendwie anders war, so seltsam, angespannt, als ob sich ein Gedanke in ihrer Seele festgesetzt hatte ...

John seufzte: Eine schwere Last trug Mau. Von morgens bis spät abends war sie auf den Beinen, in ständiger Sorge um die Kinder, den Mann und die Wohnung. Außerdem musste sie das karge Essen so strecken, dass es für lange Zeit reichte, und unauffällig so verteilen, dass der Ernährer am meisten bekam. Wie viel zusätzliche Mühe bedeutete Krawtschenkos Unterbringung! Das den Tschuktschen angeborene Gefühl der Gastfreundschaft konkurrierte mit Eifersucht und dem Wunsch, den Mann vor fremden Einflüssen zu schützen, damit er so blieb, wie er war. Gleichzeitig musste sie darauf achten, dass er in den eigenen und in den Augen der Enmyner Achtung fand.

Mechanisch setzte John einen Fuß vor den anderen. Diesen Teil des Wegs kannte er mit geschlossenen Augen, dennoch musste er vorsichtig sein, denn die schneebedeckte

Eisoberfläche war voller Packeis und aufgeworfenen scharfkantigen Eisschollen. Die Eisschollen verschmolzen mit dem Weiß des Schnees, und in der blauen Dämmerung der Polarnacht schien der Horizont so nahe zu sein, dass man ihn mit wenigen Schritten erreichen konnte.

Krawtschenko gelang es nur schwer, in Johns Spur zu bleiben. Die scharfen Kanten der Eisschollen schnitten in die Zehen. Außerdem knickte er mal mit dem linken, mal mit dem rechten Fuß so schmerzhaft um, dass es ein Wunder war, dass er sich die Füße nicht verstauchte. Er musste sich beim Laufen auf seine eigenen Augen verlassen. Der Weg war jetzt nicht mehr so anstrengend, aber er konnte sich nirgendwo festhalten, stürzte mehrere Male und verfluchte in Gedanken das tiefe Blau der Dämmerung. Voller Hass schaute er auf den ruhigen Rücken John MacLennans, der wie eine gut geölte Maschine vor ihm lief. Der Kanadier drehte sich kein einziges Mal um, obwohl er hören musste, wie der Kamerad hinfiel. Offenbar wollte er Krawtschenkos Ehrgefühl nicht verletzen.

Die Winchester rutschte auf dem Rücken hin und her. Anton hätte sie von Zeit zu Zeit zurechtrücken müssen, aber wie sollte er das anstellen, wenn beide Hände besetzt waren – in der einen hielt er den langen Stock mit dem Ring, in der anderen die Stange mit dem Haken an dem einen Ende und der scharfen Spitze zum Prüfen der Dicke des Eises am anderen Ende. Außerdem musste er höllisch aufpassen, wohin er seine Füße setzte. Mit einem Wort, er musste auf einen Schlag viele neuartige Aufgaben erfüllen. Noch keine Stunde waren sie unterwegs, aber er war bereits so schwach, dass er nicht mehr weitergehen konnte. Der Schweiß lief ihm in die Augen, aber er konnte nicht stehen bleiben und ihn abwischen. Der Schweiß lief unter der großen Pelzmütze hervor. Er war ätzend und stank, denn die Pelze waren mit menschlichem Urin gegerbt. Nur manchmal gelang es ihm mit einer geschickten Schulterbewegung, die Stirn mit dem Ärmel der Kamlejka abzutrocknen.

Entweder musste Anton unter der Last der Winchester zusammenbrechen oder John um eine Ruhepause bitten. Doch da drehte sich der Gefährte endlich um.

»Ich glaube, wir können uns jetzt ein bisschen ausruhen«, sagte er gelassen, als habe er die ganze Zeit im Polog gesessen und sei nicht über das Packeis geklettert.

Wortlos ließ sich Anton auf der Stelle aufs Eis fallen, befreite sich von der Winchester und warf den langen Stock und die Hakenstange zur Seite.

John hob sie auf und stieß sie sorgfältig in den Schnee, lehnte die Winchester daran, legte einen zusammangerollten dünnen Riemen auf den Boden und setzte sich darauf, direkt neben Anton. »Verzeihen Sie, dass ich so ein Tempo vorgelegt habe«, sagte er schuldbewusst, als er das zerquälte Gesicht des Kameraden sah. »Ich habe ganz vergessen, dass Sie das erste Mal aufs Meer gehen.«

»Macht nichts, macht nichts«, brummte Anton höflich.

»Wir müssen den kurzen Zeitraum nutzen, solange es hell ist, damit wir die Robben im Wasser sehen können.«

»Müssen wir noch weit laufen?«, fragte Anton, der mit Schrecken an den bevorstehenden Weg dachte.

»Nicht sehr weit. Ich kann es nicht genau sagen, weil wir noch den Rand des Küsteneises passieren und aufs Treibeis hinaus müssen.«

»Bewegt sich dieses Treibeis sehr schnell?«, fragte Anton, dem das dahineilende Eis vom Ladogasee auf der Newa in den Sinn kam, das an der Strelka und den Stierfiguren an der Nikolaibrücke zerbarst.

»Es heißt nur Treibeis«, antwortete John. »Zurzeit steht es still, wahrscheinlich bis zum Nordpol.«

Als die kurze Pause vorbei war, glaubte Anton nicht mehr aufstehen zu können, aber das Gehen fiel ihm jetzt sogar leichter. Überhaupt sah ringsumher alles anders aus, es war nicht mehr so finster. Er hatte immer auf den Weg achten müssen und gar nicht bemerkt, wie das Morgenrot zu leuchten begann und den halben Himmel einnahm. Das Licht war so tiefrot und saftig, dass der Himmel feucht zu sein schien.

John spürte, dass der Russe hinter ihm endlich die richtige Atemtechnik gefunden hatte. Überhaupt erwies sich der junge Mann als tüchtig, aus ihm hätte ein ordentlicher Meeresjäger werden können, wenn er sich nicht mit Politik und mit missionarischer Tätigkeit befasst hätte. Warum musste bei den Weißen in einem bestimmten Lebensabschnitt immer der Wunsch erwachen, jemanden zu belehren, ihn zum eigenen Glauben zu bekehren, zu zwingen, in den gleichen Wertmaßstäben zu denken wie man selbst? Viel besser war es, dem Leben seinen Lauf zu lassen, ohne es gewaltsam zu beeinflussen und den natürlichen Gang zu verändern. Die Natur und Gott waren umsichtig genug, alles hatte seinen Sinn und Zweck ...

John sah vor sich zwischen zwei scharfkantigen Eisschollen plötzlich die hungrigen Augen von Sophie-Ankanau, und sein Herz zog sich vor Schmerz zusammen. Sinn und Zweck ... Irgendwo auf der Welt aß sich ein Kind an Süßigkeiten satt und trank Milch, John MacLennans

Tochter aber bettelte ihre Mutter um ein Stückchen bitteres Robbenfett an ... Das konnte man kaum als sinnvoll und zweckmäßig bezeichnen. Wenn man die bolschewistische Lehre von der gerechten Verteilung der Güter der Erde nahm ... Das war ein uralter, unerfüllter Menschheitstraum! Die Geschichte jedoch hatte überzeugend bewiesen, dass er nicht zu realisieren war. Wahrscheinlich hatte die Welt früher einmal gerechter ausgesehen, denn das Leben der kleinen tschuktschischen Gemeinden kam diesem Ideal nahe. Sicher wegen des Mangels an Nahrung. Kaum aber gab es Überfluss, begannen die Kränkungen. Jeder strebte danach, so viel wie möglich abzubekommen, mehr als die anderen zu besitzen, und zwar nicht nur für den unmittelbaren Gebrauch, sondern um Reichtum anzuhäufen.

John ließ die Bewohner des kleinen Enmyn durch seinen Geist ziehen. Es gab sehr schwache Greise, die diesen Winter nicht überleben würden. Es gab winzige Kinder, die in der schweren Herbstzeit geboren waren – auch die würden es nicht bis zum Frühling schaffen. Die schreckliche Zeit des Abschieds rückte heran, kein Fremder konnte ihnen helfen.

Der feuerrote Sonnenaufgang verdrängte die Dunkelheit der Polarnacht. Der Frost ließ etwas nach, aber sie hatten ihn gar nicht bemerkt, denn der anstrengende Weg über das aufgetürmte Eis trieb das Blut mit wahnsinniger Geschwindigkeit durch die Adern.

Der Spalt im Eis war winzig, eher ein schmaler Riss. John kletterte auf eine hoch aufragende Eisscholle und schaute sich um. Eiswüste wohin das Auge blickte, nirgends auch nur das kleinste Anzeichen für offenes Wasser.

»Wir werden hier jagen«, sagte John müde. Sie ließen sich hinter dem Eisstück nieder, das er als Deckung aufgetürmt hatte. »Nur bleiben Sie bitte still sitzen und rühren Sie sich nicht, wenn sich eine Robbe zeigt«, bat er. Gestern hatte er den ganzen Tag neben solch einer Eisspalte gesessen, und kein einziger Kreis hatte sich auf der glatten gefrorenen Wasseroberfläche gebildet.

»Was soll ich machen?«, fragte Anton flüsternd.

»Nichts«, antwortete John. »Bleiben Sie sitzen und üben Sie sich in Geduld.«

»Aber ich bin mit Ihnen nicht auf die Jagd gegangen, um untätig rumzusitzen«, wandte Anton leicht gekränkt ein.

»Was sollen wir machen, wenn es für uns zwei nur diesen einen schmalen Spalt gibt«, antwortete John und versuchte Anton zu beschwichtigen: »Beim nächsten Mal haben wir mehr Glück, hoffe ich.«

Die Jäger ließen sich nebeneinander nieder. John zog die Winchester aus dem Futteral und legte sie in die Vertiefung, die er in das Eis geschlagen hatte. Anton folgte seinem Beispiel. John schaute mit einem scheelen Blick auf Antons Winchester und bat: »Aber schießen Sie um Gottes willen nicht als Erster!«

»Wenn wir beide zugleich schießen, sind die Chancen doppelt so groß«, wandte Anton ein.

»Das stimmt nicht ganz«, antwortete John. »Wir müssen das Tier so nah wie möglich herankommen lassen und erst schießen, wenn es ganz sicher ist. Ich bitte Sie noch einmal – behindern Sie mich nicht.«

»Gut.« Anton zuckte mit den Schultern und packte die Winchester demonstrativ in das Futteral zurück.

John musste innerlich lachen, sagte aber nichts. Er starrte

auf den schmalen Wasserspalt im Eis. In Gedanken kehrte er wieder zu denen zurück, die in Enmyn geblieben waren und hofften, dass er und die anderen Jäger nicht mit leeren Händen nach Hause zurückkehrten.

Die Zeit verstrich langsam. Kein einziger Laut störte die Stille des Polarmeeres. Man konnte sie sogar mit dem Körper fühlen, Anton spürte ganz deutlich ihre Gewicht auf seinen Schultern. Bald wurde die Stille so unerträglich, dass er sich zu John wandte und fragte: »Müssen wir lange so sitzen bleiben?«

»Die ganze Zeit«, antwortete John kurz.

»Können wir uns unterhalten?«

»Ja, ganz leise. Aber wenn sich eine Robbe zeigt, müssen wir sofort still sein.«

»Verstehe«, nickte Anton. Er überlegte, womit er das Gespräch beginnen könnte. »Mister MacLennan«, begann er langsam, »Früher oder später müssen Sie sowieso die Richtigkeit unserer Sache anerkennen.«

Anton wartete, was John darauf erwidern würde, der aber schwieg und starrte immerfort auf die ruhige, wie Glas so durchsichtige Wasseroberfläche.

»Vielleicht haben Sie in einer Sache recht, dass wir nicht am richtigen Ende angefangen haben«, fuhr Anton fort. »Aber wir haben den aufrichtigen Wunsch, den Menschen hier zu helfen. Das müssten Sie doch begreifen?«

»Das Leben lehrt, dass zwischen den Wünschen und der Realisierung oft ein unüberwindlicher Abgrund liegt. Man sollte nicht versuchen, über ihn hinwegzuspringen«, antwortete John.

»Aber wir wollen es versuchen. Wenn ich mir die Leute ansehe, die hohe menschliche Qualitäten bewahrt haben, möchte ich ihnen von ganzem Herzen das Beste geben, was die Menschheit hervorgebracht hat: die Errungenschaften der Wissenschaft, gute Wohnungen, Maschinen, die die Arbeit erleichtern. Haben sie das etwa nicht verdient? Wir wollen eine gerechte Gesellschaft errichten.«

Anton schaute auf John MacLennans unerschütterliche Miene, auf seine harten, mit heller Haut überzogenen Wangenknochen, auf den roten Bart. »Warum schweigen Sie?«

John schaute starr aufs Wasser. Seine Hand griff langsam nach der Winchester, sein Blick war unverwandt auf die Wasseroberfläche gerichtet. Anton folgte diesem Blick und sah den glänzenden Kopf des Tieres, der einem menschlichen frappierend ähnlich war. Die Robbe war völlig lautlos aufgetaucht und schwamm genauso lautlos direkt auf den Gewehrlauf zu, der auf sie gerichtet war.

Anton hörte, wie sein Herz klopfte, sein Atem erschien ihm plötzlich so laut, dass er die Luft anhielt. Da hallte der Schuss über das Eismeer. Die glatte Wasseroberfläche, auf der sich zwei Wellen gebildet hatten, brodelte auf und bekam einen hellroten Fleck, der sich allmählich über das dunkle Wasser ausbreitete. Im auslaufenden Blut konnte Anton nicht gleich den Körper der kleinen Robbe erkennen.

John wickelte hastig den Fangstock für die Robben, den Akyn, auseinander. Die scharfen Zähne der Holzbirne bohrten sich in die Beute. Langsam zog John den Körper des toten Tieres an den Rand des Eislochs. Mit Antons Hilfe hievte er ihn dann aufs Eis.

»Gratuliere«, sagte Anton aufrichtig und streckte sogar den Arm aus, um Johns Hand zu drücken.

John kicherte in seinen Bart. Wenn er mit seinen Landsleuten auf Jagd war, gratulierte ihm keiner, um das Jagdglück nicht zu vertreiben.

»Wir haben Glück«, sagte John und schleppte die Robbe vom Eis weg. Solange ihr Körper noch nicht gefroren war, zog er den Schleppriemen durch die Schnauze, dann kehrte er auf seinen Platz zurück.

Krawtschenko, der über John MacLennans Jagderfolg staunte, machte es sich ebenfalls auf seinem Platz bequem und starrte aufs Wasser, das sich wieder beruhigt hatte, auf dem aber immer noch der kleiner werdende Blutfleck zu sehen war. Er betrachtete ihn, doch da erinnerte er sich, dass er seine Winchester nicht einmal aus dem Futteral geholt hatte.

»Sie können wieder sprechen«, flüsterte John.

»Warum gefriert das Wasser nicht? Der Frost ist doch stark genug.«

»Gegen Abend wird es gefrieren«, antwortete John. »Allerdings haben wir die Ruhe des Wassers gestört, aber bis Mitternacht wird es sich mit einer Eishaut bedeckt haben, es sei denn, der Spalt wird zusammengepresst.«

»Was heißt – zusammengepresst?«

»Das heißt, die Ränder der Eisschollen stoßen ganz einfach aneinander und der Spalt verschwindet.«

Sie schweigen beide. Der kurze Tag ging zur Neige. Vom fernen Horizont des Eismeers näherte sich immer schneller die Finsternis, und das Rot, das seine Tönung verändert hatte, wanderte zum unteren Rand und leuchtete noch heller auf. Ein Stern nach dem anderen ging auf. Noch eine ganze Stunde verging mit Schweigen und reglosem Sitzen.

»Ich denke die ganze Zeit über Ihre Worte nach«, sagte John. »Wenn ihr tatsächlich so wärt, wie ihr behauptet, dann könnte für die kleinen arktischen Völker tatsächlich der Wohlstand ausbrechen.«

»Wir sind die, für die wir uns ausgeben«, rief Anton hitzig. »Wir sind für den Fortschritt, damit diese Unglücklichen ein besseres Leben führen können.«

»Der Fehler liegt ja gerade darin, dass man sie als Unglückliche sieht«, wandte John ein. »Die Tschuktschen und Eskimos für Unglückliche zu halten, nur weil sie in diesem Land hier leben, ist das Gleiche, als würde man sie wegen ihrer Schlitzaugen und der braunen Hautfarbe für minderwertig halten.«

»Das verstehe ich nicht«, brummte Anton.

»Ich will es Ihnen an einem Beispiel erklären«, antwortete John. »Im vergangenen Frühjahr ist der große Weltreisende Roald Amundsen von hier weggefahren ...«

Anton spürte einen leichten Druck in dem Wort »groß«.

»Schon viele Jahre bahnt er sich einen Weg durchs Eis«, fuhr John fort. »Ich habe schon mehrere solcher Bezwinger des Nordens gesehen, aber die standen alle eine Stufe tiefer – in Nordkanada und Alaska. Sie schmückten sich gern mit malerischen Pelzen und brüsteten sich mit allen möglichen Fachausdrücken und Worten, die sie von den Ureinwohnern gelernt hatten. Sie hielten sich für wahre Helden! Sie waren so fest davon überzeugt, dass sie sogar Bücher darüber schrieben. Hier aber lebten bereits Menschen. Nur schrieben sie keine Bücher. Und wenn sie in so einem Buch erwähnt wurden, dann nur im Zusammenhang mit Eisbären. Verstehen Sie mich?«

Ohne Antons Antwort abzuwarten, fuhr John fort: »Indem diese Bezwinger des Nordens sich selbst zu Helden machten, stahlen sie ihren Ruhm von den Nordvölkern, reduzierten sie auf ein Forschungsprojekt und schrieben, dass sie wegen ihrer besonderen körperlichen Fähigkeiten in der Lage waren, diese Kälte auszuhalten. Aber die Kälte ist für Tschuktschen genauso tödlich wie für Eskimos, Irländer und Russen ... Verstehen Sie? In dieser Geringschätzung des Alltagsheroismus der Nordvölker liegt ein großes Stück Überheblichkeit. Die Weißen betrachten die Dinge von oben herab ... Das Unglück der Einheimischen besteht in etwas anderem: Sie haben keine Erfahrung mit Heuchelei und Lüge, mit Hinterlist und Grausamkeit, alles Eigenschaften, die sich die zivilisierte Welt in ihrer langen Geschichte zugelegt hat.«

»Aber das wollen wir ja gerade abschaffen ...«, begann Anton leidenschaftlich, wurde aber sogleich von John unterbrochen.

»Sagen Sie mir bitte, woher kommt das bei Ihnen, welche Motive haben Sie?«

»John«, begann Anton ruhig, »darüber kann man unendlich reden. Was in Russland passiert ist, war eine historische Notwendigkeit, die die Partei der Bolschewiki, von Lenin geführt, vorausgesehen hat. Die Geschichte selbst hat die revolutionäre Wende vorbereitet.«

»Aber Revolutionen hat es schon früher gegeben.«

»Richtig. Aber die Oktoberrevolution unterscheidet sich von allen übrigen: Früher hat eine Ausbeuterklasse die andere abgelöst, diesmal aber wurde die Macht von denen übernommen, die selbst arbeiten. Der Mensch will die Früchte der Arbeit selbst nutzen, ohne Mittler! Was hier auf Tschukotka passiert, ist etwas nie Dagewesenes! Wir müssen in den Menschen, die das Schicksal in die entfernteste Ecke der Geschichte geworfen hat, ihre menschliche Würde wecken.«

Anton geriet in Fahrt, seine Worte flogen übers Eis, der immer näher kommenden Winternacht entgegen.

Die kleine Spalte war kaum noch zu sehen. »Wir müssen zurück zum Ufer«, sagte John und erhob sich.

Der Rückweg kam Anton nicht mehr so trostlos vor. Vielleicht lag es daran, dass John MacLennan die getötete Robbe über den Schnee zog. Das Tier versprach ein reichhaltiges Abendessen und einen festen Schlaf im gut geheizten Polog. Die einfachen menschlichen Freuden, die auf Anton Krawtschenko warteten, wühlten ihn so auf, dass er unwillkürlich einen Schritt zulegte. Er schlug sogar vor, John abzulösen, und legte sich den Riemen mit der Robbe um.

Der rote Schein über dem Eis verlosch. Das Polarlicht flammte auf und ließ das Licht der Sterne verblassen. Das laute, müde Atmen der Jäger flog weit übers Meer. Anton war es heiß geworden, er zog mehrere Male die Pelzmütze ab und wischte sich den Schweiß von der Stirn. Dann blieb er plötzlich verblüfft stehen, so unvorstellbar und irreal kam ihm vor, was mit ihm hier geschah – ein Gespräch über Politik auf dem Eismeer mit einem Bürger Kanadas. So etwas konnte sich der fantasiebegabteste Dichter nicht ausdenken!

Zur selben Zeit wusste Pylmau nicht, wohin mit sich. Ein Jäger nach dem anderen kehrte nach Hause zurück, nur John und der Russe kamen nicht. Armol schleppte zwei

Robben hinter sich her. Langsam und feierlich ging er, begleitet von den schweigenden, beifälligen Blicken der Enmyner, die vor ihren Jarangas standen, durch den Ort.

Die Dunkelheit wurde immer dichter, das Flackern des Nordlichts trog das Auge, es brachte die Eisberge und das Meer in Bewegung, formte aus den Umrissen menschliche Figuren.

Pylmau zündete die Mooslampe an und trug sie zu Tür, damit der Schein auf den Schnee fiel.

Armols Frau kam und brachte ihr ein großes Stück Robbenfleisch und die Leber für den Lehrer. John und Anton aber kamen und kamen nicht. Pylmau hielt es nicht mehr aus und rannte zu Orwo.

Der Alte verstand sofort die Sorge der Frau, beruhigte sie und sagte streng: »Das gleiche Unglück geschieht nicht zweimal! Geh nach Haus und warte geduldig.«

Pylmau schleppte sich langsam zur Jaranga. Als sie sich ihrem Heim näherte, hob sie den Kopf und schaute auf die Eislandschaft, die in tiefer Dunkelheit lag.

»Da kommen sie!«, rief sie und rannte zurück in Orwos Jaranga. »Sie kommen!«, rief sie immer wieder und zog den Alten hinaus. »Guck, Orwo, da ist John und sein Kamerad. Sie sind zu zweit. Sie sind zu zweit und ziehen sogar etwas hinter sich her!«

»Du hast völlig den Verstand verloren«, knurrte Orwo und befreite sich aus Pylmaus festem Griff. »Geh lieber nach Haus und fach das Feuer an.«

Pylmau rannte zur Jaranga und erklärte beim Betreten des Tschottagins laut: »Kinder! Vater kommt zurück! Er hat etwas gefangen!«

Als die Jäger es nur noch ein paar Schritte bis zur

Schwelle hatten, trat Pylmau feierlich aus dem Tschottagin und trug in der ausgestreckten Hand eine Kelle mit Wasser, in der Eisstückchen schwammen.

John legte den Schleppriemen ab, nahm die Kelle und goss das Wasser über den Kopf der getöteten Robbe. Mit unverhohlener Neugier beobachtete Anton diesen Vorgang. Dann nahm John einen Schluck aus der Kelle und reichte sie Anton. Der trank mit Behagen das restliche Wasser aus, sodass den Göttern nur ein einziges Tröpfchen blieb, das Pylmau nur mit Mühe in Richtung Meer spritzte. Aber sie war nicht böse auf Anton, im Gegenteil, sie schaute ihn liebevoll an.

15

Obwohl die Menschen vom Hunger geschwächt waren, verließen sie ihre Jarangas und schauten zu den fernen Hügeln, wo für gewöhnlich die Hundeschlitten auftauchten.

Ein zweiwöchiger Schneesturm hatte die Männer daran gehindert, auf die Jagd zu gehen. In Enmyn war Hungersnot ausgebrochen. In den Kesseln wurden Lederriemen, Robbenhaut, die vom Stiefelnähen übriggeblieben war, und die faulige, zähflüssige Brühe von den Wänden der Fleischgruben gekocht.

Anton Krawtschenko war längst in den Polog umgezogen. Er hatte seinen Ekel überwunden und aß wie die anderen das stinkende Gebräu, das Pylmau vergeblich mit dem letzten Rest an Kräutern zu verfeinern versuchte.

Als der Schneesturm sich gelegt hatte, waren die Jäger zu kraftlos, um aufzustehen und über die Eishügel und hohen Schneewehen zu klettern, die sich in den Sturmtagen aufgetürmt hatten.

Tnarat hätte schon längst aus Uëlen zurück sein müssen.

John hatte seine letzten Kräfte mobilisiert und war aufs Meer gegangen. Weit hinaus konnte er nicht, deshalb begnügte er sich damit, ein kleines Loch in eine gerade erst zugefrorene Spalte zu hacken und das Netz aus dünnen Robbenhautstreifen auszulegen. Viel Hoffnung hatte er nicht, aber er versuchte immerhin, etwas zu erbeuten.

Die Nachricht von den sich nähernden Schlitten brachte Jako.

Jeder, der noch gehen konnten, war vor die Jaranga getreten.

»Das ist nicht Tnarat«, erklärte Orwo aufgeregt und reichte John das Fernglas.

John erkannte fünf Schlitten. Sie bewegten sich nur langsam vorwärts – entweder waren die Hunde müde oder die Schlitten schwer beladen. John versuchte sie mit dem Fernglas näher heranzuholen – die Kajure saßen hoch oben auf den Lasten. Aber warum waren es so viele? Auch Weiße waren dabei. Man konnte sie leicht an der Art erkennen, wie sie auf dem Schlitten saßen.

»Tnarat ist offenbar nicht mit«, sagte John, wischte sich die vor Anstrengung tränenden Augen und reichte das Fernglas Armol.

»Da sitzt er doch, ganz vorn!«, rief Armol. »Das ist er. Sein weißer Brustschutz.«

Die Schlitten kamen langsam näher. Die Enmyner Hunde, schwach vor Hunger und Kälte, bellten nicht einmal und rannten den Schlitten nicht entgegen.

Die Wartenden verstummten. Es war ungewohnt, dass so viele Schlitten kamen. Unruhe machte sich breit wie ein dicht über den Boden hinwegfegender Schneesturm.

Der erste Schlitten, auf dem Tnarat saß, kam langsam herangefahren. Orwo begrüßte ihn mit dem Recht des Ältesten: »Etti!«

»Ich habe viele Gäste mitgebracht«, antwortete Tnarat munter.

Krawtschenko erkannte Alexej Bytschkow und den Milizionär Drabkin. Er rannte zu ihnen, um sie willkommen zu heißen. »Jungs! Seid ihr das wirklich?«

»Wer denn sonst?«, antwortete Bytschkow, der mühevoll seine vor Kälte erstarrten Lippen öffnete. »Begrüße deine Gäste.«

Die Schlitten waren mit gehäuteten Rentieren, Mehlsäcken, Patronenkisten und anderen Waren beladen. Sie wurden zu Orwos Jaranga gebracht. Dort legten sie die Hunde an Ketten. Aus den kurzen Bemerkungen erfuhr John, dass das Rentierfleisch von der Inselherde des großen Schamanen Armagirgin stammte.

»Und wo ist der Alte?«, fragte John Tnarat.

»Er ist auf eigenen Füßen ins dunkle Haus gegangen«, antwortete Tnarat kurz.

John verschob weitere Fragen auf einen ruhigeren Augenblick und half die Schlitten zu entladen und das Rentierfleisch in Orwos Tschottagin zu tragen. Ein Teil der Gäste wurde bei Orwo untergebracht, der Rest – darunter auch Bytschkow und der Milizionär Drabkin – richtete sich in der Schul-Jaranga ein, in der Tynarachtyna Ordnung gemacht hatte, wobei ihr der Bräutigam Notawje ergeben half.

Der Sowjet beschloss noch am selben Tag, an alle Fleisch auszuteilen. Tnarats Söhne zerhackten das Rentierfleisch, und die Frauen trugen es in die Jarangas und halfen, die erloschenen Tranlampen anzuzünden.

Die Männer versammelten sich in der Schul-Jaranga, auch John ging hin. Tynarachtyna bewirtete jeden Eintretenden mit einem großen Stück gekochtem Fleisch und einem Becher starkem Tee. Auf dem kleinen Tisch stand eine längliche Dose mit Pfeifentabak. Jeder nahm sich, so viel er brauchte. Vom Tabakrauch, dem Dampf des heißen Fleischs und des Tees wurde es im Polog so warm, dass alle ihre Oberbekleidung auszogen. Als die Tschuktschen ihre öligen Körper entblößten, kamen die vom Hunger hervorstehenden Rippen zum Vorschein. Die Russen saßen in Unterhemden da, außer Krawtschenko, der ein warmes Wollunterhemd trug, das ihm John geschenkt hatte.

Alle lauschten Tnarats Erzählung vom Besuch bei Armagirgin und seiner Verhaftung. »Als wir das Ufer hochstiegen und uns seiner Jaranga näherten, hörten wir plötzlich Schüsse«, erzählte er aufgeregt. »Etwas pfiff an meiner Pelzmütze vorbei. Hier, seht mal ...«

Tnarats Mütze ging von Hand zu Hand. An der Spitze war die schwarze Spur einer Kugel zu sehen. »Als ich die Mütze abgesetzt habe, wurde mir kalt und heiß vor Schreck«, fuhr er fort. »Wir haben uns in den Schnee geworfen, hinter die Hunde. Drabkin hat kurze russische Wörter geschrien, die sie im Krieg verwenden und in der Revolution. Alle luden zugleich das Gewehr und schossen vereint los, gerade so wie auf der Waljagd. Drabkin hat uns gesagt, wir sollen über die Jaranga hinweg schießen. Die Stangen vom Rauchabzug sind nur so auseinandergespritzt ... Wir haben gewartet, kein Schuss war mehr zu hören. Keiner ist aus der Jaranga gekommen. Unsere Beine waren schon steif vor Kälte und die Brust wurde eisig. Da kam endlich einer direkt auf zu uns zugelaufen. Der junge Mann, der Armagirgin immer auf den Schultern getragen hat. Er kommt angerannt, fuchtelt mit den Armen und ruft: ›Schießt nicht, Gäste! Der Hausherr erwartet euch und hat einen großen Kessel mit Rentierfleisch aufs Feuer gestellt!‹ Na, da sind wir hin. Ganz vorsichtig. Die Gewehre hatten wir sicherheitshalber schussbereit. Alles ruhig, wir gehen zur Jaranga, da kommt uns Armagirgin auf den Schultern des jungen Mannes entgegen, auf dem Gesicht hat er ein so freundliches Lächeln, gerade als ob wir ihm Riesengeschenke mitbringen. Wir gehen also in die Jaranga und machen eine große Versammlung.

Ich war verärgert und müde von dem Schreck. Bytschkow hat von der Sowjetmacht erzählt und den Hirten gesagt, sie sollen einen Sowjet wählen. Da fingen sie mit der Wahl an, und als Vorsitzenden wählten sie ... Armagirgin. Der Alte saß ganz ruhig in der Ecke und schwieg, er schaute zu und seine kleinen Augen brannten wie Feuer. Drei Mal haben sie gewählt, und jedesmal kam Armagirgin raus. Bytschkow hat ihnen viel erzählt, hat ihnen geduldig alles erklärt, hat vom Hunger gesprochen, an dem die Alten und Kinder sterben, während auf der Insel eine riesige Herde weidet. Schließlich wählten sie den jungen Mann, auf dem Armagirgin reitet. Dann beschloss der Sowjet, den Hungernden zu helfen. Sie gingen zur Herde, um Rene abzustechen, und der junge Mann, den sie als

Vorsitzenden des Sowjets gewählt hatten, wollte Armagirgin nicht mehr auf die Schultern nehmen. Da musste der Alte auf seinen eigenen Beinen loshumpeln. Er ging ganz normal, ist nur ein bisschen über die Schneewehen gestolpert, war sicher nicht mehr dran gewöhnt. Es wurden so viel Rene abgestochen, wie wir wegschleppen konnten. Dann hat Drabkin mit aller Strenge zu Armagirgin gesagt: ›Du bist verhaftet und kommst in das dunkle Haus in Uëlen!‹«

»Haben sie denn in Uëlen so ein Haus gebaut?«, fragte der neugierige Guwat.

»Ein richtiges dunkles Haus haben sie nicht, die Verhafteten kommen in ein Haus, wo die Bolschewiki sich mit heißem Wasser waschen.«

»Dort muss es ja toll sein, sicher schön warm«, meinte Guwat.

»Wenn sie sich waschen, bringen sie die Verhafteten solange an einen anderen Ort, und an den Tagen, wo sie sich nicht waschen, ist es dort kalt, auf dem Boden liegt Eis«, erklärte Tnarat. »Dahin kam Armagirgin mit seinen Frauen, die sich nicht von ihm trennen wollten. Im Sommer, wenn der Dampfer kommt, werden sie nach Kamtschatka gebracht, in Petropawlowsk kommen sie vor Gericht.«

»Der hat Glück«, meinte Guwat, und alle schauten sich erstaunt nach ihm um.

Als der junge Mann die Verwunderung der anderen sah, erklärte er: »Kriegt viel zu sehen, der Alte.«

»Als ob man im dunklen Haus was zu sehen kriegt!«, bemerkte Armol.

John wartete die ganz Zeit darauf, was die Ankömmlinge erzählen würden, aber sie unterhielten sich nur leise miteinander. Da es schon spät war, ging er nach Hause. Da machten sich auch die anderen auf den Heimweg.

»Wir sollten Orwo holen«, sagte Krawtschenko energisch. »Wir sollten uns mit ihm beraten.«

»Wir können ihm lediglich den Beschluss mitteilen«, antwortete Bytschkow. »Die Entscheidung des Revolutionären Sowjets muss erfüllt werden. Es ist nichts Schlimmes dabei. Wir versuchen seine Absichten herauszubekommen und schicken ihn entweder nach Kanada zurück oder nach Enmyn ... In der gegenwärtigen revolutionären Situation würde ich ihn außer Landes schicken, das ist meine persönliche Meinung.«

Als Orwo kam und ihm der Beschluss des Revolutionären Sowjets über John MacLennans Verhaftung mitgeteilt wurde, fasste der Alte sich an die Brust und ging langsam in die Knie.

»Das ist unmöglich!«

»Das ist der Beschluss des Revolutionären Sowjets, Tegrynkëu hat ihn unterschrieben.« Bytschkow zeigte Orwo ein Papier, das auf den Alten allerdings keinerlei Eindruck machte. »Solche Beschlüsse müssen erfüllt werden.«

»Was hat er denn Schlimmes gemacht?«, fragte Orwo. »Hat er etwa jemanden umgebracht oder bestohlen? Er hat nichts getan! Als ihr erzählt habt, was mit Armagirgin passiert ist, habe ich alles eingesehen. Aber worin besteht die Schuld von Son und seiner Familie? Wird die Revolution etwa für Ungerechtigkeiten gemacht?«

»Wir machen die Revolution für das gesamte Volk, nicht für einzelne Menschen«, erklärte Bytschkow. »Im

Moment ist die Sache der Revolution in Gefahr. Das Revolutionskomitee von Kamtschatka ist in einer sehr schweren Lage. Die Weißen treiben sich an der Küste herum. Das sind Feinde der Revolution. Faktisch sind wir von der Revolution in Russland abgeschnitten. Jederzeit kann hier eine Abteilung weißgardistischer Schergen einfallen. Unter diesen Umständen müssen wir alle isolieren, die unter Verdacht stehen, die Sowjetmacht nicht anzuerkennen. Wir haben um Hilfe gebeten, aber als Antwort kam nur: ›Das Gebietskomitee teilt Ihnen mit, dass Ihre Bitte über die Entsendung eines Stellvertreters in der kommenden Navigationsperiode nicht erfüllt werden kann, da die politische Lage im Fernen Osten schnell wechselt und das Komitee zurzeit keinen passenden Kandidaten finden konnte.‹«

Orwo, der sich von der unerwarteten Neuigkeit noch nicht erholt hatte, hörte kaum zu, als Bytschkow das Dokument vorlas.

»Wir haben erfahren«, aus irgendeinem Grunde senkte Bytschkow seine Stimme, »dass in Ilmotschs Nomadenlager Weiße aufgetaucht sind. Es ist durchaus möglich, dass diese Leute aus Botschkarjows Bande stammen. Und die Möglichkeit ist nicht ausgeschlossen, dass sie gerade hier in Enmyn Zugang zum Meer suchen. Deshalb holen wir euren Kanadier hier weg.«

»Nehmt lieber mich an seiner Stelle«, sagte Orwo leise und verließ die Jaranga.

In Johns Jaranga bereiteten sich gerade alle zum Schlafengehen vor, als im Tschottagin das Scharren von vielen Füßen zu hören war. Der verwunderte Hausherr steckte seinen Kopf aus dem Polog. Im Tschottagin war es dunkel, und er rief: »Mau, leuchte mir! Da ist jemand.«

Pylmau hielt vorsichtig, um den Fellpolog nicht zu versengen, die Steinlampe hinaus, und beim Licht der flackernden Flamme gewahrte sie Bytschkow, Krawtschenko und zwei fremde Tschuktschen.

»Wo ist John MacLennan?«, fragte Bytschkow streng.

»Ich bin hier«, antwortete John.

»Im Namen des Revolutionskomitees müssen wir eine Durchsuchung durchführen und Sie verhaften!«, stieß Bytschkow resolut den auswendig gelernten Satz heraus.

»Wofür?«, frage John verwundert.

Aber weder Bytschkow noch einer seiner Begleiter antwortete auf die Frage. Alle gingen zur Tür der Kammer, die nicht mehr bewohnt war.

John zog sich eilig an und folgte den Männern, aber der Tschuktsche, der im Tschottagin zurückgeblieben war, versperrte ihm den Weg: »Das geht nicht!«

Nachdem Bytschkow und Krawtschenko die Kammer durchsucht hatten, kehrten sie in den Tschottagin zurück und hielten John MacLennans ledernes Tagebuch in den Händen und das Blatt Papier mit der Petition an den Völkerbund.

»In den Polog lasse ich euch nicht!«, erklärte Pylmau energisch und stellte sich vor den Fellvorhang.

Die Kinder, die gerade beim Einschlafen waren, wurden hellwach und fingen zu weinen an, sie fühlten das Unglück. Die kleine Sophie-Ankanau kroch unter der Bettdecke hervor und rannte barfuß in den Tschottagin. John nahm sie auf den Arm und drückte sie an sich. »Lass die Leute in den Polog«, sagte er zu seiner Frau. »Ich habe nichts zu verbergen. Ich habe nichts getan, wofür ich mich schämen müsste.«

»Aber das ist unser Haus, wir lassen nur den rein, den wir wollen!« Pylmau ließ nicht locker. »Anton! Du hast viel von Gerechtigkeit gesprochen. Wo ist sie, deine Gerechtigkeit?«

»Hör auf zu reden!«, schrie John seine Frau an.

Pylmau fürchtete sich, wenn ihr Mann die Stimme gegen sie erhob, denn das tat er sehr selten. Sie trat wie ein geschlagener Hund zur Seite, John ging zum Polog und hob den Fellvorhang an. »Bitte, Sie können mit der Durchsuchung fortfahren.«

Bytschkow und Krawtschenko sahen einander an. Bill-Toko und Jako krochen in den Tschottagin und stellten sich, vor Kälte zitternd, neben Vater und Mutter.

»Beeilen Sie sich bitte«, sagte John. »Es ist schwer, den Polog wieder warm zu kriegen.« Er hielt den Fellvorhang immer noch hoch. Bytschkow betrachtete den Innenraum des ärmlichen Pologs, die mit kleiner Flamme brennenden Tranlämpchen, das hölzerne Gesicht des Idols am Eckpfahl. Kein Gegenstand deutete darauf hin, dass in dieser Jaranga ein Weißer lebte, der einst an der Universität in Toronto studiert hatte.

»Lasst uns gehen«, sagte Bytschkow entschieden und trat als Erster zum Ausgang. Neben dem Polog drehte er sich um und sagte: »Bereiten Sie sich auf die Abreise nach Uëlen vor, Sie sind verhaftet.«

»Aber weswegen?«, fragte John schroff, wobei er den Kindern zurück in den Polog half.

»Weil Sie Ausländer sind und illegal auf dem Gebiet der Sowjetrepublik leben«, antwortete Bytschkow.

»Was spielt das für eine Rolle?«, wandte John ein. »Fragen Sie meine Landsleute, ob sie sich zu einem bestimmten Staat zugehörig fühlen?«

»Sprechen Sie nicht für die anderen«, sagte Bytschkow. »Die Behörden werden das klären, und wenn sie sich davon überzeugt haben, dass Sie tatsächlich kein Hindernis für die revolutionäre Macht sind, kommen Sie wieder frei.«

Mit diesen Worten gingen alle, die Bytschkow begleiteten, hinaus, im Tschottagin blieben nur John und Pylmau zurück.

»Was soll das nur bedeuten?«, schluchzte Pylmau.

»Alles nicht so schlimm«, versuchte John seine Frau zu beruhigen, obwohl er sich selbst kaum beherrschen konnte. »Offenbar muss ich nach Uëlen fahren.«

»Wir fahren zusammen!«, sagte Pylmau heftig. »Wir fahren alle!«

»Rede keinen Blödsinn«, unterbrach sie John. »Wohin wollen wir mit den Kindern? Ich komme bestimmt zurück. Und wenn sie mich tatsächlich außer Landes schicken, dann fahren wir gemeinsam.«

Pylmau sagte nichts mehr. Sie hörte John schweigend zu und weinte leise. John strich ihr behutsam über den Kopf und dachte: Was soll das bedeuten, wenn sie einen unschuldigen Menschen festnehmen, ihn von der Familie wegreißen und ihn Gott weiß wohin schicken! Sind die alle irre geworden und wollen ihm das bisschen Glück, das er im Leben hat, auch noch wegnehmen!

Lange konnte er nicht einschlafen. Er lag neben Pylmau, die ebenfalls wach war, ihr Weinen zurückhielt und nur manchmal schluchzend zusammenzuckte. Was sollte mit der Familie werden, wenn sie ihn tatsächlich für lange Zeit ins Gefängnis warfen? Verhungern würden sie nicht, aber wie würden sie leiden müssen!

Leise winselte der Hund im Tschottagin, als ob er fühlte, dass er nicht laut sein dürfte. Da hörte John leises Flüstern. Jetzt holen sie mich, dachte er und steckte vorsichtig den Kopf aus dem Polog.

»Wir sind es«, hörte er Orwo flüstern. »Tnarat ist auch hier. Wir wissen alles und sind gekommen, um uns von dir Rat zu holen.«

»Warum ausgerechnet von mir?«, lachte John. »Ihr seid doch der Sowjet, der Rat.«

»Da gibts nichts zu lachen«, antwortete Orwo ernst. »Wir müssen alles so einrichten, dass es gut ausgeht, gerecht. Ich denke, dass die ganze Sache ein Versehen ist, dass jemand schlecht von dir gesprochen hat. Ich habe bereits mit Bytschkow geredet. Ich glaube, er sagt nicht die Wahrheit. Wovor er Angst hat, weiß ich nicht. Er sagt nur: Wenn wir nach Uëlen kommen, wird alles geklärt. Wir haben in unserem Sowjet überlegt und beschlossen: Fahr nach Uëlen. Sprich mit Tegrynkëu. Ich kenne ihn gut. Er ist ein gerechter Mensch. Diese Leute hier aber – Bytschkow und auch Anton und Drabkin – wer kennt die schon ... Aber verstehst du ... Für sie sind solche Dinge nichts Ungewöhnliches. Was uns irrsinnig und unverständlich vorkommt, ist für sie nur eine kleine Unannehmlichkeit. Vielleicht mussten sie viel erdulden von den Reichen, und ihr Herz ist hart geworden. Sei gerecht, Son, alles wird gut. Du sollst wissen, dass wir immer bei dir sind, und vergiss uns nicht.«

Anfangs hörte John nicht aufmerksam zu, da ihn seine

schweren Gedanken belasteten, die er nicht so leicht abstreifen konnte. Aber Orwos letzte Worte bewegten ihn, und er bat: »Lasst meine Kinder nicht im Stich.«

»Wie kannst du uns um so was bitten, Son!«, sagte Tnarat vorwurfsvoll. »Ich persönlich werde mich um sie kümmern.«

Gegen Morgen sank John in einen kurzen, unruhigen Schlaf, aus dem ihn Drabkin weckte, der ihm befahl, sich reisefertig zu machen.

Es brauchte lange, die Schlittenkarawane zusammenzustellen. Die ganze Zeit stand John mit den Kindern vor der Jaranga. Er unterhielt sich ruhig mit ihnen und seiner Frau. Pylmaus Augen waren trocken und traurig. Nur manchmal schaute sie ihren Mann an, dann senkte sie wieder die Augen und schaute auf den Reisesack aus Robbenhaut, der prall mit Wechselkleidern und Essen gefüllt war. John wollte seine Frau überreden, ihm nicht die letzten Reste des ärmlichen Essens mitzugeben, sie sollte das meiste den Kindern lassen.

»Und wenn sie dir dort überhaupt nichts zu essen geben?«, widersprach Pylmau. John erinnerte sich an Erzählungen über die Behandlung von Gefangenen und versicherte Pylmau, dass sie verpflichtet seien, die Verhafteten zu ernähren.

Schließlich fuhren die Schlitten vor. Drabkin gab dem Verhafteten ein Zeichen, er solle Platz nehmen. John ging zu den Kindern, drückte zuerst die kleine Sophie-Ankanau an sich, dann Bill-Toko. Zu Jako sagte er: »Sei der Mutter eine tüchtige Stütze. Du bist schon erwachsen. Ich verlasse mich auf dich.« Jako biss sich auf die Lippe, um nicht loszuweinen, und nickte schweigend.

Nun war die Zeit gekommen, von Pylmau Abschied zu nehmen. John überwand die Zurückhaltung, die er von den Tschuktschen gelernt hatte, presste Pylmau an sich und küsste sie auf den Mund. Die tschuktschischen Kajure, die Schlittenführer aus Bytschkows Abteilung, beobachteten verwundert die bittere Abschiedsszene.

Krawtschenko erschien. Er ging mit festen Schritten auf John zu und sagte: »Ich hoffe, dass sich alles klärt und Sie nach Enmyn zurückkehren.«

»Danke«, antwortete John. »Das hoffe ich auch.«

Die Enmyner beobachteten die Abschiedsszene von ihren Jarangas aus, sie trauten sich nicht, näher zu kommen. John wusste, dass alle Jäger auf dem Meer waren. Sogar Orwo, der nicht mehr häufig zur Jagd ging, war losgezogen.

John setzte sich hinter Drabkin, die Kajure schrien auf die Hunde ein, und die lange Karawane setzte sich langsam in Richtung Osten in Bewegung.

John saß mit dem Rücken zu den Hunden. Solange die Augen noch etwas erkennen konnten, sah er neben der Jaranga Pylmau. Sie stand unbeweglich da, wie versteinert vor Kummer. John erinnerte sich, wie sie sich in den letzten Tagen benommen hatte, und wunderte sich über ihre Standhaftigkeit. Woher nahm sie nur die Kraft? War es wirklich dieses harte, sorgenvolle Leben, das den Menschen so abhärtete?

Seine Gedanken waren in die Zukunft gerichtet. Was erwartete ihn? Im besten Fall die Rückkehr nach Enmyn. Er war bereit, jeden Schwur abzugeben, sich niemals mehr in die Dinge der Bolschewiki, der Weißen überhaupt, einzumischen, seinen Mund zu halten, wenn er nur zurückkönnte zu seiner Familie, zu seinen Kindern, zu seiner geliebten Pylmau.

Und wenn ihn Robert Carpenters Schicksal erwartete und man ihn von Tschukotka wegschickte? Ob man ihm dann erlaubte, die Familie mitzunehmen? Es wäre grausam, ihn von seinen Kindern und seiner Frau zu trennen. Was hatte die Staatsangehörigkeit mit der ganzen Sache zu tun? Eine reine Formalität, die man benutzte, um einem Menschen Böses anzutun. Sie könnten vorbringen, dass Pylmau und die Kinder an der russischen Küste geboren waren, während John Kanadier war. Und ihn nach Port Hope zurückschicken ...

Port Hope. Ein Städtchen, das sich niemals änderte. Sicher sah es heute genauso aus wie vor zehn Jahren. Schmucke Häuschen, spitze Kirchtürme, das Schlagen der Turmuhren an stillen Morgen, Eichhörnchen auf den Bäumen des kleinen Stadtparks ... Und das Haus, in dem er geboren war. Die kleine Vortreppe mit der bunten Laterne, das Glas der Eingangstür, die Diele, von der die Türen abgingen: rechts in das Arbeitszimmer des Vaters. Die Fenster schauten auf den kleinen Garten. Neben dem Arbeitszimmer des Vaters lag Johns Zimmer mit den Fenstern zur Straße. Jeannie hatte immer an sein Fenster geklopft, wenn sie zum Ontariosee baden ging ... Links die Tür ins Gästezimmer mit dem Kamin. Das Gästezimmer ging über ins Esszimmer, von dem eine Tür direkt in die Küche führte. Der Boden im Esszimmer war hellrot, und im Gästezimmer lag ein alter Teppich mit verblichenen Ornamenten. Der erste Stock gehörte der Mutter. Dort lag das große Gästezimmer mit dem alten Harmonium, Mutters Schlafzimmer, ein zweites Schlafzimmer für Gäste, ein großes Badezimmer, das nur von der Mutter benutzt wurde, und ihr Arbeitszimmer mit den Fenstern zur Straße. Dieses Arbeitszimmer lag genau über Johns Zimmer, morgens hörte er immer ihre weichen Schritte. Die Mutter ging stundenlang hin und her und blieb manchmal am Fenster stehen ...

John stellte sich vor, wie er ins Gästezimmer im Parterre treten und Albert, der schwarze Neufundländer, auf ihn zuspringen würde ... Nein, Albert war schon lange gestorben. Auch den Vater gab es nicht mehr ... Wer wohl in dem Haus in der John Street jetzt wohnte? Die Mutter allein? Sie war alt. Als sie allerdings nach Enmyn gekommen war, hatte sie noch kräftig ausgesehen, obwohl das Leid ihren Rücken gebeugt hatte ... Was würde passieren, wenn er das Haus betrat? Er würde es möglicherweise sogar in dieser Kleidung betreten. Dann würde er wieder ihre Worte hören: »Es wäre leichter für mich, dich tot zu sehen als so ...«

Nein, es gab keinen Weg zurück. Schon lange nicht mehr. Der Schnee des neuen Lebens hatte die alte Spur zugeweht. Er musste um das Leben hier kämpfen, das seins geworden war ... Die Bolschewiki. Er war bereit gewesen, an ihre ehrlichen Absichten zu glauben, an ihre guten Worte. Und plötzlich diese ungeheure Ungerechtigkeit, diese grobe Durchsuchung, einer der schlimmsten Bräuche der sogenannten zivilisierten Völker! Jede Macht, selbst wenn sie die besten Absichten hatte, verlor automatisch an Menschlichkeit. Die Tschuktschen hatten sich davon überzeugen können, deshalb wurde jeglicher Machtgedanke von ihnen abgelehnt, weil er der menschlichen Natur widersprach ... Sie hatten nur Sowjets ... Sowjets? Aber das waren bolschewistische Einrichtungen!

Die Fremden hatten die Tschuktschen dazu gezwungen, Sowjets zu wählen ... Alles war durcheinandergeraten!

Enmyn war nun völlig den Blicken entschwunden. Ringsum herrschte weiße Stille, wie immer, wenn ein Reisender seinen häuslichen Herd verlassen hatte. Du hast das Gefühl, als ob du für immer diesem Ozean aus Schnee ausgeliefert seist. Nach einiger Zeit kommt es dir vor, als verlörest du den festen Boden unter den Füßen und als schwömmest du zwischen Himmel und Erde, oder genauer, als fliegest du über einen unsichtbaren, schwebenden Weg, durch eine weiße Masse.

Alexej Bytschkow fuhr auf dem letzten Schlitten. Er saß wie John hinter dem Schlittenführer und war ebenfalls in Gedanken versunken: Wer war dieser Kanadier in Wirklichkeit? Alles wäre einfacher, wenn er ein Händler gewesen wäre, ein Goldsucher. Aber richtig dort zu leben, die Tschuktschen nachzuahmen – das war doch eine verrückte Laune! Anton hatte ihm ja auch bestätigt, dass ein normaler Mensch sich nicht mit einem solchen Leben in Schmutz und Unwissenheit abfinden kann!

Wenn es um das Wohl des ganzen Volkes geht, haben Gefühle und schwankende Intellektuelle keinen Platz, dachte er. Man musste MacLennan aus Enmyn entfernen, wenigstens für eine gewisse Zeit. Anton musste die Menschen in Enmyn erst richtig kennenlernen, dann würde er erkennen können, wer Feind und wer Freund, wer ein wahrer Anhänger der Revolution war, und wer ein Saboteur ... Ach, kompliziert war alles hier! Ein solches Durcheinander hatte er nicht erwartet. Besonders unklar war es mit dem Klassenkampf. Nur eines wusste er: Das Leben hier verlangte eine radikale Umwälzung. Und da brauchte es entschlossene Menschen und keine intellektuellen Psychopathen, die sich hier niederließen, um ihr schlechtes Gewissen zu beruhigen.

Vor sich sah Bytschkow den gekrümmten Rücken des Kanadiers. Wenn er seinen hängenden Kopf betrachtete, überkam ihn so etwas wie Mitgefühl, vor allem, wenn er an Johns Kinder und seine Frau dachte ... Aber er verjagte dieses Gefühl gleich wieder. Ihm fiel ein, dass John Ilmotsch befohlen hatte zu verschweigen, dass am See Ioni Spuren von Gold gefunden worden waren ... Aber warum hatte der Kanadier es abgelehnt, mit Robert Carpenter zusammenzuarbeiten?

Aus Petropawlowsk war ein Schreiben gekommen, dass es amerikanischen, englischen, norwegischen und japanischen Schiffen erlaubt war, vor der Küste der Tschuktschenhalbinsel Handel zu treiben. »Wenn das Gebiet von Tschukotka aber ohne Erlaubnis des Gebietskomitees von Handelsschonern besucht wird, dann haben Sie ihnen in sehr höflicher Form zu unterbreiten, dass sie den Handel beenden, in die Stadt Petropawlowsk fahren und sich Dokumente beschaffen müssen. Wenn sich die Eigentümer der Schoner diesem Befehl widersetzen, dann stellen Sie in Anwesenheit der örtlichen Bevölkerung Protokolle auf und schicken Sie sie in das Revolutionskomitee des Gebiets ...« Bytschkow kannte die wenigen schriftlichen Dokumente aus Petropawlowsk auswendig, er hatte sie an den langen Winterabenden im Zimmer des Sowjets immer wieder gelesen. »Zurzeit durchlebt die Gebietsmacht eine außerordentlich angespannte Finanzkrise. Die Angestellten der Regierungsbehörden erhalten statt eines Gehalts Lebensmittelzuteilungen. Deshalb ist es uns beim besten Willen nicht möglich, Ihnen Lebensmittel zu schicken. Damit Sie nicht in eine schwierige Lage geraten, gestattet Ihnen das Gebietskomitee, Kredite aufzunehmen ...« Das war die Antwort auf die Bitte um Lebensmittelunterstützung, als die Gefahr einer Hungersnot über der Halbinsel schwebte.

Einen solchen Kredit hatten sie aufgenommen und mit John MacLennans Hilfe in Nome alle notwendigen Waren eingekauft. Fleisch hatten sie aus Armagirgins Herde geholt ... Aber wie sollte es weitergehen? Die Banden drangen immer weiter zur Halbinsel vor, und auf Hilfe aus Kamtschatka brauchten sie nicht zu hoffen. Es blieb nur das Warten ... Warten und kämpfen. Und vor allem die Küste und die Tundra von verdächtigen Elementen und Ausbeutern zu säubern. Der Anfang war gemacht: Carpenter hatten sie nach Alaska geschickt, Armagirgin verhaftet, John MacLennan ... Mit dem Kanadier würde man sich noch herumschlagen müssen. Ein seltsamer Typ ... Und Ilmotsch mussten sie unbedingt finden, sie würden ihm befehlen, den Küstenbewohnern Rentierfleisch zu geben. Und im Frühjahr musste die Jagd so organisiert werden, dass die Menschen auch im Winter Nahrung hatten ... Und kleine medizinische Stationen müssten sie einrichten!

16

Das Badehaus hatten sie in der Nähe der Schule aus Treibholz erbaut. Es hatte ein flaches Dach und ein kleines blindes Fenster. Dorthin brachte Drabkin John MacLennan. Sie liefen an den neugierigen Uëlenern vorbei, die aus ihren Jarangas gekommen waren. Die breite niedrige Tür des Badehauses war mit alten Rentierhäuten beschlagen. Vor der Tür hing ein riesiges Speicherschloss. Drabkin rüttelte, und das Schloss öffnete sich ohne Schlüssel.

John konnte im Halbdunkel die Balken erkennen, auf die sich die niedrige Decke stützte, unter dem Fenster brannte eine große steinerne Tranlampe. Auf einem ausgebreiteten Rentierfell thronte Armagirgin. Als John genauer hinsah, entdeckte er noch zwei Frauen, die zu beiden Seiten der Steinlampe auf der Erde hockten. Jede hatte auf ihrem Schoß Nähzeug liegen.

»Ettyk«, grüßte ihn Armagirgin »Kakomej, Son!«

»Tyjetyk«, entgegnete John, ging in den Raum hinein und setzte sich auf ein freies Stück Rentierfell.

Drabkin ging hinaus und klirrte mit dem Schloss.

»Dich bringen sie auch ins dunkle Haus?«, fragte Armagirgin verwundert. John nickte schweigend.

»Wofür denn? Du warst nicht Eigentümer einer Insel!«, bemerkte der Alte.

»Sie werden mir sicher sagen wofür«, antwortete John.

»Und du hast keinen Handel getrieben«, fuhr Armagirgin fort. »Du hast nur so wie wir gelebt. Ist das etwa eine Schuld? Und was ist überhaupt Schuld?«

John wollte sich mit dem Alten nicht in ein Gespräch einlassen und antwortete: »Sie werden mir alles sagen. Auch worin meine Schuld besteht. Der Mensch bemerkt oft seine Schuld nicht, bis man ihm sagt, wer er wirklich ist.«

»Da hast du recht«, stimmte Armagirgin ihm zu. »Ich dachte immer, ich lebe richtig. Und auch die Menschen um mich herum haben geglaubt, dass mein Leben so ist, wie es sein soll. Da kamen die Bolschewiki und sagten: Schlecht lebst du, Alter. Gibst von deinem Reichtum nichts an die armen Menschen ab, verkehrst mit den Göttern. Das ist nicht gut. Also hängt die Schuld davon ab, aus welchem Blickwinkel man es betrachtet.«

»Und du denkst, dass du richtig gelebt hast?«, fragte John, der sich gegen seinen Willen auf das Gespräch einließ. »Dass du auf Menschen geritten bist und gleichgültig zugesehen hast, wie in den Küstensiedlungen die Leute verhungert sind?«

»Die höheren Mächte haben mir befohlen, mich auf einen Menschen zu setzen«, flüsterte Armagirgin geheimnisvoll. »Die Götter haben darauf bestanden. Vielleicht wollte ich das selbst gar nicht. Aber kann man gegen die Götter an? Und dass Menschen verhungert sind, ist nicht meine Schuld. Vor allem ist es die Schuld der Menschen selbst. Wenn ich gespürt habe, dass die Menschen unschuldig leiden, habe ich ihnen geholfen. Das können alle bezeugen.«

»Und warum können die Götter dich nicht aus dem dunklen Haus befreien?«, fragte John spöttisch.

»Warum soll ich sie wegen solch einer Nichtigkeit belästigen? Ich gehe selbst raus, wenn ich es über habe.«

John schaute neugierig in das Gesicht des Alten. In seinen Augen brannte ein listiges Feuer. Armagirgin war gebrechlich, es war ein Rätsel, worauf seine unbegrenzte Macht über die Inselbewohner ruhte.

Das Gespräch wurde plötzlich durch das Gerassel des Schlosses unterbrochen. Drabkin betrat erneut das Badehaus und rief: »MacLennan – raus!«

John ging hinaus und kniff die Augen zusammen, das

Licht blendete ihn: Dieses Badehaus war tatsächlich ein dunkles Haus! Es war ein trüber Tag, aber John schien es, als trete er in die Sonne. Ihn wärmte das helle Licht der Freiheit, das teuerste Gut des Menschen, das ihm nicht mehr gehörte.

Drabkin führte MacLennan ins Schulgebäude des Sowjets, das John bereits kannte. Im Zimmer saßen Tegrynkëu, Bytschkow und andere Russen und Tschuktschen, die John noch nie gesehen hatte. In einiger Entfernung saß Gemalkot und rauchte seine kurze Pfeife. Auf dem Tisch entdeckte John eine große Blechschüssel mit Fleisch und einen Emaillebecher mit Tee.

»Etti, Son«, begrüßte Tegrynkëu John unerwartet freundlich und deutete auf das Essen: »Stärk dich.«

John aß, und die Menschen im Zimmer befassten sich mit ihren Dingen, sie unterhielten sich, stritten sogar über etwas und schauten nur manchmal zu ihm hinüber. Und er ließ es sich schmecken und dachte darüber nach, dass es um ihn gar nicht so schlecht bestellt sein konnte, wenn man ihm so gutes Essen reichte und auch noch so freundlich mit ihm sprach.

Tegrynkëu sagte plötzlich: »Als ich in Amerika im dunklen Haus saß, bekam ich nur ganz wenig zu essen, und der Wächter schrie mich die ganze Zeit an und stampfte mit dem Fuß auf ...«

John trank den starken heißen Tee und setzte den Becher erst ab, als Tegrynkëu neben ihm Platz nahm. Auch die anderen setzten sich. Nur Gemalkot blieb auf seinem alten Platz, seine Miene wirkte genauso gelassen wie vordem.

Alexej versuchte tschuktschisch zu sprechen, aber es

gelang ihm nicht so recht, deshalb übersetzte Tegrynkëu die russischen Worte.

»Obwohl wir Sie verhaftet haben, hält der Revolutionssowjet Sie nicht für einen Feind der Revolution, Mister MacLennan.« Tegrynkëu übersetzte frei, eilte Bytschkow sogar manchmal voraus und fügte vieles von sich hinzu. »Wir wissen alle sehr gut, was du für die kleine Siedlung Enmyn getan hast, wir erinnern uns, wie du im vergangenen Jahr dem Sowjet geholfen hast, in Alaska Waren zu kaufen und wie du mich aus dem dunklen Haus in Amerika befreit hast. Aber wir sind Soldaten der Revolution und führen einen gnadenlosen Kampf gegen die Reichen. Ich weiß, dass du selbst nicht reich bist, man kann sogar sagen, du bist arm. Sei mir nicht böse, aber das Schreiben über die Verhaftung habe ich verfasst. So ist das nun mal gekommen ...«

Bytschkow verstummte, Tegrynkëu aber fuhr in tschuktschischer Sprache fort: »In unserem Sowjet wurde mit Hilfe des Beauftragten des Revolutionskomitees von Kamtschatka beschlossen, alle Ausländer, vor allem die Händler, auszusiedeln. Auch die müssen gehen, die sich dem neuen Leben widersetzen. Wir haben allerdings beschlossen, die Reichen vorerst nicht anzurühren, vielleicht können sie uns nützen. Dass diese Entscheidung richtig war, haben wir gesehen: Wäre Armagirgin nicht gewesen und seine Inselherde, dann läge die Nordküste bereits voller Leichen, die Menschen wären verhungert. Auch dich wollten wir nicht anrühren, wir kannten dein Leben, deine Gedanken ... Wir haben sogar darauf gehofft, dass du uns helfen wirst. In der ersten Zeit war es auch so. Erinnere dich, wie wir nach Nome gefahren sind zum Einkaufen.

Ich war damals sehr froh, dass du mit uns warst, denn die Revolution wird nicht nur für die Russen, Tschuktschen und Eskimos gemacht, sondern auch für die Kanadier, Norweger und alle Völker der Erde. So hat es Lenin gesagt. Habe ich recht?«

Tegrynkëu wandte sich zu Bytschkow, und der nickte zustimmend.

»Aber du hast dich geweigert, deine Kinder lesen und schreiben lernen zu lassen und hast nicht bei der Organisierung der Schule geholfen. Das kann keiner von uns verstehen. Die Enmyner aber schauen die ganze Zeit auf dich, hören, was du sagst, was für eine Miene du machst. Und wenn du etwas nicht gutheißt, dann glauben auch sie, dass es schlecht ist. Für unseren Anton Krawtschenko ist es schwer, so zu arbeiten. Deshalb haben wir beschlossen, dich zu verhaften und aus Enmyn wegzubringen, damit die Menschen dort ungestört begreifen können, was sie im neuen Leben zu tun haben. Ich denke, dass du alles verstehst und nicht böse bist.«

Tegrynkëu verstummte und schaute fragend auf den Beauftragten des Revolutionskomitees. Vor Bytschkow lag John MacLennans Tagebuch und der Entwurf des Briefes an den Völkerbund.

»Noch eine Sache muss hinzugefügt werden«, sagte Bytschkow. »Wir haben Ihre Papiere aufmerksam studiert und gesehen, dass Ihre Ansichten sich krass von den Zielen der proletarischen Revolution unterscheiden. Ihre Gedanken und Ihr Schreiben an den Völkerbund sind, Sie müssen schon entschuldigen, kleinbürgerliche Illusionen ...«

An dieser Stelle stockte Tegrynkëu mit der Übersetzung. »Ich weiß nicht, wie man das übersetzt«, sagte er verlegen.

»Dann sag ihm, dass sein Tagebuch und sein Schreiben an den Völkerbund unernst sind. Die Hauptsache ist, dass das Leben hier mit den Händen der hiesigen Menschen gestaltet wird. Ich hoffe, er begreift, was ich meine. Irgendwas muss das Leben ihm doch beigebracht haben. Deshalb werden wir ihn auf Beschluss des Revolutionskomitees und des Sowjets vorläufig hier behalten und eine Entscheidung des revolutionären Gebietskomitees anfordern.«

»Kann ich etwas sagen?«, fragte John.

Tegrynkëu nickte.

»Erstens protestiere ich ganz energisch gegen die Beschuldigung, ich würde mich der neuen Macht widersetzen. Mir sind die Bolschewiki, die Kapitalisten, die Anarchisten ganz gleichgültig. Das interessiert mich nicht. Mich interessiert das Leben der Tschuktschen, ihre Ruhe und ihre Überlebenschancen. Wenn Sie gute Absichten haben, ist das zu begrüßen. Dann können Sie es ja versuchen. Ich stehe abseits und kann bislang keinen Schaden entdecken. Das Einzige war, dass die Enmyner Jäger, anstatt auf die Jagd nach Meerestieren zu gehen, Treibholz für die Schule gesucht haben. Vielleicht störe ich wirklich euren Vertreter Anton Krawtschenko bei der Arbeit, wenn man das als Störung bezeichnen kann, dass er in meinem Haus gewohnt und gegessen hat, was ich von der Jagd mitgebracht habe. Aber ich protestiere kategorisch gegen den Freiheitsentzug, ich protestiere dagegen, dass Sie mich von meiner Familie, von meinen Kindern getrennt und sie damit in eine schwierige, vielleicht ausweglose Lage gebracht haben. Ich bitte die Behörden, mir meine Freiheit zurückzugeben und mich zu meiner Familie zu lassen ...«

»Sie sind britischer Staatsbürger«, sagte Bytschkow.

»Ich besitze keine Staatsbürgerschaft!«, unterbrach ihn John. »Ich bin einfach ein Mensch.«

»Sie sind an einem konkreten Ort geboren worden, manch einer hält Sie für einen gebürtigen Kanadier«, antwortete Bytschkow ruhig. »Wir wären froh, wenn Sie den Wunsch äußern würden, in Ihre Heimat zurückzukehren. Wir würden Sie dabei in allem unterstützen. Aber offensichtlich wollen Sie nicht. Wir könnten Sie mit Gewalt aussiedeln. Die Sowjets sind eine legitimierte Macht, vom Volk gewählt, ihre Entscheidung hat Gesetzeskraft. Aber wir sehen in Ihnen auch den Menschen. Die revolutionäre Macht wird entscheiden, wie mit Ihnen zu verfahren ist, und sich dabei von den Interessen der Revolution und des werktätigen Volkes leiten lassen.«

Bytschkow sprach ruhig, er war so von der Richtigkeit seiner Gedanken überzeugt, dass die Festigkeit in seinem Ton sich unwillkürlich auf Tegrynkëu übertrug. Aber Tegrynkëu hatte diesmal ein gutes Gewissen, denn Bytschkows Haltung stimmte mit seiner überein.

Drabkin führte den müden John zurück ins Badehaus. Hier stand bereits das Abendbrot für ihn bereit. Sie hatten ihm ein Rentierfell hingelegt, darauf ein Kissen und eine Decke aus weichem Fell.

»Zurück?«, begrüßte Armagirgin John. »Was haben sie mit dir gemacht?«

»Nichts, wir haben uns unterhalten«, antwortete John kurz und ließ sich müde auf das Rentierfell fallen.

»Sie schlagen mit Worten schmerzhafter als mit der Knute!«, jammerte Armagirgin. »Wenn sie mich geschlagen hätten, jedes Haar einzeln aus der Nase gezogen hätten ... Das wäre besser gewesen als dieses Gerede! Bin ich tatsächlich so ein schrecklicher Mensch und habe nicht richtig gelebt? Sogar die zwei alten Frauen haben sie hineingezogen! Ich hätte angeblich mit zwei Frauen gelebt, während viele Inselbewohner keine einzige gehabt hätten. Sie mussten aufs Festland fahren und um eine Frau dienen. Aber die zweite Frau habe ich nach einem uralten Brauch genommen, ihr Mann war gestorben, mein älterer Bruder! So war es bei uns seit alters her Brauch! ... Oh, diese Fremden! Ich hatte recht, als ich sagte: Das Neue bringt nichts Gutes! Alles müssen sie bestimmen ...«

Der Alte erregte sich immer mehr: »All diese Dinge – Tabak, das üble, lustig machende Wasser, Gewehre, Metallgegenstände, alles, was von dort kommt, all das ist schädlich! Ich habe das gleich begriffen und die Menschen davor beschützt ...«

Auf Armagirgins Lippen trat weißer Schaum, und er fiel vor Erschöpfung rücklings aufs Rentierfell. Leiser Gesang erfüllte das Badehaus.

Anfangs konnte John die Worte nicht verstehen, bis die Frauen, die ungerührt ihr Nähzeug zur Seite legten, mit dünnen Stimmen in den Gesang ihres Herren einfielen.

»Mein Weltall, du erfreust mich und meine Kinder,
Mein Leben für dich ist wahre Freude.
Öffne mir deine Geheimnisse,
Nimm mich in deine Dienste.
Wir vereinen uns in Freude,
Wenn wir allein sind ...«

John hatte von diesen Liedern gehört, in denen der Sinn durch die Symbolik, die allein der Sänger kannte, verdunkelt war. Aber dieses Lied war höchstwahrscheinlich keine Improvisation, denn Armagirgins Frauen sangen selbstvergessen mit, die kleinen Augen mit den faltigen Lidern geschlossen, und wiegten sich im Takt.

> »Beeren, Blumen, Gräser wachsen in Schluchten
> und Tälern,
> Verzierte Himmel und Scharen verschiedener
> Würmer,
> Ohren mit langen Flügeln,
> Der von Ort zu Ort fliegende Geruch des Urins,
> Der durchdringende Aufschrei in der Nacht
> Aus der Kehle des lebenden Vogels ...«

Die Stimmen wurden mal schwächer, mal füllten sie sich mit Kraft und hatten, ungeachtet der seltsamen Worte, eine beruhigende Wirkung.

> »Die roten Zungen des Feuers
> Legen sich um das Geweih des Rens,
> Der Leib kocht in einem Gemisch
> Aus Blut und grünen, essbaren Kräutern,
> Die Worte der unsichtbaren Flügel
> An den Booten,
> Der Pfiff ist zu hören, wie ein Ruf,
> Von oben, aus dem Himmelsreich.«

Durch das winzige Fenster beobachtete John, wie es draußen dunkel wurde. Die Tranlampe wurde nicht angezündet, und Finsternis breitete sich in dem kleinen Zimmer aus, John konnte sie fühlen wie das Gemisch aus »Blut und grünen, essbaren Kräutern«. Er wurde schläfrig, seine Lider wurden schwer, Ruhe drang in seine Seele, dann aufgeregte Erwartung.

17

So lebten John und Armagirgin und die Frauen im dunklen Haus. Einmal in der Woche wurden sie ins Schulgebäude gebracht und in ein kleines Klassenzimmer gesperrt. In dieser Zeit wuschen sich die Leute vom Revolutionskomitee im Badehaus. Nach solch einem Badetag war es im Gefängnis die ganze Nacht hindurch warm. Gegen Morgen allerdings begann das Holzhaus wieder in den Fängen des immer stärker werdenden Frostes zu krachen und zu knacken.

Manchmal schaute Tegrynkëu im Badehaus vorbei. Einmal kam er gleich am frühen Morgen und nahm John mit. »Vielleicht weißt du, wie man diese Krankheit heilen kann«, sagte er unterwegs. »Gawrila schmiert sie ein, aber es hilft nicht.«

Im Schulzimmer drängten sich erschrockene Kinder. Einige standen mit freiem Oberkörper da, der unheimlich glänzte.

Am Tisch saß Gawrila Rudych, der Vertreter des Revolutionskomitees von Kamtschatka. Statt eines Doktorkittels hatte er eine weiße Kamlejka angezogen. Er schmierte die von Krätze befallene Haut eines kleinen Jungen, der zuckte und schluchzte, sorgfältig mit Salbe ein.

Das Medikament, das Gawrila benutzte, strömte einen

beißenden Geruch aus – es war ein Gemisch aus Schwefel und Robbentran.

»Hilft es?«, fragte John

»Nicht so schnell, wie ich möchte«, antwortete Gawrila. »Aber was soll ich machen? Fast alle Kinder haben die Krätze. Wenn sie in der Schule sitzen, ist das besonders zu merken. Andauernd rucken sie hin und her und jucken sich. Außerhalb der Schule, wenn sie herumtollen, merken sie die Krankheit nicht.«

John erinnerte sich, wie er damals, als er in Enmyn heimisch geworden war und die anderen Jarangas besuchte, erschrocken war vor den vielen Hautkrankheiten. Aber später hatte er sich daran gewöhnt und war sogar stolz, dass er das Gefühl des Ekels überwunden hatte.

»Haben Sie nicht die Schamanen gefragt, womit sie die Krätze behandeln?«, fragte John und setzte sich neben Rudych.

»Hier«, John legte seine Arme vor Gawrila. »sehen Sie die Narben? Diese Operation hat mir die Schamanin Kelena aus Ilmotschs Lager gemacht. Die Schamanen haben nicht nur berauschende und betäubende Mittel, sondern auch nützliche Sachen. Ich bin überzeugt, sie haben eine Salbe. Ich erinnere mich sogar, wie sich Orwo mit so einer Salbe eingerieben hat.«

»Aber Orwo ist kein Schamane«, widersprach Rudych. »Er ist der Vorsitzende des Sowjets in Enmyn.«

»Jeder Mensch, der Selbstachtung hat, muss ein bisschen Schamane sein«, entgegnete John daraufhin.

»Wir müssen etwas unternehmen«, seufzte Rudych und griff sich den nächsten Jungen. »Wenn du durch die Straßen von Uëlen gehst, kommt dir die Siedlung im Vergleich zu den kleinen Nomadenlagern wohlhabend vor. Die Häuser sind solide und die Menschen sehen fröhlich aus. Doch sobald du eine Jaranga betrittst, wunderst du dich, wie ein Mensch in so einer Atmosphäre leben kann! Wenn man etwas tun will, muss man mit dem Einfachsten beginnen – mit den primitivsten Regeln der Hygiene. Ich wundere mich immer wieder, wie stark dieses Volk sein muss. Erstens die harten Naturbedingungen, der ständige Hunger, vor allem in der Winterzeit, die schrecklichsten Verhältnisse! Und dennoch leben sie und halten sich für die glücklichsten Menschen! Erstaunlich! Können Sie sich vorstellen, John, was sein wird, wenn diese Menschen in normalen Häusern wohnen und eine gute medizinische Betreuung erhalten werden!«

»Wer aber wird die Mittel bereitstellen?«, entgegnete John zweifelnd.

»Die sowjetische Regierung, die Arbeiter- und Bauernregierung!«, verkündete Gawrila Rudych feierlich und ging sich die Hände waschen. Die mit der Salbe vom Revolutionskomitee eingeschmierten Kinder rannten mit fröhlichem Gebrüll aus dem merkwürdigen Arztzimmer.

Alexej Bytschkow kam herein und schielte unzufrieden auf John.

»Wollen Sie mich noch lange hier festhalten?«, fragte ihn John. »Ich verstehe noch immer nicht, wessen Sie mich beschuldigen.«

»Immer noch nicht?«

John zuckte mit den Schultern.

»Ich habe Ihnen bereits gesagt, wir haben einen Befehl des Gebietsrevolutionskomitees, das Territorium von Tschukotka von Ausländern zu säubern.«

»Was bin ich schon für ein Ausländer?«, widersprach John.

»Darüber werden wir nicht streiten«, antwortete Alexej. »Unsere revolutionäre Aufgabe ist es, Tschukotka von allen zu befreien, die illegal auf dem Territorium der Sowjetrepublik leben. Und wenn diese Humanisten hier nicht wären«, Bytschkow deutete mit dem Kopf auf Tegrynkëu, »dann wären Sie schon längst nicht mehr hier. Zurzeit wird vielleicht die größte Revolution in der Geschichte der Menschheit durchgeführt. Im revolutionären Kampf verlieren wir unsere Genossen. Da kann auch mal ein Unschuldiger umkommen, der auf dem Wege steht. Wir versuchen das zu verhindern, aber Kampf ist Kampf.« Bytschkow breitete die Arme aus. »Sie haben bestimmt gehört, was mit dem Revolutionskomitee in Anadyr passiert ist?«

»Nur in groben Zügen«, antwortete John.

»Sie sind umgekommen, weil sie mehr auf ihr Herz gehört haben als auf den revolutionären Verstand«, sagte Bytschkow. »Sie haben die Mitglieder des weißgardistischen Rats verhaftet, dann aber wieder freigelassen. Sie haben geglaubt, die würden sich selbst durch Arbeit und Kontakt mit dem arbeitenden Volk umziehen. Aber die haben die Macht zurückerobert und gar nicht daran gedacht, die Mitglieder des Ersten Revolutionskomitees von Tschukotka zu schonen, sondern alle bis auf den letzten Mann erschossen! Hinterrücks erschossen, ohne Gericht und Verhandlung. Unter dem Vorwand, sie ins Gefängnis zu bringen, haben sie sie aufs Eis des kleinen Flusses Kasatschka geführt. Jemand gab ein Kommando, die Bewacher rannten auseinander, und die Weißgardisten, Industriellen und Händler eröffneten ein gezieltes Feuer. Aus den Fenstern, aus dem Hinterhalt, schossen sie die Revolutionäre einfach ab. Dann versteckten sie sich am Wegesrand und töteten die, die von einer Reise zurückkamen. Sie haben kein Wort gesagt, einfach nur geschossen.«

»So eine Gemeinheit!«, entfuhr es John.

»Und Sie reden von Schuld«, seufzte Bytschkow. »Wir müssen wachsam sein. Wir haben sehr wenig Kräfte. Wir glauben an unseren Sieg, aber zurzeit führt die Sowjetrepublik einen blutigen Kampf um ihre nackte Existenz, und wir befassen uns immer noch mit Sentimentalitäten. Ich bin auch ein Mensch und kann, ehrlich gesagt, Robert Carpenters Kindern nicht in die Augen sehen, aber wir konnten ihn nicht hier lassen ... Und jetzt das Problem mit Ihnen. Orwo war hier und wollte uns beweisen, was für ein guter Mensch Sie sind. Ein guter Mensch, aber er will nichts Gutes tun für die Menschen! Denn eine Sache ist das Reden, seine Liebe in Worten auszudrücken. Aber im Namen dieser Liebe etwas tun für das Volk, das ist es, was wir brauchen. In der Geschichte der gesellschaftlichen Bewegung in Russland gab es viele, die das Volk liebten, sogar der Zar hat in seinen öffentlichen Auftritten immer vom ›geliebten Volk‹ gesprochen ... Sie unterscheiden sich also in Ihrer Liebe zum tschuktschischen Volk nicht sehr vom russischen Zaren.«

»Das ist ja wohl übertrieben«, entrüstete sich John.

»Wenn Sie wirklich ein kluger Mensch sind«, fuhr Bytschkow fort, »und einen gesunden und vernünftigen Blick auf das Leben haben, warum wollen Sie sich dann nicht bei uns einreihen?«

»Bolschewik werden?«, fragte John erschrocken.

»Das wäre zu bedenken«, antwortete Bytschkow und fügte hinzu: »Wir haben Ihre Papiere und eine Anfrage an das Revolutionskomitee nach Kamtschatka geschickt. Und Ihre Petition an den Völkerbund. Sie sind ja auch noch politisch tätig. Ihr Fall ist nicht einfach. Deshalb müssen Sie Geduld haben und warten. Sie haben keinen Grund, sich über eine schlechte Behandlung zu beschweren«, schloss Bytschkow ironisch.

Unter Armagirgins Gemurmel dachte John über Bytschkow nach, über seine Freunde, den Milizionär Drabkin, über Anton Krawtschenko, der in Enmyn geblieben war. Alle waren sie jünger als er, energische Leute, und glaubten offenbar daran, dass es ihnen gelänge, diese erstarrte Welt umzumodeln, ihr neue Jugend einzuhauchen.

Armagirgin unterbrach seinen Gesang und fragte: »Woran denkst du, Son?«

John schaute den Alten an. In den kleinen Augen verbarg sich eine solche Dunkelheit, dass sie leer zu sein schienen, als hätten sie keine Pupillen.

»Ich denke nach«, antwortete er unbestimmt.

»Welche Neuigkeiten gibts bei den Bolschewiki?«

»Keine besonderen«, antwortete John.

In Wahrheit aber gab es Neuigkeiten. Tegrynkëu hatte Allerlei berichtet, als er John MacLennan ins dunkle Haus begleitete. Das ganze Küstengebiet war von Weißgardisten besetzt. Im Prinzip war Tschukotka von Sowjetrussland abgeschnitten, und dem Revolutionskomitee von Kamtschatka drohte die Verhaftung durch die Militärpolizei. »Entweder wir stellen eine Abteilung aus der örtlichen Bevölkerung zusammen oder wir müssen uns vorübergehend zurückziehen«, hatte Tegrynkëu zum Abschied gesagt.

John stellte sich vor, was geschähe, wenn eine Abteilung Militärpolizei einträfe. Zuallererst würden sie alle Russen verhaften und möglicherweise erschießen. Wie das Revolutionskomitee von Anadyr. Sie würden Armagirgin aus dem Gefängnis holen. Dann würden sie sich die vornehmen, die auf der Seite der Revolution standen. Da es auf Tschukotka davon nicht wenige gab, würde ein Terror ausbrechen, schlimmer als jede Epidemie!

»Ich habe Tegrynkëu gefragt, was mit mir wird«, hob Armagirgin an. »Er sagt: Das Volk wird mich dafür richten, dass ich Besitzer einer Insel war. Aber ich habe diese Insel doch nicht mit Gewalt erobert, sondern sie ging nach uraltem Brauch in meinen Besitz über. Sie gehörte meinen Großvätern und Urgroßvätern, die allen halfen, die auf der Insel lebten. Woher bloß kommt diese Grausamkeit bei den Menschen?« Armagirgin schluchzte plötzlich seltsam, was ihm nicht ähnlich sah, und murmelte etwas Unverständliches. War es ein Lied oder ein Gebet?

Die Zeit verging. Es trafen keine weiteren Nachrichten aus Anadyr ein. Einige Male kamen Hundeschlitten aus Richtung Enmyn, aber Enmyner selbst bekam John nicht zu sehen, entweder waren sie nicht da oder die Staatsmacht wollte ihnen John nicht zeigen. Aber er bekam mündlich Nachrichten von Pylmau übermittelt. Sie teilte mit, dass die Menschen in Enmyn nicht mehr hungerten, dass sich im Eis Spalten gebildet hatten. Niemand redete schlecht von John. In der Jaranga gab es alles, denn der Lehrer Anton Krawtschenko bezahlte für die Unterkunft mit Fleisch und Tran, war aber jetzt in die Schul-Jaranga umgezogen. Pylmau bat John, sich keine Gedanken zu machen, und hoffte auf ein baldiges Wiedersehen.

Es waren fast zwei Monate vergangen. Eines Tages weckte Drabkin John noch in der Morgendämmerung und befahl ihm mitzukommen. Die Frühlingszeit hatte begonnen, aber es war noch recht kalt, besonders wenn man aus dem ungeheizten Badehaus trat und nicht aus dem warmen Polog. Auf der Schwelle blieb John für einen Augenblick stehen. Ihm schoss der Gedanke durch den Kopf, dass man für gewöhnlich zu solch früher Morgenstunde die Leute zur Hinrichtung führt.

»Wohin gehen wir?«

»Tegrynkëu hat einen Eisbären erlegt«, antwortete der Milizionär kurz.

John lächelte. Wenn ein Jäger einen Eisbären erlegt und die in sein Fell eingewickelten Delikatessen angeschleppt hat, ruft er im Morgengrauen die geachtetsten Bewohner der Siedlung und Ehrengäste zum Festmahl. Aber dass man einen Gefangenen zu solch einem geheimnisvollen und wichtigen Treffen holte, das kam wahrscheinlich zum ersten Mal in der Geschichte des tschuktschischen Volkes und der Sowjetischen Republik vor. Bei diesen Gedanken wurde John fröhlich zumute, er sah seiner Zukunft nicht mehr so finster entgegen. Auch das Wetter war schön. Die Sonne stieg bereits über den Horizont, obwohl es erst fünf Uhr morgens war. Der Frühling lag in der Luft, die Kälte roch schon anders, auch der Geruch des Meereseises, des festen Schnees hatte sich gewandelt.

Vor Tegrynkëus Jaranga ließ Drabkin John allein. Offenbar war der Milizionär nicht zum Festmahl eingeladen, man hatte ihn nur nach dem Gefangenen geschickt. Tegrynkëu wusste klug mit seiner Position als Chef umzugehen.

Nach altem Brauch trat John MacLennan im Tschottagin von einem Fuß auf den anderen und gab damit seine Anwesenheit zu erkennen.

»Menin?«, hörte er die Stimme des Hausherren.

»Ich bins, Son«, antwortete der Gast.

»Komm in den Polog«, lud Tegrynkëu ihn ein, ohne hinter dem Fellvorhang hervorzuschauen.

John fand im Tschottagin einen Tiwitschgyn, klopfte sorgfältig den Schnee von den Stiefeln und steckte den Kopf in den Polog. Dort saßen bereits Alexej Bytschkow, Gawrila Rudych, Gemalkot und ein paar junge Burschen, unter denen John den Sänger Atyk erkannte. Olina, Tegrynkëus Frau, war das einzige weibliche Wesen. Sie ging mit schweren Schritten durch den Polog, sie stand kurz vor der Entbindung.

»Komm hierher!« Tegrynkëu zeigte auf den Platz neben sich. Verwundert über diesen Ehrenplatz überlegte John, dass das nicht einfach eine Einladung zu einem Festmahl war, sondern noch etwas anderes.

Olina reichte den Gästen klein geschnittenes, weißliches Fleisch vom frisch getöteten Eisbär, gekochte Würste, gefüllt mit Gehacktem vom Herz und den fetten Innereien. Die Alten lobten den Geschmack des Fleischs und erklärten, dass der Bär trotz des schlechten Winters gar nicht so mager war.

»Wie schmeckt dir das Fleisch?«, fragte Tegrynkëu den stummen John.

»Sehr gut«, antwortete John. »Schon lange habe ich nicht mehr so gutes Fleisch gegessen.«

»Wir hatten schon lange keinen so schweren Winter«, bemerkte Gemalkot. »Es hätte bloss noch eine Krankheit hinzukommen müssen, und viele Menschen wären gestorben.«

»In den südlichen Siedlungen gab es grosse Hungersnot«, teilte ein Mann mit, den John nicht kannte, offenbar ein Fremder. »Dort haben sie sogar die Haut von den Kanus gekocht.«

»Was ist mit der Insel Arakamtschetschen?«, fragte Gemalkot.

»Die Insel wurde Akkra weggenommen, er selbst aber hält sich irgendwo versteckt«, antwortete der Fremde.

John interessierte sehr, wie man sich hier zu Gemalkot, einem wohlhabenden Mann, verhielt. Wurde er als Armer betrachtet oder zu den Reichen gezählt, die man zwang, mit den anderen zu teilen? Er wollte Tegrynkëu später danach fragen. Gemalkot machte keinen gekränkten Eindruck, obwohl man seine drei Schaluppen beschlagnahmt hatte.

Nach dem Essen wurde Tee getrunken. Das Gespräch drehte sich um die Jagd und den immer länger werdenden Tag. Sie sprachen über die Strömung in der Meerenge, über die Spuren der Polarfüchse auf dem zugefrorenen Meer. Es war so, als hätte sich in Uëlen nichts geändert, als sei Tegrynkëu nicht der Vorsitzende des Sowjets und Bytschkow nur ein angereister Händler, ein guter Freund des Jarangabesitzers. Hier, bei dem Mahl, war die Zeit stehen geblieben, die Uhren zeigten Ewigkeit an.

Ein Gast nach dem anderen ging in die blaue Morgendämmerung. Im Polog blieben nur Bytschkow, Tegrynkëu und John zurück. Olina war in den Tschottagin gegangen, um Fett im Steinmörser zu stoßen.

»Es sind neue Leute aus Anadyr gekommen«, sagte Tegrynkëu und reichte John das alte Notizbuch im Ledereinband. »Dein Schreiben an den Völkerbund wurde nach Petrograd geschickt. Dort werden sie entscheiden, was damit passieren soll.«

»Ich wollte noch etwas darin ändern«, sagte John. »Heute sieht vieles anders aus.«

»Mit Diplomatie können wir uns in Friedenszeiten befassen«, sagte Alexej. »Jetzt aber wird gekämpft. Gawrila und ich haben den Befehl erhalten, uns nach Russland durchzuschlagen. Der einzige Weg ist der über Amerika, denn der Ferne Osten ist von Weißen und Interventionstruppen besetzt.«

»Von Weißen?«, fragte John verwundert.

»Sie nennen sich so, Weißgardisten«, erklärte Bytschkow.

Bytschkow brachte John MacLennan persönlich zurück ins dunkle Haus. Die Sonne stand bereits am Himmel, und der Schnee funkelte in ihren schrägen Strahlen. Das war das Funkeln des Frühjahrsschnees, denn während des langen sonnigen Tags hatte sich eine unsichtbare glänzende Kruste gebildet.

Bytschkow öffnete das Schloss und stieß die Tür auf. »Sie können bald zurück nach Enmyn«, sagte er.

Das Licht, das durch das Fenster fiel, beleuchtete Armagirgins Gesicht und das seiner Frauen. Alle drei lagen auf dem Rücken, Armagirgin in der Mitte. John schaute lange in ihre glasigen Augen, bis ihm bewusst wurde, dass sie nicht mehr lebten! Mit einem lauten Schrei: »Sie sind tot!« stürzte er zur Tür. Als der sich entfernende Bytschkow den Schrei hörte, rannte er zurück und trat in den Raum.

Am Hals jedes Toten war ein schmaler dunkler Streifen zu sehen. John dachte anfangs, dass bei allen dreien die Kehle durchgeschnitten wäre, aber es war die Spur eines Stricks, geflochten aus Rentiersehnen. Der Strick war um Armagirgins Hals gewickelt, die beiden Enden lagen in den verknöcherten Fäusten des Herrn der Insel Aion. Armagirgin hatte zuerst seine Frauen erwürgt und dann sich selbst.

John und Alexej standen noch eine Weile in der Tür, dann gingen sie schweigend zum Haus des Revolutionskomitees. Jeder dachte, dass einer aus dem Leben gegangen war, der keinen Platz mehr unter den Menschen hatte.

Tegrynkëu nahm die Nachricht gelassen auf, er sagte nur sachlich:

»Wir müssen Gemalkot bitten, sich um die Beerdigung zu kümmern.«

Der Alte und seine Frauen wurden am nächsten Morgen, der klar und sonnig war, begraben. Die Beerdigungsprozession bestand aus zwei Menschen. Sie zogen den Schlitten den flachen Hügel hinauf zur Bestattungsstätte. Die Menschen guckten aus ihren Jarangas und schauten von Zeit zu Zeit zum Himmel hoch. Der aber war klar und wolkenlos, es wehte kein Lüftchen – das bedeutete nach altem Glauben, dass Armagirgin und seine Frauen durch die Wolken gehen würden und auf die Zurückgebliebenen nicht böse waren.

Gegen Abend flog eine Schar Enten in Richtung Meer.

»Bald gehts aufs Meer!«, sagte Tegrynkëu. »Und für

dich, Son, ist es Zeit, nach Enmyn zurückzukehren. Der Frühling beginnt, dann kommt der schwere Sommer. Und dass wir dich ein bisschen in Uëlen festhalten mussten … Sei nicht böse deshalb. Ich habe viel von dir begriffen, und du denkst jetzt sicher auch anders über uns.«

18

Bei der Fahrt nach Enmyn saß John auf dem Schlitten des Milizionärs Drabkin, der die Hunde wie ein echter Kajur lenkte. Wann hatte es der schweigsame Milizionär nur geschafft, alles vorzubereiten? Eigenhändig hatte er das Hundegeschirr hergestellt, für jeden Hund hielt er kleine Lederüberzieher bereit, damit sie sich auf dem harschen Frühlingsschnee nicht die Pfoten aufschnitten.

Die Siedlungen erholten sich nach dem harten Winter. Auf dem Begräbnishügel lagen kaum frische Tote – die Menschen hatten ausgehalten und bereiteten sich auf einen neuen Lebenskampf vor. Als sie unterwegs in einer Jaranga einen kurzen aber heftigen Schneesturm abwarteten, zog John sein abgegriffenes Lederbüchlein hervor, das ihm die neue Macht zurückgegeben hatte, holte den Bleistiftstummel heraus, der mit einer speziellen Lederschlaufe am Notizheft befestigt war, und schrieb: »Wenn solche Erschütterungen auf der Welt passieren wie die Revolution in Russland, dann berühren sie jeden Menschen. Diese Revolution beeinflusst früher oder später das Schicksal eines jeden. Man kann sich nicht davor verstecken, nicht einmal in der entlegensten Tundra. Die Revolution findet dich, greift in dein Schicksal ein, verändert das ganze Leben.«

Die Menschen, die in der Jaranga saßen, scharten sich um den Schreibenden, sie drängten einander zur Seite, besonders die Kinder. Einer konnte sich nicht zurückhalten und sagte: »Wie schnell die Spur läuft!«

»Sie rennt hin und her wie ein Hase im Schnee ...«

»Dabei sind das Worte!«, sagte bedeutungsvoll der Herr der Jaranga, Petschetegin. Mit diesem Ausruf zeigte er seine Begeisterung für das sichtbare Wunder.

»Bald wird jeder von euch die Spuren auf dem Papier zeichnen und lesen können«, sagte John und schlug das Heft zu. »So wollen es die neuen Russen.«

»Kakomej!«, rief Petschetegin ungläubig.

»In Enmyn lernen sie es schon«, teilte John mit.

»Unsereiner kommt dafür nicht in Frage!«, warf der Hausherr betreten ein.

»Ein sehr kurzer Speer, mit dem du da malst«, bemerkte ein dürrer Alter sachlich, der neugieriger als die anderen zuschaute und so auf Johns Rücken drückte, dass er ihn am Schreiben hinderte.

»Mein Speer ist schon alt«, sagte John, den Begriff des Alten übernehmend. »Am Anfang bekommt man einen ganzen, so einen langen.« John zeigte, wie groß ein neuer Bleistift war.

»Und wenn die Menschen lernen, die Sprache auf Papier zu zeichnen, erwog der Alte, »verlernen sie dann nicht, mit der Zunge zu sprechen?«

»Ich denke nein«, lachte John.

»Und eine Gefahr gibt es noch.« Der Alte rückte ganz nahe an John heran. »Die Gedanken fangen an zu tauen.«

»Wie das?« John verstand nicht.

»Zum Beispiel Petschetegin.« Der Alte deutete mit dem Kopf auf den Jarangabesitzer. »Ich kenne ihn gut, all seine Gedanken und Absichten. Er muss mir nicht einmal laut sagen, was er denkt, ich sehe es in seinen Augen. Wenn er aber mit anderen spricht, dann höre ich es nicht. Und es entstehen geheime Gedanken, geheime Absichten. Das führt zu Streit unter den Menschen.«

Der Alte war selbst betrübt über solch eine Zukunft, verstummte, dachte nach und erklärte plötzlich entschieden: »Nein, Lesen und Schreiben, das ist nichts für uns. Es bringt nur Zwist.«

Als sie nach dem Sturm weiterfuhren, führte der Weg am Meeresufer entlang. Die eisernen Kufen knirschten über den porösen, verharschten Schnee. Manchmal fuhren sie hinaus aufs vereiste Meer, um eine in der Sonne schlummernde Ringelrobbe zu schießen, oder sie machten Rast und lauerten Entenschwärmen auf. John hätte noch ewig auf diesem wundervollen Frühlingsweg fahren können, über die aufgetauten Pfützen des blauen Wassers. Er hätte für ein Feuer Treibholz aufgesammelt, das im Salzwasser weich geworden und im Frühlingswind wieder getrocknet war! Aber zu Hause warteten die Kinder und Pylmau, die Freunde. Im dunklen Haus in Uëlen waren sie ihm im Traum erschienen. Was war es für ein Genuss, frei zu sein! Von allen merkwürdigen Erfindungen, die darauf abzielten, den Menschen zu erniedrigen, war die schlimmste und widerlichste die Freiheitsberaubung! Die zweitschlimmste Bestrafung war, wenn man ihm das Leben nahm. Armagirgin hatte den Tod gewählt, für sich und seine beiden

Frauen, die er nicht von sich, von seinem Wesen, trennen konnte. Als er ging, war er davon überzeugt, dass über den Wolken eine andere Welt existierte. Seine moralischen Leiden waren stärker als die körperliche Pein. Das ganze restliche Leben erschien ihm verachtungswürdig, er begann, sein Gesicht zu verlieren ...Dann war ein kurzer Schmerz schon besser, danach hatte er für immer Ruhe.

Einmal hatten sie sich in Orwos Jaranga darüber unterhalten, mit welcher Leichtigkeit die Tschuktschen sich vom Leben verabschiedeten. Einige Tage zuvor hatte in der Nachbarsiedlung das Oberhaupt einer Familie alle die Seinen getötet und sich dann selbst erstochen. Das war im Spätherbst, als es in den Jarangas viel übles, fröhlich machendes Wasser gab. Der Mann hatte sich betrunken und dem Nachbarn eine Flasche gestohlen. Als er aus seinem Suff erwachte, wurde ihm mit Schrecken bewusst, was er getan hatte, und er sah nur noch eine schreckliche Zukunft vor seinen Augen: Das ganze Leben würde er als ein Mensch dastehen, der einem anderen etwas gestohlen hatte. Und er traf die einzig richtige Entscheidung. Als es dann passierte, wunderte sich niemand darüber, denn so hätte jeder gehandelt, wenn er sich selbst geachtet hätte.

Früh am Morgen, als die Sonne gerade über dem Horizont aufgegangen war, gewahrten sie das heimatliche Enmyn. Es sah kläglich aus und klein, aber rührend, wie ein hilfloses Kind, das sich im glitzernden Frühlingsschnee verlaufen hatte.

Die Menschen schliefen noch. Die Hunde spürten lange nicht den sich nähernden Schlitten – der Wind blies ihm entgegen. Dafür fing John mit den Nasenlöchern gierig die vertrauten Gerüche auf, und in dieser Welt, die so arm war an Farben, war der Duft der heimatlichen Siedlung für ihn die Blume des Wiedersehns.

Drabkin konnte sich gut an den Weg erinnern und lenkte den Schlitten direkt zu John MacLennans Jaranga. Die Hunde erwachten und bellten träge. Am Rand der Siedlung schaute jemand aus der Jaranga und sagte verwundert:

»Kakomej, Magljalin!«

John lächelte, als er merkte, dass sein Name ähnlich klang – MacLennan – Magljalin. Vor der mit Reif bedeckten Schwelle – ein dicker Balken aus Treibholz – hielt Drabkin den Schlitten an und seufzte.

John stieg langsam herunter und ging zur Tür. Aus der Jaranga schallte Jakos durchdringende Stimme: »Ate ist gekommen!«

John sah, wie sich im Tschottagin der Fellvorhang bewegte und Pylmau herauskam. Sie trug einen hastig übergeworfenen Fellkherker, ihre Haare waren aufgelöst. Sie strich sie mit der Hand zurück, ging zum Polog und blieb stehen.

»Warum kommst du nicht rein, Son?«, fragte sie.

John aber schaute nur auf die bereifte Schwelle und dachte, dass er schon so viele Frühlinge auf Tschukotka erlebt und nie gesehen hatte, wie schön an einem Frühlingsmorgen die mit Reif bedeckte Schwelle der heimatlichen Jaranga aussah. Vielfarbig glitzerten die Kristalle in der Vertiefung, die durch die vielen Fußtritte entstanden war. Dieser normalerweise unscheinbare Holzbalken schien aus reinem Silber geschaffen zu sein.

»Warum kommst du nicht rein, Son?«, wiederholte Pylmau ihre Bitte, und in ihrer Stimme lag so viel Liebe, dass alle Schätze der Welt vor der Kraft und Zärtlichkeit dieser Frau verblasst wären.

»Ich habe zum ersten Mal den Reif auf der Schwelle gesehen«, murmelte John verlegen. »Was für ein schönes Frühlingszeichen!«

Er trat über das silberne Glitzern in sein Haus, das nach Rauch und ewigem Robbentran roch.

19

Tynarachtyna, Orwos Tochter und Notawjes Braut, gab ihrem Bräutigam eine Absage und wollte den Lehrer Anton Krawtschenko heiraten.

»Und was ist mit Notawje?«, fragte John, als ihm Pylmau diese Neuigkeit mitteilte.

»Ihm geht es schlecht. Er droht, die Schule einzureißen und anzuzünden«, antwortete Pylmau. »Ilmotsch ist gekommen. Er redet laut.«

Am Mittag kamen Gäste in Johns Jaranga. Als Erster trat Tnarat ein und teilte mit, dass er ein neues Heck für das Kanu bauen wolle. »Dann können wir einen so starken Motor einbauen, dass das Boot fliegt.« Er zog ein Blatt Papier heraus und zeigte den anderen seine Skizze.

Guwat schaute vorbei, rauchte seine Pfeife, betrachtete John aufmerksam und fragte vorsichtig: »War es schlimm im dunklen Haus?«

»Was glaubst du?«

»Du siehst nicht danach aus«, bemerkte Guwat. »Du bist nicht einmal abgemagert. Vielleicht ist das neue dunkle Haus ganz anders als beim Sonnenherrscher? Es heißt ja jetzt – alles für das Volk. Da ist vielleicht auch das dunkle Haus nun bequemer.«

Als die Jaranga voller Gäste war, kochte Pylmau einen großen Kessel Tee, und John begann zu erzählen, wie es ihm im dunklen Haus ergangen war. Den größten Eindruck auf die Zuhörer machte die Mitteilung, dass das Gefängnis ein Badehaus war und die Gefangenen von Zeit zu Zeit hinausgeführt wurden, weil die anderen einen Badetag veranstalteten.

»Wo machen sie sich denn so schmutzig, dass sie sich so oft waschen müssen?«, fragte Armol verwundert.

»Sie machen sich nicht schmutzig, das ist so eine Angewohnheit bei ihnen«, antwortete John. »Deshalb bekommen sie keine Krätze.«

»Krätze kommt von Läusen«, verkündete Orwo inbrünstig. »Und die Läuse kommen bekanntlich von der Leber.« Offenbar war das eine allgemein bekannte Wahrheit, denn alle nickten zustimmend.

»Was meint ihr? Wenn wir bei uns auch so ein Badehaus einrichten?«, fragte John.

»Das ist natürlich möglich«, antwortete Orwo nachdenklich. »Aber dann müssen wir viel Holz sammeln. Da müssen wir ja ein richtiges Holzhaus bauen. Wer von uns kann das?«

»Ich kann das«, sagte Tnarat. »Ich kann es probieren.«

»Und wir brauchen viel heißes Wasser ...«

»Was übrig bleibt, davon kochen wir Tee und trinken ihn alle zusammen!«, rief Guwat aufgeregt. Diese Worte belustigten alle und verwandelten den Plan des Badehauses in einen einfältigen Scherz.

Als Ilmotsch kam, verstummten alle und gingen auseinander.

Pylmau kochte frischen Tee. Der Rentierzüchter trank ihn in kleinen Schlucken, schwieg und seufzte von Zeit zu Zeit schwer. Die langen grauen Haare seines dünnen Barts bedeckten sich mit kleinen Schweißperlen.

Orwo und John blickten einander an, aber keiner traute sich, das schwere Gespräch zu beginnen. Als Ilmotsch fünf Tassen hintereinander getrunken hatte, wischte er sich den Schweiß ab, schüttelte die Tropfen vom Bart und sagte: »Ich habe dir weiches Fell von jungen Renen für eine Unterkuchljanka mitgebracht. Im Herbst hab ich es nicht mehr geschafft, aber jetzt hab ich es mit. Schick jemanden, der es holt.«

»Das kann warten«, antwortete John.

»Dein Sohn kann kommen«, sagte Ilmotsch und wandte sich an Pylmau: »Schick Jako das Fell holen.«

»Jako ist nicht da«, antwortete Pylmau leise und schaute ihren Mann schuldbewusst an.

Am Morgen hatte John den Sohn noch gesehen und mit ihm geredet, und Jako hatte ihm erzählt, was im Haus während der Abwesenheit des Vaters alles passiert war, wie er selbst die tauglichen Welpen, die die Hündin Pipik geworfen hatte, ausgesucht und die übrigen im Schnee getötet hatte, wie er mit Tnarat die Robbennetze überprüft und sogar mit der Schrotbüchse auf einen Entenschwarm geschossen hatte.

»Wo ist er denn?«, fragte John beunruhigt.

»Er lernt«, flüsterte Pylmau und senkte den Kopf.

»Da haben wirs!«, rief Ilmotsch schadenfroh. »Er lernt! Und was lernt er? Früher wusste nur der Vater, was er dem Sohn beibrachte. Er ist lernen gegangen! War denn früher so was denkbar? Wo ist deine Weisheit, Orwo?« Ilmotsch wandte sich jetzt an den Alten. »Deine Leute werden von Fremden unterrichtet, und du sitzt da und rauchst. Deine liebsten Freunde werden ins dunkle Haus gebracht, und du lächelst nur höflich. Was ist geschehen? Warum seid ihr plötzlich so hilflos? Ich habe dir meinen besten Sohn geschickt, damit er in deiner Jaranga wohnt, damit du ihn lieb gewinnst wie den eigenen, aber deine Tochter weist ihn ab, und er muss die Schmach tragen, die ihm in deiner Jaranga zugefügt wurde! Warum muss ich euch die Augen öffnen und geradeheraus sagen, woher das alles kommt? Seht ihr es denn nicht selbst? Von der Schule kommt es, vom Lesen und Schreiben!« Ilmotsch drehte sich zu John. »Und auch deinem Sohn werden sie beibringen, den Männern die Frauen wegzunehmen ...«

»Sie war ja noch gar nicht seine richtige Frau«, widersprach Orwo.

»Notawje weiß das besser als du!«, fiel ihm Ilmotsch ins Wort.

»Der Lehrer hat dich absichtlich ins dunkle Haus geschickt, damit er besser seine schwarze Sache durchsetzen kann, die Menschen verderben, ihnen etwas beibringen kann, was sie im Leben niemals brauchen werden!«, fuhr Ilmotsch fort. »Ich habe begriffen: Lesen und Schreiben ist nicht einfach nur die Fähigkeit, Spuren auf Papier zu zeichnen und sie zu lesen. Das ist nicht wichtig. Wichtiger ist, was das für Spuren sind, und welche Gedanken diese Zeichen tragen!«

Ilmotsch sprach noch lange und beschimpfte den Lehrer mit deftigen Wörtern. Als er aber auf Tynarachtyna zu sprechen kam, die sich als hinterhältig und unbeständig erwiesen hatte und einen so guten Jungen, Nachfahre eines Rentierzüchters, Ilmotschs Sohn höchstpersönlich, gegen irgendeinen Lehrer getauscht hatte, der nichts anderes wusste, als Zeichen auf Papier zu kritzeln und den Kindern fremde Lieder beizubringen, da hielt es Orwo nicht mehr aus: »Er schreibt und singt nicht nur. Du hast nicht recht. Er geht auch auf die Jagd und hat vor zwei Tagen zwei Robben getötet. Der Tran also, der in den Schullampen brennt, den hat er selbst gewonnen.«

»Wie!«, rief Ilmotsch verwundert. »Du verteidigst ihn auch noch? Du, der du mir Freundschaft geschworen hast, verteidigst diesen Fremden? Du kennst die Weißen nicht schlechter als ich. Ihr größtes Vergnügen ist, unseren Mädchen dicke Bäuche zu machen und dann auf Schiffen davonzuschwimmen. Hast du das vergessen?«

Orwo schwieg. Er senkte den Kopf und traute sich nicht, John in die Augen zu sehen. Pylmau aber, die sich mit ihrer Tochter an der Tranlampe zu schaffen machte, hörte alles und ging mit vor Zorn schwarz gewordenem Gesicht zu Ilmotsch.

»Hast du vergessen, in wessen Jaranga du sitzt?«

Aber Ilmotsch, ob der Kränkung seines Sohnes blind geworden, dachte nicht mehr über seine Worte nach. »Siehst du?«, wandte er sich mit schadenfrohem Lachen an John. »Eine Frau erhebt ihre Stimme. Und daran ist er schuld, der Lehrer! Er hat gesagt, dass die Frau dem Mann gleichgestellt ist! Hast du gehört? Die Frau ist dem Mann gleichgestellt! So was kann nur ein Geisteskranker

sagen oder ein Mensch, der unser Leben zerstören will!«
Ilmotsch schrie so laut, dass Sophie-Ankanau zu schluchzen anfing und dann in lautes Weinen ausbrach.

Aber der Alte war bereits seines eigenen Geschreis überdrüssig. Er schluchzte plötzlich hilflos, und John fühlte Mitleid mit ihm.

»Bitte sag mir, Son, wie das Leben weitergehen soll!«, wandte sich der Alte an ihn. »Warum sind sie gekommen und haben unser Leben zerstört? Warum lassen sie den Menschen nicht eigene Gedanken, sondern drücken ihnen ihre auf? Warum, Son?«

Was aber konnte John darauf antworten? Er war selbst so verwirrt, so missgestimmt, dass nur Pylmaus Ruhe und Zuversicht ihn aufrecht hielten.

»Und was sagt Notawje selbst dazu?«, fragte John.

»Was kann der Junge schon sagen?«, schluchzte Ilmotsch. »Er ist betrogen worden. Tynarachtyna hat ihn betrogen und meinen Freund!« Der Alte deutete mit dem Kopf auf Orwo.

»Bevor du von Betrug sprichst, solltest du dir lieber an deine eigene Nase fassen«, bemerkte Orwo ruhig. »Wie oft hast du gelogen und bist nicht mal rot geworden.«

»Was sagst du da?«, rief Ilmotsch wütend. »Mir, dem Freund, dem Rentierzüchter! Nach diesen Worten werde ich nie wieder einen Fuß in eure Siedlung setzen. Wenn ihr verreckt vor Hunger, dann ruft mich bloß nicht! Der nennt mich einen Betrüger!«

Ilmotsch kleidete sich hastig an, mit zitternden Fingern griff er nach seinen Sachen. Er nahm Orwos Pelzmütze, merkte den Irrtum, spuckte auf die Mütze, rannte barhäuptig in den Tschottagin und trat einen Hund, der ihm zwischen die Beine geriet.

Der Hund begann kläglich zu winseln, und Orwo und John sahen einander lange an.

»Warum ist er jetzt so wütend?«

»Ich verstehe es selbst nicht.« Orwo zuckte mit den Schultern. »Zuerst war alles gut. Allerdings hat Tynarachtyna sich über den Sohn des Rentierzüchters lustig gemacht, aber sie ist doch immer so spöttisch ... Sie hat ihn gezwungen, allen möglichen Unsinn zu machen ... Mit Anton hat sie schon vor langer Zeit angefangen. Sie hat es für sich behalten, niemandem was gesagt, aber ich habe es gesehen. Um die Tranlampen in der Schule hat sie sich ja nur gekümmert, um in seiner Nähe zu sein ...«

»Und was sagt Anton dazu?«, wollte John wissen.

»Anton hat auch Schuld«, antwortete Orwo. »Warum musste er von der Gleichberechtigung anfangen? Das ist doch nicht ernst zu nehmen. Jetzt schaut sie zur Seite wie ein Hund, der heimlich Speck gegessen hat.«

»Und wie wollen sie leben?«

»Sie wollen heiraten«, antwortete Orwo traurig. »Nach neuem Brauch, sagen sie. Mit einem Papier.«

»Und wie siehst du das alles?«, fragte John.

»Ich sehe überhaupt nichts. Ich schließe meine Augen, weil ich von alldem nichts verstehe ... Anton hat mir verraten, dass du ins dunkle Haus gekommen bist, weil er einen Brief geschrieben hat. Er hat es bereut. Viele Male hat er nach Uëlen geschrieben. Ich selbst habe die Briefe hingebracht. Aber sie haben mich nicht zu dir gelassen.«

»Wenn sie beide heiraten wollen«, sagte John nach einigem Überlegen, »dann sollen sie es tun. Das Wichtigste ist, dass sie einander lieb haben.«

»Da hast du nicht recht«, widersprach Orwo belehrend.

»Ein Mann kann heute die eine lieben, und morgen eine andere. Soll er etwa jedesmal die Frau wechseln?«

John lachte, Orwo aber brauste auf: »Warum lachst du? Ich sage dir was im Ernst, und du gibst mir keinen Rat. Die haben dich wohl im dunklen Haus heimlich vertauscht? Gib mir einen Rat«, bat er flehend.

»Lass sie heiraten«, sagte John. »Es ist sehr gut, dass sich Tynarachtyna selbst einen Mann ausgesucht hat. Ich hoffe, sie werden glücklich.«

»Aber wir haben einen Freund verloren«, stöhnte Orwo. »Woher kriegen wir jetzt Rentierfell? Fell von Rentierläufen für Stiefel? Als ich zugestimmt habe, Tynarachtyna Notawje zur Frau zu geben, habe ich an das Wohl unserer Siedlung, aller Menschen in Enmyn gedacht.«

Orwo ging unzufrieden und verärgert weg. Er brummte die ganze Zeit etwas vor sich hin und antwortete nicht einmal auf Jakos Gruß, der gerade aus der Schule kam.

Der Junge trat im Tschottagin von einem Bein aufs andere, schüttelte den an den Sohlen klebenden tauenden Frühlingsschnee ab und kam in den Polog. Sein Blick traf den des Vaters, und er schaute schnell zur Mutter.

»Komm zu mir«, rief ihn John.

Der Junge ging ängstlich zum Stiefvater. Jako reichte John mit zitternden Händen das selbst genähte Schreibheft. Pylmau ging sicherheitshalber zu beiden hin und sagte stolz: »Dieses Heft habe ich gemacht, es sollte so aussehen wie deins.«

Weiße, straff geflochtene Rentiersehen hielten bunte Blätter zusammen – Einwickelpapier von Liptontee und Kautabak, Blätter, die offenbar der Lehrer ausgeteilt hatte, und sorgfältig glatt gestrichenes Einwickelpapier von anderen Lebensmitteln, das Pylmau gesammelt hatte, so als hätte sie gewusst, dass ihr Sohn es einmal in der Schule brauchen würde.

Auf der ersten Seite leuchteten russische Buchstaben. John kannte die Zeichen, aber er verstand nicht, was dort geschrieben stand, und fragte Jako: »Was heißt das?«

»Da steht mein Name – Jako MacLennan.«

Pylmau sah aus wie ein aufgeregter Vogel. Sie schaute mal ihren Sohn an, mal ihren Mann, sie wollte ihre Blicke auffangen. »Bist du nicht böse?«, fragte sie schließlich John.

John schaute Jako und Pylmau an, lachte übers ganze Gesicht und sagte fröhlich: »Auf mich selbst bin ich böse. Jako hätte längst lesen und schreiben lernen müssen. Stimmts, mein Sohn?«

Vor Überraschung brachte der Junge keinen Ton heraus. Seine Mutter kam ihm zu Hilfe: »Anton lobt ihn.«

John zog sein ledernes Notizbuch heraus und gab es Jako: »Hier. Schreib auf diesem Papier.«

Jako hätte das schwere Lederheft beinahe fallen lassen und schaute fragend die Mutter an, so als wolle er sie um ihr Einverständnis bitten.

»Worauf willst du schreiben?«, fragte Pylmau verwundert. »Dann hast du ja nichts! Außerdem stehen dort deine Worte.«

»Ich werde nicht mehr schreiben«, antwortete John. »Und dass im Heft meine Worte stehen, ist nicht schlimm. Wenn Jako groß ist, wird er nicht nur Russisch verstehen, sondern auch die Sprache seines Vaters. Dann liest er meine Aufzeichnungen und begreift vielleicht, warum ich so war, warum ich zuerst gegen die Schule war.«

»Danke, Ate«, antwortete Jako mit zitternder Stimme und drückte das Heft an die Brust. »Der Lehrer hat gesagt, dass er am Abend kommen will. Er ist ein guter Mensch. Und Tynarachtyna auch ...«

20

»Willst du uns zur Hochzeit einladen?«, fragte John, als Krawtschenko seinen Kopf in den Polog steckte.

»Meinen Sie das im Ernst?«

»Warum nicht?«, lachte John. »Hast ganz Enmyn aufgescheucht, hast meine Landsleute um die Rentierfellquelle gebracht und zögerst noch, Hochzeit zu feiern!« John spielte den strengen Richter.

»Wegen der Felle brauchen Sie sich keine Sorgen zu machen«, antwortete Krawtschenko. »Notawje hat mir selbst erklärt, dass ihm Tynarachtyna von Anfang an nicht gefallen hat. Er hat bis ins kleinste alle ihre Mängel aufgezählt: Sie spricht angeblich laut wie ein Mann, läuft schnell, so als wolle sie auf die Jagd gehen, hat eine harte Faust, spottet gern und ist neugierig ...«

»Wie können Sie ein Mädchen mit solchen Sünden bloß zur Frau nehmen?«, fragte John.

»Ich finde das gerade gut. Ich habe mir natürlich damit das Leben ganz schön schwer gemacht, beinahe hätte ich einige Schüler verloren, aber Jako hat mir geholfen. Als er in die Schule kam, sind auch die Kinder wieder gekommen, die nicht mehr lernen wollten. Aber im Prinzip bin ich sehr glücklich. Bestimmt haben Sie so was auch mal erlebt.«

Hatten John und Pylmau ebenfalls solch ein Glück erlebt? Mit dem getöteten Toko, mit Mary MacLennans Tränen, mit Leid, Unglauben und Zweifel... Doch dann kam die Gewissheit, dass nichts außer der Tod ihre Verbindung trennen kann. Und selbst der Tod hätte sie nicht zu trennen vermocht. Aber Krawtschenko wollte sein Glück bestätigt haben, deshalb sagte John: »Natürlich haben wir das erlebt...«

»Ich bitte Sie sehr, reden Sie mit Orwo. Er will mich nicht sehen.«

»Ich glaube, er hat schon alles begriffen, man muss nicht mehr mit ihm reden«, antwortete John.

»Wenn es nur so wäre«, seufzte Krawtschenko. Er schaute John in die Augen und sagte: »Ich bin Schuld, dass Sie verhaftet worden sind.«

»Lassen wir das«, winkte John ab.

»Nein.« Krawtschenko ließ nicht locker. »Sie müssen mich anhören. Ich will mich nicht rechtfertigen, sondern die Wahrheit herstellen. Ich habe Bytschkow geschrieben, dass Ihre Anwesenheit und Ihr Einfluss auf die Bewohner von Enmyn meine Arbeit einschränken. In Uëlen haben sie das wörtlich verstanden und beschlossen, Sie zu isolieren. Nachdem man Sie weggebracht hatte, habe ich mehrere Briefe geschrieben. Als ich die Antwort erhielt, dass man Ihre Akte nach Petropawlowsk geschickt hat und eine Weisung von dort erwartet, habe ich mich ein bisschen beruhigt...«

»Sie machen sich ganz umsonst Sorgen«, entgegnete John. »Ich bin weder gekränkt noch böse auf Sie.«

Anton Krawtschenko war von nun an ein häufiger Gast in John MacLennans Jaranga. Einmal kam er mit

Tynarachtyna. Das Mädchen trat mit hoch erhobenem Kopf über die Schwelle. In ihren Augen aber konnte man Verlegenheit und die stumme Frage sehen: Wie wird sie die Frau empfangen, die schon viele Jahre mit einem Menschen aus einem anderen Stamm lebte?

Pylmau begrüßte die Gäste freundlich.

Während sich die Männer über ihre Angelegenheiten unterhielten, begannen die Frauen über ihr eigenes Thema zu sprechen.

»Sag mir«, flüsterte Tynarachtyna, »gibt es im Leben mit einem Weißen irgendwas Besonderes? Sie haben doch bestimmt irgendwelche Angewohnheiten, von denen sie nicht lassen können …«

»Eigentlich nicht«, antwortete Pylmau. »Alles ist genauso wie bei uns. Zuerst habe ich das auch geglaubt, als John mich zum ersten Mal geküsst hat …«

»Stimmt, das ist seltsam und …« Tynarachtyna fand nicht gleich die richtigen Worte, »irgendwie süß hier …« Sie zeigte auf die Stelle unterhalb ihrer hohen Brust.

»Und was ist mit Notawje?«, fragte Pylmau.

Über Tynarachtynas Gesicht lief ein Schatten, aber sie verjagte ihn mit einer schnellen Handbewegung, wobei sie sich gleichzeitig die Haare aus der Stirn strich und mit fester Stimme sagte: »Der findet eine andere Frau. Ich habe ihm einen Rat gegeben.«

»Einen Rat?«, wunderte sich Pylmau.

»Ja, einen Rat.« Tynarachtyna nickte. »Warum soll ich diesem Dummkopf nicht einen guten Rat geben? Wir sind doch jetzt gleichgestellt mit den Männern, hat Anton gesagt. Ich habe Notawje Tnarats Familie gezeigt, die Töchter. Notawjes Augen haben direkt geleuchtet, wie bei einem Polarfuchs, der aus der Falle entwischt ist. Er hat mir sogar gestanden, dass er auf eine Tochter schon ein Auge geworfen hat, auf die mittlere, auf Tinnëu.«

»Mir gefällt dieses Gerede über die Gleichberechtigung nicht«, bemerkte Pylmau. »Denk doch bloß, was passiert, wenn das wirklich so ist. Die Frauen werden Männerworte sagen, Hosen und kurze Winterstiefel tragen. Sie werden aufs Meer jagen gehen, den Lagerplatz der Walrosse durch ihre Anwesenheit entweihen, ein Kanu lenken und ...« Pylmau holte tief Luft: »Das ist gegen die Natur ...«

Tynarachtyna gab sich die größte Mühe, als bescheidenes und gehorsames Mädchen zu erscheinen, aber sie konnte nicht gegen ihre Natur an, denn sie hatte tatsächlich einen sehr eigenwilligen, unnachgiebigen Charakter, und sie war es gewohnt, ihre eigenen Gedanken zu achten. »Warum denn nicht? Als ob es gerecht ist, wenn eine Frau schwere Arbeit verrichtet!«

»Aber die Männer haben es auch nicht leicht«, widersprach Pylmau. »Was du da von der Gleichheit sagst, ist gegen die Natur«, wiederholte sie und fuhr nachdenklich fort: »Überleg doch mal. Dein Vater hat zwei Frauen. Und keiner wundert sich darüber. Wenn du nun aber zwei Männer hast?«

Tynarachtyna zwinkerte plötzlich schelmisch: »Das wäre gar nicht schlecht!«

Von dieser Offenheit war Pylmau unangenehm berührt, es war ihr peinlich, und sie wollte ihrem Gast schon etwas Schroffes erwidern, doch da erinnerte sie sich an eine Sache, die lange zurücklag. Damals lebte ihr erster Mann Toko noch, bis der schicksalhafte Schuss seinem Leben ein Ende setzte. Sie erinnerte sich an jenen Morgen, als ihr genau der gleiche Gedanke durch den Kopf gegangen war und sie durch seine Einfachheit und Weisheit in Erstaunen versetzte: Wenn ein Mann eine zweite Frau braucht, nimmt er sie sich genauso selbstverständlich und leicht wie die erste. Wenn aber eine Frau zwei Männer gleichermaßen gern hat, warum kann sie dann nicht die Frau von beiden gleichzeitig sein? Wahrscheinlich war damals, als ihr dieser Gedanke in den Kopf kam, das starke Gefühl für John in ihr erwacht. Als Toko auf die Jagd gegangen war, blieb John, den sie noch nicht Son nannte, da sie den Klang seines Namens noch nicht kannte, im Polog zurück und unterhielt sich mit Pylmau, wobei er die Worte sehr komisch aussprach und im Gespräch stockte, so als ob er über einen unebenen Weg ging.

Plötzlich erwachte in Pylmaus Brust die gleiche Leichtigkeit wie in Tynarachtyna, aber auch Neid auf Tynarachtynas Jugend, auf ihren Wagemut. Ihr gefiel an dem Mädchen, mit welcher Verwunderung sie ihre Entdeckungen machte, die zur Liebe gehören, und die manchmal das ganze Leben lang dauerten – das war es, was man manchmal als Glück bezeichnete. Pylmau ahnte nicht, dass John, ihrem Mann, im selben Augenblick genau die gleichen Gedanken durch den Kopf gingen.

Das Gespräch der Männer hatte sich allerdings um etwas ganz anderes gedreht, um die Frühjahrsjagd auf die Walrosse, deren Zeit gekommen war.

Schon viele Jahre nahm John am Frühjahrsritual teil, wenn die Lederkanus von den hohen Gestellen heruntergenommen, auf den Schnee gestellt und für die Sommersaison vorbereitet wurden.

Er verließ mit dem Sohn leise die Jaranga, um nicht den jüngeren Bruder und die kleine Schwester zu wecken. Pylmau war bereits auf den Beinen und bereitete für die Götter Essen aus Rentierspeck, Robbenfett, getrocknetem Fleisch und winzigen Stücken gefrorenen Entenfetts zu, das mit seiner gelben Farbe wie gute Butter aussah.

Zu den hohen Gestellen, auf denen die Kanus ruhten, kam ganz Enmyn. Viele Kinder in Jakos Alter waren dabei, und John schaute neugierig in ihre Gesichter, als wolle er neue Züge an ihnen entdecken, die sich beim Lernen in der Schule herausgebildet hatten.

Jako rannte zu ihnen, und die Kinder unterhielten sich laut. John dachte, dass die Zeit gekommen sei, wo sein ältester Sohn Geheimnisse vor den Eltern hatte und Dinge dachte, die er und Pylmau mit dem Herzen nicht verstehen konnten. Und sie waren im Recht, die jungen Leute, denn Lesen und Schreiben, das Neue, das sie lernten, die Erweiterung des Horizonts – all das hatten die Eltern nie erfahren. Die Generation, die jetzt heranwuchs, unterschied sich in vielem von ihren Vorfahren. Es würde wohl oft zu Missverständnissen kommen.

Orwo kam langsam auf John zu. Nach altem Brauch leitete er das Ritual und führte die heilige Handlung durch. Jeder, der ein heiliges Mahl mitgebracht hatte, gab es dem Alten. Sie bröckelten es auf eine breite Holzschale.

Orwo sah nicht so feierlich aus wie früher. Im Gegenteil, er schien zerstreut zu sein, irgendwie verstimmt.

»Vielleicht ist es nicht richtig, was ich mache?«, fragte er John leise.

Der verstand die Frage nicht und starrte den Alten verwundert an.

»Ich frage, ob nicht vielleicht ein anderer die Zeremonie durchführen soll?«

»Warum?«

»Armol sagt, dass man nicht gleichzeitig der Vorsitzende des Sowjets sein kann und den Ritus durchführen. Und der Lehrer Anton hat gesagt, die Bolschewiki sind gegen die Götter. Sie sollen keine Nahrung kriegen.«

»Was schadets den Bolschewiki, wenn wir die Götter ein bisschen füttern?«, wandte John ein.

»Wahrscheinlich nicht«, meinte Orwo unentschlossen, »aber trotzdem ... Vielleicht soll ich das heilige Mahl Armol übergeben? Ich sehe, dass er es möchte.«

»Tu das lieber nicht«, sagte John. »Heute will Armol das heilige Mahl, und morgen fällt ihm ein, Vorsitzender des Sowjets zu werden.«

»Der Sowjet wird doch gewählt«, erinnerte Orwo John.

»Aber sicher wird der gewählt, der den Ritus durchführt? Das kann nicht Armol bestimmen«, meinte John.

»Da hast du recht.« Orwo nickte zustimmend. »Die Leute haben mich schon vor vielen Jahren darum gebeten.«

»Dann kannst du ein ruhiges Gewissen haben«, meinte John. »Wenn die Leute dich gebeten haben, sowohl Opferpriester als auch Vorsitzender des Sowjets zu sein, dann tu das eine, ohne das andere zu lassen.«

Orwo nickte schweigend und schritt feierlich an der Spitze der Prozession um die Kanus herum. Der Schnee knirschte laut unter den Füßen, und dieses Geräusch vermischte sich mit dem lauten Gemurmel der heiligen Worte. Von Zeit zu Zeit blieb der Alte stehen, verstreute das Göttermahl, das auf der Stelle und ohne das gewohnte Gekläff und Gerangel von den Hunden aufgefressen wurde.

Die Männer folgten Orwo langsamen Schritts, ganz erfüllt von der Wichtigkeit ihrer Handlung. Sie redeten nicht und achteten wachsam auf die Kinder, damit sie keinen Unsinn trieben und sich genauso feierlich benahmen wie die Eltern.

Stille lag über Enmyn. Der hohe, tiefblaue Himmel spiegelte sich im Schnee, die Sonne schien hell, und es war, als ob die Luft im gleichen Rhythmus atmete wie die Menschen. Es kam ihnen so vor, als sei in der klingenden Stille eine andere Stimme zu hören, die Orwo zu antworten schien.

Plötzlich vernahmen sie einen eigenartigen Laut, einen ganz fremden, Widerhall eines anderen Lebens. Das war das Geläut des kupfernen Glöckchens. Die Jungen, die der Opferung beiwohnten, schauten einander an, blieben zurück und traten von einem Fuß auf den anderen.

Aus der Schul-Jaranga kam Tynarachtyna gerannt. Ein Ärmel des Kherkers war heruntergelassen, mit der bloßen Hand hielt sie das Glöckchen und schüttelte es mit aller Kraft, und mit diesem kupfernen Klang brach sie die feierliche Stille über Enmyn.

Orwo blieb ebenfalls stehen. Er blickte sich verlegen um und suchte nach der Quelle der Störung. Da entdeckte er die rennende Tynarachtyna. Er war so überrascht, dass er die Opferschale schief hielt, und die Götterspeise zur Freude der Hunde in den Schnee fiel.

»Was ist los mit ihr?«, fragte Orwo aufgeregt.

»Sie rennt wie der Renbulle, der die Renkühe zusammenruft«, entfuhr es Tnarat unwillkürlich.

John erinnerte sich, dass in einer Rentierherde dem angesehensten und stärksten Bullen, dem Leittier der Herde, ein kupfernes Glöckchen an die Hörner gehängt wurde.

An seinem Klang konnte der Hirte die Herde immer finden, egal ob er sie in einer undurchdringlichen, schwarzen Herbstnacht suchte oder während eines Schneesturms.

»Sie ruft nicht die Renkühe zusammen sondern die Schüler!«, erklärte Guwat. »Das Glöckchen habe ich dem Lehrer geschenkt, als er bei mir zu Gast war. So hat das Ding wenigstens einen Nutzen. Bei mir in der Jaranga hat es nur rumgelegen …« Guwats Stimme wurde immer leiser, immer matter, je mehr sich Tynarachtyna mit dem Glöckchen näherte.

»Zum Unterricht! Zum Unterricht!«, rief das Mädchen im Takt mit dem Geläut. »Der Lehrer wartet schon lange!«

Alle, die an dem heiligen Ritus teilnahmen, erstarrten. Nicht genug, dass eine Frau sich dem heiligen Ort näherte, sie machte auch noch Radau, schrie und läutete mit einem Glöckchen. Das war eine nie da gewesene und unerhörte Lästerung der heiligen Handlung. Anfangs waren alle verwirrt …

Armol ging dem Mädchen wutentbrannt entgegen. Im Gehen streifte er die Handschuhe ab und presste seine dunklen Fäuste so fest zusammen, dass die Handgelenke als helle Flecken hervortraten. John wappnete sich innerlich in Erwartung eines schrecklichen, nicht wiedergutzumachenden Ereignisses.

Tynarachtyna bemerkte den näher kommenden Armol, blieb stehen und senkte die Hand mit dem Glöckchen. In aller Ruhe erwartete sie den Mann mit den geballten Fäusten.

Alles ging so blitzschnell, dass niemand begriff, was geschah: Die angespannte Stille wurde durch einen lauten Klageschrei zerrissen! Tynarachtyna war stehen geblieben, der arme Armol hielt beide Hände vors Gesicht, heulte und fluchte laut. Mit blutigen Fingern stürzte er sich erneut auf Tynarachtyna, aber die streckte geschickt die Hand aus, und der Mann stürzte in den Schnee.

»Wie kannst du es wagen, die Frau eines Bolschewiken anzugreifen!«, rief Tynarachtyna mit heller Stimme. »Hast du jetzt begriffen, was Gleichberechtigung der Frau bedeutet?«

Armol sprang auf die Beine. Über sein Gesicht lief Blut. Wahrscheinlich hatte Tynarachtyna mit dem Glöckchen genau seine Nase getroffen. »Ich erschlage dich!«, heulte er. »Und deinen Bolschewiken auch! Ich erschieße alle Bolschewiken!« Mit diesem Schrei stürzte er zu seiner Jaranga.

Die Männer schauten schweigend zu, wie die Kinder in der Schul-Jaranga verschwanden. Dann kam Orwo wieder zu sich, stieß mit dem Fuß einen Hund beiseite, der mit seiner Schnauze im Schnee grub, hob die übrig gebliebenen Krümel der Opferspeisung auf und sagte: »Es ist gut möglich, dass er mit seiner Winchester rauskommt! Wir müssen ihn zurückhalten!«

Wie zur Bestätigung von Orwos Worten kam Armol tatsächlich aus seiner Jaranga gerannt. Im Laufen lud er das Gewehr, sein Ziel war die Schul-Jaranga. Als ob ihn ein Windstoß gepackt hätte, stürzte John los und stellte sich Armol in den Weg. »Halt!«, schrie er. »Halt! Dort sind Kinder!«

Aber Armol war bereits auf die Knie gefallen. John trat mit dem Fuß nach dem Gewehr, die Kugel flog in den Schnee, und eine kleine weiße Wolke stiebte auf.

»Geh weg!«, rief Armol. »Dich erschieße ich auch, weißes Lausei ohne Arme!«

Aber John war es bereits gelungen, die Winchester an sich zu reißen. Als sich Armol auf ihn stürzen wollte, richtete er das Gewehr auf ihn und sagte ruhig: »Ich schieße.«

»Schieß doch!«, schrie Armol in seiner Raserei. »Schieß! Ein Weißer erschießt einen Tschuktschen lieber als ein Tier. Einen hast du ja schon getötet! Meinen Freund Toko! Schieß! Töte uns, nimm unsere Frauen und Kinder!«

Tnarat und Guwat schlichen sich von hinten an Armol heran, überwältigten ihn, warfen ihn in den Schnee, banden ihn und schleppten ihn nach Hause.

In der Schul-Jaranga indes lief der Unterricht weiter, so als sei nichts geschehen. Gesittet saßen die Jungen und einige Mädchen nebeneinander. Tynarachtyna kümmerte sich um das Feuer in der Tranlampe und schaffte es einfach nicht, die Flamme zu entfachen.

21

Das Eis war aufgebrochen. Die kleinen Boote schaukelten auf den Wellen.

Sie hatten die Kanus auf langen, aus mehreren Hundeschlitten zusammengebundenen Gespannen zum offenen Wasser gebracht. Die Jungen waren neben den Hundeschlitten hergerannt. Sie hatten keinen Unterricht mehr, die Ferien hatten begonnen, der ganze Sommer war frei.

Anton Krawtschenko hatte erklärt, er wolle ebenfalls zur Jagd gehen. Orwo nahm ihn auf seinem Kanu mit.

Der Lehrer trug robuste Stiefel, eine Kamlejka und Hosen aus Robbenleder. All das hatte Tynarachtyna mit ihren fürsorglichen Händen genäht. Eigentlich waren die Kleider für Notawje bestimmt gewesen, der aber war längst in Tnarats Jaranga gezogen.

Am Horizont flogen Vogelschwärme. Die Schopflunde mit den roten Schnäbeln badeten im eisigen Wasser und schwammen ganz nah an die Kanus heran. Dabei liefen sie Gefahr, von einem gut gezielten Stein aus der Schleuder getroffen zu werden.

Die älteren Kinder gingen ebenfalls auf die Jagd. Die jüngeren schauten neidisch zu, wie Jako und seine Altersgenossen sich ruhig und würdig mit den Jägern unterhielten, ohne sich um die Schopflunde zu kümmern.

Die Gespanne fuhren nach Hause zurück, sie verschwanden hinter dem aufgetürmten Packeis, die Kanus aber nahmen Kurs auf die Beringstraße. Die Segel wurden gesetzt. Das Wasser schlug geräuschvoll gegen den Lederboden, kleine Eisstücke stießen mit dumpfem Laut gegen die Bordwand.

John beobachtete Krawtschenko, der zum ersten Mal an einer Walrossjagd teilnahm. In ihm war ein väterliches Gefühl für den jungen Russen erwacht. Vielleicht weil Anton sich nicht genierte, ihn um Rat zu fragen. Als Tynarachtyna den stolzen Armol niedergeworfen hatte, hatte der Lehrer Johns Ratschlag allerdings missachtet, Enmyn für eine Weile zu verlassen, und selbstbewusst erklärt: »Ein Bolschewik würde niemals zurückweichen und den Kampf bis zum letzten Blutstropfen führen ...« Armol, den sie bis zum späten Abend gefesselt hielten, beruhigte sich allmählich und gab sein Wort, nie wieder eine

Winchester anzufassen. Äußerlich gesehen war alles wieder im Lot, aber John lebte nicht umsonst so viele Jahre in Enmyn, er kannte Armol allzu gut.

Jetzt aber saß Anton mit den Enmynern im Boot und erzählte ihnen fröhlich in gutem Tschuktschisch, wie die reichen russischen Gutsbesitzer auf die Jagd gehen, wie sie Wölfe und Hasen mit Hunden hetzen. Guwat fragte, wem die Beute gehöre.

»Natürlich den Reichen!«

Tnarat wunderte sich: »Und was bleibt den anderen zum Essen?«

»Der Hase ist für den russischen Menschen nicht die Hauptnahrung«, antwortete Krawtschenko. »Das Wichtigste für ihn ist Brot.«

»Aber von Brot allein wird man nicht satt«, warf Guwat ein. »Da muss man ja Unmengen verspeisen!«

Krawtschenko erklärte den Jägern, was der russische Bauer außer Brot aß. Seine Erzählung war auch für John interessant, der vom Leben der Landarbeiter außer den Informationen, die er aus Büchern hatte, kaum etwas wusste.

»Das ist nicht gut«, äußerte Guwat seinen Zweifel. »Mit so einer riesigen Menschenmenge einen einzigen Hasen zu jagen und ihn dann einem einzigen Menschen zu geben, der nicht einmal mitgejagt hat, sondern auf dem Pferd gesessen hat wie ein Ewenke auf dem Ren.«

»Da hast du völlig recht, Guwat«, sagte Krawtschenko. »Aber so ist es doch immer: Der Herr bekommt das meiste. Gegen diese Ungerechtigkeit sind die russischen Arbeiter und Bauern aufgestanden. Und wir werden auf unserem Tschukotka diesen Brauch ebenfalls ausrotten.«

»Bei uns gibts so was nicht, dass ein einziger Mensch

allein den Hasen isst«, entgegnete Guwat. »Es stimmt, ein Hase hat wenig Fleisch, aber den Nachbarn laden wir unbedingt ein. Und wenn eine Robbe getötet wird oder ein anderes großes Tier, dann kriegen alle was ab.«

Solcherart Gespräche führten sie auf der ganzen Fahrt von Enmyn nach Uëlen. Krawtschenko klagte:

»Es ist schwer, bei den Leuten Klassenbewusstsein zu wecken. Sie begreifen es nicht.«

»Warum soll geweckt werden, was es nicht gibt?«, erwiderte John.

»Das verstehe ich nicht ...«

»Was für Klassen gibt es bei den Tschuktschen?«, konkretisierte John seine Ansicht.

»Sagen Sie das nicht!«, wandte Krawtschenko ein. »Die Grundlage für die Aneignung von Besitz ist immerhin vorhanden.«

»Die sozialistische Lehre verurteilt Eigentum, das durch Diebstahl und Ausbeutung anderer angehäuft wurde«, sagte John. »Wen aber haben, sagen wir, Orwo oder Armol ausgebeutet? Oder Tnarat? Und sie sind alle drei Besitzer von Kanus.«

»Und Armagirgin!«, konterte Krawtschenko feierlich. »Oder Ilmotsch! Sind sie etwa keine klaren Ausbeuter? Und was für welche! Denken Sie nur an Armagirgin! Was für Geschichten über ihn erzählt werden, dass er angeblich auf Menschen geritten ist ...«

»Das habe ich mit eigenen Augen gesehen«, antwortete John. »Und dann habe ich mit ihm zusammen im Gefängnis gesessen und seinen Tod gesehen ...«

»Seinen Tod?«, wunderte sich Krawtschenko. »Wurde er getötet?

»Er hat sich selbst erdrosselt, mit einem Gürtel«, antwortete John.

Krawtschenko wurde nachdenklich, dann sagte er langsam: »Das wäre mir nicht im Traum eingefallen, dass hier alles so kompliziert ist. Nur aus der Ferne sieht es so aus: eine primitive Gesellschaft, die Epoche des Verfalls der Urgesellschaft ... In unserem marxistischen Zirkel habe ich Engels' Arbeit über die Entwicklung des Menschen gelesen. Da ist alles ganz klar. Als ich aber hierherkam, stimmte vieles nicht mit dem überein, was in den Büchern stand. Wo ist die Gentilordnung? Wo ist sie bei den Tschuktschen geblieben? Es sieht so aus, als hätte es diese Ordnung hier gar nicht gegeben, als hätten sie sie einfach übersprungen oder nicht angenommen, sodass keine Spuren von ihr geblieben sind. Wie soll man da den Klassenkampf führen? Wer ist für uns, wer gegen uns? ... Als wir das erste Mal nach Uëlen gekommen sind, haben wir versucht, uns zurechtzufinden. Der Älteste der Siedlung, Gemalkot, der in jeder Hinsicht unser Klassenfeind ist, wurde unser Helfer, unser erster Berater.«

»Hat er jemanden ausgebeutet?«, fragte John.

»Wie soll man das sagen«, antwortete Krawtschenko unsicher. »Wissen Sie, das ist so eine Sache ... Er hat drei Schaluppen. Mit den Schaluppen jagen seine Landsleute, vor allem seine Verwandten. Wenn sie mit Beute zurückkommen, geht Gemalkot zum Ufer, guckt, was sie anschleppen, und nimmt sich nur die Stoßzähne, manchmal die Haut, alles andere teilen die Jäger untereinander ... So sammelt er von jeder Schaluppe die Hauer, die Walbarten und die Haut ein, fährt damit nach Alaska, um alles zu verkaufen, und schafft neue Sachen an. Aber was kauft er? Bretter zur Reparatur der Schaluppen, eine Harpunenkanone für die Waljagd, Treibstoff für die Außenbordmotoren ... Als wir ihm mitgeteilt haben, dass er in Zukunft alle seine Schaluppen und Harpunengewehre an die Gesellschaft abgeben muss, hat er gesagt: ›Dafür hab ich ja alles angeschafft. Nicht für mich, sondern für die Menschen.‹ Das kam völlig unerwartet. Was soll man mit so einem machen?«

Hinter dem Kap kam Uëlen zum Vorschein. Das Küsteneis war verschwunden, am Ufer lagen die Schaluppen und Kanus zur Ausfahrt bereit. Gleich daneben standen die Zelte der Jäger aus den Nachbarsiedlungen. Die Leute waren ans Ufer gekommen, um die Ankömmlinge zu begrüßen. Unter ihnen erkannte John Alexej Bytschkow, Gawrila Rudych, Tegrynkëu, Gemalkot und neue Russen, die er noch nie gesehen hatte und die die Ankömmlinge neugierig musterten.

»Kakomej!«, hörte man es von allen Seiten rufen.

John drückte den Vertretern des Revolutionskomitees die Hand, nickte den alten Bekannten zu, die er früher auf Uëlens Straßen getroffen hatte, besonders warm und herzlich aber begrüßte er Tegrynkëu.

»Du bist mein Gast«, sagte Tegrynkëu. »Und dein Sohn Jako ebenfalls.« John wunderte sich nicht, dass Tegrynkëu Jakos Namen nannte. Ein gut informierter Mensch kannte alle Bewohner von Uëlen bis zur Mündung des Flusses Amguemy beim Namen.

Krawtschenko wurde von seinen Genossen umringt, sie klopften ihm auf die Schulter, umarmten ihn, lobten begeistert sein gesundes Aussehen und fragten nach seiner Braut.

»Was für eine Braut?«, antwortete Krawtschenko verlegen. »Ich bin bereits verheiratet.« Er holte ein ordentlich zusammengefaltetes Papier aus der Tasche, auf dem stand: »Der Sowjet der Siedlung Enmyn in Person seines Vorsitzenden Orwo bestätigt die Eheschließung zwischen Tynarachtyna und Anton Krawtschenko«. Darunter war ein dunkler Fleck zu sehen.

Alexej Bytschkow las das Papier aufmerksam durch und erriet – der Fleck war der Daumenabdruck des Vorsitzenden des Sowjets, der weder lesen noch schreiben konnte.

»Du hast doch geschrieben, dass deine Frau Tanja heißt.«

»Ihr offizieller Name ist Tynarachtyna, aber zu Hause nenne ich sie Tanja«, erklärte Krawtschenko.

Krawtschenko wurde in das Haus geführt, in dem auch die Mitglieder des Revolutionskomitees wohnten.

»Heute heizen wir das Badehaus«, verkündete Gawrila schwärmerisch. »Wir werden uns richtig waschen. Du hast dich in deinem Enmyn bestimmt nie gewaschen?«

»Als wir geheiratet haben«, antwortete Krawtschenko, »ist Tanja gleich zu Pylmau gerannt und wollte sich bei ihr den einzigen Handwäscher borgen, den es in ganz Enmyn gibt, aber sie hat ihn nicht hergegeben. Da hat Tanja unseren Meister Tnarat gefragt. Der hat irgendwo eine große Büchse für technisches Öl gefunden mit der Aufschrift »Standard Oil«, hat unten einen Hahn aus Kupfer drangemacht – und der Handwäscher war fertig. Er wird jetzt von allen meinen Schülern benutzt.«

Zu Ehren des Genossen aus Enmyn hatte sich Bytschkow ins Zeug gelegt: Er hatte so etwas Ähnliches wie

Borschtsch gekocht, mit Walrossfleisch, und Pelmeni mit Entenfleisch.

»Was macht die Schule in Uëlen?«

»Der Unterricht läuft ganz normal, wenn man davon absieht, dass wir keine Schreibsachen haben«, antwortete Alexej. »Die Verhältnisse werden immer komplizierter. Wir haben eine Nachricht aus dem Revolutionskomitee von Kamtschatka erhalten: Die weißgardistischen Banden von Botschkarjow planen, uns von Petropawlowsk und Anadyr abzuschneiden. Das Revolutionskomitee von Kamtschatka bereitet sich darauf vor, in die Berge zu gehen. Gawrila und ich müssen uns nach Petersburg durchschlagen.«

»Nach Petersburg?«, fragte Krawtschenko und stellte verwundert seinen Teebecher auf den Tisch.

»Nach Petersburg«, bestätigte Bytschkow mit ernster Miene. »Fast der gesamte Ferne Osten ist von den Japanern, Weißgardisten und amerikanischen Expeditionstruppen besetzt...«

»Und wie wollt ihr nach Petersburg durchkommen? Durch die Luft oder wie?«, fragte Krawtschenko ungläubig.

»Wir haben viel Geld zusammen«, fuhr Bytschkow fort. »Valuta, die wir bei den Händlern konfisziert haben. Dieses Geld braucht die Republik dringend. Wir haben alles mehrmals durchdacht und beschlossen, über Amerika nach Russland zu fahren.«

»Über Amerika?« Krawtschenko war von der Kühnheit des Plans verblüfft. »Aber ihr werdet doch im erstbesten Hafen geschnappt! In Nome erkennt euch Robert Carpenter und verrät euch.«

»Auch das haben wir bedacht«, sagte Bytschkow lachend. »Mit Robert haben wir ein Abkommen.«

»Wie?«, fragte Krawtschenko verwundert.

»Im Winter war er heimlich in Keniskun. Der Kerl hat Mut, das muss man ihm lassen. Im Winter ist die Beringstraße wegen des ständigen Eisgangs unpassierbar. Es gibt nur zwei oder drei Tage, an denen das Eis fest steht. Und an einem solchen Tag ist Robert losgegangen und in Keniskun aufgetaucht, bei seiner Familie. Dort haben wir ihn erwischt. Und mit ihm geredet. Er hat beteuert, dass er sich nach seiner Familie gesehnt hat, er hat sogar geweint. Aber ich habe gefühlt, dass da ganz andere Interessen im Spiel waren. Es roch nach Gold. Er hat vorgeschlagen, mit uns zusammenzuarbeiten, hat uns großen Profit versprochen. Unsere Antwort war ausweichend, wir haben ihn zurückgeschickt. Ich glaube, er ist so fest mit dem tschuktschischen Boden verbunden, dass er die Beziehungen mit uns nicht verderben will. Jedenfalls in der gegenwärtigen Etappe.«

»Aber trotzdem ist es ein großes Risiko«, bemerkte Krawtschenko. »Mehr Risiko als Hoffnung auf einen guten Ausgang.«

»Aber einen Versuch müssen wir wagen«, sagte Alexej. »Hier ist das Geld in großer Gefahr. Jeden Tag kann das weißgardistische Schiff kommen. Aus diesem Grund schlagen wir auch dir vor, nach Uëlen zurückzukehren.«

»Das kann ich nicht.«

»Warum nicht?«

»Erstens ist meine Familie in Enmyn, zweitens kann ich die Schule nicht im Stich lassen, und drittens, wenn die Weißgardisten tatsächlich in Uëlen landen, dann brauchen wir einen Stützpunkt in einer anderen Siedlung.«

»Das ist ein vernünftiger Gedanke!«, sagte Gawrila. »In Uëlen bleiben Drabkin und Tegrynkëu zurück!«

»Ja, stimmt, Tegrynkëu«, bestätigte Bytschkow und nickte zustimmend. »Nun, was solls, deine Entscheidung überzeugt uns.«

In jenen Tagen fand auch in Tegrynkëus Jaranga ein Gespräch über das zukünftige Leben statt.

Die Tschuktschen saßen um das Feuer herum – Uëlener und Leute aus den Nachbarsiedlungen, die zur Walrossjagd gekommen waren, Eskimos aus Unmyn, Nomaden, die immer unvermutet im Frühling zur Walrosszeit am Kap Deshnjew auftauchen. Sie hatten in einiger Entfernung vom lodernden Feuer Platz genommen, tranken Tee und hörten Tegrynkëu aufmerksam zu, der mit heiserer Stimme erzählte, dass auf Tschukotka bald russische Menschen mit großem Wissen auftauchen würden. Sie könnten jede beliebige Krankheit heilen, nicht nur die Krätze. Es hieße, dass sie sogar einen Körperteil, der zu nichts mehr Nutze war, abtrennen und einen neuen annähen könnten.

Guwat fragte plötzlich: »Und woher nehmen sie den neuen Körperteil? Trennen sie den von einem lebenden Menschen ab oder wie?«

Tegrynkëu, auf solch eine Frage nicht vorbereitet, war äußerst verwirrt, er schaute John flehend an und bat ihn um Unterstützung.

Da musste sich John ins Gespräch einschalten und den Zuhörern von chirurgischen Operationen erzählen.

»Was? Ein Teil des Magens wird einfach weggeschnitten!«, rief Guwat verwundert. »Das heißt, der Mensch braucht dann nicht mehr so viel zu essen!«

Ein Eskimo aus Unmyn stellte in gebrochenem Tschuktschisch eine lange Frage: »Es heißt – die Macht der Armen. Das verstehe ich. Und dann sagen sie noch, je ärmer der Mensch, desto besser ist er. Bei uns gab es so einen Menschen – Ituk. Ärmer als er war in der Siedlung nur noch ein herrenloser Hund. Und dieser Mensch ging so weit, dass er anfing zu stehlen. Soll man dem etwa die Macht geben? Und wozu ist überhaupt die Macht da? Ich denke, keiner braucht sie, außer denen, die sie haben. Für alle, die unter dieser Macht stehen, gibt es nur Unannehmlichkeiten. Und die, die die Macht besitzen, haben nur das Vergnügen und die Möglichkeit, die Untergebenen anzuschreien.«

Tegrynkëu wollte schon antworten, aber der Eskimo ließ sich nicht unterbrechen: »Armut wird als Verdienst angesehen, dabei wird vergessen, zu fragen, woher diese Armut kommt. Nehmen wir mal an, die Macht der Armen kommt. Aber woher kriegen wir dann alles, was wir brauchen? Wer wird uns Patronen verkaufen, den Stoff für Kamlejkas, Eisenfallen, Tee, Zucker, Tabak, brennbaren Tran für die Motoren? Muss da nicht einer reich sein, um uns das alles verkaufen zu können? Ich verstehe das nicht.«

»Die Bolschewiki sagen ...«

»Worte, denen keine Taten folgen, sind leer«, fuhr der Eskimo fort, Tegrynkëus erhobene Hand missachtend. »Die Bolschewiki reden, Waren aber haben sie nicht, die müssen wir sowieso bei den Amerikanern kaufen ... Ich habe diese Bolschewiki gesehen, sie waren bei uns, hier sehe ich sie auch. Sie benehmen sich nicht gut ...«

Aus allen Ecken des geräumigen Tschottagin waren protestierende Rufe zu hören.

»Jawohl, sie benehmen sich nicht gut und nicht richtig!« Der Eskimo hob seine Stimme. »Sie reden von der Gleichberechtigung der Frau, leben wie wir, empfinden keine Abscheu, unsere Kinder zu heilen, sie zu waschen, ihnen Lesen und Schreiben beizubringen. Sie kleiden sich sogar so wie wir. Wenn man einen solchen Bolschewiken aus der Ferne sieht, kann man ihn kaum von einem Tschuktschen oder Eskimo unterscheiden. Aber stand der weiße Mann jemals mit uns auf gleicher Stufe? Niemals!«, sagte der Eskimo entschieden, blickte John an und bemerkte wie nebenbei: »Außer Son Magljalin.«

John stellte fest, dass sie ihn hier schon viele Male Magljalin genannt hatte, sie hatten seinen richtigen Namen in die eigene Sprache übersetzt. Magljalin – der mit dem Hundeschlitten fährt. Gar nicht so schlecht ...

»Darin liegt die Kraft der Bolschewiki!«, fiel Tegrynkëu mit lauter Stimme dem Eskimo ins Wort und gebot ihm zu schweigen. »Sie waren es, die uns die Augen dafür geöffnet haben, dass alle Menschen gleich sind. Gleich sind, weil sie arbeiten. Niemand will, dass wir ein armes Leben führen. Das stimmt nicht. Dort, im fernen Russland, lebt Genosse Lenin und der ...«

»Wessen Genosse?«, rief der Eskimo, der sich den Mund nicht verbieten ließ.

»Meiner«, antwortete Tegrynkëu keck, »und deiner auch.«

»Ich habe ihn nie gesehen«, entgegnete ihm bissig der Eskimo.

»Höre, was er sagt, und du verstehst, wessen Genosse er ist«, fuhr Tegrynkëu fort. »Wie haben die Menschen in Russland gelebt? Dort gab es Reiche und Arme. Menschen, die gearbeitet haben, und welche, die nicht gearbeitet haben, sondern sich das genommen haben, was die Arbeitsmenschen hergestellt haben. Dort leben sie nämlich nicht von der Jagd, sondern von anderen Dingen. In großen Häusern versammeln sich viele Menschen und stellen gemeinsam Maschinen her. Auf Feldern, auf Erde, werden Pflanzen angebaut und geerntet, aus denen dann Mehl gemahlen wird. Diese Menschen arbeiten, die anderen aber, die in der Minderheit sind, schauen nur zu und nehmen sich dann das Hergestellte und lassen den Arbeitern nur ein ganz kleines bisschen übrig, damit sie nicht verhungern. So war das Leben in Russland und in anderen Ländern auch. Son kann das bestätigen.«

John MacLennan nickte schweigend.

»Waren das ihre Sklaven oder was, wie in den alten Legenden?«, fragte Guwat.

»Schlimmer«, antwortete Tegrynkëu. »Sklaven wurden in Kriegen erobert, aber diese Menschen waren Leibeigene … Ein ganz friedlich eroberter Besitz.«

»Wie konnte denn das passieren?« Guwat wollte es genau wissen, er brachte Tegrynkëu aus der Fassung.

»Davon später«, sagte Tegrynkëu verärgert. »Jetzt müssen wir darüber nachdenken, wie wir in Zukunft leben wollen … Der Eskimo hier hat gefragt: Wie sieht das aus – die Macht der Armen? Das bedeutet überhaupt nicht, dass ein armes Leben beginnt und man nirgendwo mehr ein Päckchen Tee oder eine Prise Tabak herkriegt. Alles, was das werktätige Volk herstellt, wird allen gehören, die arbeiten. Lenin lehrt: Wer erschafft den Reichtum der Erde? Die arbeitenden Menschen. Der Tabak, das Mehl, der Stoff für die Kamlejka, geschliffene Stahlnadeln, Außenbordmotoren, große Dampfer aus Eisen – all das schaffen die arbeitenden Menschen mit ihren Händen. Also gehört ihnen, den Werktätigen, all dieser Reichtum. Ist das etwa nicht gerecht?«

»Ist doch klar!«, rief zur Überraschung aller der uneinsichtige Eskimo.

»Und was wird, wenn einer faul ist?«, mischte sich Guwat erneut ein.

»Halt endlich den Mund!«, schrie Orwo ihn an.

»Und das soll Gleichberechtigung sein«, brummte Guwat.

»Wenn du hungrig bist, dann bist du nicht faul«, sagte Gemalkot belehrend. Bis dahin hatte er an seiner erloschenen Pfeife gesaugt und geschwiegen.

»Rjew! Ein Wal!«, rief ein Junge, der atemlos angerannt kam.

Der Tschottagin war im nächsten Augenblick wie leer gefegt. Die Jäger stürzten zum Ufer. Allen voran Tegrynkëu. Auf einem Holzmast, der in der Nähe von Gemalkots Jaranga aufgestellt worden war, saß der Beobachter mit dem Fernglas und zeigte mit der Hand aufs Meer. Die Jäger nahmen die Schaluppen von den Gestellen, drehten die Kanus um und ließen sie in aller Eile zu Wasser. Anton Krawtschenko kam angerannt, als das Kanu bereits im Wasser lag. Er sprang gleich vom Ufer aus hinein und landete beinahe auf dem Hals von Guwat, der sich gerade niederbeugte.

Die Segel wurden gesetzt, und die Karawane verfolgte den Wal.

Ganz still war es geworden in Uëlen. Die Älteren achteten darauf, dass die Kinder nicht schrien, die Frauen hantierten vorsichtig mit dem Metallgeschirr, damit es nicht klapperte, die Hunde wurden in den Tschottagin getrieben und die Türen geschlossen, damit sie nicht wieder hinausrannten. Die draußen geblieben waren und mit dem Fernglas die Waljagd beobachteten, flüsterten miteinander.

Gleich hinter der Schaluppe der Uëlener fuhr das Kanu aus Enmyn. Am Heck saß Gemalkot, der unverwandt auf die Walfontäne starrte. Sie heizte die Jagdlust an.

Orwo steuerte das Kanu auf die linke Seite der Uëlener Schaluppe. John, Tnarat und Guwat machten eilig die Harpunen fertig, die auf dem Kanuboden lagen. Niemand hatte geahnt, dass sie so plötzlich Verwendung finden würden. Krawtschenko blies die Schwimmblasen auf. Mit den aufgeblähten Backen sah er sehr komisch aus. Er gab sich Mühe, keinen Krach zu machen, aber von Zeit zu Zeit flogen seine Pustgeräusche gemeinsam mit den Flattergeräuschen der Segel und dem Murmeln des Wassers unter dem Kiel der Schaluppen und der Kanus übers weite Meer.

Die Fontäne kam immer näher. Der Wal schwamm am Ufer entlang in Richtung Westen. Entweder sah er die Verfolger nicht oder er hielt die Boote für ihm freundlich gesinnte Wesen, denn er bewegte sich ruhig und gleichmäßig.

Die Männer refften die Segel, und die Boote fuhren langsamer. Ohne einen einzigen Laut wurden die großen Riemen in die Dollen gelegt, die noch trocknen Schaufeln hingen unruhig über dem Wasser.

Der Wal war jetzt ganz nahe. Als das Tier aus der Tiefe nach oben tauchte, um Luft zu holen und eine riesige Fontäne aussprühte, sah Krawtschenko seinen langen bläulichen Körper.

Die Schaluppe der Uëlener fuhr direkt an den Wal heran. Drei Harpuniere standen wie erstarrt am Kiel. Tnarat und Guwat standen im Kanu der Enmyner ebenso starr. Die prall aufgeblasenen Schwimmblasen schaukelten auf den Wellen und schienen lebendig zu sein.

Die Schaluppe bewegte sich kaum. Gemalkot hatte sie genau zu der Stelle gebracht, wo der Wal wieder aus dem Wasser auftauchen musste. Woher er das wusste, konnte er wahrscheinlich nicht einmal selbst erklären.

Der riesige Körper kam aus der Meerestiefe. Er trieb winzige Luftbläschen nach oben. Dann zeigte sich der Kopf, die Fontäne spritzte, die Harpuniere jedoch blieben unbeweglich stehen. Erst, als der Kopf wieder eintauchte und der Wal unter Wasser seine Fontäne ausstieß, zuckten die Hände der Harpuniere, und die scharfen Klingen drangen in die geschmeidige Walhaut. Die langen Harpunen sprangen aus dem Boot, die Riemen rollten ab, und die Schwimmblasen sprangen wie lebendig durchs Wasser.

Gemalkot riss die Schaluppe zur Seite und machte dem Enmyner Kanu Platz, das jetzt direkt vor dem Wal stand. Aber nur Tnarats Harpune erreichte ihr Ziel. Guwats rutschte über die Schwanzflosse und tauchte ins leere Wasser. Plötzlich ging der Wal in die Tiefe. Das Ende des Riemens pfiff an Anton Krawtschenkos Gesicht vorbei, und die drei Schwimmblasen, die an Tnarats Harpune festgebunden waren, hüpften über Bord und verschwanden sofort im Wasser.

»Gut«, lobte Orwo die Männer und rief John zu: »Jetzt lass den Motor an.« Auch auf der Schaluppe der Uëlener heulte der Motor auf.

Die Boote beschrieben einen großen Kreis. John wusste

aus Erfahrung, dass der Wal nicht weiter harpuniert werden musste. Sechs Schwimmblasen reichten, damit der Meeresriese nicht in der Tiefe verschwand und sie ihn verloren.

Nun stellten sich die Schaluppen und Kanus zu einem großen Karussell auf, auf dessen Außenseite sich der harpunierte Wal befand.

Krawtschenko war so beeindruckt, dass Guwat ihn mehrere Male anstoßen musste, um ihm klar zu machen, dass jetzt die Zeit gekommen war, die Winchester zu laden und in den Kopf des Wals zu schießen.

Es krachte. Als die Schaluppe und das Kanu vor dem verwundeten Tier standen, dröhnte eine vielstimmige Salve und das Wasser schäumte.

Krawtschenko schoss und schoss, bis er merkte, dass der Lauf der Winchester heiß geworden war. Das Jagdfieber machte alle gleich. Orwo ließ von Zeit zu Zeit das Steuer los und griff nach dem Gewehr. Aber erst stellte er das Kanu so hin, dass es nach dem Trägheitsgesetz noch einige Zeit auf dem richtigen Kurs lag.

Schließlich nahm der Wal seine letzten Kräfte zusammen und tauchte zum Meeresgrund, die Kette der Schwimmblasen mit hinabziehend.

Die Gewehre verstummten. Die Schaluppen und Kanus standen jetzt still. Und in dieser angespannten Stille tauchten die Schwimmblasen, eine nach der anderen, mit einem leisen Blubb wieder auf und legten sich ruhig aufs Wasser. Die Uëlener Schaluppe fuhr langsam an den Wal heran, der Harpunier zog sacht an den Riemen und gab mit der Hand ein Zeichen: alles vorbei, der Wal ist tot.

Da fuhren alle anderen Boote zum Wal hin. In dieser

scheinbar chaotischen Bewegung war eine vor langer Zeit festgelegte Ordnung. Die Harpuniere schnitten aus dem Körper des getöteten Tieres die stählernen Spitzen und große Stücke Speck und Haut. Andere bohrten Löcher in den Körper des Wals und zogen die Schleppseile durch. Große Stücke Walhaut mit Speck wurden in die Schaluppen und Kanus geworfen, und die Männer, die gerade nichts zu tun hatten, machten sich über die Leckerbissen her.

Krawtschenko kaute den Speck und fühlte, wie das von seiner Körperwärme geschmolzene Fett die Kehle hinunterrann und ihn mit Kraft füllte. Etwas Riesiges, Seltsames kroch in seiner Brust hoch und suchte nach einem Ausgang. Er redete laut, lachte, und die anderen benahmen sich genauso wie er, sogar MacLennan, der nie aus der Ruhe zu bringen war, wurde übermütig.

Die Boote stellten sich zu einer Kolonne auf und schleppten den Wal ans Ufer. Je näher sie dem Land kamen, desto größer wurde ihre Freude. Niemand klagte über Müdigkeit, obwohl die Jagd alle erschöpft hatte. Entweder hatte der Waltran diese aufputschende Wirkung, oder der Sieg über den Meeresriesen hatte alle beflügelt. Sogar nach dem Zerlegen des Tieres, das bis weit nach Mitternacht dauerte, wollte das Gelächter in der Siedlung nicht verstummen.

Krawtschenko rannte mit fettigen, klebrigen Händen am Meeresufer hin und her und erzählte seinen Freunden von der Waljagd, bis Tegrynkëu zu ihm trat und ihn mit sich schleppte. Sie gingen in die Siedlung hoch, zu Gemalkots Jaranga, und von dort in eine große Behausung, die ihrem Aussehen nach an eine Jaranga erinnerte.

»Das ist unser Klegran«, erklärte Tegrynkëu.

Krawtschenko beherrschte die tschuktschische Sprache schon recht gut, sodass er gleich begriff, dass diese Jaranga der berühmte Klegran war, von dem die Tschuktschen erzählt hatten. Er hatte geglaubt, dass der Klegran schon seit langem verschwunden war, genauso wie die blutigen Stammesschlachten ins Nichts gegangen waren und die Zeiten, als der tschuktschische Jäger ein Krieger war und außer Pfeil und Köcher auch eine schwere Rüstung aus dicker, undurchdringlicher Walrosshaut getragen hatte.

Klegran heißt wörtlich übersetzt: Männerklub. Während der heiligen Opferbringung und des Waltanzes wurde keine Frau in den Klegran gelassen.

Das Innere der Jaranga bestand aus einem großen Tschottagin. In der Mitte, direkt unter dem Rauchabzug, brannte ein Feuer, das die Jaranga wärmte. Der Rauch entschwand auf direktem Weg in den Himmel. Auf den Wänden, die mit Amuletten, ausgestopften Bälgern geheimnisvoller Tiere und mit hölzernen, blankpolierten Walfiguren vollgehängt waren, lag der helle Widerschein des Feuers. Neben dem Feuer kleidete sich der bekannte Uëlener Schamane Frank an.

Der Alte besaß auch einen tschuktschischen Namen – Mletkin. Frank hatte er sich nach einer langen Reise durch den amerikanischen Kontinent genannt. Es hieß, er beherrsche Lesen und Schreiben und habe eine meteorologische Station, die es ihm ermöglichte, nicht nur das Wetter für zwei, drei Tage vorherzusagen, sondern sogar eine Diagnose über den Zustand des Meereseises zu geben.

Frank schaute die eintretenden Männer an, in seinen Augen blitzte das gelbe Feuer des Unmuts.

»Keine Angst«, ermutigte Tegrynkëu Anton. »Mach alles genauso wie Son.«

John MacLennan befeuchtete mit dem Sänger Rentyn und dem jungen Atyk, dem besten Tänzer von Uëlen, die straff über die Jarar, die Schamanentrommel, gespannte Haut. Die Trommeln dröhnten leise, und dieser Laut begleitete das gedämpfte Gespräch.

Die Kommunisten lehnen die Religion ab, fiel es Krawtschenko plötzlich ein, und er stellte sich vor, wie es wäre, wenn der Vorsitzende des Petrograder Sowjets mit dem Kommissar eine Kirche beträte ...

»Komm, lass uns lieber gehen, Tegrynkëu.«

»Wenn wir gehen«, antwortete Tegrynkëu, »dann beleidigen wir für alle Zeit die besten Jäger der Meeresküste. Sie werden sich von der Sowjetmacht abwenden. Das hier wird interessant für dich sein, und du kannst abwägen, was schlecht ist und was man in das zukünftige Leben mitnehmen kann. Nur ein Neugeborenes kommt nackt auf die Welt, wir aber sind erwachsene Menschen und müssen entscheiden, was wir übernehmen und wovon wir uns lossagen.«

»Aber das ist reine Mystik«, flüsterte Krawtschenko.

»Dieses Wort kenne ich nicht«, antwortete Tegrynkëu und flüsterte Anton ins Ohr: »Schau lieber zu!« Es hatte ihn viel Mühe gekostet, Frank zu überreden, dass er Anton Krawtschenko mitbringen durfte, und der erzählte nun solchen Unsinn.

»Wir haben schon einen Weißen«, hatte der Schamane ihm entgegengehalten und John MacLennan damit gemeint.

»Aber Anton ist nicht nur ein Weißer, sondern auch

der Vertreter der neuen Macht, außerdem ist er mit einer Tschuktschin verheiratet. Und die Hauptsache, er war heute mit auf der Waljagd«, versuchte Tegrynkëu Frank zu überzeugen. »Das Volk hat die Sowjetmacht angenommen. Warum soll ein Mann abseits stehen, der für das Wohl des Volkes lebt?«

Als ein Mann, der für das Wohl des Volkes lebte, bezeichnete sich der Schamane Frank in den heiligen Liedern ebenfalls, und man musste ihm Gerechtigkeit widerfahren lassen – er war tatsächlich ein nützliches Glied der Gesellschaft. Er sagte das Wetter voraus, heilte Krankheiten, konnte Schmerzen lindern, kannte viele Sprachen – vom Russischen und Englischen bis zum Ewenkischen und Jakutischen – und hatte unzählige Legenden und Erzählungen aus der Geschichte des Volkes im Kopf.

»Meinetwegen, soll er kommen«, hatte Frank zugestimmt und gebeten: »Er soll aber still sein und weder was aufschreiben noch aufzeichnen.«

Eine der befeuchteten Trommeln gaben sie Frank, und er begann ein uraltes Lied über die Größe des Menschen zu singen, über seine Kraft und seine Gabe, mit den Herrschern der Meerestiefe in Eintracht zu leben.

Mit halb geschlossenen Augen lauschte John MacLennan dem Gesang, er spürte eine Kraft in sich hochsteigen, eine Befriedigung, er meinte mit den unsichtbaren Kräften, die die Welt lenkten, zusammenzufließen. Zeitweilig schien es ihm, als ob alles im Traum geschähe. Er öffnete ein wenig die Augen und sah, dass alles reale Wirklichkeit war, die sich in einen Traum verwandelt hatte, oder ein Traum, der Wirklichkeit geworden war.

Als Tegrynkëu ihn berührte, kam John wieder zu sich.

Junge Männer bedienten die Gäste mit gekochtem Walfleisch, das auf einem langen Holzteller ausgebreitet lag, dazwischen gleichmäßig gewürfelter Walspeck.

Was passierte da? Einerseits war eine neue Macht angebrochen, die Macht des Volkes. Andererseits erlebte er diesen uralten Brauch, bei dem zwei weiße Männer anwesend waren: er, der Kanadier John MacLennan, und der russische Bolschewik Anton Krawtschenko. Der Russe war offenbar ebenfalls durch das Geschehen erregt. Was also war stärker? Was in Jahrhunderten zur Gewohnheit geworden war oder das völlig Neue, Unbekannte? Dem Menschen war eigen, vorwärts zu gehen. Du solltest nicht dein Maß an andere legen, wenn du stehen geblieben bist und beschlossen hast, dich langsam an die neue Zeit zu gewöhnen. Früher oder später musst du dich doch dem Fortschritt öffnen, das war nicht nur ein Gesetz der Natur, sondern auch des Menschen. Reif auf der Schwelle – obwohl es doch nur eine Eisblume war, war es ein Zeichen dafür, dass der Frühling begonnen hatte.

Nach Franks rituellem Tanz begannen die Trommeln in den Händen der jungen Jäger laut zu dröhnen.

Von Zeit zu Zeit verstummten die alten Lieder, die Menschen kehrten zum Tisch zurück und reichten auch den heiligen Figuren der Meerestiere etwas zu essen.

Frank gab ein Zeichen, da verließen die Männer den Klegran und bildeten eine Prozession zu den sechs heiligen Steinen am Westteil der Uëlener Landzunge. An der Spitze lief Frank, er hielt die Opferschale in den Händen. Hinter ihm gingen Atyk und Rentyn mit Schellen. John MacLennan, Tegrynkëu und Krawtschenko bildeten den Schluss.

Die Mitglieder des Revolutionskomitees fielen unter den Menschen auf, die den Weg der Prozession säumten.

Alexej Bytschkow schaute Krawtschenko missbilligend an und flüsterte: »Nimmst du am Kreuzgang teil?«

Frank indes warf Walfleischstücke und Walspeck in Richtung Meer und ging dann in seine Jaranga.

Da erst begann die richtige Feier. Die Schellen erklangen, und ihr Echo schallte von den über dem Meer hängenden Felsvorsprüngen wider. In die Mitte des Kreises sprang der unverwüstliche Atyk. Er tanzte den Waltanz der Jäger, und alle, die heute auf dem Meer waren, erinnerten sich, was sie auf der Jagd erlebt hatten und feuerten den Tänzer mit Zurufen an.

Der Eskimotänzer Nutetëin warf die Kamlejka ab, zog mit Perlen bestickte Handschuhe an und trat in den Kreis. Der alte Tanz von der Möwe, die vom Sturm überrascht wird, erregte die Menschen. Die Frauen, die hinter den Männern standen, sangen leise mit heiserer Männerstimme.

Die Sonne schien hinter den Felsen hervor, die über dem Meer hingen. Die Mädchen kamen in farbigen Kamlejkas aus der Siedlung.

Alexej wandte sich an Krawtschenko und sagte begeistert: »Das ist wunderschön!«

»Es verschlägt einem den Atem!«, entgegnete ihm der Milizionär Drabkin.

»Und du sagst – Kreuzgang!«, bemerkte Krawtschenko vorwurfsvoll.

John saß neben Tegrynkëu und klopfte mit der verstümmelten rechten Hand den Takt aufs Knie.

Das Leben ging seinen Gang. Morgen würden die Schaluppen und Kanus aufs Meer hinausfahren nach Nahrung für die Menschen, die am Rande des Planeten lebten. Dann würden alle in ihre Siedlungen zurückkehren und sich auf den harten Winter vorbereiten. Bliebe da Zeit für Veränderungen?

22

Beunruhigende Nachrichten drangen nach Enmyn. Sie kamen aus der Tundra, von den Rentierzüchtern, die die Herde auf die Sommerweiden nahe der Meeresküste trieben, in die windigen Gegenden, um sie vor den Insekten und Pferdebremsen zu schützen.

Ilmotsch erschien in Enmyn, ganz außer sich. Er wohnte bei Armol. An einem hellen Sommerabend trat er aus der Jaranga, bis zum Gürtel nackt, und schüttelte seine hageren Arme.

»Ich zerstöre das Fremde und verbrenne es!«, schrie der Rentierzüchter. »Die Boten des Sonnenherrschers kommen, bewaffnet und stark! Sie sind meine Freunde! Wir verjagen die Armen und Bolschewiki, die ein kärgliches Leben lobpreisen, aus unserem Land!«

Sie packten den Alten und schleppten ihn in Armols Jaranga zurück, wo durch das Loch in der Decke eine blaue Rauchsäule abzog. Das war das Zeichen, dass aus dem Lauf der alten Winchester das durchsichtige üble, lustig machende Wasser tropfte.

Notawje, der eine von Tnarats Töchtern geheiratet hatte, schaute verlegen in die Jaranga und ermahnte den

Vater: »Rede nicht so laut! Willst du, dass sie dich ins dunkle Haus bringen?«

»Sollen sie mich ruhig hinbringen!«, schrie Ilmotsch außer sich. »Sollen sie mich ruhig in dem heißen Badehaus waschen und reinigen! Ich werde bleiben, wer ich bin, und gebe meine Rene nicht an verfressene und faule Hirten ab!« Notawje und der neue Schwiegervater brachten den sich wehrenden Alten zur Ruhe und gingen los, um das Treibholz ausladen zu helfen, das John und Anton Krawtschenko im Kanu gebracht hatten.

Zu einer anderen Zeit wäre der Skandal mit Ilmotsch eine aufsehenerregende Neuigkeit gewesen, aber jetzt waren die Menschen mit wichtigeren Dingen befasst.

Die Baumstämme hatten sie in den seichten Wassern und auf den Landzungen, die weit ins Meer ragten, gesammelt. Sie hatten genug Holz, um ein kleines Haus für die Schule zu bauen. Aber keiner hatte Erfahrung mit der Errichtung eines Holzhauses. Deshalb fuhren sie nach Uëlen, um Tegrynkëu zu holen, der einst in Petropawlowsk auf Kamtschatka als Zimmermann gearbeitet hatte.

Tegrynkëu brachte die Nachricht mit, dass Alexej Bytschkow und Gawrila Rudych über Amerika ins ferne Petrograd aufgebrochen waren.

»Ich habe sie nach Nome gebracht«, erzählte er. »Dort habe ich Poppi Carpenter getroffen. Der Alte hat die Hoffnung noch nicht aufgegeben, nach Tschukotka zurückzukehren, und sagt, dass die amerikanische Regierung mit Lenin darüber redet, den Handel auf Tschukotka wieder ins Leben zu rufen. Vielleicht wird es so kommen, denn für die Sowjetrepublik ist es zu weit zu uns. Aber wir werden den Handel nach neuen Gesetzen führen, mit festen Preisen, wie richtige Landesherren. Und außerdem werden wir noch mehr Genossenschaften gründen.«

»Gehen die Leute denn gern in die Genossenschaft?«, fragte Armol vorsichtig.

»Sehr gern«, antwortete Tegrynkëu. »So etwas liegt dem tschuktschischen Jäger, er kennt es. Das ganze Leben schon jagt er zusammen mit anderen, nur auf Robbenjagd geht er allein und nach Pelzen. Aber große Tiere jagt unser Volk seit alters her gemeinsam.«

»Mit den Schaluppen fängt es an, und enden wird es damit, dass auch die Jarangas zum Allgemeingut erklärt werden«, bemerkte Armol.

»Auch das ist unserem Volk nicht fremd«, entgegnete Tegrynkëu. »Erinnert euch an unseren Klegran, den Männerklub, und an die Ruinen der alten Wohnstätten, in denen alle zusammenlebten. So war es in den alten Zeiten.«

»Dann verstehe ich überhaupt nichts mehr«, warf Armol ein. »Die Bolschewiki sagen, wir sollen vorwärts schreiten, du aber schaust zurück in die Vergangenheit?«

Tegrynkëu war verwirrt: Tatsächlich, es sah so aus, als kehre er in die Vergangenheit zurück, als die Schaluppen, die Waffen und auch noch die Wohnungen Gemeingut waren. Die Russen hatten erzählt, und er hatte es ja selbst in San Francisco gesehen, was für Häuser in den großen Städten gebaut wurden. Dort lebten viele Menschen zusammengedrängt in riesigen Gebäuden, die so ähnlich wie Felsen aussahen, die übereinandergetürmt waren, und eine solche Höhe erreichten, dass die obersten Wohnungen direkt an die Wolken stießen.

»Was anfangs unverständlich erscheint, erweist sich später als gut«, bemerkte Tegrynkëu tiefsinnig, obwohl er sich schämte, dass er auf diese würdelose Weise Rede und Antwort stand. Seitdem er Mitglied des Revolutionskomitees von Uëlen geworden war, merkte er immer öfter, wie wenig er wusste, obwohl er schon an Orten war, die ein normaler Tschuktsche nicht einmal im Traum gesehen hatte. Anton Krawtschenkos Worte hatten sich ihm tief eingeprägt: »Wenn wir die Sowjetmacht auf Tschukotka errichtet haben, fahren wir zusammen zum Studium nach Petersburg, an die rote Universität.«

Warum aber konnte Krawtschenko, der schon einige Jahre dort studiert hatte, nicht einmal ein einfaches Holzhaus bauen?

Tegrynkëu hatte sein Zimmermannwerkzeug mitgebracht. Doch bevor er mit der Arbeit begann, wollte er eine Zeichnung des Hauses anfertigen, und er bat Krawtschenko um ein Blatt Papier. In Orwos Tschottagin breitete Tegrynkëu das Papier auf dem niedrigen Teetisch aus und versuchte sich an die Häuser zu erinnern, die er in Petropawlowsk, San Francisco und Nome gesehen hatte. Am besten kannte er die Wohnung des Zimmermanns Semjon, und das gesammelte Holz reichte auch nur für solch ein kleines Haus.

Direkt auf dem Erdboden, in der Nähe von Orwos Jaranga, markierten sie mit Steinen, die sie vom Meeresufer herbeischleppten, ein Viereck. Um mit den Stämmen sparsam umzugehen, zogen sie auf den Rat des erfinderischen Tnarat die Wände direkt vom Boden aus hoch. Vorher hatten sie eine flache Baugrube ausgehoben. Wenn man es genau betrachtete, bauten sie eine Erdhütte, aber den Bewohnern von Enmyn kam das Haus wie ein Palast vor, und jeder gab sich Mühe, irgendwie behilflich zu sein.

John hatte noch Nägel zu Hause, die ihm der Kapitän des russischen hydrografischen Forschungsschiffes *Waigatsch* geschenkt hatte. Bretter für den Boden sammelten sie in allen Jarangas. Das Dach mussten sie mit gewöhnlicher Walrosshaut decken, aber immerhin war ein stattliches Haus mit zwei Zimmern entstanden.

Die Bauherren der Schule versammelten sich im großen Zimmer, in dem zwei lange Tische standen, um den Abschluss der Bauarbeiten zu feiern.

»In der ersten Zeit müssen wir die Räume mit Tranlampen heizen«, sagte Tegrynkëu. »Aber dann stellen wir einen richtigen Backsteinofen auf und bringen brennbaren fetten Stein her – Kohle, die in den Kesseln der Dampfer brennt.«

»Und dann schwimmt unsre Schule los wie ein Dampfer«, warf der beschwipste Armol ein.

»Und die Dampfpfeife weckt morgens die Kinder«, fügte Guwat hinzu, der zum feierlichen Teetrinken mit seiner riesigen Tasse gekommen war, die mit feinen Robbenriemen umwickelt war.

Dann fuhr Tegrynkëu wieder ab, und das Leben in Enmyn ging seinen gewohnten Gang. Jeden Morgen, wenn das Wetter ruhig war, fuhren die Kanus weit aufs Meer hinaus, um die auf dem Liegeplatz ruhende Walrossherde nicht durch Schüsse aufzuschrecken. Sie jagten einsame Meerestiere – Robben, Bartrobben und einzelne Walrosse. Die Wale schwammen ganz hinten am Horizont vorbei und hüteten sich, nahe ans Ufer heranzukommen.

Auch Anton Krawtschenko ging mit auf die Jagd. Die Winchester hatte er bald im Griff, die Harpune warf er nicht schlechter als die besten Enmyner Harpuniere, und

Tynarachtyna konnte sich nicht genug über ihn freuen. Oft kam sie zu Pylmau und erzählte ihr von ihren Versuchen, in der hölzernen Jaranga heimisch zu werden.

»Anton will nur auf einem Bettgestell schlafen«, beschwerte sie sich zum Schein. »Er hat gute Bretter aufs Lager gelegt und noch zwei Schichten Rentierfell draufgepackt. Ich habe Angst, aus dem Bett auf den harten Boden zu fallen, deshalb schlafe ich an der Wand. Warum nur mögen die Russen so hohe Möbel? Tee trinken sie an einem hohen Tisch, sitzen wollen sie auf einem hohen Gestell, schlafen wollen sie auf einem hohen Gestell, schreiben auch auf einem Gestell …«

Pylmau hörte der Freundin zu und freute sich über ihr Glück. Tynarachtynas Schicksal war in vielem dem ihren ähnlich, und Pylmau dachte an die eigenen Sorgen zurück, wenn die junge Frau von ihren Zweifeln erzählte.

An einem klaren Herbsttag, als in der durchsichtigen Luft und im hohen Himmel schon die verborgene Trauer der nahenden Unwetter zu spüren war, kam Ilmotsch auf einem schnellen Schlitten nach Enmyn gefahren. In seinem Gefolge tauchten hinter dem Lagunenhügel noch vier weitere Schlitten auf. Hinter den Kajuren saßen bärtige Männer, die den märchenhaften Terykys ähnelten.

Alle Enmyner Männer waren auf der Jagd, in den Jarangas waren nur die Alten, Frauen und Kinder zurückgeblieben. Die Ankunft der seltsamen Gäste jagte allen einen Riesenschreck ein.

Orwo begrüßte Ilmotsch auf der Schwelle seiner Jaranga. »Wer sind sie?«, fragte er, mit dem Kopf auf die heranfahrenden Schlitten weisend.

»Diener des Sonnenherrschers!«, erklärte Ilmotsch feierlich. »Männer mit Waffen!«

»Was suchen sie in unserer Siedlung?«

»Sie sind zu uns gekommen, um uns von den russischen Bolschewiken zu befreien«, erklärte Ilmotsch. »Sie verteidigen uns.«

Orwo fühlte, wie es ihm eiskalt den Rücken hinunterlief. »Wie wollen sie das machen?«

»Hab keine Angst!«, sagte Ilmotsch gönnerhaft. »Dir werden sie nichts anhaben. Sie wollen Anton.«

»Wollen sie ihn töten?«, fragte Orwo.

»Das ist ihre Sache«, antwortete Ilmotsch ausweichend. »Mach dir keine Sorgen. Für Tynarachtyna habe ich noch einen Sohn. Der wird mit ihr besser zurechtkommen als dieser Nichtsnutz Notawje!«

Die Bärtigen betraten lärmend den Tschottagin. Orwo wies eine der Frauen an, den Teekessel und einen Kessel mit Fleisch auf dem Feuer warm zu machen. Die Bärtigen setzten sich an den niedrigen Tisch. Sie aßen gierig, schmatzten laut und redeten miteinander. Die Gewehre hatten sie auf die Knie gelegt. Das hatte Orwo gleich nicht gefallen. Er war daran gewöhnt, dass Jäger, wenn sie eine Wohnung betraten, ihre Winchester an die Wand stellten und sie nicht mehr anfassten, bevor sie die Jaranga nicht wieder verließen. Tynarachtyna versteckte sich in der hintersten Ecke des Tschottagin und beobachtete mit Schrecken das Festmahl der Bärtigen.

»Du brauchst keine Angst zu haben!«, wiederholte Ilmotsch noch einmal gönnerhaft, zu Orwo gewandt. »Ich hab ihnen gesagt, dass sie dich gezwungen haben, Vorsitzender des Sowjets zu werden. Dass du das nicht aus eigenem Willen machst. Alles, was die Bolschewiki hier ausgeheckt haben, haben sie mit Gewalt durchgesetzt.«

»Das stimmt nicht ganz«, widersprach Orwo. »Die Leute haben mich gewählt, und die Schule haben wir alle gemeinsam gebaut.«

»Die Schule brennen wir ab«, erklärte Ilmotsch wichtigtuerisch. »Nur Asche bleibt zurück, und die Zeichen werden wir aus den Köpfen der Jungens wegblasen. Anton erwartet der Tod. Die Bolschewiki flüchten sowieso schon aus unserem Land. Bytschkow und Rudych sind nach Amerika abgehauen, und die Neuen, die nach Uëlen gekommen sind, um sie abzulösen, haben keine Macht. Sie besitzen nur kleine kurze Gewehre, die nicht weit schießen können.«

Tynarachtyna nahm den Teekessel und ging zum Tisch. »Du hast zwar meinen Sohn abgewiesen«, sagte Ilmotsch belehrend zu ihr, »aber meine Schwiegertochter wirst du doch. Du wirst bald Witwe sein, an die Stelle deines Lehrers wird mein jüngster Sohn treten.«

Tynarachtyna nickte schweigend und goss den starken Tee in die Tassen.

Entweder ahnte Orwo, was Tynarachtyna vorhatte, oder er hoffte, dass seine Tochter sein Verhalten verstünde, jedenfalls versuchte er so ruhig wie möglich zu erscheinen und sagte zu ihr: »Geh in Armols Jaranga, vielleicht hat er was von dem üblen, lustig machenden Wasser da, damit wir die Gäste bewirten können.«

»Ich renne, Ate«, sagte Tynarachtyna und war im nächsten Augenblick verschwunden. Ihr lief es kalt den Rücken hinunter, als sie den kleinen Einsitzer und das Paddel nahm und so schnell sie konnte zum Meer rannte. Tynarachtyna begann mit aller Kraft vom Ufer wegzupaddeln, wobei sie fast mit dem schwankenden kleinen Boot umgekippt wäre. Sie schaute in die Ferne, ob nicht die zurückkehrenden Boote zu sehen seien.

John hatte ein altes Walross geschossen; das Fleisch war zäh, das Fell aber dick und groß. Sie zerlegten das Tier gleich im Wasser, begleitet vom durchdringenden Kreischen der Möwen, die über den Eingeweiden kreisten. Das Fleisch und die Haut mit dem Kopf wurden ins Boot geladen, dann fuhren sie zurück zum Ufer.

Das Kanu fuhr langsam. Die Jäger unterhielten sich. Die am Bug saßen, hatten bereits die Waffen abgelegt und schauten nur manchmal auf die ruhige Wasseroberfläche. Der schmale Streifen des niedrigen Ufers, an beiden Seiten von den hohen Kaps begrenzt, kam langsam näher.

»Da kommt uns jemand entgegen«, rief Guwat, der am Bug saß. Alle richteten den Blick nach vorn und entdeckten das kleine Kanu. Der Ruderer tauchte verzweifelt die Riemen ins Wasser, so als verfolge ihn jemand.

»Das ist wohl Orwo, der fischen will«, meinte Tnarat, der die Hand schützend über die Augen gelegt hatte. Das Wasser glitzerte, und der Mensch im Kanu war schwer zu erkennen.

»Wenn er fischt, warum hat er es dann so eilig?«, gab Guwat zu bedenken und kaute auf seinen dicken Lippen, die voller Walrossblut waren. Er war gerade dabei, die rohe Walrossleber zu verspeisen.

»Irgendwas ist passiert!«, meinte John. »Der Alte würde nicht einfach so aufs Meer fahren und so schnell paddeln.«

»Das ist nicht Orwo!«, rief Guwat und wischte sich die Lippen ab. »Da sitzt eine Frau im Kanu!«

»Wer kann das sein?«, fragte John. Plötzlich zog sich

sein Herz schmerzhaft zusammen. Vielleicht war etwas mit den Kindern passiert, und Pylmau kam ihm entgegen, um es ihm zu sagen? Aber sie hatten kein kleines Kanu. Orwo hatte eins. Pylmau hätte es sich bei dem Alten ausleihen können! Oder irgendwas war mit dem Lagerplatz der Walrosse? Aber warum saß dann im Kanu eine Frau?

Krawtschenko kletterte nach vorn zum Bug und stellte sich neben Guwat. »Das ist doch Tanja!«, rief er plötzlich. »Tynarachtyna!«, fügte auf Tschuktschisch hinzu. »Was hat sie bloß wieder ausgeheckt?«

»Das ist keine Gleichberechtigung«, bemerkte Guwat missbilligend.

Tynarachtyna hörte auf zu paddeln, winkte ihnen zu und schrie etwas. Sie konnten verstehen, dass sie die Männer bat, das Kanu zu wenden und zurückzufahren, nicht näher ans Ufer zu kommen.

»Als ob sie uns wegjagen will«, sagte Tnarat langsam. »Irgendwas ist in Enmyn passiert.«

»Das Unglück ist nach Enmyn gekommen«, hörten die Männer im Kanu Tynarachtyna plötzlich rufen. »Bärtige Russen sind gekommen, Diener des Sonnenherrschers!«

Diese Nachricht war unglaublich. Guwat zweifelte sogar, ob die Frau bei Verstand sei, und sagte laut: »Ob sie verrückt geworden ist?«

Tynarachtyna klammerte sich an der Kanuwand fest und berichtete atemlos: »Ilmotsch hat bärtige Männer mit Gewehren nach Enmyn mitgebracht! Er sagt, das sind Diener des russischen Zaren und sie sind in unser Land gekommen, um die Bolschewiken zu verjagen! Sie wollen Anton erschießen!«

»Wofür?«, fragte Guwat bestürzt.

»Weil er ein Bolschewik ist!«, antwortete Tynarachtyna.

»Das kann nicht sein!« Guwat zuckte mit den Schultern. »Deshalb töten die Russen doch keinen!«

»Freunde!«, sagte Krawtschenko, der nur schwer seine Erregung unterdrücken konnte. »Sicher sind das die Überreste der Bande des weißgardistischen Atamanen Botschkarjow. Das bedeutet, dass Koltschak sie aus Sibirien vertrieben hat und die Weißgardisten aus dem Fernen Osten verjagt. Und nun flüchten sie in alle Richtungen, sogar nach Tschukotka.«

John hörte Anton zu, aber in Gedanken war er bereits am Ufer, an dem Pylmau und die Kinder zurückgeblieben waren. Ob die Russen seine Familie verschonten? »Wir müssen so schnell wie möglich zum Ufer zurück!«, sagte er.

»Nein!«, schrie Tynarachtyna und klammerte sich an ihrem Mann fest. »Sie erschießen Anton wie eine Robbe!«

»Aber dort sind unsere Kinder und Frauen«, widersprach Tnarat.

Krawtschenko befreite sich vorsichtig aus der Umklammerung seiner Frau. »Wir fahren zum Ufer. Ich glaube nicht, dass sie von dort aus das Feuer eröffnen.«

»Und du setzt dich vorsichtshalber in das kleine Kanu und fährst hinter das Kap.«

»Ich komme mit dir!«, sagte Tynarachtyna hastig.

»Das Kanu hält zwei Menschen nicht aus«, bemerkte Guwat.

»Dann fahr allein, ich folge dir an Land«, beschloss Tynarachtyna.

Krawtschenko kletterte vorsichtig in das kleine Kanu und nahm Kurs auf das hohe Ostkap.

Ilmotsch bemerkte als Erster, dass etwas nicht stimmte. Er schaute Orwo durchdringend in die Augen und fragte leise: »Warum bleibt deine Tochter so lange weg?«

»Armol versteckt das üble, lustig machende Wasser immer. Wahrscheinlich müssen sie lange suchen«, antwortete Orwo, der nur mit großer Mühe die Ruhe bewahrte.

»Du lügst!«, rief Ilmotsch und zog das Messer aus dem Gürtel.

Orwo sprang zurück. Aber Ilmotsch packte ihn am Ärmel der Kamlejka und zog ihn zu sich. Er hielt die Messerspitze an Orwos welke sehnige Kehle. »Sag, wohin du deine Tochter geschickt hast!«, schrie er.

Die beunruhigten Weißgardisten griffen nach ihren Gewehren, vier Läufe starrten Orwo an. Die Gesichter der Russen waren vor Wut und Angst verzerrt.

Orwo dachte plötzlich darüber nach, ob ein Wal dasselbe fühlte wie er in diesem Augenblick, als so viele Gewehre und scharfe Harpunen auf ihn gerichtet waren? Oder ob er das gleichgültig hinnahm, nicht über sich nachdachte und sich nur darum sorgte, dass den anderen nichts Schlimmes passierte? Sicher dachte ein alter Wal so, der ein langes Leben hinter sich hatte und dessen Sorgen nur den anderen galten, nicht sich selbst.

»Kanus legen am Ufer an!«, schrie jemand, und Ilmotsch steckte das Messer zurück in den Gürtel. Er schaute sich verwirrt um, so als bitte er die Leute, die mit ihm gekommen waren, um Hilfe, aber die waren ebenfalls bestürzt, schrien etwas in ihrer Sprache.

»Wehe, du gibst auch nur einen Mucks von dir!«, zischte Ilmotsch Orwo ins Ohr. »Die Kanus werden am

Ufer landen, so als ob nichts geschehen ist, und du wirst schweigen.«

»Ilmotsch! Komm zur Vernunft!« Orwo versuchte den Rentierzüchter zur Besinnung zu bringen. »Diese Räuber haben dich in eine schwarze Sache reingezogen. Komm zur Vernunft!«

»Du Törichter!«, schimpfte Ilmotsch. »Deine Haut ist dir nicht teuer ...«

Einer der Weißgardisten sagte in gebrochenem Tschuktschisch: »Vielleicht sollten wir lieber zurück in die Tundra gehen?«

»Und der Bolschewik?«, widersprach Ilmotsch. »Er schwimmt von selbst in unsere Hände. Wir haben beschlossen, ihn umzubringen, nun müssen wir die Sache zu Ende bringen.«

Ilmotsch trat zur Wand und nahm den aufgerollten Robbenriemen ab. Er fesselte Orwo damit und schrie die Frauen an, die laut jammerten. Dann forderte er die Bärtigen mit einem Kopfnicken auf, ihm zu folgen, und verließ den Tschottagin.

Die Kanus waren schon ganz nahe am Ufer. Diesmal wurden die zurückkehrenden Jäger von niemandem empfangen, alle hielten sich in den Jarangas versteckt.

Tnarat und John stellten sich an den Bug. Beide hielten in der Hand eine Winchester. »Da sind sie!«, sagte Tnarat und richtete den Lauf des Gewehrs zum Ufer.

An der Spitze der bewaffneten Gruppe schritt Ilmotsch. Er rief irgendetwas, aber bei dem lauten Rauschen des Meeres konnten sie seine Worte nicht verstehen. Als sie näher an die Gruppe herankamen, hörten sie: »Gebt uns Anton raus! Wir wollen den Lehrer!«

Aber der Lehrer war nicht im Kanu. Sie hätten ihn auf dem Boden des Bootes versteckt halten können oder am Heck, unter dem Segel …

»Der Lehrer ist nicht bei uns!«, antwortete Tnarat laut.

»Ihr lügt!«, schrie Ilmotsch. Wenn ihr den Bolschewiken nicht rausgebt, dann erschießen wir euch wie Robben!«

»Vergesst nicht, dass auch wir bewaffnet sind und nicht schlecht zielen«, antwortete John ruhig.

»Du halt deinen Mund, Son!«, tobte Ilmotsch. »Du bist genauso ein Bolschewik wie alle anderen! Wer hat als Erster Unruhe gesät in unserem Volk?«

Einer der Weißgardisten trat zu Ilmotsch und versuchte ihm eifrig etwas darzulegen. Die Weißgardisten sahen, dass die Kräfte ungleich waren – zwei Kanus mit gut bewaffneten, ausgezeichnet schießenden Tschuktschen gegen ein paar Mann.

Ilmotsch verließ allmählich der Mut. Er sah, dass er sich verrechnet hatte. Die Enmyner ließen sich keine Angst einjagen, ergriffen nicht die Flucht, und den Russen hielten sie irgendwo versteckt. Was hatten sie mit ihm gemacht? Sie konnten ihn doch nicht auf einer Insel ausgesetzt haben? Bis zur nächsten Insel musste man mindestens einen Tag fahren.

»Das Beste ist, ihr haut ab«, sagte John, immer noch die Winchester in den Händen. »Dann gibt es keine Schießerei und kein Blutvergießen. Krieg ist nichts für die Enmyner. Ich rate dir, Ilmotsch, mit deinen Freunden so schnell wie möglich abzuhauen.«

Ilmotsch schaute in Johns kalte blaue Augen und fühlte, wie seine Beine schwach wurden. Ganz unerwartet, aus unerfindlichen Gründen, wurden plötzlich seine Knochen weich, nur die mit den Jahren hart gewordenen Sehnen hielten den vom langen Leben ausgetrockneten Altmännerkörper aufrecht. Ilmotsch dachte plötzlich an Armagirgin, an seine Gewohnheit, auf einem jungen Hirten zu reiten, und überlegte, dass der Alte bestimmt häufig in solch einer Lage gewesen war wie er jetzt.

»Wir müssen gehen!«, rief er den bärtigen Russen zu, und als hätten sie nur auf dieses Wort gewartet, rannten sie so schnell sie konnten zu ihren Schlitten.

In Orwos Tschottagin saßen zu beiden Seiten des gefesselten Alten, der mit dem Rücken an der Wand lehnte, Weemnëut und Tschejwuna, seine beiden Frauen, und jammerten leise. Orwo verlangte von ihnen, dass sie ihn befreiten, aber die alten Frauen trauten sich nicht, ihm die Fesseln abzunehmen, sie hatten Angst, Ilmotsch und seine neuen Freunde würden zurückkehren.

»Der Retter ist gekommen!«, rief Tschejwuna, als sie John erkannte, der in der Tür stand. Sie nahm das geschärfte Messer und wollte damit den Riemen auftrennen, der in die Knochen des Alten schnitt.

»Was machst du, du törichte Frau?«, schimpfte Orwo sie aus. »Such den Knoten und löse ihn! Warum zerschneidest du den Riemen? Er ist noch fest, den können wir noch verwenden.«

John half den Alten zu befreien, wickelte den Riemen wieder ordentlich auf und hängte ihn an seinen Platz zurück.

»Ilmotsch und seine Freunde haben sich aus dem Staub gemacht«, sagte John.

»Der Alte ist völlig um den Verstand gekommen«, meinte Orwo vorwurfsvoll, aber in seiner Stimme war kein Zorn zu hören, es war, als spräche er von den Streichen eines dummen Jungen.

Orwo schritt durch den Tschottagin, richtete die Steine im Feuer, die jemand mit den Füßen zur Seite gestoßen hatte, sammelte den Schmutz auf und warf ihn ins Feuer.

Spät am Abend kehrten Tynarachtyna und Anton vom Kap zurück. Sie liefen am Meeresufer entlang und trugen das Kanu auf den Schultern. Die Bewohner von Enmyn beobachteten sie aus der Ferne: jeder von der Schwelle seiner Wohnung aus. Was an diesem Tag passiert war, war ungewohnt und unverständlich. Niemals zuvor hatten die Enmyner gesehen, dass Menschen, die bei gesundem Verstand waren, das Gewehr gegen andere Menschen richteten. Obwohl kein einziger Schuss gefallen und niemand getötet worden war, hatte Bestürzung die Herzen der Bewohner der kleinen Siedlung ergriffen.

23

Jedesmal wenn John den Motor reparierte, der immer schlechter und schlechter lief, stellte sich Armol neben ihn und beobachtete aufmerksam jeden seiner Handgriffe. Von Zeit zu Zeit stellte er Fragen, John antwortete, erklärte ihm die Arbeitsweise des Benzinmotors und zeigte Armol, wie man den Fehler repariert.

Eines Tages überwand Armol seine Angst, nahm die Anwurfleine in die Hand, und zog daran und setzte den für gewöhnlich sehr launischen Motor schnell in Gang. Er war so zufrieden, dass er laut ausrief: »Er hört auf mich!«

Nach diesem Erfolg bat er John einige Male, den Motor auf seinem Kanu befestigen zu dürfen, raste mit dem zerbrechlichen, kleinen Boot über die Lagune und erschreckte die vor sich hin dämmernden Kormorane.

Aber der Treibstoff war knapp, John wollte ihn für die Herbstjagd aufheben, wenn sie weite Fahrten mit schwer beladenen Kanus unternehmen mussten. Die Walrossjagd fiel mit den Fahrten nach Treibholz zusammen. Sie brauchten es für verschiedene Reparaturen an der Schule und für Brennholz. Und einigen Enmynern kam es plötzlich in den Sinn, für ihre Kinder hohe Tische zu bauen, damit sie besser schreiben konnten.

Die Beobachter saßen auf dem Kap und schauten aufmerksam zum Horizont, ob nicht ein zufällig vorbeifahrendes Schiff die Walrosse auf ihrem Liegeplatz erschrecken könnte.

Es kam auch die Reihe an John, auf das Kap zu klettern. Pylmau rüstete ihn sorgfältig aus. Sie gab ihm weich gewalkte und gut getrocknete Stiefel mit Einlegesohlen aus trocknem Gras, dünne Fellhosen und ein kleines Bündel mit schwarzem, getrockneten Walrossfleisch.

John kletterte auf das Kap, und Orwos schweres altes Fernglas baumelte an seiner Brust. Das gute alte Lederetui war schon längst vom feuchten Meereswind verwittert. Aber Orwo hatte ein neues genäht, das vielleicht sogar noch besser war als das alte, aus dicker, weich gewalkter Robbenhaut, mit einem schmalen gelben Robbenriemen zusammengenäht.

Der Pfad führte von der Kiesellandzunge, wo die Erde vom stürmischen Meer feucht war, steil nach oben. Unter

Johns Stiefelsohlen lösten sich kleine Steinchen, die leise nach unten fielen und die Zahl der Kieselsteine auf der Enmyner Landzunge vermehrten.

Der Horizont wurde weiter. Wo Wasser und Himmel zusammenstießen, schien sich das Meer zu wölben. Vielleicht war es wirklich gewölbt, denn die Erde hatte ja die Form einer Kugel. Es wehte ein herbstlicher Südwind, er brachte weder Wärme noch den Geruch der aufgetauten Tundra. Die Wolken spiegelten sich im Wasser und zogen weiter, dorthin, wo die Wellen höher und dunkler waren und den Himmel nicht spiegelten.

John kletterte zum Beobachtungsplatz. Das war eine kleine Vertiefung in der Erde, ähnlich einem Schützengraben. In dieser Vertiefung konnte man nicht nur bequem sitzen, sondern fast liegen und dabei die gesamte Meeresoberfläche überschauen.

Zuerst richtete John das Fernglas nach Süden, wo noch vor einigen Tagen Ilmotschs Herde geweidet hatte. Jetzt war es dort leer: Der Rentierzüchter war in unbekannte Richtung gezogen. Notawje, der bei seinem Vater zu Besuch gewesen war, hatte erzählt, der Vater bereue sehr, dass er die Weißgardisten nach Enmyn geführt hatte, und wisse jetzt nicht, wie er sie wieder los wird. Sie würden nicht nur die Rene fressen, sondern auch die Hirten auf alle mögliche Weise schikanieren. Besonderes Verlangen hätten sie nach den Frauen, kaum sei ein Hirte zur Nachtwache hinausgegangen, würden sie sich laut darüber streiten, wer ihn in der Jaranga ablöst. Aus Notawjes Worten ging hervor, dass Ilmotsch sich wohl mit den benachbarten Rentierzüchtern abgesprochen hatte, wie sie die Russen am besten auf die amerikanische Seite bringen konnten.

Das Meer war leer. Von Zeit zu Zeit hob John das Fernglas an die Augen und beobachtete den Horizont, aber er konnte nichts Auffälliges entdecken.

Seine Gedanken kehrten nach Enmyn zurück, er sann über seine Probleme nach, über die der Gemeinschaft. Der Lehrer Krawtschenko bereitete sich auf das neue Schuljahr vor. Pylmau hatte für Jako eine neue Tasche genäht. Der Sohn konnte bereits russische Wörter schreiben und versuchte sogar, etwas in seiner Muttersprache zu Papier bringen. Anton beschwerte sich, wie kompliziert es sei, eine Grammatik der tschuktschischen Sprache aufzustellen, denn kein einziges Alphabet konnte die tschuktschischen Laute wiedergeben. Der Lehrer bedauerte, dass John die russische Sprache nicht kannte, sonst hätte er ihm helfen können. Aber John hatte Anton immerhin darin unterstützt, Mathematikaufgaben auszutüfteln – Textaufgaben, in denen die Bewohner von Enmyn und den nahegelegenen Siedlungen die handelnden Personen waren. Wenn sie zu Zahlen kamen, die höher waren als ein Dutzend, und John Ilmotsch mit seiner Rentierherde anführte, setzte sich Krawtschenko zur Wehr: »Der Klassenfeind darf in den Schulheften sowjetischer Kinder nicht vorkommen!«

Aber große Zahlen kamen ja nur bei den Rentierzüchtern vor, also musste man ihre Herden heranziehen. Nun suchten sie welche in weiter entfernten Gebieten, irgendwo in der Tundra von Anguemsk oder Anadyr, und gaben den Besitzern der Herden erfundene Namen.

Mit Waren stand es schlecht. Der angekündigte Dampfer aus Wladiwostok war noch nicht da gewesen. Wenn keine Hilfe kam, müssten sie früher oder später nach Nome fahren. Sie brauchten für den Winter Patronen. Viele verschiedene Patronen, denn die Enmyner hatten Gewehre mit unterschiedlichem Kaliber. Der vorausschauende Armol hatte bereits seinen Vorrat an Pelzwerk und zehn große Eisbärfelle zum Trocknen aufgehängt. Die Girlande mit den weißen Häuten schwankte vor der Jaranga im Wind. Der Hausherr schritt langsam die Felle ab, blieb von Zeit zu Zeit stehen, befühlte eines der weichen Felle und schaute zum Himmel hoch. Beim kleinsten Anzeichen von schlechtem Wetter nahm er sie mit Hilfe seiner Verwandten schnell von der Leine und legte sie ordentlich in den Tschottagin, um seinen Reichtum bei trocknem Wetter wieder hinauszubringen. Einmal war John bei ihm gewesen und hatte sich sehr gewundert: Armols Tschottagin war voller Walbarten, dem besten Walrosselfenbein, Teppichen aus bunten Vogelfedern, weichen, mit Hasenpelz besetzten Hausschuhen.

»Fährst du weg, Armol?«, hatte John ihn verwundert gefragt.

»Nicht doch«, hatte der Hausherr verlegen geantwortet. »Ich will einfach sehen, was ich habe.«

»Nicht wenig Hab und Gut hast du«, hatte ihn John ohne irgendwelche Hintergedanken gelobt und sich gewundert, als Armol verärgert und feindselig antwortete: »Das alles habe ich mit meinen eigenen Händen geschaffen!«

John hatte dieses Gespräch längst vergessen, auch dass der Tschottagin voll gefüllt war mit Pelzwerk und anderen Schätzen des Nordens. Einmal aber hatte Orwo ihn daran erinnert, indem er ihm eine einfache Frage stellte: »Wenn das Schiff kommt, was werden wir ihnen zum Handel anbieten? Wir haben fast nichts. Nicht einmal weiches Rentierfell. Ilmotsch hat sich aus dem Staub gemacht.«

»Armol hat so viel Schätze, dass es für unsere ganze Siedlung reicht«, hatte John geantwortet.

Jemand hatte Armol von diesem Gespräch erzählt, und der hatte erklärt: »Wer seine Hand nach meinen Schätzen ausstreckt, den begrüße ich mit einer Kugel!« Und dabei war er nicht berauscht von den Dämpfen des üblen, lustig machenden Wassers aus dem Lauf seiner Winchester.

Anton Krawtschenko versicherte, dass die sowjetische Regierung einen unbegrenzten Kredit zu sehr vorteilhaften Bedingungen zur Verfügung stellen und dass die Volksmacht die ärmliche Lage der örtlichen Bevölkerung nicht ausnutzen werde.

»Das wäre doch gelacht«, versicherte Krawtschenko. »Ihr werdet sehen, was passiert: alles für einen niedrigen und gerechten Preis.«

»Aber bis heute haben wir nichts kaufen können, nicht einmal für einen hohen Preis«, seufzte John und dachte an den schweren Winter, der mit jedem Tag näher kam.

Er beobachtete das Meer. Die Gedanken vermischten sich, überholten einander, und plötzlich drängte sich ein besonders hartnäckiger in den Vordergrund und beschäftigte ihn lange Zeit. Wie von selbst war die frühere Missstimmung verschwunden, die ihn in seinem vorherigen Leben lange gequält hatte: Welchen Platz hatte er in der Gesellschaft? Immer hatte er versucht, die eigene Existenz zu überdenken und die eigenen Handlungen zu bewerten. Das war früher. Heute aber waren nicht nur die Handlungen, sondern auch die Bewertung dieser Handlungen von den Anforderungen diktiert, die das Leben selbst stellte. Die Hauptsache heute war der Lagerplatz der Walrosse, und nicht die Probleme zwischen den Rassen oder Gespräche über unterschiedliche philosophische Anschauungen. Sogar das Problem der Sowjetmacht war heute nicht so wichtig wie die Frage, ob es genug Fleisch- und Tranvorrat für den Winter gab. Dafür saßen die Beobachter Tag und Nacht auf diesem Kap und hielten nach vorbeifahrenden Schiffen Ausschau …

John hielt das Fernglas vor die Augen, um erneut den Horizont zu mustern. Niedrige Wolken hingen dort, wo Wasser und Himmel zusammenstießen. Deshalb schenkte John der kleinen weißen Wolke anfangs keine große Beachtung. Er legte das Fernglas in den Schoß und gab sich wieder seinen Gedanken hin. Er müsste bald die Winterschlitten reparieren, Stahlkufen anbauen, das Hundegeschirr überprüfen, denn im kommenden Winter würden sie wohl viel und weit fahren müssen. Es wäre auch nicht schlecht, Pylmau zu helfen. Mehrere Tage hatte sie am Ufer der Lagune Gras abgerissen, um die großen Matten zu stopfen, die in den Polog gelegt und an die Seiten gehängt wurden, um im Winter die wertvolle Wärme zu bewahren.

Pylmau … Seine Frau. Wie bezeichnet man das Gefühl, das sie beide vereinte? Liebe? Von Liebe hatten Pylmau und John nie gesprochen. Für die kleine Jeannie hatte John Liebe empfunden, was man in dieser anderen Welt unter Liebe versteht. Er hatte sich nachts seufzend nach ihr gesehnt, ihr dumme Briefe geschrieben, sie durch das nächtliche Port Hope begleitet, war mit ihr im Park spazieren gegangen, zum Ontariosee gerannt, hatte ihr Unsinn erzählt und fürs ganze Leben Treue geschworen … Und wie viele zärtliche Worte hatte er ihr gesagt, wie viele Gedichte rezitiert! Zu Pylmau kein einziges Wort der Liebe, kein einziger Schwur … Einmal vielleicht, als er nach Nome fuhr, um die Schaluppe zu holen, da hatte John zu ihr gesagt, dass er unbedingt zurückkommen werde. Aber auch das sehr prosaisch. War das Liebe? Nein, das war etwas ganz anderes, etwas, was Seinesgleichen suchte. Vielleicht gab es so etwas bei niemandem mehr? Die Beziehung zwischen Anton und Tynarachtyna war von Verliebtheit gekennzeichnet, und sie bekundeten sich von Zeit zu Zeit sehr naiv ihre gegenseitige Aufmerksamkeit, die ihnen beiden offenbar sehr teuer war. Und trotzdem gab es keinen anderen Menschen, der sich rühmen konnte, so große Aufopferungsbereitschaft und Hingabe erfahren zu haben, wie Pylmau sie ihm in ihrem gemeinsamen, schweren Leben geschenkt hatte. Aufopferungsbereitschaft, die keine Grenzen kannte, sondern sich mit aufrichtiger Selbstaufopferung vereinte. John erinnerte sich, was Pylmau zu ihm gesagt hatte, als Mary MacLennan, Johns Mutter, nach Enmyn gekommen war. Sie zeigte einfaches menschliches Verständnis, frei von allem Unnatürlichen, Gestellten. Das war ein reines Gefühl, und obwohl ihr das Herz blutete, sagte sie:

»Ein Mann kann eine andere Frau finden, aber die Mutter gibt es nur einmal ...«

Ja, es stimmte, ein Mann konnte auch eine andere Frau finden, aber so eine wie Pylmau gab es nirgends mehr!

Jetzt zog das weiße Wölkchen Johns besorgten Blick auf sich. Er hielt das Fernglas vor die Augen und sah ganz deutlich einen großen Dampfer, der zum Ufer kam.

Ohne auf den Weg zu achten, rannte John in Richtung Siedlung. Fast wäre er vom Berg auf die Kiesellandzunge gefallen, konnte sich aber noch im letzten Augenblick an einem Stein festklammern.

Am Ufer hatten sie das Schiff ebenfalls bemerkt, die aufgeregten Jäger rannten zwischen den Jarangas hin und her. »Wartet auf mich mit dem Kanu neben den Gestellen!«, rief John ihnen zu. Die Männer nahmen hastig das Kanu vom Gestell und trugen es zum Wasser. »Nehmt das Segel mit!«, rief Orwo von der Schwelle seiner Jaranga. Tnarat kehrte zu den Gestellen zurück und hob den Mast auf die Schultern, Armol griff das Segel.

Das Schiff wuchs mit unerbittlicher Geschwindigkeit zu einem Riesen. Es sah den Schiffen nicht ähnlich, die für gewöhnlich in Enmyn vor Anker gingen. Die hohen weißen Aufbauten flossen in den ebenfalls weißen Schiffskörper über. Das Schiff sah aus wie ein gigantischer Eisberg. John betrachtete es angespannt, er bemühte sich, die nationale Zugehörigkeit zu erkennen, aber das Schiff fuhr auf geradem Weg zum Ufer, sodass die Fahne, die hinten am Heck wehte, nicht zu sehen war.

»Vielleicht ist es das Schiff, das uns die Bolschewiki angekündigt haben?«, überlegte John und fragte Anton: »Schau mal nach, ob die Fahne am Heck rot ist.«

»Ich kann nichts erkennen. Ich glaube nicht, dass das unser Schiff ist.«

In der Tat, es war zu schön für ein Lastschiff. Einmal hatte John ein ähnliches in Nome auf der Reede gesehen. Es war die Vergnügungsyacht eines amerikanischen Millionärs.

Das Schiff drosselte die Geschwindigkeit. Offenbar hatte jemand von der Kapitänsbrücke aus das Kanu entdeckt. Armol stellte den Mast auf und hisste das Segel.

Zu der Kraft der Wellen kam die des Windes, und das Kanu schnellte wie ein Pfeil durch das Wasser.

»Eine amerikanische Flagge!«, riefen Krawtschenko und Tnarat fast gleichzeitig.

Das Sternenbanner wehte am Heck, an der Bordwand hatten sich viele Passagiere aufgestellt, unter denen entblößte Frauen zu erkennen waren. Offenbar riefen sie ihnen etwas zu, aber sie konnten nichts verstehen, sie sahen nur die weit geöffneten Münder. Die Schiffsmaschinen stoppten, und zwei Anker glitten rasselnd ins Meer.

John gab Armol ein Zeichen, er solle das Segel reffen, und lenkte das Kanu direkt zu dem weißen Schiff, an die Seite, auf der er das hochgezogene Fallreep entdeckt hatte.

Als der Motorlärm verstummte, drangen ganz deutlich die Worte der Passagiere an die Ohren der im Kanu sitzenden Männer. Unwillkürlich lauschte John: »Echte sibirische Ureinwohner! Was für ausdrucksvolle Gesichter sie haben! Und diese Kleidung!« Ein Mann mit einem Stativ, das er hinter sich her schleppte, rannte aufgeregter als alle anderen hin und her. John erriet, dass das ein Kameramann war. Der Kameramann rief den Passagieren zu: »Treten Sie zur Seite! Stören Sie mich nicht beim Drehen historischer Aufnahmen!«

Aber gleich traten die neugierigen Menschen wieder vor und schubsten einander zur Seite. Wäre die hohe Reling nicht gewesen, wär der eine oder andere ins Wasser gefallen.

»Lasst das Fallreep herab!«, ertönte von der Kapitänsbrücke das Megafon. Flinke Matrosen warfen das Fallreep über die Bordwand, und Guwat, der am Bug des Kanus stand, fing die letzte Sprosse auf.

Anton und John blickten einander an. »Wir klettern

zusammen hoch«, sagte John. »Armol und Tnarat kommen mit uns mit, die anderen sollen im Kanu bleiben.« Um John zu beschützen, kletterte Tnarat als Erster hoch, hinter ihm John, und als Letzter Armol.

Die Passagiere des Luxusdampfers traten auseinander und ließen dem Kapitän den Vortritt, der mit langsamen und gewichtigen Schritten ankam, so als wollte er nicht die Bewohner einer kleinen tschuktschischen Siedlung empfangen, sondern einen ausländischen Botschafter.

»Spricht jemand von Ihnen Englisch?«, fragte er, wobei er John MacLennan, Anton Krawtschenko, Tnarat und Armol, die sich vor ihm aufgestellt hatten, aufmerksam betrachtete.

»Yes«, antwortete John kurz.

Die Matrosen bildeten eine lebende Kette, sie fassten sich an den Händen und ließen die aufgeregten Passagiere nicht durch.

»Stören Sie mich nicht beim Drehen historischer Bilder!«, schrie immer noch der Kameramann und stieß das Objektiv seines gewaltigen Apparates den neugierigen Passagieren in den Rücken. Der Lärm war so groß, dass der Kapitän schreien musste: »Wir sind sehr froh, in Ihre gastfreundliche Siedlung zu kommen!«

»Aber wir wollen, dass Sie hier bleiben!«, antwortete John.

Der Kapitän starrte John verwundert an. Er hätte nie erwartet, dass dieser rothaarige Tschuktsche mit den schrecklichen Lederstümpfen an den Händen eine so ausgezeichnete Aussprache hatte.

»Sie sprechen sehr gut Englisch«, lobte ihn der Kapitän und lud die vier ein: »Kommen Sie bitte mit in die Messe.«

»Warten Sie!«, schrie der Kameramann. »Lassen Sie mich das drehen!«

»Wir wollen das auch aufnehmen!«, protestierten einige Passagiere mit Fotoapparaten. »Wer weiß, wann wir wieder mal mit Wilden zusammenkommen!«

»Wofür bezahlen wir so viel Geld?«, schrie ein kleiner Mann mit grünem Sonnenhut auf der Glatze.

»Sie können auch noch später Fotos machen«, antwortete in aller Ruhe der Kapitän und gab den Tschuktschen ein Zeichen, ihm zu folgen. Die Matrosen bahnten ihnen einen Weg durch die Menge. John ging als Erster, die anderen folgten ihm.

»Sie sind gar nicht so schrecklich!«, vernahm er eine Frauenstimme.

»Sie haben richtige vernünftige Gesichter«, stimmte ein Mann ihr zu.

John hob den Blick. Vor seinen Augen sah er eine formlose, gesichtslose Masse. Nur ein einziges Mal tauchte ein interessantes Gesicht auf, aber gleich sagte ein Matrose warnend:

»Vorsicht!«

Sie mussten über eine hohe Eisenschwelle steigen. John blickte zurück und wieder glaubte er etwas Bekanntes zu empfinden, das von den Passagieren ausging, und er war sehr beunruhigt.

Die Messe war wunderschön mit wertvollem Holz getäfelt. Auf dem polierten Tisch standen massive Aschenbecher, bemalt mit dem Firmenzeichen der Schifffahrtgesellschaft.

Der Kapitän ging als Erster hinein und machte eine einladende Geste. »Nehmen Sie bitte Platz!«

Aber John, Anton, Tnarat und Armol blieben stehen, sie wagten nicht, sich in die mit gemustertem Leder bezogenen Sessel zu setzen.

Der Kapitän erteilte dem Steward einen Befehl, und der schlüpfte aus dem Raum. »Setzen Sie sich!«, befahl der Kapitän erneut, diesmal gereizt und etwas hartnäckiger. Ihm gefiel die Miene dieser Wilden nicht. Auf ihren Gesichtern lag etwas Vernünftiges, und dieser blauäugige Tschuktsche sah überhaupt aus wie ein Weißer. Plötzlich schoss dem Kapitän ein Gedanke durch den Kopf. Er schaute John noch einmal aufmerksam an und fragte ihn dann: »Sind Sie ein Weißer?«

»Das hat keinerlei Bedeutung«, antwortete John höflich.

»Wir sind zu Ihrem Schiff gekommen, um im Namen der Sowjetrepublik unseren Protest auszudrücken«, erklärte Krawtschenko auf Englisch. Er bemühte sich, die Worte so deutlich wie möglich auszusprechen.

»Sie auch?« Der Kapitän war so frappiert, dass die Verwunderung ihm deutlich auf dem Gesicht geschrieben stand. Dem mit einer Flasche eintretenden Steward gab er einen Befehl, und der entfernte sich sofort wieder.

»Das Revolutionskomitee von Tschukotka protestiert energisch gegen Ihr Eindringen in die Hoheitsgewässer der Sowjetrepublik ohne entsprechende Erlaubnis«, fuhr Krawtschenko fort.

»Außerdem stellen Sie mit Ihrem Erscheinen hier«, fügte John hinzu, »eine Gefahr für die Liegeplätze der Walrosse dar. Sie werden aufgeschreckt und verschwinden. Das würde für die Bevölkerung den Hungertod bedeuten.«

Der Kapitän war vor Verwunderung immer noch nicht zu sich gekommen. Von der Revolution in Russland hatte er gehört, von der Machtergreifung der Bolschewiki, aber er war überzeugt, dass das alles irgendwo weit weg passiert war, im besten Falle irgendwo bei Wladiwostok ... Aber hier, im wilden Tschukotka! ... Bolschewiken, die einen offiziellen Protest ausdrückten!

»Ich bin bereit, mich zu entschuldigen«, entgegnete der Kapitän, der seine Worte sorgfältig wählte. »Aber unsere Reise verfolgt rein wissenschaftliche Ziele. Sie wurde mit Unterstützung von Rockefellers Tochter organisiert. Das ist die erste touristische Fahrt in die Arktis. An Bord unseres Schiffes befinden sich Bürger der Vereinigten Staaten, Kanadas, Vertreter europäischer Länder. Wir verfolgen keinerlei politische oder militärische Ziele.«

»Aber Sie kennen die Regeln der Schifffahrt in Hoheitsgewässern«, erinnerte ihn Krawtschenko.

»Jawohl«, antwortete der Kapitän, »aber ich habe geglaubt, dass hier niemand ... Ich meine, Vertreter der Macht ...«

Der lautlose Steward erschien erneut auf der Schwelle. Diesmal trug er ein großes Tablett mit Kaffeetassen und Kristallschüsseln, in denen kalifornische Apfelsinen lagen.

»Bedienen Sie sich bitte«, forderte der Kapitän sie auf.

Anton blickte John fragend an. John ging zum Sessel. Armol und Tnarat blickten einander ebenfalls an und traten unentschlossen von einem Bein aufs andere.

»Setzt ihr euch auch hin«, forderte John sie auf. Der Kapitän zog erstaunt die Augenbrauen hoch: Dieser rothaarige Wilde schaltete und waltete, als sei er auf dem Schiff zu Hause.

Anton half John, die Apfelsine zu schälen. Tnarat und Armol kamen recht schnell mit den Früchten zurecht, sie verwendeten ihre Jagdmesser.

»Wir würden gern eine Exkursion ans Ufer machen«, sagte der Kapitän, nachdem er einen Schluck aus der Kaffeetasse genommen hatte. »Ich kann Ordnung garantieren. Die Passagiere meines Schiffes sind in der Hauptsache Vertreter von Geschäftskreisen, intelligente Menschen.«

»Das ist völlig ausgeschlossen«, antwortete John. »Der geringste Lärm in der Siedlung und in der unmittelbaren Umgebung vom Ufer kann die Walrossherde aufschrecken.«

»Wir könnten uns einig werden«, sagte der Kapitän vieldeutig, »Über eine Entschädigung des Verlustes können wir reden.«

»Ach, Sie können mehrere Tausend Walrosse bezahlen und die Bewohner der Siedlung den ganzen Winter hindurch mit Lebensmitteln versorgen?«, fragte John ironisch. »Außer den Menschen müssen auch noch die Hunde versorgt werden.«

»Man findet doch immer eine Lösung.« Der Kapitän wollte nicht aufgeben. »Es wäre einfach schade, wenn so eine sorgfältig vorbereitete Reise in die Arktis nicht erfolgreich wäre.«

»Sie haben genug Arktis von Bord Ihres Schiffes gesehen«, bemerkte John.

»Aber meine Kameraleute«, sagte der Kapitän. »Sie haben horrende Preise für die Lizenz bezahlt, nicht nur die Landschaft zu filmen, sondern auch das Leben der Bevölkerung.«

»In Alaska gibt es genug Bevölkerung«, entgegnete John.

»Aber hier sind Sie, zu Ihrem Leidwesen, in den Hoheitsgewässern der Sowjetrepublik.«

»Hören Sie!« Der Kapitän verlor langsam die Geduld. »Ich bin nicht das erste Mal hier. Die Regierung Ihrer Majestät, des russischen Zaren, hat die Seefahrer immer geachtet und ihnen keinerlei Hindernisse in den Weg gelegt. Und da kommen irgendwelche Usurpatoren und schreiben mir Bedingungen vor. Die Vereinigten Staaten erkennen Lenins Regierung nicht an, und deshalb werde ich so handeln, wie ich es für nötig halte.«

»Überlegen Sie gut, ob Sie Ihre Passagiere wirklich an Land bringen wollen«, riet Krawtschenko, der versuchte ruhig zu bleiben. »Unsere Leute sind bewaffnet und werden den Lagerplatz der Walrosse bewachen.«

»Was gehen uns eure Walrosse an!«, erklärte zornig der Kapitän. »Unsere Touristen werden an Land gehen, ob Sie wollen oder nicht.«

»Wir garantieren keine Sicherheit«, sagte Krawtschenko.

»Meine Matrosen werden sich selbst um die Sicherheit kümmern«, erklärte der Kapitän grob.

»Falls Sie Ihre Passagiere eigenwillig an Land bringen, werden wir eine entsprechende Mitteilung an unsere Regierung schicken«, warnte Krawtschenko und erhob sich. Armol und Tnarat steckten ihre Messer ein und standen ebenfalls aus den Sesseln auf.

Das Kanu fuhr zum Ufer zurück. Dort hatte sich eine Menschenmenge versammelt, ganz vorn stand Orwo, der sorgenvoll in die Gesichter der Rückkehrer blickte. »Wer sind sie?«, fragte er, kaum dass das Kanu mit seiner Nase ans Ufer gestoßen war.

»Amerikaner«, antwortete Tnarat.

»Was wollen sie hier?«

»Sie wollen gucken, wie wir leben«, erklärte John.

»Hätten sie sich nicht eine andere Zeit aussuchen können?«, brummte Orwo.

Während die Männer das Kanu aus dem Wasser holten, wurden auf dem Dampfer die Motorboote fertig gemacht und das Fallreep heruntergelassen. Die Menge blieb am Ufer stehen und wartete. Die Menschen drückten sich aneinander und beobachteten schweigend, wie die Boote sich näherten. In jedem Boot saßen bewaffnete Matrosen, die Gewehrläufe waren nach oben gerichtet.

»Was werden wir tun?«, fragte Anton.

»Die Hauptsache ist, dass wir den Liegeplatz schützen«, antwortete John. »Sie verstehen die menschliche Rede nicht, es scheint, dass sie uns nicht für Menschen halten.«

»Wir sollten sie wenigstens bitten, in der Siedlung keinen Lärm zu machen«, meinte Armol zaghaft.

In den Motorbooten wurde gerudert. Vielleicht hatte der Kapitän die Bitte beherzigt, keinen großen Lärm zu machen. Drei Boote voller Touristen landeten auf dem Kieselstrand, und die Matrosen sprangen ans Ufer. Die Touristen stiegen aus, und einige richteten sofort ihre Fotoapparate auf die still gewordene Menge.

»Was für eine bildschöne Frau!«

Dieser Ausruf galt Tschejwuna, deren Gesicht eine grelle Tätowierung schmückte. Außerdem hatte sie einen neuen Kherker angezogen und trug auf den Schultern ihr Kind.

»Treten Sie zur Seite!«, schrie der Kameramann. »Stören Sie mich nicht beim Drehen!«

»Was hat der da für eine Waffe?«, fragte jemand in der Menge. Die Tschuktschen starrten ängstlich auf den unbekannten Apparat, der auf sie gerichtet war, und ergriffen plötzlich die Flucht. An der Spitze rannten die erschrockenen Hunde, hinter ihnen die schnellfüßigen Kinder, und hinter denen wiederum trippelten eilig die Erwachsenen, bemüht ihre Würde zu wahren.

Anton, Armol, John und Tnarat, die abseits standen, gingen langsam zu den Jarangas, ohne den lärmenden Touristen auch nur die geringste Aufmerksamkeit zu schenken.

Eine junge weiße Frau rannte Pylmau hinterher und versuchte ihr Bill-Toko abzunehmen. »Hände weg!«, fuhr John sie an. Die Frau zog erschrocken ihre Hand zurück und schaute John an.

»Ich will doch nur diese wundervollen Kinderchen fotografieren«, sagte sie schuldbewusst.

»Fotografieren Sie ihre eigenen Kinder!«, unterbrach John sie verärgert.

Die junge Amerikanerin erinnerte John mit ihrem Aussehen an etwas längst Vergangenes, Halbvergessenes. Plötzlich wurde ihm klar, dass sie seiner Jeannie frappierend ähnlich sah. Nur dass Jeannie jetzt viel älter sein müsste, diese junge Frau war gerade so alt wie Jeannie, als John das Ufer des Ontariosees verließ.

»Ich wollte doch nichts Schlechtes«, rechtfertigte sich die Frau.

John war schon drauf und dran, seinen Wutausbruch zu bereuen, da sagte die Frau plötzlich: »Können die Kinder nicht einen Augenblick stehen bleiben, ich gebe ihnen auch einen Dollar ...«

»Hier können Sie für Dollars nichts kaufen«, antwortete John wütend und nahm Sophie-Ankanau, die zu schluchzen begann, auf den Arm.

Die Bewohner von Enmyn versteckten sich in ihren Jarangas. Sie schlugen die Türen vor den Nasen der Touristen zu, denen nichts anderes übrig blieb, als die Hunde und die Jarangas von außen zu fotografieren. Auch John schloss seine Tür.

Sophie-Ankanau flossen die Tränen über die Wangen, Pylmau tröstete sie und sagte: »Weine nicht, mein Töchterchen, die gehen bald wieder.«

»Wie schrecklich sie sind!« Bill-Toko blickte mit vor Verwunderung und Angst weit geöffneten Augen seinen Vater an. »Sie schauen umher wie wilde Tiere und blecken die weißen Zähne, als wollen sie zubeißen … Ate, sind sie bissig?«

»Sie sind nicht bissig«, antwortete John finster. Schamröte brannte in seinem Gesicht. Obwohl er schon so lange bei den Tschuktschen lebte, war ihm doch bewusst, dass er in der Welt der Weißen aufgewachsen war.

Von Zeit zu Zeit öffnete er die Tür einen Spalt und schaute nach den Touristen, die zwischen den Jarangas hin und her liefen und sich laut unterhielten.

»Jack, guck mal, was für herrliche Pelze!«, rief einer und zeigte auf die Fellgirlande vor Armols Jaranga.

Armol kam heraus und rannte, ohne auf die Warnungen seiner Frau zu hören, zu den Touristen hin.

Die Touristen boten ihm Geld, offenbar viel Geld, aber Armol schüttelte den Kopf und versuchte, ihnen etwas zu erklären, wobei er die ganze Zeit zu Johns Jaranga schaute. Immer mehr Touristen sammelten sich an, Armol rannte zu John, stürmte in den Tschottagin und fragte: »Kann ich Papiergeld nehmen?«

»Das ist deine Sache«, antwortete John.

»Ich kann dafür in Nome einen Motor kaufen!«

Armol rannte wieder hinaus und stürzte zurück zu den Touristen. John sah, wie er die Polarfuchspelze und Eisbärfelle vom Trockengestell nahm und Geld dafür erhielt.

Als die Touristen Armol alle seine Pelze abgeschwatzt hatten, gingen sie aus der Siedlung hinaus. Einer blieb neben dem Götzen stehen, der neben Orwos Jaranga in der Erde steckte, und versuchte ihn herauszuziehen. Andere eilten ihm zu Hilfe.

Orwo trat vor die Tür und rief: »Wenn ihr den Gott berührt, schieße ich!«

»Verkauft ihn uns!«, riefen gleich mehrere Männer.
Aber Orwo antwortete nicht. Er steckte nur den Lauf der Winchester aus der Tür. In Windeseile waren alle Touristen wie vom Erdboden verschluckt. Ihre Stimmen entfernten sich in Richtung Tundra.

Anton, Tnarat und Orwo kamen in Johns Jaranga. »Wir müssen das Pelzwerk konfiszieren, das Armol verkauft hat«, sagte Anton. »Er hat ungesetzlichen Handel getrieben.«

»Wie willst du das anstellen?«, fragte John.

»Ganz einfach, ich gehe zu ihnen und sage: Da der Kauf gesetzwidrig war, bitte ich Sie, die Pelze zurückzugeben. Händler achten die Regeln.«

»Willst du allein gehen?«, fragte Tnarat erstaunt.

»Das wird besser sein«, antwortete Anton.

Von der Straße drang Geschrei herein, der aufgeregte Guwat kam in den Tschottagin gerannt. »Sie bestehlen die Toten!«, rief er so laut, dass die Kinder aufschraken, und Sophie-Ankanau erneut zu weinen anfing.

»Was sagst du da?«, fragte Orwo bestürzt.

»Ich sage die Wahrheit.« Guwat rang nach Luft. »Sie

sind auf den Begräbnishügel gestiegen und schleppen von dort Sachen weg, die den Toten gehören.«

»Das ist sehr schlecht!«, sagte der Alte zornig, griff nach der Winchester und befahl kurz: »Los!« Alle folgten dem Alten.

Die Touristen kamen den Hügel hinunter, jeder schleppte entweder einen Speer weg oder ein heiliges Ruder, aus Birkenrinde geflochtenes Geschirr, Pfeifen, Waffen, einer trug sogar vorsichtig in der ausgestreckten Hand einen weißen Schädel.

»Bringt sofort die Sachen an ihren Platz zurück!«, rief Orwo und zückte das Gewehr.

Entweder spürten die Touristen, dass Orwo es ernst meinte, oder sie begriffen, dass sie zu weit gegangen waren. Sie murrten ein bisschen, gingen aber dann doch zum Begräbnishügel zurück und warfen alles, was sie genommen hatten, unordentlich auf einen Haufen.

»Da kommt noch ein Ruderboot angefahren!«, rief Guwat und zeigte aufs Meer.

Orwos erfahrenes Auge aber sah, dass es sich nicht um ein Ruderboot handelte, sondern um eine Schaluppe. »Das sind die Uëlener!«, rief er und rannte den Hügel hinunter. »Sie kommen uns zu Hilfe!«

Bald erkannten alle die Uëlener Schaluppe, die voller Menschen war. Der Milizionär Drabkin, an dessen Mütze ein rotes Band leuchtete, überragte alle. Andere Männer trugen ebenfalls Mützen mit roten Bändern.

»Warum hast du dich so festlich geschmückt, Drabkin?«, fragte ihn John fröhlich.

»Wir sind die Rote Garde«, antwortete Drabkin wichtigtuerisch und sprang auf die Kieselsteine.

Die amerikanischen Touristen gingen langsam zum Ufer. Einige schleppten Säcke mit Pelzen, die sie bei Armol gekauft hatten.

»Der lang erwartete Dampfer aus Sowjetrussland ist gekommen«, sagte Tegrynkëu. Er hat alles mitgebracht, sogar die Rote Garde.«

Anton erzählte in aller Eile, was in Enmyn vorgefallen war, und Tegrynkëu gab Drabkin in aller Ruhe den Befehl: »Geht zu den Booten und nehmt ihnen die Pelze ab. Armol soll das Geld zurückgeben, was er von ihnen bekommen hat.«

Die Rotgardisten liefen zu den Touristen, die in großer Eile in die Boote stiegen. Drabkin kratzte seine zehn englischen Wörter zusammen, die er kannte, aber die reichten völlig, um den Touristen klarzumachen, dass die Regierungsmacht gekommen war. Einer der Touristen wandte sich an Tegrynkëu. »Ich protestiere gegen diese Willkür«, sagte er energisch.

»Erstens haben Sie die Staatsgrenze der Sowjetischen Republik verletzt«, antwortete Tegrynkëu lächelnd, »zweitens haben Sie ohne Handelserlaubnis Pelze gekauft. Das gilt als Schmuggel und wird ohne Entschädigung konfisziert. Aber Armol wird Ihnen das Geld zurückgeben.«

Armol war bereits auf dem Weg zum Ufer. Das Geld trug er in einer kleinen Ledertasche, in der er sonst die Patronen aufbewahrte.

»Armol, gib das Geld zurück und nimm die Pelze«, befahl Tegrynkëu ruhig.

Armol schüttete ein Häufchen zerknüllter Dollarnoten direkt auf die Kieselsteine.

»Und jetzt können Sie wieder zurückfahren«, sagte Tegrynkëu streng. »Ich rate Ihnen, nicht wieder an Land zu gehen! Sie sind gewarnt worden. Im Fall einer Zuwiderhandlung werden Sie sich vor dem Gesetz verantworten müssen.«

Die Touristen setzten sich hastig in die Boote, und die Matrosen begannen zu rudern. Keiner fotografierte mehr, allein der Kameramann dreht die Kurbel seines knatternden Apparats. Er filmte, wie am Ufer die Menschenmenge, aus der die rot gestreiften Mützen der Rotgardisten herausragten, immer größer wurde.

»Unser Dampfer lädt erst eine Fracht in Intschoun ab, dann kommt er zu euch«, teilte Tegrynkëu geschäftig mit. »Das ist der erste Dampfer. Im nächsten Jahr sollen viele Schiffe nach Tschukotka kommen. Dann werden wir richtig mit dem Aufbau des neuen Lebens beginnen. Doch bevor wir damit anfangen, müssen wir erst den Ort reinigen, auf dem das neue Haus erbaut wird. Morgen früh ziehen wir mit den Rotgardisten in die Tundra, um die Überreste von Botschkarjows Bande zu fangen. Es wird erzählt, dass sie auch bei euch waren.«

»Das stimmt.« Orwo nickte. »Sie haben mich gefesselt. Ilmotsch hat mit dem Messer vor meiner Nase rumgefuchtelt.«

»Das wird er nicht mehr tun«, erklärte Tegrynkëu entschlossen. »Er ist ein richtiger Räuber geworden. Die Banditen, die er bei sich beherbergt hat, ziehen durch die Tundra, bestehlen die Rentierzüchter, vergewaltigen Frauen und ermorden Hirten. Wer will, kann mit uns gehen.«

»Wir wollen alle«, antwortete Tnarat.

Die Schaluppe, mit der die Mitglieder des Revolutionskomitees gekommen waren, wurde ans Ufer gezogen und festgebunden, aber die Menschen gingen nicht auseinander, sie warteten, bis der amerikanische Dampfer wegfuhr.

»Ich gehe nachschauen, was mit dem Liegeplatz der Walrosse los ist«, sagte John und kletterte zu seinem Beobachtungsposten auf dem Felsen.

Als er den steilen Pfad hochstieg, hörte er die Ankerketten des Schiffes klirren. Bei jedem Laut zog sich sein Herz sorgenvoll zusammen. Wie mochte es um die Walrosse stehen? Wenn sie wegzögen ... Es war nur schwer vorstellbar, was im Winter passieren würde.

John erklomm den Felsen, setzte sich bequem hin und hielt das Fernglas vor die Augen. Auf der schmalen Kiesellandzunge unter den vorstehenden Felsen wimmelte es von Walrossen. Noch verhielten sie sich ruhig, tummelten sich im seichten Wasser, wühlten mit ihren Hauern die Kieselsteine auf und suchten nach schmackhaften Mollusken.

John richtete das Fernglas auf den Dampfer.

Die Anker waren gelichtet, am Heck wurde das Wasser aufgewirbelt – die Schiffschraube begann sich zu drehen. Die Passagiere standen als schwarze Pünktchen an Deck und schauten zum Ufer. John erinnerte sich, wie er in die Messe gegangen war, wie er seine Muttersprache vernahm, wie Jeannies Gesicht vor ihm auftauchte, und er lachte im Innern: Wie fremd ihm diese Welt geworden war! Der Traum im Polarnebel war vorbei. Das Erwachen hatte begonnen, das Weiß des Reifs auf der Schwelle der alten Jaranga war auf seine Haare übergegangen.

Der Dampfer fuhr aufs offene Meer hinaus, wendete langsam und drehte nach Nordosten ab. Er fuhr immer schneller, und John konstatierte erfreut, dass das Schiff sich immer weiter von dem gehegten Liegeplatz entfernte. Da sah er plötzlich aus dem Schornstein eine weiße Rauchwolke kommen. Und dann drang ein schweres Dröhnen an sein Ohr, das die Luft erzittern ließ und die Felsen erschütterte. Es hallte als Echo wider und flog über die gesamte Küste.

John riss das Fernglas hoch. Die Walrosse schreckten auf, kletterten übereinander, glitten ins Wasser und schwammen von der schmalen Landzunge weg. John konnte nicht mehr die Wassergrenze am Ufer erkennen. Die Brandung war von einer Woge von Walrosskörpern verdeckt, die ins offene Meer schwappte. Der Liegeplatz war zu Grunde gerichtet.

Zornig griff John nach der Winchester und schoss dem sich entfernenden Schiff hinterher.

24

Sie schleppten die Schaluppe zur Landzunge, auf die Seite der Lagune, auf der die Jarangas standen. Dort ließen sie die Boote zu Wasser. Sie nahmen noch das Kanu mit. Das wollten sie bis zum Oberlauf des Flusses Tschaaiwaam mitführen, von dort könnten sie auf ihm bis zur Wasserscheide fahren, an der sie Ilmotsch vermuteten.

Tegrynkëu bestand darauf, dass auch John mit ihnen ging. »Anton muss in der Schule bleiben, Tnarat wird beim Jagen gebraucht, solange das Eis noch nicht da ist.«

Sie hoben das Kanu auf die Schultern und gingen über

die leicht gefrorenen Erdhügel zu den Bergen, die blau in der Ferne schimmerten.

John spürte auf der Schulter die Walrosshaut der Kanuwand. Er ärgerte sich, dass er zugesagt, dass er Tegrynkëus Überredungskünsten nachgegeben hatte.

Als der erste Tag zu Ende ging, erreichten sie einen kleinen Fluss und ließen sich zur Rast nieder. Das Zelt schlugen sie hinter der schützenden Wand des Lederkanus auf. Sie sammelten am Seeufer trocknes Gestrüpp und zündeten ein Feuer an.

»Außer den Rotgardisten sind neue Leute mit dem Dampfer gekommen«, erzählte Tegrynkëu, während er trockne Zweige unter den Teekessel legte. »Ein richtiger Arzt ist dabei, der alle Krankheiten heilen kann. Er hat Arznei mitgebracht und sogar Messer, mit denen er einen lebendigen Menschen aufschneiden kann. Und dann hat er noch verkündet, dass er den Frauen bei der Entbindung helfen will. Aber da haben die Leute große Zweifel. Er hätte das nicht sagen sollen. Er hat gleich die Frauen gegen sich aufgebracht. Aber er ist ein prima Kerl; seine Frau kommt nächstes Jahr nach. Sie ist auch Arzt. Eines ist schlecht – es gibt zu wenig Händler. In Enmyn müsste ein Laden eröffnet werden, und wir wissen nicht, wen wir schicken sollen. Vielleicht übernimmst du das?«

»Ich – ein Händler?«, fragte John ungläubig. »Niemals!«

»Du wirst dann mit Waren des Volkes handeln, für das Volk«, wandte Tegrynkëu ein.

»Ich habe so was noch nie gemacht.«

»Aber in Nome hast du sehr gut gehandelt, und als du die Schaluppe und den Motor gekauft hast, haben sich alle gewundert, dass du so wenig dafür bezahlt hast«, entgegnete ihm Tegrynkëu.

»Das kann jeder vernünftige Mensch. Wenn er die wahren Preise der Waren kennt«, antwortete John.

»Das heißt, du kennst die wahren Preise der Waren. Wir wollen eurer Siedlung eine neue Schaluppe mit Motor zuteilen. Die einzige Schaluppe, die der Dampfer mitgebracht hat.«

»Eine Schaluppe brauchen wir dringend.« John lebte auf. »An unserer Küste hält sich das Eis viel länger als bei euch an der Beringstraße, und kommt auch viel früher.«

»Eine Genossenschaft muss ins Leben gerufen werden«, fuhr Tegrynkëu fort. »Die Schaluppe können wir nur einer Genossenschaft geben, einer gesellschaftlichen Organisation.«

»Das ist nicht so schwer«, antwortete John. »Wir haben im Prinzip ja bereits eine Genossenschaft.«

»Und wir werden sie Genossenschaft Torwagyrgyn nennen«, sagte Tegrynkëu träumerisch.

»Es geht nicht um den Namen«, warf John ein.

»Stimmt, nicht der Name ist wichtig, aber es ist sehr gut, wenn neue Wörter entstehen, neue Namen. Das heißt, dass sich das Leben vorwärts bewegt, dass der Mensch sich von den Knien erhebt und aufrecht weitergeht.«

Kälte kam vom See her angekrochen, das gefrorene Gras brach bei der kleinsten Berührung. John lag auf einem Walrossfell, das ihn vor Feuchtigkeit und der kalten Erde schützte. Er schaute mit weit geöffneten Augen zum niedrigen, nassen, grauen Himmel hoch, der wie eine Decke aussah.

Er stellte sich das neue Enmyn mit einem Laden vor, auf

dem eine rote Fahne wehte. Eine Gruppe Hundeschlitten mit Reisenden, die aus West und Ost und aus der Tundra gekommen waren, stand vor dem Laden. Das neue Enmyn sah so ähnlich aus wie Uëlen, nur ein bisschen kleiner.

Bei Sonnenaufgang machten sie sich wieder auf den Weg. An jedem Hügel blieb Tegrynkëu stehen, kletterte hoch und betrachtete lange den Horizont. Er suchte die Spuren von Ilmotschs Lager. Beim Laufen schaute er aufmerksam vor die Füße, sammelte die getrockneten Nüsse des Rentierkots ein, zerrieb sie auf der Handfläche und roch sogar daran.

Am dritten Tag fiel nasser Schnee. Der Fußmarsch wurde immer mühseliger. Tegrynkëu munterte die Müden auf und versicherte, dass bald der Fluss käme, auf dem sie mit dem Kanu weiterfahren könnten.

Immer wenn sie rasteten, setzte er sich neben John. »Die Sowjetmacht hat uns eine bewaffnete Abteilung geschickt, um die Tundramenschen von den Banditen zu befreien. Sie hat einen Dampfer geschickt, obwohl du bestimmt gehört hast, dass im russischen Land Hungersnot herrscht. Der Krieg hat lange gedauert, alles ist verwüstet, die Fabriken arbeiten nicht, auf den Feldern, auf denen eigentlich Getreide wachsen soll, weht der Wind. Sag, Son, welche andere Macht würde so was tun?«

Als die Tundra mit Schnee bedeckt war, der nicht mehr taute, gelangte die Abteilung an einen trüben Fluss. Er floss in südliche Richtung, hier begann die Wasserscheide. Von diesem Ort an nahm der große tschuktschische Fluss Anadyr, der Amazonas der Tundra, alle Wasser in sich auf.

Sie ließen das Kanu zu Wasser und fuhren vorsichtig

weiter. Manchmal mussten sie es aus dem Wasser heben und auf den Schultern über seichte Stellen und Schwellen tragen.

Tegrynkëu versuchte hauptsächlich am Ufer entlang zu laufen. Er hinterließ eine schwarze Spur, die manchmal auf einen Hügel ging, von wo aus Tegrynkëu die Umgebung beobachtet hatte.

Schließlich gab Tegrynkëu mit der Hand ein Zeichen, und John lenkte das Kanu zum Ufer. »Ich habe das Lager gefunden«, sagte Tegrynkëu. »Die Jarangas stehen in der Schlucht, aber aus irgendeinem Grund sind keine Rene zu sehen. Vielleicht hält Ilmotsch die Herde in der Talsenke. Die Rene fressen jetzt das Futter, das im Winter unter tiefem Schnee liegen wird, die Abhänge, an denen der Wind weht, hebt er für die Winterweide auf.« Sie zogen das Kanu aus dem Wasser und legten es auf die Erde, nachdem sie es vorsichtshalber mit einem Gemisch aus Rasen und Schnee geschützt hatten.

Sie gingen zu den Jarangas, zu den schwarzen Punkten, die sich auf dem frisch gefallenen Schnee abzeichneten. John lief neben Tegrynkëu und hörte, was der zu bedenken gab: »Warum sind weder Rauch noch Rene zu sehen? Und kein einziger Mensch zeigt sich? Es kann doch nicht sein, dass alle Bewohner des Lagers zu den Herden gegangen sind! So viele brauchen sie da nicht. Jetzt grasen die Rene doch unbehelligt – es gibt keine Pferdebremsen und keine Mücken. Futter ist leicht zu finden ... Und warum sind es nur zwei Jarangas? In Ilmotschs Lager gab es immer fünf, er hat immerhin eine große Herde ...«

»Vielleicht ist das gar nicht Ilmotschs Lager, sondern gehört zu einem anderen Rentierzüchter?«, fragte John.

»Vielleicht, aber das ist unwahrscheinlich. Dieses Land gehört Ilmotsch«, antwortete Tegrynkëu.

An die Ohren der Reisenden drang ein eigenartiger Laut. Tegrynkëu ließ die Männer anhalten. Das langgezogene Heulen eines Hundes war zu hören. Es drückte so viel hoffnungslose Schwermut aus, dass alle unruhig wurden.

Tegrynkëu sagte leise: »Der Hund riecht ein Unglück...« Die Abteilung legte einen Schritt zu.

Die Jarangas kamen näher, aber keiner ging den Reisenden entgegen, sogar der heulende Hund blieb unsichtbar. Das Heulen wurde mal lauter, mal leiser, kam mal aus der einen, mal aus der anderen Jaranga.

»Stehen bleiben!«, befahl Tegrynkëu plötzlich. »Vielleicht ist das ein Hinterhalt.«

Die Rotarmisten ließen sich in den Schnee fallen, und John war gezwungen, sich neben sie zu legen. Er wollte eigentlich weitergehen, hielt es dann aber doch für klüger und ungefährlicher, wenn Tegrynkëu allein weiter ging.

Tegrynkëu schritt ruhig aus. Nur ein einziges Mal verlangsamte er seinen Schritt, als das Heulen des Hundes wieder stärker wurde. Aus der Nähe klang es wie das Weinen eines Menschen.

Er trat zu einer Jaranga, schlug das Rentierfell zurück, das als Tür diente, stand eine Minute still und verschwand im Innern. Und kam so schnell wieder herausgerannt, dass seine Kameraden dachten, ihm jage jemand nach.

»Kommt her!«, rief er, und alle rannten zu ihm. »Hier ist was Schreckliches passiert!«, flüsterte Tegrynkëu mit bleichem Gesicht. »Ein schrecklicher Anblick.«

Er schlug den Fellvorhang zurück. John schaute vorsichtig hinein. Im Tschottagin war es dunkel. Direkt an der Schwelle, auf dem mit Reif bedeckten, glatt getretenen Boden entdeckte er dunkle Blutflecke. Die Blutspur führte in den Tschottagin und verwandelte sich in eine formlose, blutige Masse, die aussah wie ein getötetes Rentier. Aber die Haut dieses Rens war gut gegerbt, mit Ocker gefärbt und zusammengenäht. Dann hatte man sie wieder aufgetrennt, mit einem scharfen Werkzeug auseinandergeschnitten. John begriff nicht gleich, dass das ein Mensch war. Und nicht nur einer, sondern mehrere. Die Leichen lagen aufeinander, frisch, mit hellen Blutflecken. Der Mord hatte offenbar erst stattgefunden, als die Fröste begannen.

Allem Anschein nach war das Ilmotschs Jaranga. Einer der Männer schlug den Fellvorhang noch weiter zurück, sodass das bläuliche Tageslicht in den Tschottagin drang. John erkannte plötzlich das Gesicht des alten Ilmotsch. Er schaute mit glasigen Augen zum Rauchabzug hoch. Nur mit großer Kraftanstrengung konnte John einen Schrei unterdrücken. Fast hätte er den Alten angesprochen. Ilmotschs Augen sahen wie lebendig aus, so hatte John sie oft gesehen, wenn der Alte sich mit dem üblen, lustig machenden Wasser volllaufen lassen oder den Sud des heiligen Pilzes Wapak getrunken hatte.

Außer Ilmotsch waren auch seine Söhne und seine alten Frauen abgestochen worden.

Die Leute verließen leise den Ort des Schreckens und der Grausamkeit und gingen zur zweiten Jaranga, aus der das Heulen des Hundes kam.

Tegrynkëu stand eine Weile vor dem Eingangsvorhang und schlug ihn dann entschlossen zurück. John zwinkerte mit den Augen, um sich an das Dunkel im Tschottagin zu gewöhnen. Jemand kam wieder auf die Idee, den Vorhang ganz zurückzuschlagen. Statt des erwarteten Hundes erblickten sie eine zusammengekrümmte alte Frau, die ganz hinten im Polog saß. Sie nahm nicht einmal die Hände vom Gesicht, als die Männer eintraten, und bewegte sich nicht. Sie heulte erneut auf, sodass es den Männern eiskalt über den Rücken lief. Das Geheul flog aus dem Rauchabzug und schwebte über Ilmotschs totem Lager.

John betrachtete die Frau genauer und erkannte die alte Kelena, dieselbe, die ihn einst operiert und vor dem Tod gerettet hatte. Seit dieser Zeit waren mehr als zehn Jahre vergangen. Wie alt mochte Kelena jetzt sein? John ging zu der Alten hin und nahm ihr die Hände vom Gesicht. Sie waren kalt und hart wie bei einem Toten. Kelena schaute mit Schrecken auf John und schlug wieder die Hände vors Gesicht. Von ihrem Heulen erzitterte die Jaranga.

»Ich bins, Son«, sagte John und versuchte erneut, der Alten die Hände vom Gesicht zu nehmen.

»Gespenster, Gespenster!«, flüsterte Kelena. »Geht weg, blutige Gespenster! Rote Krieger, geht weg!«

»Ich bin kein Gespenst.« John versuchte die Alte zur Vernunft zu bringen. »Schau mich an, ich bin Son, derselbe, dem du vor langer Zeit die schwarzen Finger abgenommen hast.«

»Bewaffnete Gespenster! Blutige Menschen mit Waffen!«, wehklagte die Alte. »Ich höre ihre Stimmen und sehe sie, wenn ich meine Augen öffne.«

»Nicht doch«, versuchte John die Alte zu beruhigen. »Ich bins, John. Schau mich richtig an. Schau mich an!«

Noch einmal drückte er mit Gewalt ihre Hände auseinander, sah Kelena in die Augen, die voller Schrecken und Leid waren, aber die Alte fiel besinnungslos auf die Seite und bebte.

»Sie ist verrückt geworden«, schloss Tegrynkëu. »Wenn du so was siehst, heulst du noch ganz anders.«

John setzte sich neben die verrückte Alte. Er drückte vorsichtig ihre Hände auseinander und redete sanft auf sie ein: »Hab keine Angst. Wir sind aus Enmyn gekommen, um euch zu helfen und vor den Gespenstern und Räubern zu retten. Schau uns an, wir gehören zu euch. Neben mir steht Tegrynkëu aus Uëlen. Weine nicht …« John streichelte der Alten die Schultern und fühlte, wie sie sich langsam beruhigte.

Kelena schluchzte ein paar Mal und lehnte sich vertrauensvoll an John. Sie öffnete die Augen und blickte ihn an: »Bist das wirklich du? O, was für ein Unglück in unserem Lager geschehen ist! Als ob böse Geister aus dem unterirdischen Reich hochgekommen sind und die Menschen bestraft haben, die mit Sünde befleckt waren. O, Son, ich kann nicht glauben, dass ich am Leben geblieben bin.« Die Alte wischte die Tränen ab, hob den Kopf, brach plötzlich wieder in ihr schreckliches Geheul aus und zeigte auf jemanden, der hinter Johns Rücken stand: »Das sind sie! Sie sind wieder gekommen, um die Menschen abzustechen!«

John schaute sich um, aber dort stand nur Tegrynkëu. John sagte leise zu ihm: »Geh hinaus!«

John blieb mit Kelena allein im Polog und redete auf sie ein: »Mach die Augen auf. Niemand ist im Tschottagin außer uns beiden.«

Schließlich gehorchte Kelena, blickte sich um und strich sich sogar die spärlichen Haare aus der Stirn. »Ich kann gar nicht glauben, dass du das bist, Son«, murmelte die Alte und tastete mit zitternden Händen Johns Gesicht und seine Kleider ab. Als sie sich von der Realität seiner Existenz überzeugt hatte, begann sie eine schreckliche Geschichte zu erzählen, die häufig von Weinen unterbrochen wurde.

»Ich habe Ilmotsch gesagt, dass diese Russen kein Glück bringen. Sie hatten ganz ungute Gesichter, kalte Augen«, erzählte Kelena. »Aber Ilmotsch hat nicht auf mich gehört. Er hat das neue Leben mit den schlimmsten Ausdrücken beschimpft. Hat immer vom Sonnenherrscher geredet. Diese Russen haben in unserem Lager wie die Wölfe gehaust! Am helllichten Tag haben sie sich über die Frauen hergemacht und sie vor den Augen der Männer und Kinder zu Boden geworfen. Ilmotsch hat die fettesten Rene abgestochen und mit eigenen Händen die leckersten Stücke an die Russen verteilt.«

Die Alte verstummte plötzlich, lauschte gespannt und presste sich mit zitterndem Körper an John: »Ich fühle, dass sie hier sind! Sie gehen vor den Jarangas auf und ab!«

»Das sind unsere Freunde«, beruhigte John Kelena. »Hab keine Angst.«

»Sagst du wirklich die Wahrheit?«, fragte sie misstrauisch. »In deinen Augen leuchtet Eis ...«

»Du kennst mich doch«, antwortete John.

»Ihr seid nicht zu durchschauen«, seufzte Kelena bekümmert.

»Du kennst nicht nur mich, du kennst auch meine Kinder, und Pylmau«, entgegnete ihr John.

Es war wie ein Wunder, aber als John Pylmaus Namen

nannte, beruhigte sich die alte Schamanin und fuhr in ihrer Erzählung fort: »Sie gingen durch die Tundra, grölten ihre lauten Lieder, fraßen sich satt, gingen zum Ufer und forderten irgendwas von Ilmotsch. Er aber, der Arme, bedauerte schon, dass er sie in seinem Lager aufgenommen hatte. Er kam sogar zu mir, um sich Rat zu holen. Aber was kann eine Frau für einen Rat geben?« Kelena schaute John unverwandt an und rückte ein wenig von ihm weg. »Es ging uns sehr schlecht. Ilmotsch hatte vor allem Angst. Vor dem Ufer, vor der Tundra. Aber er konnte nicht vor den Russen fliehen. Wohin sollte er mit der Herde? Da dachten sie nach, Ilmotsch und die Hirten, und kamen zu dem Entschluss, den Russen den heiligen Sud des Wapak-Pilzes zu trinken zu geben, sie in der Tundra zurückzulassen, selbst aber weiterzuziehen, so weit weg, dass sie uns nicht finden konnten. Das war natürlich nicht gut, aber die Russen waren so brutal geworden, sie haben keine Achtung vor uns gehabt, haben uns wie Tiere behandelt. Sie haben Ilmotsch sogar angeschrien und angegriffen. Da haben wir den Plan ausgeführt. Wir haben ihnen Wapak-Sud zu trinken gegeben und sie in der Tundra zurückgelassen. Früh am Morgen haben wir die Jarangas abgebaut, die Schlitten beladen und die Herde über den Gebirgspass getrieben, hierher, wo die Flüsse der Sonne entgegenfließen. Wie wir fahren, hören wir, wie welche hinter uns herjagen. Drei Tage und drei Nächte sind wir ohne Pause gelaufen, haben Umwege gemacht, um die Spur zu verwischen. Den Russen haben wir die Gewehre weggenommen. Wir sind hier herunter zur Wasserscheide und haben noch drei Tage und Nächte kein Feuer angezündet und kein heißes Fleisch gegessen. Wir hatten Angst, der Rauch verrät uns.

Dann dachten wir, es reicht. Wir haben Feuer angezündet und wieder laut gesprochen. So haben wir drei Tage gelebt. Die Herde hat in einiger Entfernung geweidet, wir selbst aber sind nicht weg von diesem Ort. Wir haben alles ins Feuer geworfen, was wir in der Nähe fanden ...«

Die Alte verstummte und horchte. »Da geht einer!«, teilte sie John flüsternd mit.

»Stimmt, da gehen meine Freunde, die mit mir hierher gekommen sind, um euch von diesen Räubern zu befreien.«

»Zu spät!«, wehklagte Kelena. »Sie haben unseren Ilmotsch abgestochen!«

»Aber warum stehen hier bloß zwei Jarangas?«, fragte John.

»Ich will es dir erzählen!«, antwortete Kelena hastig. »Ich war Holz holen, weit weg. Kehre bei Sonnenuntergang zurück mit einem Armvoll Reisig, klettere auf den Hügel, von dem aus unser Lager zu sehen ist, und höre Schreie. Sie sind gekommen! Diese Russen! Sie halten kleine Gewehre in den Händen und große Messer. Zuerst ergreifen sie Ilmotsch und ziehen ihn an den Beinen durchs Lager, wie ein totes Ren. Sie haben ihn zerhackt, in die Jaranga gelegt und sich an die nächsten gemacht. Die Kinder konnten nicht mal aufschreien, schon fielen sie tot um. Oh, was sie angerichtet haben! In den grausamsten Legenden gibt es so was nicht. So was können nur Menschen tun, die den Verstand verloren haben, ein Tier kann sich so was nicht ausdenken.«

»Wo sind denn die anderen?«, fragte John ungeduldig. »Warum stehen nur zwei Jarangas im Lager?«

»Warte«, unterbrach ihn Kelena. »Gleich erzähle ich

alles. Vielleicht sind das die letzten Worte in meinem Leben … Hör zu. Ich habe aus der Ferne zugesehen und war gelähmt vor Schreck, ich konnte nicht weiterlaufen. Und dann, ich weiß nicht, wie es passiert ist, habe ich losgeschrien und bin den Hügel hinuntergerannt. Ich habe gemerkt, wie die Kugeln in den Reisig auf meinem Rücken flogen. Aber zum Glück haben sie mich nicht getroffen. Ich rannte in den Tschottagin unserer Jaranga und fiel bewusstlos um. Wie lange ich so lag, weiß ich nicht. Als ich wieder zu mir kam, war das Lager leer. Ich war allein in der Jaranga zurückgeblieben. Wahrscheinlich haben sie gedacht, ich bin tot. Aber ich war nicht tot. Ich bin aufgestanden und habe nach Überlebenden gesucht. An der Stelle, wo die drei anderen Jarangas standen, fand ich nur drei dunkle Kreise, die der Schnee noch nicht zugedeckt hatte. Und in Ilmotschs Jaranga … Als ich dort eintrat, verlor ich wieder die Besinnung. Ich erinnere mich nicht, wie ich hierher gekommen bin … Als ich wieder zu Bewusstsein kam, rief ich um Hilfe, aber aus meiner Kehle kam nur ein merkwürdiges Heulen, so ähnlich wie Hundeheulen. Ich habe vor Kummer verlernt, wie ein Mensch zu weinen«, sagte Kelena ein wenig verwundert. »Als ich dich sah, dachte ich, du bist ein Gespenst. Aber jetzt glaube ich, dass du es bist, Son.«

Die Alte nahm Johns Hand in ihre, betrachtete aufmerksam die Narben, die sie einst mit ihren Händen genäht hatte, und begann zu weinen: »Wie grausam das Leben geworden ist!«

»Beruhige dich«, sagte John sanft. »Wir holen sie ein und bestrafen sie. Und dich holen wir in unsere Siedlung, du wirst bei mir wohnen, wie eine Mutter.«

»Wie eine Mutter«, flüsterte Kelena. »Eine Mutter des Leids und der verlorenen Kinder ...«

John verließ die Jaranga und erzählte den anderen mit knappen Worten, was geschehen war. »Kelena hole ich zu mir«, sagte er.

Tegrynkëu nickte schweigend. Sein Gesicht war hart und finster geworden. Noch einmal betrachtete er das verwüstete Lager und sagte bitter zu John: »Die Jaranga mit den Überresten der Ermordeten müssen wir anzünden.«

Gegen Abend gelang es, die Alte zu überreden, mit ihnen zu gehen.

Als sie einmal Rast machten, fragte Kelena John: »Warum hast du keine Waffe?«

»Ich habe niemals auf einen Menschen geschossen, wahrscheinlich kann ich das nicht«, antwortete John schuldbewusst.

»Selbst wenn deine Kinder umgebracht werden und mit scharfen Messern auf sie eingestochen wird?«, fragte die Alte.

»Dann werde ich es können«, sagte John entschlossen.

»Aber es kann ja auch sein, dass sie mit fremden Kindern beginnen und sich erst dann deine vornehmen«, sagte Kelena, und John wurde Angst und Bange bei diesem Gedanken.

»Das sind mitleidlose und böse Menschen«, fuhr Kelena fort. »Ich habe solche noch nie gesehen. Sie haben die Frauen vergewaltigt, sich mit Feuerwasser volllaufen lassen, ohne jeden Grund alle getötet. Sie haben gesagt, dass sie alle Reichen in der Tundra umbringen und die Macht der Ärmsten unter den Armen errichten werden … Aber sie haben nicht einmal die Ärmsten verschont …«

Diese marodierenden Rotgardisten, die eigentlich das Tundravolk vor den weißgardistischen Banden hätten retten müssen, hatten sich als noch schlimmer erwiesen.

»Was ist das bloß?«, fragte John Tegrynkëu. »Das ist feiger Mord und Raubüberfall. Ich werde nicht zur Ruhe kommen, solange diese Menschen nicht mit aller Härte des Gesetzes bestraft werden.«

Der Tschuktsche war verwirrt, niedergedrückt. Wie sich zeigte, gab es auch unter den Bolschewiki zügellose Räuber. »Ja, ja«, nickte er. »Ich werde über alles im Revolutionskomitee berichten.«

John MacLennan nahm die Mühe auf sich und fuhr auf dem Heimweg über Uëlen, wo er im Revolutionskomitee eine offizielle Erklärung über den Massenmord an unschuldigen Rentierzüchtern in Ilmotschs Lager abgab. Mit versteinerten Gesichtern nahmen die Mitglieder des Revolutionskomitees Johns Bericht entgegen und versprachen mit verschlossener Miene, sich der Sache anzunehmen.

Der Rückweg kam ihm nicht lang vor. Die alte Kelena wich nicht von seiner Seite. Wenn sie Ruhepausen einlegten, wickelte sie vorsichtig den Verband ab, legte Kräuter auf und flüsterte irgendwelche Zaubersprüche.

»Der Kreis ist geschlossen«, sagte sie, als die Jarangas von Enmyn sichtbar wurden. »Du bist wieder zu mir gekommen, Son, der du von den Weißen verwundet wurdest. Und ich bin zu den Meeresmenschen, den Ankalinen gekommen. Ich kehre nie wieder in die Tundra zurück.«

Vor Enmyn stand ein Dampfer auf Reede. Das Ufer war

voller Waren, Baumstämme und Holzbretter für den Bau der neuen Schule.

Die Vielfalt der Dinge, die neue Schaluppe, die Seeleute, die lachend durch die Siedlung zogen und strikt ablehnten zu handeln, das alles war so ungewöhnlich und neu, dass die Erinnerung an die blutigen Ereignisse in Ilmotschs Lager bei der Enmyner Bevölkerung bald verblasste.

25

John musste alle abgeladenen Waren in Empfang nehmen. Der ganze Reichtum wurde mit einer Zeltbahn abgedeckt, ein Teil der Waren wurde in Orwos Jaranga gebracht. Der neue Händler konnte jeden Tag in Enmyn eintreffen.

»Den Laden baut ihr im nächsten Sommer auf«, ordnete Tegrynkëu an. »Einstweilen könnt ihr im Schulgebäude handeln, wenn kein Unterricht ist.« Anton wollte schon protestieren, aber Tegrynkëu überredete ihn schnell.

Das Meer fror zu. Auf dem Eis und dem frischen Schnee bildeten sich Trampelpfade. Der Händler jedoch war immer noch nicht da. Deshalb schloss John im Beisein der Mitglieder des Sowjets den Raum mit den Waren auf und gab sie an diejenigen aus, die etwas brauchten. Er trug alles in ein Buch ein.

Obwohl die Walrosslagerstätte den Enmynern keine Nahrung gegeben hatte, war bislang noch keine Hungersnot zu spüren. Es gab Robben, und jede Familie hatte es geschafft, sich einen großen Fleischvorrat anzulegen. Die Jäger hatten in der Tundra sogar Köder ausgelegt.

Die Tage wurden immer kürzer und die Nächte schwärzer. Die Dunkelheit wurde noch durch die niedrig hängenden Wolken verstärkt, es hörte nicht auf zu schneien.

Wenn John von der Jagd nach Hause kam, sah er Pylmau und Kelena, die entkräfteten Kinder und den ernsten, sehr besorgten Jako, der sich jeden Abend mit russischen Gedichten abmühte, die er nur zur Hälfte verstand. Er versuchte sogar, sie den Verwandten zu erklären, indem er Anton Krawtschenkos Worte verwendete.

»Wie gut, dass Kelena bei uns wohnt!«, sagte Pylmau einmal zu John.

»Ja, ich bin auch zufrieden«, antwortete John. »Sie ist dir eine große Hilfe.«

»Als ob das die wichtigste Hilfe ist!«, entgegnete ihm Pylmau.

Sie schwieg eine Weile, dann fragte sie: »Merkst du denn nicht, wie sie dir hilft?«

John verstand die Frage zuerst nicht. Tatsächlich, Kelena hatte ihn nicht nur einmal im Haushalt unterstützt und sogar das Hundegeschirr geändert.

»Ich bin ihr sehr dankbar!«, sagte John.

»Sie ist manchmal so erschöpft, dass sie wie tot umfällt«, sagte Pylmau vertraulich.

Erst jetzt begriff John, welche Hilfe Pylmau im Sinn hatte: In seiner Abwesenheit vollführte die Schamanin Zauberrituale!

»Vielleicht zwingst du sie dazu, mir zu helfen?«

»Wie kannst du nur so was denken!«, antwortete Pylmau entrüstet. »Die Alte ist dir so dankbar, dass sie nicht weiß, wie sie uns noch gefällig sein kann. Zuerst wollte ich sie überreden, keine Zaubergebete zu sprechen, aber als ich gesehen habe, dass dir das hilft, habe ich sie gelassen. Man soll einen Menschen nicht daran hindern, Gutes zu tun.«

»Aber das ist nicht gut!«, sagte John missbilligend, obwohl er gar nicht wusste, was an den Zaubersprüchen schlecht sein sollte.

Tatsächlich hatte er in der letzten Zeit unerhörtes Glück bei der Jagd. Die anderen Männer kehrten häufig mit leeren Händen zurück, während er zwei oder drei Robben hinter sich herzog. Jetzt begann er die Anspielungen und Allegorien zu begreifen, die die Kameraden ihm gegenüber äußerten. John war jetzt selbst bereit, an die Wirkung von Kelenas heiligen Worten zu glauben, er musste seinen ganzen Willen aufbringen, um sich den Gedanken aus dem Kopf zu schlagen, dass es Kelena war, die ihm dieses Jagdglück verschafft hatte.

Früh am Morgen, als Pylmau in den Tschottagin gegangen war, um das gefrorene Robbenfleisch zu zerkleinern, nutzte John die Gelegenheit und sagte zu Kelena: »Niemand zweifelt an deiner Weisheit. Aber die wahre Weisheit besteht darin, dass man nicht einem Auserwählten Gutes tut, sondern allen.«

»Was willst du damit sagen?«, fragte Kelena ehrerbietig.

»Wir müssen uns alle gemeinsam um das Wohl der Enmyner kümmern. Guck mal, der Dampfer hat die Waren nicht nur für einen gebracht, sondern für alle hier. Und die neue Schaluppe gehört nicht Orwo und nicht Armol, sondern allen zusammen. Genauso ist es bei mir, ich möchte, dass nicht nur ich Erfolg bei der Jagd habe, sondern alle Jäger aus Enmyn.«

Kelena lächelte. »Das Gemeinsame gehört zum neuen

Leben«, antwortete sie. »Ich aber komme aus der Vergangenheit zu dir. Ich weiß, dass die Bolschewiki keine Schamanen brauchen. Es heißt, sie haben sie vertrieben und die Gotteshäuser angezündet. So soll der Erfolg, den die Götter senden, allein dir gehören, denn du erkennst Gott an.«

»Woher weißt du, dass ich Gott anerkenne?«, fragte John, der sich das ganze Leben für einen Atheisten gehalten hatte.

»Er schaut auf dich«, sagte Kelena schlicht und zeigte auf den Götzen, der an einem Querbalken in der Ecke hing.

»Ich habe ihn schon lange nicht mehr mit Bewusstsein angesehen«, lachte John.

»Das ist gut«, antwortete Kelena. »Das heißt, dass er dir nahe und vertraut ist.

Seit diesem Gespräch versuchte John immer mit einem anderen Mann auf die Jagd zu gehen, damit alle sahen, dass es bei seinem Erfolg nicht mit unrechten Dingen zuging. Dennoch hatte er auch weiterhin unerhörtes Glück.

Aber dann fing der Nordwind zu blasen an, die offenen Wasserspalten in den Eisschollen schlossen sich, und mit Johns Glück war es vorbei.

Die Winterkälte und die Dunkelheit kamen. Der Schneesturm wehte die Jarangas zu, von der Schule war nur noch der eiserne Schornstein zu sehen, und ein langer, schiefer Schneekorridor, der zur Schultür führte, und vor den beiden kleinen Schulfenstern kleine Höhlen im Schnee.

Jako machte sich früh am Morgen auf den Weg in die Schule, er verließ die Jaranga ein bisschen später als John, der aufs vereiste Meer gegangen war.

Langsam löste sich das tiefe Blau der Polarnacht auf. Das laute Knirschen des trocknen, vereisten Schnees ging John auf die Nerven und rief trostlose Gedanken bei ihm hervor: Hunger, ein kalter Polog und weinende Kinder. Die Enmyner hatten all ihre Vorräte bereits aufgegessen. Die wenigen Säcke Mehl, die der Dampfer gebracht hatte, konnte man nicht als richtige Nahrung ansehen! Und außerdem konnte man sich dieses Mehl nicht einfach so nehmen, man musste mit Polarfuchsfell, Rentierfell und Walrosshauern bezahlen. Polarfüchse aber fing zurzeit fast niemand. Allein Armol spannte manchmal noch seine starken Hunde vor den Schlitten und fuhr auf die Jagd. Oft kam er mit Beute zurück, zog den Tieren eilig das Fell ab, trocknete die Häute, gerbte sie aber nicht vollständig, sondern brachte sie zu Orwo oder John und bat um Mehl und Zucker. Ablehnen konnte man ihm die Bitte nicht, denn Tegrynkëu hatte den strengen Befehl erteilt, Mehl und Zucker in erster Linie gegen Pelzwerk zu tauschen und nur im äußersten Fall gegen Robben- und Rentierhaut. Lebensmittel hätte man auch gegen Walrosshauer tauschen können, aber die besaß keiner. Das Elfenbein hatten die Walrosse, die der riesige weiße Dampfer mit den Touristen aufschreckte, mit sich fort getragen.

John stellte sich plötzlich vor, er sei einer dieser Touristen. Er hätte genauso wie diese Passagiere an Deck gestanden, gierig die trostlosen Ufer betrachtet, seine Kamera auf die Wilden gerichtet, an Land den alten Orwo fotografiert, Tnarat, die Kinder, die Alten und Frauen, Pylmau ... Und sich dann über den Siegesschrei des weißen Dampfers gefreut, der die Felsen und das Meer erschütterte. Jetzt saßen diese Passagiere bestimmt in ihren bequemen, warmen Zimmern, in weichen Sesseln und erzählten beim Essen von ihren gefährlichen Abenteuern mit der asiatischen Bevölkerung von Enmyn, über die unfreundlichen Wilden, unter denen sich zwei Bolschewiki befanden – John MacLennan und Anton Krawtschenko ... Es gab keinen Zweifel, dass der Kapitän und auch die Passagiere John für einen echten Rotarmisten gehalten hatten.

Ein lautes Knacken zeugte davon, dass im Eis eine Wasserspalte aufgerissen war. John kletterte auf den nächsten Eisberg. Doch statt der erwarteten Wasserspalte entdeckte er nur einen kleinen Riss, durch den nicht einmal ein Fisch hätte auftauchen können, geschweige denn eine Robbe.

Sein Weg hatte ihn weit vom Ufer weg geführt, zu Stellen, wo die Strömung das dicke, feste Eis aufreißen konnte.

Die Morgenröte verblasste, der Tag brach an, das Licht war unerträglich blau, die Sonne nicht zu sehen. Der Mond welkte, als ob er vom Himmel abgefallen sei, nur die hellsten Sterne waren zu sehen.

John ging zu einer Stelle, wo er einen Farbunterschied zwischen dem Treibeis und dem Küsteneis entdeckt hatte. Aber zu diesem Zeitpunkt war die Grenze zwischen beiden Schichten nur eine Ahnung, so weit das Auge blickte, war das Eis unbeweglich, und es kam John so vor, als ob es in der Natur keine Kraft gäbe, die diese feste Eisdecke hätte zerstören und das Wasser befreien können. Die Risse zeugten nur davon, dass der Frost stark war. Dort wo John auf große flache Eisschollen trat oder zugefrorene, schneebedeckte Wasserstellen, glänzte die Schneedecke in ihrer Unberührtheit, das Auge konnte keine einzige Spur eines lebenden Wesens erkennen. Die riesige Eisfläche und die Kälte erzeugten ein Gefühl der eigenen Nichtigkeit.

John beobachtete sich von der Seite und sah, wie sich ein kleines Menschlein, bewaffnet mit einer alten Winchester, langsam über das endlose Eisfeld bewegte und auf seinem Weg keinem einzigen Lebewesen begegnen würde, auch wenn es einen Monat und länger unterwegs wäre. Bald würde das Menschlein müde werden, sich nicht mehr bewegen, sich hinsetzen, dann hinlegen und sich langsam in ein lebloses, mit roten Eiskristallen angefülltes, armseliges, erfrorenes Stück Fleisch verwandeln.

Mit dem ganzen Körper spürte John die Kälte, die diese Gedanken ausströmten. Diese Kälte kam von innen, aus dem eigenen Herzen, er konnte sich vor ihr nicht mit warmer Kleidung schützen. Da rief er andere Gedanken zu Hilfe: Er stellte sich vor, wie unter dem dicken Eis das lebendige Wasser plätscherte, wie kleine Krebse dort schwammen, wie auf dem Grund Mollusken und Robben lagen, denn sie hörten ja nicht auf zu leben. Sie gruben mit ihren behaarten Schnauzen den Meeresgrund um, suchten an der Oberfläche dünne Eisstellen und stießen Luftlöcher hinein, wenn sie kein offenes Wasser fanden. Irgendwo hier im Eis gab es solche Löcher, die die Robben geschaffen hatten. Wenn man genug Geduld hatte, konnte man dem Tier auflauern, das auftauchen würde, um Luft zu tanken. Für gewöhnlich saß neben solch einem Loch ein Umka, ein Eisbär ... Aber heute waren keine Eisbären zu sehen, nicht einmal eine Spur.

Im Westen färbte sich der Himmel feuerrot, das Blau wurde dunkler, und John machte sich auf den Rückweg, wobei er ganz mechanisch seine Schritte verlangsamte und einen anderen Weg wählte, um keinen einzigen verdächtigen Fleck auf der weißen Fläche zu übersehen.

Wenn John auf das Ufer der Landzunge stieg, auf der die Jarangas standen, sah er für gewöhnlich schon aus der Ferne die tanzenden Flammen der Feuer, die die Frauen in Erwartung ihrer Männer im Tschottagin entfacht hatten. Heute leuchtete kein Feuer, und es würde nicht brennen, solange es in Enmyn keinen Tran gab.

John war nur noch einige Schritte von den ersten Jarangas entfernt, da sah er durch das Schulfenster einen schwachen Feuerschein leuchten. Dieses gelbe Fleckchen strömte so viel Wärme aus, dass es John im wahrsten Sinne des Wortes heiß wurde und er die Kapuze vom Kopf streifte. Mit der Kälte drangen Lärm und laute Worte an sein Ohr, die ihn davon unterrichteten, dass Gäste nach Enmyn gekommen waren.

Was hat die wohl in solch einer schweren Zeit hierhergeführt?, dachte John mit verhohlener Feindseligkeit. Kommen Gäste nach Enmyn, dann quartieren sie sich immer bei mir oder bei Orwo ein.

Pylmau trat nicht aus der Jaranga. Wie sollte sie erfahren, ob ihr Mann mit Beute heimkehrte oder leer? Vielleicht beobachtete sie ihn aus der Ferne? Aber das wäre kränkend gewesen, so zu tun, als hätte sie nicht bemerkt, dass der Mann vom Meer heimgekehrt war. Sie würde ihm bloß ein gleichgültiges »Etti« entgegenbringen und ihm schweigend das dürftige Abendbrot abnehmen.

Pylmau war ihm nicht entgegengekommen, aber sie wartete auf ihn im Tschottagin, wo sie im steinernen Mörser Rentierknochen zerstieß. »Der Kessel mit gekochtem Fleisch wartet schon lange auf dich!«, erklärte sie fröhlich.

»Wer ist gekommen?«

»Die Rentiermenschen aus dem Nomadenlager ...« Sie machte eine Pause. »Aus Ilmotschs Lager.«

Dieses Lager würde noch lange den Namen des Toten tragen, denn er war der Besitzer der Rene gewesen. Seine Herde hatte der älteste Sohn geerbt, so war es üblich in der Tundra. Aber es würde noch viel Zeit vergehen, bis die Leute statt »Ilmotschs Lager« »Yttuwjis Lager« sagen würden.

Bei Orwo hatten sich alle Männer von Enmyn versammelt, dazu die Nomaden aus Ilmotschs Lager. Das waren in der Hauptsache junge Männer, John kannte sie kaum, er hatte sie nur flüchtig gesehen, wenn sie nach Enmyn gekommen waren oder wenn er selbst bei Ilmotsch weilte.

Anton Krawtschenko war hier mit seiner Tynarachtyna, die den jungen Mann so fest in die Hand genommen hatte, dass man sie sich nicht mehr getrennt vorstellen konnte. Auch der unglückliche Bräutigam Notawje war da, der den Tod seines Vaters und seiner Verwandten ziemlich gelassen aufgenommen hatte. Armol, Tnarat, Guwat und völlig unbekannte Menschen. Es wurde laut gesprochen, nicht wie sonst, die Männer fielen sich gegenseitig ins Wort, so als hätte Armol eine große Flasche des üblen, lustig machenden Wassers spendiert. Wenn man Armol jedoch betrachtete, konnte man das nicht gerade behaupten. Er sah überhaupt nicht lustig aus, man konnte sogar den Eindruck gewinnen, als zehre eine unheilbare Krankheit an ihm. Er hielt die Augen gesenkt, und von Zeit zu Zeit lief ein Schatten über sein Gesicht.

»Haben Sie gehört, John!«, rief Anton Krawtschenko dem Eintretenden zu. »Die Tschawtschuwanen haben selbst einen Sowjet gegründet! Und nicht nur das, ihr erster Beschluss war, den Meeresbewohnern zu helfen! Das ist ein Vorbild für die zukünftige sozialistische Wirtschaft auf Tschukotka! Die Zusammenarbeit zwischen Meeresbewohnern und Tundrabewohnern. Ohne Naturalientausch, ohne verdeckte Konkurrenz, ohne Freundschaft, die sich unversehens in eine Intrige verkehrt.«

»Das ist gut«, stimmte John ihm zu. Er betrachtete die Gesichter der neuen Rentierbesitzer und bemühte sich herauszufinden, ob sie tatsächlich richtige Herren waren oder nur als zufällige Erben eine große Herde abbekommen hatten und jetzt allen beweisen wollten, wie freigebig sie waren.

»Ilmotsch hätte das nie getan!«, sagte Orwo ohne Rücksicht auf den anwesenden Sohn.

John wunderte sich über diese Bemerkung. Er schaute flüchtig zu Notawje, aber der schien Orwos Ausruf gar keine Beachtung zu schenken.

»So was hätte Ilmotsch nie getan, denn er war ein richtiger Herr!«, erklärte Orwo. »Er kannte den Preis des Rens, er hat es gehütet.«

Erst jetzt begriff John, dass Orwo den Geiz des Toten nicht tadelte, sondern, im Gegenteil, lobte.

»Was soll denn werden, wenn ihr die Rentierherde an die Meeresbewohner verteilt?«, sagte Orwo einem der Begründer des neuen Sowjets. »Das ist nicht nur das Ende des sozialistischen Lebens in der Tundra, sondern des Lebens überhaupt. Ilmotsch war natürlich nicht so angenehm für andere Menschen, aber er kannte sich aus mit Renen und verstand, wie sehr der Tundrabewohner das Tier braucht. Wenn ihr weiter so freigebig die Tiere schlachtet, ohne darauf zu achten, ob es Kühe sind oder Bullen, dann habt ihr bald überhaupt keine Rene mehr.«

»Was, du beschimpfst sie, Orwo?«, fragte Anton Krawtschenko ungläubig.

»Schlagen müsste man sie!«, fügte Orwo hinzu.

Die Rentiermenschen zogen die Köpfe ein und verbargen die Augen.

»Wartet mal!« Krawtschenko wandte sich an alle Anwesenden. »Ich glaube, wir müssen sie eigentlich loben. Erstens haben sie einen Sowjet gegründet. Zweitens haben sie auf der Stelle den Entschluss gefasst, ihren hungernden Brüdern zu helfen. Was ist daran schlecht, Orwo?«

»Jetzt einen Sowjet zu gründen, ist nicht schwer«, antwortete Orwo.

»Ich verstehe überhaupt nichts mehr.« Anton zuckte mit den Schultern.

»Hör mir aufmerksam zu, dann verstehst du es«, antwortete Orwo. »Wenn der Mensch das Bedürfnis verspürt, einem anderen zu helfen, ist das gut. Wenn er aber hauptsächlich aus eigenem Vergnügen hilft, ist das schlecht und bringt mehr Schaden als Nutzen.«

»Was kann das schaden, wenn man Hungrigen was zu essen gibt?«, fragte Guwat ungläubig.

»Der Schaden liegt darin, dass man mit Verstand helfen muss. Und nicht so, dass der eine auf die Beine gestellt wird, während der andere umsinkt«, warf John ein.

»Die Hirten helfen uns auf Kosten ihrer Landsleute, auf Kosten ihrer Kinder, Väter und Mütter. Diese Hilfe wird sich in ein Unglück verwandeln, ein Unglück für sie selbst. Der Viehbestand wird sich verringern, und der Hunger wandert dann von uns zu ihnen. Helfen und gleichzeitig sich selbst schaden, nur um gut zu erscheinen in der Welt, ist eine Sünde.« Mit diesen strengen Worten beendete Orwo seine Rede. Er hatte nicht nur die Rentierzüchter in Verlegenheit gebracht, sondern alle, die sich am frischen Rentierfleisch satt gegessen hatten.

Als Erster kam Anton wieder zu sich. Unentschlossen murmelte er: »Da hat Orwo eine kluge Rede gehalten. An einem leeren Ort kann man keinen Sozialismus aufbauen.« Der Lehrer verstummte, dann sagte er zu John: »Wir wollen den Genossen Mehl, Zucker, Tee und Streichhölzer geben.«

John nickte schweigend. Er hatte sich wohl oder übel mit der Rolle des Kaufmanns oder Lagerverwalters abgefunden. Da die wichtigsten Vorräte in Orwos Tschottagin lagen, holte er gleich einen Sack hervor und händigte den Rentierzüchtern die Waren an Ort und Stelle aus. Alle hatten kleine Leinensäcke für Mehl dabei, ungefähr für vier Pfund.

»Wenn wir die Rene aufgegessen haben, die sie uns gebracht haben, was machen wir dann?«, fragte Krawtschenko Orwo.

»Auf die Jagd gehen«, antwortete Orwo. »Wenn diese freigebigen Menschen uns das Fleisch nicht gebracht hätten, hätte sich diese Frage erübrigt.«

Trotz der Rüge, die die Rentierzüchter von Orwo erhalten hatten, fuhren sie mit Geschenken überhäuft wieder weg.

»Ich weiß nicht, wie wir die Lebensmittel abrechnen sollen, die wir an die Rentierzüchter verteilt haben«, sagte John betrübt, trug das, was er verteilt hatte, ins Buch ein und rechnete aus, wie viel übrig geblieben war.

»Hauptsache, du schreibst alles genau auf«, meinte Orwo. »Keiner hat Erfahrung mit dem neuen Leben. Wir müssen allein lernen, damit umzugehen.«

26

Als die langen Tage kamen, wurde das Leben an der Küste wieder leichter. Der Wind trieb die Eisdecke des Ozeans auseinander, Wasserstellen bildeten sich, Robben und Eisbären kamen bis an die Siedlung heran. Die Jäger verbrachten den ganzen hellen Tag auf dem Eis, manchmal blieben sie auch in der Nacht dort, wenn das Polarlicht und die Sterne leuchteten.

Die mager gewordenen Hunde wurden aufgepäppelt, die Männer fuhren mit den Schlitten in die Tundra, um Köder auszulegen und Fallen für die Schneefüchse aufzustellen.

Diesen Winter hatten die Menschen überstanden. In Enmyn waren nur drei Säuglinge gestorben.

John teilte an alle Bedürftigen Lebensmittel aus und trug die Ausgaben akribisch ein. Er war an seine Rolle als Händler bereits gewöhnt. Insgeheim beneidete er Anton Krawtschenko, der nicht nur die Kinder unterrichtete, sondern es geschafft hatte, auch die erwachsenen Enmyner in die Schule zu locken. Bei Unwetter, wenn die Jäger nicht aufs Meer konnten, versammelten sich Tnarat, Guwat, Notawje und die Frauen in der Schule. Orwo war jedesmal dabei. Im Unterschied zu den anderen las und schrieb er nicht, sondern hörte nur zu.

Manchmal ging auch John in die Schule. Die erwachsenen Schüler saßen in ihren Pelzen in den roh zusammengezimmerten Bänken. Orwo hatte sich ein wenig abseits hingesetzt, statt eines Blatts Papier und eines Bleistiftstummels stand vor ihm ein dampfender Teekrug. Mit einem leichten Kherker bekleidet, achtete Tynarachtyna einerseits auf die Ausführungen ihres Mannes und andererseits auf die drei Tranlampen.

Einmal fragte Pylmau John: »Warum gehst du dorthin?« In ihrer Stimme lag versteckte Eifersucht.

»Es ist manchmal interessant dort«, entgegnete John. »Außerdem kenne ich nur die amerikanische Sprache. Dort kann ich die russische hören.«

Er lernte relativ schnell die russischen Buchstaben und fand sich bald in den gedruckten Texten zurecht. Anfangs wunderten sich die Enmyner über den Eifer ihres Landsmanns, aber dann hatten sie Respekt vor ihm. Orwo sagte belehrend: »Das machst du richtig, Son. Die russische Sprache auf Papier werden wir später sehr nötig haben.«

»Dann soll er uns auch die amerikanische Sprache auf Papier beibringen«, verlangte Armol. »Warum sollen wir nur die russische lernen?«

»Es kommt die Zeit, da kann jeder die Rede lernen, die ihm gefällt«, antwortete Anton geduldig. »Jetzt aber müsst ihr vor allem die russische lernen. Später, sehr bald, werden wir die tschuktschische Sprache auf dem Papier lernen, wenn es in eurer Muttersprache Bücher gibt.«

Als sich die ersten Eisbürsten der zukünftigen Eiszapfen auf den Schneewehen bildeten, gab Anton Krawtschenko allen Kindern Ferien. Die älteren Schüler gingen mit den

Vätern auf die Jagd, und auch der Lehrer stand nicht abseits.

Anton und John zogen zusammen los. Zuerst über das Küsteneis bis zum Kap, von dort stiegen sie den steilen Hang hinunter zum Meer. An der Stelle, wo sich das Eis bewegte, trennten sich ihre Wege. Zurück gingen sie wieder gemeinsam.

Als vor den Jägern die Siedlung unter der niedrigen Sonne auftauchte und sie zum letzten Mal Rast machten, betrachtete Anton die behaarte Schnauze der getöteten Bartrobbe und gab sich seinen Träumen hin: »Es wird nur wenig Zeit verstreichen, und Enmyn wird nicht wiederzuerkennen sein. Die Bewohner werden keinen Hunger kennen, keinen kalten Polog mit erloschenen Tranlampen. Die Krankheiten werden weichen, die an grauem Star erkrankten Augen werden wieder klar, und der Mensch wird frei und in vollen Zügen atmen ...« Anton seufzte tief, so als ob er schon in der Zukunft lebte. »In der Mitte der Siedlung wird eine helle, geräumige Schule stehen mit großen Fenstern, elektrischem Licht«, fuhr er mit leuchtenden Augen fort. »Jede Familie wird in einem eigenen Haus wohnen. Überall wird es Elektrizität geben. Deine Kinder ...«, Anton stockte, »... und meine werden vielleicht keine Hautkrankheiten und hungrigen Tage mehr kennen. Große Dampfer bringen Milchprodukte, Stoffe, Kleider, Bücher ... Nicht nur in russischer Sprache oder englischer, auch in tschuktschischer und in der Eskimosprache. Und die Menschen werden auf dem Eismeer mit besonderen Fahrzeugen, die das Eis brechen, jagen gehen. Dann kannst du wie im Auto sitzen und lenken ...«

John stellte sich für einen Augenblick Tnarat, Guwat oder auch Anton am Lenkrad vor, die getöteten Robben hinter sich herziehend, und lachte unwillkürlich.

»Du glaubst mir wohl nicht?« Anton schwieg beleidigt. Doch dann bekannte er schuldbewusst: »Meine Fantasie reicht nicht, um sich alles auszumalen … Ich weiß, dass du nicht an die gute Sache glaubst, der die Bolschewiki dienen.«

»Das ist noch so weit weg. Einiges erscheint mir sehr merkwürdig und komisch.«

»Macht nichts«, entgegnete Anton resolut. »Für einige war die Revolution in Russland auch etwas Merkwürdiges, wenn nicht gar Komisches. Aber der Bürgerkrieg ist vorbei. Der junge Staat, der vom Zarismus ein verwüstetes Land und ein bettelarmes Volk geerbt hat, hat es vermocht, sich der Intervention von vierzehn Staaten zu widersetzen! Vierzehn hoch entwickelte, reiche, starke Staaten! Ist Ihnen das klar, John MacLennan!«

»Gerade das ist mir nicht klar«, antwortete John lächelnd.

»Na, mit der Zeit werden Sie es verstehen, dann wird Ihnen das eine oder andere klar werden«, sagte Anton hoffnungsvoll. »Gehen wir.«

Langsam näherten sie sich Enmyn, den kleinen, im Schnee versunkenen Jarangas, dem plumpen Holzgebäude der Schule mit dem schmalen eisernen Schornstein, aus dem Rauch aufstieg.

John und Anton balancierten über kleine, abgebrochene Eisstücke, die eine Kette bildeten, und erreichten die Jarangas. Johns Weg ging an der Schule vorbei, schon von Weitem sah er Tynarachtyna, die mit einem Krug Wasser auf der bereiften Schwelle stand. Anton ging zu seiner Frau, wobei er nervös nach allen Seiten schaute.

Johns Weg lag etwas abseits, aber er sah und hörte alles, was vor der Schule passierte.

Als Anton die Schule erreichte, sagte er vorwurfsvoll mit gedämpfter Stimme: »Ich habe dir schon so oft gesagt, du sollst nicht mit dem Krug rauskommen, du erkältest dich.«

»Ich bin ganz warm angezogen«, entgegnete Tynarachtyna.

»Na gut, gieß schon das Wasser über die Robbe, aber schnell, damit es keiner sieht.«

»Warum soll es keiner sehen? Alle sollen sehen, dass der Lehrer den Brauch achtet und alles so macht wie ein richtiger Jäger«, antwortete Tynarachtyna. Geschickt neigte sie den Krug, und der helle Wasserstrahl wusch ein paar blutige Eisstückchen von den Barthaaren der Robbe. Tynarachtyna merkte, dass Anton um sie herum ins Haus gehen wollte.

»Warte!« Tynarachtyna hielt ihn gebieterisch zurück und reichte ihm den Wasserkrug. »Trink einen Schluck und mach alles so, wie ich es dir beigebracht habe.«

John ging absichtlich ein bisschen langsamer, um alles mit anzuschauen.

Anton trank mit Leidensmiene einen Schluck aus dem Krug und schüttete den Rest in Richtung Meer, womit er die Götter besänftigen sollte. »Bist du jetzt zufrieden?«, fragte er wütend seine Frau.

»Jetzt kannst du reingehen«, erlaubte Tynarachtyna ihm feierlich und fegte mit einer Entenfeder den Schnee von der toten Robbe.

John schleppte die Beute zu seiner Jaranga. Pylmau erwartete ihn bereits vor der bereiften Schwelle mit dem alten Eisenkrug ... Noch viel Zeit würde vergehen, bis auf der Landzunge von Enmyn neue Häuser stehen und nicht die Menschen, sondern Fahrzeuge die erbeuteten Robben zur Schwelle zögen. Aber ob der Brauch verschwände, an dem sogar so eine fortschrittliche Frau wie Tynarachtyna festhielt?

Pylmau machte die gleichen Bewegungen wie Tynarachtyna vor der Schwelle der Schule, und als John einen Schluck Wasser aus dem Krug genommen und den Rest in Richtung Meer geschüttet hatte, fragte sie: »Warum bist du heute so nachdenklich?«

»Ich denke an die Zukunft«, antwortete John lächelnd.

»An die Zukunft?«, entgegnete Pylmau erstaunt.

»An die Zeit, wenn auf unserem Ufer große Häuser mit mehreren Stöcken stehen werden und die Robben nicht von Menschen, sondern von Fahrzeugen geschleppt werden. Dann wirst du nicht mir den Krug reichen, sondern dem Fahrzeug, und wirst den Schnee nicht von den Stiefeln fegen, sondern von den Rädern.«

»Was redest du da für ungutes Zeug, John«, meinte Pylmau misstrauisch. »Geh lieber in die Jaranga und ruhe dich aus. Du bist bestimmt sehr müde!«

Im Polog saß Jako und zeichnete beim Licht zweier hell leuchtender Tranlampen etwas auf die unbedruckte Seite der Teeverpackung.

»Unser Bruder hat uns ein russisches Märchen erzählt«, lispelte Sophie-Ankanau.

»Wovon hast du erzählt, Jako?«, fragte John.

»Das war kein Märchen«, bekannte Jako. »Ich habe das wiedererzählt, was uns der Lehrer sagt.«

»Und was sagt er?«, fragte John.

»Er sagt, dass Enmyn ganz anders sein wird ... In den Jarangas werden wunderbare Lampen brennen ...« Jako stockte und berichtigte sich: »Es wird gar keine Jarangas mehr geben, sondern es werden neue Häuser gebaut, nicht einmal aus Holz, sondern aus Stein, wie in Moskau und Petrograd. Und auf den Straßen wird Musik gespielt, damit man nicht das Heulen des Schneesturms hört und das Krachen des Eises auf dem Meer ... Und außerdem werden wir Bücher lesen, die in unserer Sprache geschrieben sind ...«

»Und es wird keine Krankheiten mehr geben und keinen Hunger«, fuhr John fort.

»Du weißt das auch, Ate?«, fragte Jako erfreut.

»Ja«, antwortete John. »Aber das wird noch lange, lange dauern, denn ein wundervoller Traum ist deshalb wundervoll, weil er beinahe unerreichbar ist.«

27

Im Hochsommer drängte es Krawtschenko plötzlich, in Ilmotschs ehemaliges Lager zu fahren und den neuen Sowjet zu besuchen.

»Die kommen selbst bald zu uns«, meinte Orwo, der Anton von seinem Plan abzubringen suchte. »Wozu für nichts und wieder nichts die Hunde durch die nasse Tundra hetzen?«

»Vielleicht brauchen sie Hilfe!« Anton beharrte auf seinem Plan. »Wir fahren alle – Tnarat, John, Guwat und Armol.«

»Ich muss die Jaranga reparieren«, lehnte Armol ohne Umschweife ab.

Auf der Fahrt in das Rentierlager bestanden auch die Frauen: Sie brauchten Felle für die Winterkleidung und die Winterpologs, die die umsichtigen Hausfrauen schon jetzt vorbereiten wollten. Bei gutem Wetter breiteten sie den Polog vor der Jaranga aus, untersuchten mit Hilfe ihrer Freundinnen jede einzelne Naht und reparierten die dünn gewordenen Stellen.

Gut ausgerüstet fuhren sie zu den Rentierzüchtern. Mit einem Kanu überquerten sie die Lagune, von dort ging es mit Hundeschlitten auf eisernen Kufen durch die nasse Tundra zu den Wasserscheiden, wo die Hirten die Rene hüteten.

Über dem Ort lag Stille, und John beneidete die Nomaden, die vor Überraschungen und Schicksalsschlägen durch die unendliche Weite der Tundra, durch unüberwindliche Flüsse und hohe Berge geschützt waren. Allerdings waren die Auswirkungen der Revolution auch bei ihnen nicht vorübergegangen. Auf ganz Tschukotka hatte es solch ein Blutvergießen gegeben wie in Ilmotschs Lager.

Dennoch war es hier still.

Die Hirten empfingen die Ankömmlinge freudig, doch irgendwie schuldbewusst, als ob im Lager etwas Beschämendes passiert sei, was die Rentierzüchter vor den Gästen verheimlichen wollten.

Die Enmyner quartierten sich in Yttuwijs Jaranga ein, der Ilmotschs Platz eingenommen hatte, allerdings als Vorsitzender des Sowjets.

Er klagte beim Abendessen: »Wir wissen nicht, wie

weiter ... Ich fühle, dass wir etwas in unserem Leben verändern müssen, aber wie, weiß ich nicht.« Yttuwij zuckte bekümmert mit den Schultern.

»Ist das Leben, was ihr jetzt führt, etwa schlecht?«, fragte John.

»Ja, vielleicht ist es gut«, antwortete Yttuwij nachdenklich. »Alles ist so wie früher: Die Sonne geht dort auf, wo sie aufgehen muss, und sie geht auch an der alten Stelle unter. Die Seen und Flüsse frieren zur rechten Zeit zu und tauen wieder auf, wenn die Sonne den nackten Hals wärmt. Das Ren wird geboren, wenn die ersten Stellen in der Tundra tauen, mit vier Beinen und zwei Augen ... Alles läuft so, wie es laufen muss ...«

Yttuwij verstummte, schaute die Gäste an, so als erwarte er von ihnen eine Antwort, aber keiner sagte etwas, alle warteten darauf, dass er seine Rede fortführte.

»Früher habe ich gewusst, was im Leben nötig war«, hob Yttuwij erneut an. »Ich habe geglaubt, dass ich alles verstehe. Und wenn etwas unklar war, nahm sich dieser Sache der Schamane an oder Ilmotsch. Meine Hauptsorge war, die Rene zu hüten, die Herde zu vergrößern. Ich fühlte, wann ein Rentier krank war, wann es in schweren Wintern hungerte und mit seinen Hufen im Eis scharrte ... Ich habe gewusst, was ich zu tun und zu lassen hatte ... Jetzt weiß ich das nicht ... Wir haben einen Sowjet, reden von der Zukunft, aber was der Sowjet machen soll, wissen wir nicht. Was für eine Zukunft auf uns wartet, wissen wir nicht ... Was war der wirkliche Grund, warum wir im Winter wahllos so viele Rene abgeschlachtet haben? Nicht weil wir keine richtigen Rentierzüchter mehr sind oder nicht mehr verstehen, welches Ren zum Essen ist und welches für die Aufzucht. Nein, wir haben uns plötzlich als Herren gefühlt, so als hätten wir uns von der Kette losgerissen. Niemand konnte uns etwas vorschreiben, niemand uns Vorwürfe machen, wenn wir eine Renkuh schlachteten … Einer hat sogar gesagt, es wäre nicht schlecht, auch die heiligen Rene abzustechen, aber da lief es uns eiskalt über den Rücken, und alle taten so, als hätten sie diese Lästerung nicht gehört. Aber dann habe ich gedacht: Warum eigentlich nicht? Es heißt doch, dass es sogar bei den Russen keine Götter mehr gibt, warum sollten wir noch welche haben? Orwo hat uns dann ein bisschen den Kopf zurechtgerückt, aber wie wir leben sollen, konnte auch er uns nicht sagen. Diese Gedanken geben uns keine Ruhe, wir fragen uns selbst, können uns aber keine Antwort geben, geschweige denn anderen. Äußerlich sieht es ruhig aus in unserem Lager, aber innen ist es sehr unruhig, manche sind vor lauter Grübeln sogar abgemagert. Ob uns jemand was vom kommenden Leben sagen kann?«

John sah Anton an. Der hörte dem Rentierzüchter aufmerksam zu. John erwartete, dass Anton wieder mit seiner Beschreibung des zukünftigen glücklichen Lebens beginnen würde. Aber zu seiner Verwunderung fing der Lehrer, nach Worten suchend, anders an:

»Keiner kann dir direkt sagen, was du heute oder morgen tun musst. Das wäre sehr einfach, wenn schon im Voraus geschrieben steht, was man am heutigen Tag zu machen hat und was am folgenden. Die Hauptsache ist, wir müssen eine neue, gerechte Gesellschaftsordnung errichten, in der es keine Einteilung der Menschen in Weiße und Farbige gibt, in Reiche und Arme. Die Menschen haben so etwas noch nie gemacht. Es gibt niemanden, den wir fragen können, niemanden, bei dem wir lernen können außer bei uns selbst, denn wir machen etwas, was es im Leben des Menschen noch nie gab ... Ich verstehe deine Sorgen, Yttuwji. Ein Sowjet ist deshalb ein Sowjet, damit man gemeinsam darüber nachdenkt, was man für die Verbesserung des Lebens tun kann.«

»Wir versammeln uns ja«, sagte Yttuwji, »kommen aber zu keinem gemeinsamen Schluss, womit wir beginnen sollen. Und die Frauen stören uns. Jedesmal, wenn wir beraten, kommen sie mit ihrer Gleichberechtigung. Aber ernste Lösungen kann man mit Frauen nicht finden.« Mit diesen Worten schloss Yttuwji seine Rede.

»In der ersten Zeit solltet ihr lieber ohne Frauen auskommen«, riet Anton.

Diese Worte verwunderten John und die anderen. Wahrscheinlich hatte der Lehrer genug Mühe mit Tynarachtynas Gleichberechtigung, wenn er so etwas sagte ...

»Bei ernsten Problemen«, berichtigte sich Anton. »Wenn es aber um die Jarangas geht, über die Vorräte, solltet ihr die Frauen einbeziehen. Ich möchte etwas mit euch besprechen. Lasst uns eine Einigung finden: Wir versorgen euch mit Seehundfett, mit Robbenfell, mit Lederriemen für Lassos, mit Walrossfleisch, und ihr uns mit Rentierfleisch und Rentierfellen.«

»Wozu einigen?«, fragte Yttuwji verwundert. »Das war doch schon immer so: Jeder Meeresbewohner hatte in unserem Lager einen Freund, der ihn versorgte.«

»Wir schicken euch in nächster Zeit den Vorsitzenden des Enmyner Sowjets, Orwo, der sagt euch, wie viel Felle wir brauchen in diesem Jahr und was für welche, wie viel Sehnen zum Nähen, wie viel Fleisch für die harten Wintermonate. Ihr euerseits sagt ihm, wie viel Leder ihr für die Sohlen braucht, welche Lederriemen, wie viel Robbentran. Wir werden tauschen.«

»Orwo und ich, wir werden uns immer einig«, sagte Yttuwji froh. »Das ist tatsächlich eine richtige Arbeit für den Sowjet.«

Die Gäste legten sich spät schlafen, nachdem sie sich an dem freigebig gereichten duftenden Rentierfleisch satt gegessen hatten. Anton konnte lange nicht einschlafen und flüsterte dem bereits vor sich hin dämmernden John zu: »Auf diese Weise schaffen wir die ersten Beziehungen zwischen Kooperativen. Du wirst es noch erleben, John, wie das Leben hier in ein paar Jahren brodelt!«

Armol saß mit finsterem Gesicht im Tschottagin und schaute ins schwache Feuer, das unter dem plumpen Apparat brannte, aus dem der schwarzblaue Lauf der Winchester ragte. In einen kleinen Eisentopf tropfte langsam die trübe Flüssigkeit. Armol schluckte fieberhaft den Speichel herunter und dachte mit Verdruss daran, dass er jedesmal mehr Speichel zum Schlucken hatte als die lustig machende Flüssigkeit, die der armselige Apparat hergab.

Der Entschluss, den er gefasst hatte, verlangte sofortiges Handeln. Aber der dünne Strahl, der aus der Winchester lief, hielt Armol zurück. Das üble, lustig machende Wasser, das durch seine Adern floss, verwirrte Armols Gedanken und lähmte seine Arme.

So eine Gelegenheit würde nie wieder kommen. Er hatte lange und unter Qualen gewartet und sich der neuen Ordnung angepasst. Er war sogar in die Schule gegangen, um Russisch zu lernen.

Aber jetzt war es so weit. Sollen doch die anderen unter der neuen Macht leben und eine glückliche Armut errichten. Er wollte nicht in Armut leben. Er war für ein anderes Leben geschaffen, das fühlte er. Alle hatten in ihm Orwos Nachfolger gesehen, waren auf seinen Reichtum neidisch gewesen und hatten ihn verehrt. Er hatte große Pläne geschmiedet: Nach Orwos Tod wollte er das Haupt der Siedlung werden. Aber er wollte kein Prediger der Enthaltsamkeit und der gegenseitigen Hilfe sein wie Orwo. Er wollte seine Jaranga umbauen, aus ihr die Wohnung eines weißen Mannes machen, viel besser als die von Carpenter in Keniskun. Er wollte einen richtigen Motorkutter kaufen und Handel treiben, an der gesamten Küste von Tschukotka. Er wollte die weißen Händler vertreiben oder zu seinen Dienern machen. Alle Menschen sollten ihm ohne Widerspruch gehorchen. Alles lief gut, bis dieser Son kam und Armol so viel Schaden zufügte, dass ein anderer ihn schon längst abgemurkst hätte. Er musste den richtigen Zeitpunkt abpassen. Am meisten gefiel den alten Tschuktschen Johns Gerede, dass alles Böse von den Weißen kommt. Es lag doch klar auf der Hand, dass John ein heimlicher Bolschewik war! Er, Armol, hatte sich davon überzeugen können. Dass John im finsteren Haus gesessen, dass man ihm nicht geglaubt hatte, bedeutete gar nichts. Auch jetzt redete er mit derselben Zunge wie die Tegrynkëus oder die Antons! Beide hatten sie sich Enmynerinnen zur Frau genommen! Pylmau, die vom Schicksal Armol vorbestimmt war, bekam Son, und Tynarachtyna, um die Notawje ehrlich gedient hatte, ging plötzlich zu Anton!

Ein schlechtes Leben würde kommen. Er musste weg

von hier. Dorthin, wo man den Einzelnen schätzte und nicht einen Haufen armer Schlucker. Am andern Ufer gab es noch den alten Glauben an den reichen Mann. Dort lebten die Aiwanalin. Zwar hatten sie eine andere Sprache, aber die gleiche Kleidung, die gleichen Kanus und Schaluppen, dasselbe Meer. Er musste weg. Armol hatte genug gespart, um am anderen Ufer ein neues zu Leben beginnen. Dort war er nicht der letzte Mensch wie hier. Dort würde er zeigen, was er konnte … Vielleicht würde er einmal als Besitzer eines Schiffes nach Enmyn zurückkehren, vielleicht nicht so groß wie das, was im vergangenen Sommer hier war, vielleicht etwas kleiner, aber genauso weiß. Und die Landsleute, die ihn kaum mehr beachteten, würden dann nach seinem Blick gieren.

Armol leckte den Topf aus, kniff die Augen zusammen, schmatzte mit den Lippen und blies in die Flamme des Schnapsbrenners.

Er schaute zum Regal: da lagen die Säcke mit Pelzwerk.

»Galganau!«, rief er in den Polog hinein. »Mach dich fertig! Ich habe mich entschieden!«

Aus dem Polog schaute mit wirren Haaren Armols Frau. »Wie können wir unsere Jaranga zurücklassen, unsere Verwandten, die Gebeine unserer Vorfahren!«, wehklagte sie.

»Schweig!«, herrschte Armol sie an. »Wir bauen eine neue Jaranga an einem neuen Ort, werden neue Freunde haben. Und was bedeuten einem Lebenden Knochen?«

Galganau kannte die Absicht ihres Mannes, ans andere Ufer zu fahren, hatte ihr aber keine große Bedeutung beigemessen. Sie dachte: Ach, der redet viel und beruhigt sich dann wieder. Aber Armol hatte sich nicht beruhigt. Jedesmal, wenn er heimkehrte, schimpfte er derart, dass, hätten seine Worte Schamanenkraft besessen, der Sowjet, Anton, Tnarat, und sogar der alte Orwo, den Armol früher verehrte und fürchtete, längst nicht mehr existierten.

Armol verließ die Jaranga. Es blies ein gleichmäßiger, recht starker Südwind. Er könnte die Motorschaluppe mitnehmen, aber das würde zu viel Mühe machen, sie war zu schwer für einen einzigen Menschen. Der Sohn, der zusammen mit Jako in die Schule ging, war keine echte Stütze, er war noch zu schwach, und Galganau würde vor Angst die ganze Zeit nur auf dem Boden der Schaluppe liegen. Also müsste er das Kanu nehmen. Mit dem Segel würde es gute Fahrt machen: So ein Wind wie heute hält lange an und hat genug Kraft, das Kanu bis zum amerikanischen Ufer zu bringen.

Der feste Entschluss vertrieb den Nebel aus Armols Kopf. Er rief die Frau und den Sohn zu sich. Das Lederboot, für einen erwachsenen Mann leicht zu tragen, drückte Frau und Kind beinahe zu Boden, aber Armol schrie sie an. Sie trugen das Kanu zum Kieselstrand und stellten es am Wasser ab.

»Und jetzt schleppt alles her, was wir für das neue Leben brauchen!«, kommandierte Armol. Er holte den Mast mit dem Segel, lange Paddel, nahm zwei Leithunde, streifte ihnen ein Halsband über und machte sie am Ufer fest. Dorthin zog er auch seinen Hundeschlitten, der gute Stahlkufen hatte.

Frau und Sohn schleppten Säcke mit Pelzwerk herbei und legten sie ebenfalls am Ufer ab. »Was wird aus meiner Mutter?«, fragte Galganau mit zitternder Stimme.

»Die bleibt hier«, antwortete Armol. »Wir können sie

nicht gebrauchen, und hier stört sie niemanden.« Er ging zur Jaranga, um die Waffen und die Jagdausrüstung zu holen. Je mehr er sich seinem Vaterhaus näherte, in dem er geboren und aufgewachsen war, desto stärker wurden die schwarze Unruhe in ihm und das Selbstmitleid.

Im Tschottagin saß Galganaus Mutter. Die Alte konnte fast nichts mehr sehen, hörte aber gut und verstand alles.

»Du lässt mich zurück, Söhnchen?«, fragte sie leise.

»Wir fahren weg«, antwortete Armol.

»Und ich?«

»Du kannst ja hier das neue Leben führen«, antwortete Armol.

»Wie kann ich leben, ich werde vor Schmach sterben.«

»Das ist dein Problem.«

»Höre, Söhnchen«, flüsterte die Alte leidenschaftlich. »Bevor du losfährst, erfülle den alten Brauch.«

Bei diesen Worten lief es Armol eiskalt über den Rücken. Aber die Worte waren gesprochen. Dieser Brauch hatte uralte Wurzeln. Wenn die alten Leute fühlten, dass sie für die Verwandten zur Last geworden waren, wandten sie sich mit der Bitte an sie, ihnen beim Gang durch die Wolken zu helfen. Diese Bitte hatte die Kraft eines Befehls, wurde sie nicht erfüllt, drohten alle möglichen Übel.

Armol schaute sich hilflos um.

»Ich bitte dich, mir zu helfen«, wiederholte die Alte feierlich und laut. In diesem Augenblick betraten Galganau und der Sohn den Tschottagin. Sie hatten alles mit angehört. Galganau schlug die Hände vors Gesicht und weinte leise.

»Sei still!«, herrschte Armol sie an und dachte fieberhaft nach, wie er die Alte erdrosseln könnte. Ihm fiel ein, wie es die anderen machten. Er musste einen Lederriemen benutzen, aber der war zu schade, denn danach konnte man ihn nicht mehr benutzen. Die Alte mit einer Schusswaffe zu töten, gehörte sich nicht. Man könnte sie erstechen, aber dafür brauchte er eine rituelle Lanze, die nur Orwo besaß. Als einzige Möglichkeit blieb, die Alte zu erdrosseln, so schade es auch um den Riemen war.

»Bereite sie vor«, befahl Armol seiner Frau harsch und nahm einen aufgewickelten Riemen aus Robbenleder von der Wand. Galganau half der Alten in den Polog zu gehen.

Der Sohn verfolgte mit vor Schreck und Verwunderung weit aufgerissenen Augen die Vorbereitungen des Vaters. Armol machte eine Schlinge, prüfte die Festigkeit des Knotens und warf ein Ende des Riemens über das Rauchloch in den Polog zu Galganau hinüber. Einige Zeit später trat sie aus dem Polog und nickte ihrem Mann zu.

Armol zog am Riemen. Er fühlte, wie die Alte in Todeskrämpfen bebte, und wunderte sich. Das war genauso wie auf der Jagd, wenn man das Ende einer Harpunenleine hielt und das Walross sich im Wasser hin und her warf. Armol zog den Riemen straff, im Tschottagin war es still geworden, nur Galganaus Schluchzen war zu hören und gurgelndes Stöhnen hinter dem Fellvorhang.

Als Armol merkte, dass es im Polog still geworden war, sagte er zu seiner Frau: »Geh nachsehen.«

Galganau hob den Fellvorhang etwas an.

Die Alte kniete, ihr Kopf war nach hinten geworfen, so als wolle sie zum Rauchloch hochsehen.

Galganau schrie vor Schreck auf, aber Armol rief: »Geh in den Polog und zieh den Riemen rüber.«

Galganau kroch zitternd in den Polog, zog hastig am

Riemen und legte ihn neben die zur Seite gefallene, leblose Mutter.

»Es ist vorbei«, sagte Armol und schaute sich noch einmal gründlich im leer gewordenen Tschottagin um. Die Gewehre waren von der Wand genommen, die Winchester, die Riemen und sogar den Jagdgott hatte der Sohn schon ins Kanu gebracht.

Armol verließ mit seinem Sohn und seiner Frau die Jaranga.

Jemand stand neben dem Kanu.

Armol erkannte Orwo gleich. »Ist der ekelhafte Alte doch noch rausgekrochen!«, schimpfte er und schritt vorwärts.

Schon von Weitem sagte Orwo laut: »Ich habe alles begriffen. Komm zur Vernunft, Armol, und bringe dein Hab und Gut wieder zurück in die Jaranga.«

»Nichts hast du begriffen«, antwortete Armol. »Schon seit langem verstehst du nichts mehr und erlaubst den Weißen, mit dir zu machen, was sie wollen. Ich fahre ans andere Ufer. Ich habe gerade der Großmutter geholfen, durch die Wolken zu gehen …«

»Das war nicht gut von dir, das neue Gesetz verbietet das Erdrosseln«, sagte Orwo.

»Lebt ihr nur nach eurem neuen Gesetz«, erwiderte Armol bissig und schrie der Frau und dem Sohn zu: »Helft mir, das Kanu ins Wasser zu stoßen!«

Alle drei packten die Wand des Kanus, und bald schaukelte das Schiff auf leichten, vom Südwind gekräuselten Wellen. Ohne auf Orwos Ermahnungen zu hören, begann Armol das Kanu zu beladen. Mit halbem Ohr vernahm er die Worte des Alten, verstand aber nicht ihren Sinn. Aber sie gingen ihm dermaßen auf die Nerven, dass er den Wunsch verspürte, Orwo wie eine freche Mücke zu erschlagen. Das Kanu lag tief im Wasser. Armol steckte den Mast in die Halterung und band zwei Leithunde daran fest, die wehmütig und laut zu heulen anfingen, als sie spürten, dass man sie vom Rudel trennte. Armol schlug nach ihnen, die Hunde legten vor Angst die Ohren an, heulten aber weiter.

»Nicht einmal die Hunde wollen wegfahren«, fuhr Orwo fort. »Und du bist wohl schlechter als sie oder?«

»Hör endlich auf mit deinem Genöle!« Armol trat an den Alten heran und schlug nach ihm.

Orwo zuckte ein bisschen zur Seite, aber in seinen Augen war keine Angst zu sehen. »Noch ist Gelegenheit, alles wieder auszuladen. Ich werde niemandem etwas erzählen. Du musst bei uns bleiben. Versteh doch: nichts ist schlimmer, als die Heimat zu verlieren.«

»Ich habe sie bereits verloren«, brummte Armol, wobei er um das Kanu herumrannte.

Alles war eingepackt. Schade, dass er nicht den ganzen Schlitten mitnehmen konnte, die Jaranga, dieses Ufer mit den anderen Jarangas, die Kiesellandzunge, die auf der einen Seite ans Meer grenzte und auf der anderen an die Lagune, diese felsige Küste ... Armol schüttelte den Kopf, er stand bis zu den Knien im Wasser und stieß das Kanu vom Ufer ab. Er tat noch ein, zwei Schritte und hechtete dann ins Boot.

Der Wind trieb das Kanu langsam vom Ufer weg. Aber die Strömung floss in die entgegengesetzte Richtung – zum Ufer. Während Armol das Segel ausbreitete, blieb das Kanu also auf der Stelle stehen: die Kraft des Windes war genau so groß wie die der Strömung.

»Armol, guck mal, Orwo kommt uns hinterher!« Galganau zeigte zum Ufer.

Orwo paddelte mit aller Kraft und kam mit seinem Einsitzer immer näher. Am Ufer stand Tynarachtyna.

Orwo paddelte zum Kanu heran und hielt sich an der Wand fest. »Komm zurück, Armol«, mahnte er. »Wer braucht dich schon am anderen Ufer. Hör auf mich, kehr um! Du bist für mich wie ein leiblicher Sohn. Hör auf den Vater.«

Das Segel war fertig. Armol musste es nur noch setzen, und der große Leinenflügel würde, aufgeblasen vom Wind, das Kanu vorwärts treiben. Aber Orwo …

»Hau ab, ich setze jetzt das Segel«, sagte Armol.

»Ich weiche nicht«, sagte der Alte starrköpfig. »Mach mit mir, was du willst, aber ich lass dich nicht weg.«

»Lass das Kanu los!«, rief Armol.

»Schrei nicht so!«, antwortete Orwo.

»Lass das Kanu los!«, schrie Armol noch lauter.

Am Ufer rief Tynarachtyna etwas und winkte. Aber sie konnten es nicht hören.

Armol schoss das Blut ins Gesicht, sodass es ganz schwarz wurde. Er hob das Paddel hoch und schlug auf die knochigen Finger ein, die die Wand des Kanus umklammert hielten. Der Alte zuckte nicht einmal. Das Blut trat langsam unter den blau gewordenen Fingernägeln hervor, floss die Wand herab und tropfte ins Wasser.

»Hau ab!«, schrie Armol und stieß mit aller Kraft das Paddel gegen die Brust des Alten.

Diesmal ließ Orwo das Kanu los, sein Einsitzer schaukelte, kippte um und begrub den Alten unter sich. Im selben Augenblick riss Armol am Riemen, das Segel öffnete sich, das Boot neigte sich leicht zur Seite und kämpfte gegen die Uferströmung an.

Als das Kanu genug Geschwindigkeit hatte, blickte sich Armol um. Auf den Wellen schaukelte der kaum sichtbare Kiel des umgekippten Einsitzers. Am Ufer rannte Tynarachtyna hin und her und schrie laut.

»Der Alte ertrinkt«, sagte Galganau leise.

»Was sollen wir machen?« Armol zuckte mit den Schultern und setzte sich am Bug bequemer hin. »Er ist selbst schuld. Aber dem Brauch nach dürfen wir ihn nicht aus dem Wasser ziehen.«

Das Kanu ließ die Uferströmung hinter sich und flog voran. Es entfernte sich mit der Geschwindigkeit eines Vogels von der Küste Tschukotkas.

Das umgekippte Kanu aber und Orwos Körper wurden von der Strömung erfasst und langsam zum Ufer getrieben, wo bereits Tynarachtyna und die durch ihr Schreien alarmierten Einwohner von Enmyn warteten.

28

Orwo wurde nach neuem Brauch beerdigt – in einer Kiste. Die Bretter nahmen sie von dem Vorrat, den im vergangenen Jahr der erste sowjetische Dampfer gebracht hatte.

Als Tnarat den Sarg zimmerte, sagte er leise: »Das erste Holzhaus bauen wir für unseren Vorsitzenden, für den ersten Bolschewiken in Enmyn, Orwo.«

Sie waren Armol nicht hinterhergefahren. Bis zum Spätherbst, wenn in Uëlen der Lieder- und Tanzwettstreit stattfand und die amerikanischen Eskimos kamen, würde keiner erfahren, ob es Armol gelungen war, am anderen Ufer zu landen, oder ob ihm ein Unglück widerfahren war. Wahrscheinlich hatte er es geschafft, denn zu dieser Zeit war die Meerenge ruhig und man konnte sogar in einem Holzkübel ans andere Ufer schwimmen, umso mehr in einem schnellen Kanu mit Segel.

Auf dem Begräbnishügel hackte Guwat mit einem Brecheisen ein Loch in den Dauerfrostboden. Die Ereignisse der letzten Zeit hatten den Jungen still werden lassen, auf seinem ewig lächelnden Gesicht war ein nachdenklicher Ausdruck aufgetaucht.

In der Jaranga kleideten die Frauen Orwo für seinen letzten Weg an. Tnarat kam zu John und bat ihn um Erlaubnis, mit Kelena reden zu dürfen.

Die Alte hörte sich die Bitte aufmerksam an. »Was meinst du, soll ich gehen?«, fragte sie John.

»Du hast die Freiheit, das zu tun, was du für nötig hältst«, antwortete John, der sich über die Bitte der Schamanin wunderte.

»Ich muss wissen, welche Wünsche der Gestorbene vor dem Tod hatte«, sagte Kelena.

Die Männer setzten sich in den Tschottagin. Kelena nahm ihren Schamanenstock und kroch in den Polog. Dort blieb sie eine Weile, und als sie wieder herauskam, schauten alle sie fragend an.

Kelena nahm ihre lange Pfeife, tat einen tiefen Zug und sagte geschäftig: »Orwo sagt, er hegt keinen Groll gegen die Zurückgebliebenen. Und außerdem hat er gesagt: Schützt das Erworbene, haltet euch aneinander fest.

Er nimmt nur das alte Gewehr mit, seine Pfeife und eine Tasse zum Trinken. Um ein bisschen Zucker und Mehl hat er noch gebeten. Er hat gut gesprochen.«

»Hat er nicht noch was Wichtiges, was Besonderes gesagt?«, fragte Tnarat.

»Doch«, antwortete Kelena nach einem tiefen Zug aus der Pfeife.

Anton hörte Kelena mit Interesse zu. Am meisten wunderte ihn, dass John MacLennan, ein Mann mit Universitätsbildung, alles ernst nahm. Das tat er nicht aus Höflichkeit, nein, er erkannte alles an, was die Schamanin tat, er glaubte an ihre Worte.

»Was hat Orwo denn gesagt?« Tnarat wiederholte seine Frage.

»Er hat gesagt, dass er Son zu seinem Nachfolger ernennt.«

»Das ist gut«, meinte Tnarat zustimmend.

Kelena schaute zu Anton Krawtschenko. In ihren schmalen Augen leuchtete bodenlose schwarze Tiefe.

»Sie hat wirklich etwas Ungewöhnliches an sich«, dachte Anton bei sich.

Die Kiste für den Körper war fertig. Mit Antons Hilfe fertigte Tnarat aus Holz einen Obelisken und schnitt aus einer Blechbüchse, in der einst der amerikanische Tabak »Prinz Albert« aufbewahrt wurde, einen fünfzackigen Stern. Mit einem glühenden Nagel brannte er den Namen »Orwo« in das Holz.

»Eine sehr kleine Inschrift«, bedauerte Guwat.

»Nicht zu ändern, er hat einen kurzen Namen«, entgegnete Anton.

»Man könnte doch eine Losung einbrennen, dass er Bolschewik war«, schlug Guwat vor.

»Was denn für eine Losung?«, fragte Anton.

»Proletarier aller Länder vereinigt euch!«

»Richtig!«, pflichtete Tnarat ihm bei. »Da oben«, er deutete mit dem Kopf auf den blauen Punkt im Rauchabzug, »wird er die Hände nicht in den Schoß legen. Da können wir ihm ruhig eine Losung mitgeben.«

Anton zuckte hilflos mit den Schultern und schaute John fragend an. »Schreiben Sie ihnen die Losung auf einen Zettel, sie übertragen es dann aufs Holz«, riet ihm John.

Anton gab sich Mühe, schöne und große Buchstaben hinzubekommen. Und bald standen auf dem Obelisken über Orwos Namen die eingebrannten Worte:

»Proletarier aller Länder vereinigt euch!«

Aus dem Ausrufezeichen formte Guwat eine Walharpune mit der Spitze nach oben.

Die Prozession erstieg den Begräbnishügel. Die Männer zogen den Sarg, der auf einem Hundeschlitten stand. Hinter dem Schlitten ging eine Frau – Tynarachtyna. Anton trug ein Gewehr, doch keiner besaß den Mut zu fragen, warum er es mitgenommen hatte.

Sie stellten den Sarg am Rand des Grabs ab. Guwat hatte sich Mühe gegeben und eine geräumige Grube ausgegraben. Sie hatten die Stricke vergessen und schickten einen Jungen in die Siedlung zurück. Während er die Stricke holte, trat Anton vor und begann: »Hört mich an! ... Wir begraben unseren Genossen, den Vorsitzenden des Sowjets, den Bolschewiken Orwo, und deshalb will ich ein paar Worte sprechen ...« Er hüstelte. »Orwo war ein Mensch, der nicht davor zurückschreckte, sich im Namen der Zukunft von der

Vergangenheit loszusagen. Er hatte keine Angst davor, dass die neuen Bräuche ganz anders sind als die, auf denen das Leben des tschuktschischen Volkes bisher beruhte. Er hatte ein großes gutes Herz, viel Mitgefühl und Mitleid mit den Unglücklichen. Menschen mit diesen Eigenschaften werden immer Revolutionäre. Orwo fiel durch die Hand des Klassenfeinds. Alle die hier leben, dürfen nicht vergessen, dass die Vergangenheit noch in vielen Formen zu uns zurückkehren wird und dass wir alle wachsam sein müssen. Unser Genosse Orwo ist gefallen, aber alle, die wir zurückgeblieben sind, werden seine Sache weiterführen.«

Als Anton sprach, strich ihm der Wind durch die Haare.

John schaute auf das schiefe Kreuz über dem Grab seiner Tochter und merkte plötzlich, dass ihm ein Kloß im Hals saß. Tränen traten ihm in die Augen, er wandte sich ab und blickte zum Meer.

Vorsichtig ließen sie den Sarg ins Grab hinab und zogen die Stricke heraus.

Gefrorene Erdstücke klopften dumpf auf den Sargdeckel. Tynarachtyna weinte.

John kniff einige Male die Augen zu und schaute weit aufs Meer hinaus. Dort, wo das vom Wind gekräuselte Wasser aufhörte, entdeckten er eine Walrossherde, die zum alten Liegeplatz schwamm.

In diesem Moment hörte er, wie ein Gewehrschloss klickte.

John drehte sich jäh um und sah, wie Anton den Lauf nach oben hielt. Er wollte für Orwo Salut schießen! Mit zwei Sprüngen war John bei Anton, griff nach dem Gewehr und drückte es nach unten. Alle schauten ihn erstaunt an, Anton wurde sogar wütend.

»Was soll das?«

»Seht doch mal!«, sagte John hastig. »Die Walrosse kommen zurück. Er hätte es nicht erlaubt zu schießen«, sagte John und deutete mit dem Kopf auf den Obelisken.

»Stimmt!«, sagte Tnarat. »Die Walrosse kommen!«

Jetzt hatte auch Anton verstanden, worum es ging. Er sicherte das Gewehr.

Zurück liefen sie im Gänsemarsch und flüsterten unwillkürlich, so als ob die Walrosse sie hören könnten. Sie gingen alle in die Jaranga des Verstorbenen, wo sie ein Totenmahl erwartete. Als sie an dem kleinen Tisch Platz genommen hatten, hob Anton die Hand und bat um Ruhe.

»Da wir jetzt keinen Vorsitzenden des Sowjets mehr haben, müssen wir einen neuen wählen. Wir sollten das nicht auf die lange Bank schieben. Viel Arbeit liegt vor uns. Welche Vorschläge gibt es?«

In der eingetretenen Stille klangen Tnarats Worte laut: »Der Wunsch des Toten war doch, wie Kelena uns mitgeteilt hat, dass Son der neue Vorsitzende wird.«

John zuckte bei diesen Worten zusammen.

»Das stimmt«, sagte Notawje und nickte zustimmend.

»Er eignet sich sehr gut«, fuhr Tnarat fort. »Dass er gerecht ist und uns ergeben, brauche ich gar nicht erst zu betonen. Außerdem kann er lesen und schreiben, das ist für einen Vorsitzenden sehr wichtig.«

Anton schaute mit einem feierlichen Lächeln zu John. »Was sagen Sie dazu, John MacLennan?«

»Was soll ich sagen …« John war so aufgeregt, dass er zu keinem vernünftigen Gedanken fähig war. »Das kommt so unerwartet und … Mir wäre nie in den Kopf gekommen, dass man mir so vertraut.«

»Ihr erinnert euch, dass bei einer Wahl diejenigen, die einverstanden sind, die Hand heben müssen ...« Anton hatte diesen Satz noch nicht zu Ende gesprochen, als alle ihren Arm hochrissen. Tynarachtyna wischte sich ihre Hand gründlich am Saum ab und hob sie ebenfalls.

»Ich gratuliere!«, sagte Anton und drückte dem neu gewählten Vorsitzenden kräftig die Hand. Da traten auch die Übrigen zu ihm, und jeder schüttelte und drückte ihm die verkrüppelte Hand.

John ging nicht gleich nach Hause, sondern stieg zum Meer hinab. Am plätschernden Wasser blieb er stehen. Hier hatte sein Weg in ein neues Leben begonnen. Hier hatte er in einem grausamen Winter seine Hände verletzt, als er das Eis, das die eingefrorene *Belinda* festhielt, sprengen wollte. Hier hatten ihn seine Leute im Stich gelassen. Irgendwo dort hinten tötete er aus Versehen Toko, den Mann, der ihn aufnahm, der ihm beibrachte, das Leben wieder zu lieben und den Menschen zu trauen. An diesem Ufer wartete Pylmau auf ihn, als er die Nachricht brachte, dass er ihren Mann und Jakos Vater umgebracht hatte. Später wartete sie auf ihn, als er bereits ihr Mann, der Ernährer und das Oberhaupt der neuen Familie, der Vater der Kinder war. Hier trennte er sich von seiner Mutter, für immer, und sagte sich von seiner Vergangenheit los. Hier zog Tynarachtyna Orwos Körper ans Ufer.

Viele Ereignisse, viele Gedanken ... Wie viel hatte er hier durchgemacht! Und vor ihm lag ein unbekanntes, ein neues Leben! Würde es tatsächlich neu sein? Wie würden seine Landsleute dieses Leben meistern, seine Freunde, mit denen er so eng verbunden war, dass er sich ein Leben ohne sie nicht vorstellen konnte. Diese ungewisse Zukunft würde er mit ihnen teilen, sich mit ihnen freuen, leiden, mit ihnen neue Schicksalsschläge ertragen müssen. Die Hauptsache war, nicht zuzulassen, dass seine Leute betrogen wurden, dass sie nicht von dem Weg, den sie jahrhundertelang gegangen waren, weggedrängt wurden. Aber es sah so aus, als ob die Bolschewiki gerade das vorhatten.

John kehrte nach Hause zurück. Seine Frau und die Kinder hatten bereits von der Neuigkeit gehört. Doch keiner sagte etwas, so war es üblich in John MacLennans Jaranga.

John rief Jako zu sich und bat ihn: »Gib mir ein Blatt Papier.« Jako gab ihm das Notizheft mit dem Ledereinband, das der Vater fast vollgeschrieben hatte und das nun der Sohn benutzte. Hinten waren noch ein paar Seiten frei.

John steckte den Bleistift in die Schlinge an der verkrüppelten Hand, überlegte und schrieb:

An Lenin, Petrograd.
Russische Sowjetrepublik.

In Zusammenhang mit meiner Wahl als Vorsitzender des Sowjets der Siedlung Enmyn bitte ich, John MacLennan, darum, mir die sowjetische Staatsbürgerschaft zu verleihen. Zum gegenwärtigen Zeitpunkt bin ich formal Untertan seiner Hoheit, des Königs von Großbritannien, George V.
John MacLennan, Enmyn, Tschukotka,
14. August 1923

John MacLennan hat keine Antwort auf seinen Brief erhalten. Im Jahr darauf kam die Nachricht von Lenins Tod und von der Wahl des neuen Führers der Bolschewiki, Stalin. Anton Krawtschenko war weggefahren, um an der Leningrader Universität zu studieren. Er hatte Tynarachtyna und seine zwei kleinen Kinder mitgenommen. Neue Lehrer waren gekommen, neue Beamte. Jedes Jahr schickte John MacLennan ein neues Gesuch nach Moskau, in dem er um die sowjetische Staatsbürgerschaft bat, erhielt aber nie eine Antwort. Er erfüllte die Pflichten des Vorsitzenden des Dorfsowjets und setzte eine rote Fahne mit Hammer und Sichel auf seine Jaranga.

Anfang der Dreißigerjahre kam ein neuer Vorsitzender des Revolutionskomitees nach Enmyn. Er hieß Choroschawzew. Er wurde von Tegrynkëu begleitet. Sie verhafteten John MacLennan und nahmen ihn mit.

Als John sich von Frau und Kindern verabschiedete, scherzte er, lachte und sagte immer wieder: »Ich sitze ja nicht zum ersten Mal im düsteren Haus. Ich komme bald zurück. Jako, du bist so lange der Älteste in der Familie. Beschütze Mutter und gehorche ihr.«

Er verabschiedete sich von Pylmau wie ein richtiger Tangitan, küsste und tröstete sie: »Bald bin ich wieder da.«

Aber seitdem der Schoner, der ihn wegbrachte, hinter dem felsigen Kap verschwand, kam nie wieder eine Nachricht von ihm.

Erst viele Jahre später, als der Zweite Weltkrieg vorbei und Stalin gestorben war, erhielt Jako – seine Mutter hatte er begraben – vom Kreiskomitee der Staatssicherheit in Anadyr einen festen braunen Umschlag, in dem nur ein dünnes Blatt lag:

Auszug aus dem Beschluss des Volkskommissariats für Innere Angelegenheiten des Gebiets Kamtschatka vom 20. April 1935.

Nr. 286
Zur Sprache gebracht wurde:
John MacLennan, geboren 1885 in Port Hope, Provinz Ontario, kanadischer Staatsbürger, lebt illegal auf dem Gebiet der Sowjetunion. Er wird der antisowjetischen Propaganda und des Versuchs beschuldigt, eine antisowjetische Organisation zu gründen. Weiterhin trieb er Spionage für den amerikanischen und kanadischen Geheimdienst.
Es wurde beschlossen, John MacLennan mit Freiheitsentzug für eine Frist von 20 Jahren ohne Recht auf Briefwechsel zu bestrafen.
Die Richtigkeit der Kopie bestätigt:
Der Sekretär

Jako wusste, was das bedeutet: »ohne Recht auf Briefwechsel«.
Es bedeutet, dass der Mensch nicht mehr unter den Lebenden weilt.

Worterklärungen

Aiwanalin tschuktschische Bezeichnung für die Eskimos

Amundsen, Roald Engebreth Gravning (1872–1928); bezwang 1903–06 die Nordwestpassage, erreichte 1911 als Erster den Südpol, durchfuhr 1918–22 die Nordostpassage

Diomedes-Inseln Inselgruppe in der Beringstraße. Die Kleine Diomedes-Insel (Inaliq, USA, ca. 180 Einwohner) und die Ratmanow-Insel (Imaqliq, Große Diomedes-Insel, russisch, ca. 400 Einwohner) liegen rund vier Kilometer voneinander entfernt. Zwischen ihnen verlaufen die Staatsgrenze zwischen Russland und den USA und die Datumsgrenze.

Eskimo mongolide Bewohner arktischer Küsten und Inseln; sie nennen sich selbst »Inuit« (»Menschen«), die Tschuktschen nennen sie Aiwanalin; sprechen eskimoaleutische Sprachen

Hansen, Godfred (1876–1937) dänischer Kapitän und Admiral

Jakuten nordturkisches Volk in Sibirien

Jaranga Wohnstatt der Tschuktschen und der Eskimos; besteht aus einem kreisförmigen Holzgerüst, das mit Brettern oder Grassoden abgedichtet wird, kuppelförmig überdacht durch eine Konstruktion aus Holzrippen mit darübergebreiteten Walrosshäuten; für den festen Sitz der Häute sorgen darübergezogene Riemen oder Seile, die – seitlich herabhängend – durch darangebundene Steine in Spannung gehalten werden; eine Öffnung in der Mitte der Überdachung lässt Licht ein und dient als Rauchabzug; bei mobilen Jarangas der Rentierhirten ruht die Überdachung – hier aus Rentierfellen – auf einem zeltförmigen Gerüst aus langen Stangen. Das Innere einer Jaranga gliedert sich in den Tschottagin und den Polog.

Kamlejka Umhang, den man über die Kuchljanka zieht, um deren Fell vor Schnee und Feuchtigkeit zu schützen; wird vorwiegend aus Stoff genäht – mit Kapuze und Bauchtasche; Jäger tragen gewöhnlich eine weiße Kamlejka, um im Schnee getarnt zu sein

Kakomej! tschuktschischer Ausruf des Erstaunens

Kherker sehr weite Kombination aus Fellen (Hose und Oberteil zusammengenäht) mit breitem pelzbesetztem Kragen; Frauenkleidung

Kuchljanka knielanges Kleidungsstück aus Fell, mit Kapuze. Kuchljankas wie auch andere Kleidungsstücke für Frauen unterscheiden sich von denen für Männer durch verschiedenerlei Verzierungen.

Kyke Wynewai! tschuktschischer Ausruf des Erstaunens

Menin tschuktschisch »Wer da?«

Nansen, Fridtjof (1861–1930), norwegischer Polarforscher, Diplomat, Wissenschaftler und Humanist, 1922 erhielt er den Friedensnobelpreis

Polog, Fellpolog heißt sowohl der durch Tranlampen erleuchtete und beheizte Raum im Innern der Jaranga als auch der an vier miteinander verbundenen Pfosten aufgehängte und den Raum umschließende Fellvorhang nebst Fellüberdachung, durch den er gebildet wird; an der zur Jaranga weisenden Vorderseite lässt sich der Polog öffnen, und quer zu diesem »Eingang« liegt ein Holzbalken, der beim Schlafen als Stütze dient, vom Tschottagin aus aber auch als Sitzgelegenheit. Unten ist der Polog mit einer dicken Moosschicht und Fellen ausgelegt; er dient als Familienschlafraum, aber auch zum Trocknen der Kleidung. Man kann im Polog aufrecht stehen; in einer geräumigen Jaranga können sich auch zwei bis drei Pologs befinden.

Stefánsson, Vilhjálmur (1879–1962) kanadischer Polarforscher

Tangitan tschuktschisch – ein Fremder, Feindlicher, im weiteren Sinne alle »Weißen«, Ausländer/Europäer/Russen

Tiwitschgyn langer Knochen zum Abschlagen den Schnees

Torwagyrgyn tschuktschisch »Das neue Leben«

Tschottagin der den Polog umgebende unbeheizte Innenraum der Jaranga, auch »kalter Raum« genannt; dient als Aufenthaltsraum, insbesondere bei der Verrichtung häuslicher Arbeiten; auf offenem Feuer wird hier gekocht. In der kalten Jahreszeit werden auch die Schlittenhunde im Tschottagin gehalten.

Tyjetyk tschuktschisch »Ich bin gekommen« (Begrüßungsformel)

Watap Rentiermoos, Lichen rangiferinus L. bzw. Cladonia rangiferina

Juri Rytchëu im Unionsverlag

»Der große Zauberer des Nordens heißt Juri Rytchëu.« *Crescendo*

»Mit seinem Blick für das Wesentliche, seinem Einfühlungsvermögen in psychologische Vorgänge und seiner unsentimentalen, mit kleinen dramatischen Höhepunkten versetzten Erzählweise schlägt Rytchëu den Leser in seinen Bann und weckt Hochachtung für die Menschen dieser Gegend.« *Deutsches Allgemeines Sonntagsblatt*

Wenn die Wale fortziehen
Teryky
Unter dem Sternbild der Trauer
Die Suche nach der letzten Zahl
Unna
Im Spiegel des Vergessens
Die Reise der Anna Odinzowa
Der letzte Schamane
Der Mondhund
Gold der Tundra
Traum im Polarnebel
Polarfeuer
Alphabet meines Lebens
Die Frau am See
Die Kraft der Schamanen

»Vieles, was über kleine Völker geschrieben wird, ist eine Fantasie von Leuten, die durch ein Fernglas auf das Ufer schauen.« *Juri Rytchëu*

Mehr über Autor und Werk auf *www.unionsverlag.com*

Tschingis Aitmatow im Unionsverlag

»Die Kreise des kirgisischen Schriftstellers, dessen frühe Novellen nun schon über zwei Lesergenerationen die Atemlosigkeit menschlicher Erfahrung mit dem Leid des Krieges, der Zerstörung der Kindheit, der Liebe, der Familie in Erinnerung rufen, sind weltumspannend.« *Freie Presse*

»Der Duft Kirgisiens nimmt uns gefangen, der poetische Zauber jeder Zeile. Als ›Sänger der Berge und Steppen‹, als großartiger Erzähler kann und will Aitmatow nicht verleugnen: seine Heimat ist Kirgisien.« *Stuttgarter Zeitung*

Abschied von Gülsary
Du meine Pappel im roten Kopftuch
Der Richtplatz
Dshamilja
Aug in Auge
Die Klage des Zugvogels
Ein Tag länger als ein Leben
Begegnung am Fudschijama
Der weiße Dampfer
Das Kassandramal
Goldspur der Garben
Kindheit in Kirgisien
Liebesgeschichten
Frühe Kraniche
Der Schneeleopard
Der Junge und das Meer
Die Kraft der Schamanen
Tiergeschichten
Akbara

»Das Wort verkümmert und stirbt, wenn wir es nicht mit anderen teilen.« *Tschingis Aitmatow*

Mehr über Autor und Werk auf *www.unionsverlag.com*

Galsan Tschinag im Unionsverlag

GALSAN TSCHINAG, AMELIE SCHENK
Im Land der zornigen Winde
Ein Zwiegespräch zwischen Ost und West und eine Liebeserklärung an das Nomadenleben.

Das Ende des Liedes
Eine Erzählung über das Erwachsenwerden und Einsamkeit.

Der Wolf und die Hündin
Eine bewegende Fabel über Liebe und Menschlichkeit.

Tau und Gras
Galsan Tschinag erzählt hier die Geschichten, die der Stoff seiner Kindheit sind.

Die Karawane
Die Verwirklichung eines biblisch anmutenden Traums mit ungewissem Ausgang.

Dojnaa
Eine eindringliche Erzählung über die Sehnsucht nach Liebe und Erfüllung.

Auf der großen blauen Straße
Galsan Tschinags funkelnde Geschichten sind Lebensbilder, in denen er die Zeit einfängt.

Der singende Fels
Erstmalig erzählt Tschinag über seine schamanische Arbeit.

Gold und Staub
Ein Roman über das Uralte, Unglaubliche inmitten von Profitgier und Umweltzerstörung.

Mehr über Autor und Werk auf *www.unionsverlag.com*

Galsan Tschinag im Unionsverlag

TSCHINGIS AITMATOW, JURI RYTCHËU, GALSAN TSCHINAG
Die Kraft der Schamanen
Drei große Autoren erzählen von der Kraft und Vitalität des Schamanismus.

Der Mann, die Frau, das Schaf, das Kind
Eine Begegnung – nicht auf dem Land, sondern im Hausflur eines großstädtischen Hochhauses.

Liebesgedichte
Galsan Tschinag spricht mit seinen starken, poetischen Wendungen sein Gegenüber im Herzen an.

Mein Altai
Galsan Tschinag erhebt seine Stimme zu einem Lobgesang auf seine Heimat, den Altai.

Kennst du das Land
Die lebhaften Szenen eines weltumspannenden Lebenswegs – Galsan Tschinags große Autobiografie.

Kennst du den Berg
Galsan Tschinags weltumspannender Lebensweg führt ihn zurück in eine aufgewühlte Mongolei.

Kennst du das Haus
Galsan Tschinags Weg zum Schrifsteller, der rund um die Welt Leserschaft und Einsichten gewinnt.

Weltenwanderer
Der Wanderer zwischen Steppe und Stadtwelt fasst ein ganzes Leben in Verse von urwüchsiger Kraft.

Mehr über Autor und Werk auf *www.unionsverlag.com*